中国专业作家
小说典藏文库

中国专业作家小说典藏文库

垓下

邓海南 著

中国文史出版社

图书在版编目（CIP）数据

垓下／邓海南著. — 北京：中国文史出版社，
2019.3

（中国专业作家小说典藏文库·邓海南卷）

ISBN 978 - 7 - 5205 - 0938 - 1

Ⅰ. ①垓… Ⅱ. ①邓… Ⅲ. ①长篇小说 – 中国 – 当代

Ⅳ. ①I247.5

中国版本图书馆 CIP 数据核字（2018）第 276636 号

责任编辑：蔡晓欧　薛未未

出版发行：**中国文史出版社**

社　　址：北京市海淀区西八里庄 69 号院　邮编：100142

电　　话：010 - 81136606　81136602　81136603（发行部）

传　　真：010 - 81136655

印　　装：廊坊市海涛印刷有限公司

经　　销：全国新华书店

开　　本：720×1020　1/16

印　　张：21.25　　　字数：348 千字

版　　次：2019 年 3 月第 1 版

印　　次：2019 年 3 月第 1 次印刷

定　　价：69.80 元

目　　录

序

"楚虽三户，亡秦必楚！"

楚将项燕临死的那个黄昏可以说是延续了六百多年的楚国的最后一个黄昏。随着他的身首分离，楚国这个曾经不可一世的庞然大物在另一个正在横行天下的巨兽的致命一击下，终于彻底地倒下了，只把一腔不甘失败的热血向空中喷去。西天的晚霞和这血是同一种颜色。

秦始皇二十四年（前223），秦楚两国各倾全国兵力决战于蕲。

这时候韩、赵、魏已经被秦攻灭，派荆轲行刺秦王的燕太子丹也已事败，缩在东隅的齐国眼看已成覆巢下的薄卵，随时可以被秦军踏破。可以最后和秦国拼一拼的，只有楚国了。楚人有的是刚勇的性格和强悍的血气，刚刚在寝丘和鄢、郢被秦将蒙恬和李信打得大败，却像受伤的猎犬咬住猛虎不放，死命与之纠缠，紧紧厮咬了三天三夜，竟又在城父大破秦军，冲决两座壁垒，杀了七个都尉，把二十万秦军除了战死的都赶了回去。但这次，秦王亲自上门去恭请老将王翦出马，按他的要求发出六十万大军，完全是势在必得的气势。项燕知道，楚国也只能竭尽全力拼死一战了。作为楚国最后可以倚重的将军，死不足畏，但使项燕悲哀的是，堂堂楚国的元气在一代不如一代的君王手中已被丧尽，一个将军如果不能挽危楼于即倒，那就只有殉身于一片瓦砾之中了。

项燕是准备拼个鱼死网破的。他把所有的军力都集中布置在一面平缓的山坡上，打算倚山势冲决敌阵，即使楚军在拼杀中全军覆没，也要让大部分秦军横尸于面前的这片平原之上。

秦军是傍晚抵达的，王翦派人送来战书，约定翌日凌晨决战。

楚军枕戈待旦，等到东天发亮列好战阵准备冲杀时，却发现秦军一夜之间以战车为墙垣筑起壁垒，连绵数十里。进攻者做出坚守的势态，让楚军大为诧异。已经下定必死的决心要和秦军拼命一搏的将士们却在敌军防卫森严的壁垒面前失去了冲杀的可能，这使楚军陷于非常不利的境地：六十万秦军虎视眈眈地踞伏在那里，可是并不急于跃起扑过来；而同仇敌忾急于拼杀的楚军既暴露在敌人的壁垒面前又找不到可以交战的锋面。项燕后悔自己判断失误，轻信了王翦的战书。虽然夜战难以指挥，对双方都不利，但在黑暗中混战一气总比现在的这个局面要强些。现在他只能一面派人挑战，一面也筑起壁垒来和秦军做静态的抗衡。

整整一个月过去了，秦军只是据垒坚守，任楚军挑逗叫骂，王翦严格地约束着军队绝不外出接战，只是用弓弩把靠近的楚军射退了事。他甚至派使者邀项燕到他大营中去饮酒，当然被项燕严词拒绝。项燕在山坡上居高俯望可以把秦营中的情况大致看个清楚。每天，秦军的给养车队都源源不断地从平原上来到秦军大营中，补充大军所需的物资粮草。而楚军的军需运送比秦军困难得多。因为必须翻越背后的山地，而且正在衰弱中的楚国国力也无法和越来越壮大的秦国相比。长期这样对峙下去，形势只能对楚军更加不利。项燕想撤出军队另辟战场，却又怕秦军乘机出击。国家最后的希望压在他肩上，局面却令他进退维谷。

又是半个月过去了，秦军依然坚守不出，非但不肯交战，反而在营中过起了太平日子。从山上看下去，军官们每日饮酒作乐，甚至不顾渐凉的秋风，用大锅烧热了水倒在木桶里洗澡；而闲来无事的士兵们只能用投掷重石和跳远比赛的游戏来消磨时光，一个个憨态可掬如在放牧中嬉戏的牛羊，完全不像是一群赶来扑食的虎狼。在这段时间里探子们不断传来王翦一次又一次派人去向秦王请求加封田宅池园的消息。连秦王都说他：将军已经出兵，难道还为日后贫穷担忧吗？王翦求封的理由却是：当大王的部将，即使有功也不能封侯，所以要乘大王亲近臣的时候，及时多求一些田园房地作为子孙的产业。

王翦的行为使项燕做出了错误的判断。他认为前面已有蒙恬和李信败于楚军的例子，王翦此举只是拥兵自重以多求自己的利益，并不想和誓死一战的楚军立即拼个输赢。天已转冷，楚军的给养运送日益困难起来，而由他拥立的楚王负刍却也连连派使者来责备他不能退秦兵。项燕不得不下了拔营转移的命令。秦楚两军在蕲这个地方互相对峙了一个半月，而胜负就在楚军转移的当口立时决定了。

在一个半月的时间里，楚军已经被天天努力叫阵准备浴血恶战一场却得不到回应的情况弄得很疲惫了，而当他们刚刚走出壁垒离开他们原先选定的战场时，一直在养精蓄锐的秦军突然异常凶猛地向楚军攻杀过来，锋不可避，势不可当。项燕再想调整力量已来不及了，楚军虽然天天想着决战，但决战却在他们猝不及防时来临，慌乱中被秦军一举击溃，便再也聚集不起来了。

项燕仰天长叹。他无法再指挥溃散的军队，也不想跟着溃军向后方奔跑，最后的屏障已被突破，在如狼似虎般扑来的秦军面前，楚国已经没有后方了，有的只是在等待秦军的战车去碾压的土地。他像一块石头一样挂剑凝在那里一动不动，任溃散的兵卒像潮水一样从他身边退去，直到秦兵把他团团围住，战车载着一位须发斑白的老将军来到他的面前。他知道，这就是王翦。

王翦的笑容是平和的，傲慢中透出的平和比傲慢本身更让人不堪。

王翦道："事到如今，项将军肯屈尊陪老夫痛饮一爵吗？"

项燕笑道："恨不能痛饮你秦人的血，事到如今，也只有把自己的血让你秦人痛饮了！"

王翦抚髯大笑："说得好，生而为将，不能饮敌之血，便将己血使敌饮之。如此，王翦却之不恭了。将军既败，楚国已亡，不知项将军在断头之前，还有什么话要说？"

项燕收住冷笑，豹眼圆瞪，一字一字重重吐出，声音震得周围的兵刃发出低低的鸣响："楚虽三户，亡秦必——"

王翦脸上顿时变色，在他身边的一名副将早已抡圆了利剑朝项燕颈间挥去，项燕一语未了，头已落地。那副将上前拎起头发把项燕的首级举到王翦面前，项燕的表情已经凝固，眼睛依然圆瞪着，目光仿佛是两根硬物穿过他的双眼撞得他颅底发痛。他揉了一下眼睛，看见项燕的嘴唇突出着，一个没有来得及吐出的字还在嘴里含着。他知道那个没有说出的字是："楚！"

他忽然感到一阵寒意袭来，举头望去，天上已飘起了雪片。就在项燕兵败的那一天，深秋里一场大雪降临了，山川原野一片缟素，只是在战场上楚兵血流成河的地方，才显出一道又一道白色覆盖不住的紫褐色。大概是楚人的血还没有冷却，染透鲜血的泥土积不住雪。

楚亡了。齐灭了。曾经叱咤风云数百年的战国七雄只剩下了一个秦。整个华夏的版图全都被覆盖在了始皇帝宽大的衣袍之下。在他兼并六国一统海内的雄风扫荡之下，任何颠覆秦国的举动都是螳臂当车，任何灭亡秦国的想法都是痴人说梦。始皇帝坚信他创下的是铁桶江山，万年基业。

可是仅仅过了十几年，这个不可一世的帝国却仿佛是在突然间就锈蚀碎裂、土崩瓦解了。而且堂堂大秦帝国的灭亡是从一个极不起眼的人物——陈胜的发难开始的。值得重视的事实是：这个被逼到绝路上的农民造反时打的是秦公子扶苏和楚将项燕的旗号；而他称王时所用的国号是："张楚"，意即：恢复楚国。项燕临死前说的那句话在这里得到了应验。

但陈胜还算不上是真正的楚人，他只能动摇一下秦国，缺乏彻底倾覆秦国的远见和力量。他的起义，只是为真正能够向秦国复仇的楚人拔开了宝剑的封鞘。

第一章

薛　　城

╱ 伍

——他们的兵器，决定了他们在军阵中的位置。

匡、紫陌、鲁直、里角和子张被年轻的将军项羽从汇集于此的数万义军兵卒中挑选了出来，站立在了大校场的中心。

大校场是在薛城城外依坡地临时夯筑起来的，义军将士们在这面山坡上席地而坐，可以把校场上的演练情势看得很清楚。在城里，从吴地渡江而来的项梁将军正在召集各路义军的首领开军事会议；而项羽将军则利用这个时间抓紧训练他的士兵，给在秦军反击下败退到此被收拢起来的义军散部操演兵法。

项羽只是从前排士兵中随便点了几个看上去比较顺眼的出列来做示范，却从此决定了这几个士兵的命运。在这之前，他们只是在陈胜王的一呼百应下起来造大秦帝国反的农民和工匠，他们没有固定的武器也不懂得什么作战的方法，有的只是勇气和仇恨，开始使用的武器只是锄头、钉耙和削尖了的竹竿，接近敌人时便和大家一起蜂拥着呼啸着向前冲去，打赢了便从敌军丢弃的兵器中挑一件体面的扛在肩上，要是打败了在奔逃中可能顺手就丢掉了刚刚得到的兵器。现在，项羽根据他们的身高和壮实的程度正式给他们配发了兵器，从此以后，他们的生命便和他们的兵器连在了一起。而他们的兵器，则决定了他们在军阵中的位置。他们的名字也从此和他们手中兵器的名字连在了一起——

戈手匡
戟手紫陌
殳手鲁直
矛手里角
矢手子张

　　这五个人排成一列，成为步兵最基本的作战单位——伍。

　　匡和紫陌是淮河边的农民，这从他们的名字上也可以看得出来，匡这个名字很可能就是由农村孩子从小割草所背的筐而得；而从紫陌这个名字，你可以想象到他家乡的田埂边开满紫红色苜蓿花的情景。鲁直是织工，里角是陶工，在秦的暴政压迫之下，工匠们也和农民一样被卷入了反抗的滚滚洪流。而子张则是在吴中水泽里打了鱼到街市上去卖的渔夫兼鱼贩。项羽在城外散步时曾看见过他很准确地投掷鱼叉，也曾在城里市场上买过他的鱼吃。他也加入了项梁的军队跟着打过了长江，项羽在人丛中看见这张熟悉的面孔，心想正好让他来给那四个刚刚挑出来做示范的士兵当伍长。

　　此刻，大校场上数万道目光都集中在这五个人身上。大家都在看着这位年轻的项将军究竟要怎样讲授和演练他的兵法。自从响应陈胜王在大泽乡揭竿而起，在不到一年的时间里，大家像做了一个无比激动人心却又十分不稳定也不确切的梦一样，先是一下子就被一股汹涌的浪潮推上了胜利的高峰，紧接着就像撞在一堵坚硬无比的巨大礁石上一样，又一下子跌到了失败的谷底。幸好有项梁将军所领的江东劲旅八千子弟挺进中原，并一路收编扩大到了六七万人，才算稳住了各路起义军不断溃败的颓势。和打着楚将项燕的旗号起兵的农民领袖陈胜王不同，项梁是项燕的儿子，是真正的军人世家出身，从他在江东一带的作为和这次进军中原的声势来看，在军事上肯定要比农民出身的陈胜王强得多。虽然陈胜王在揭竿起义时讲过："王侯将相宁有种乎！"他不相信王侯将相是生来就如此的，但他还是得借助公子扶苏和楚将项燕的名声，可见王侯将相们还是拥有一般的草芥之民所无法具有的东西的。就像眼前的项羽，他那超过常人一个头的身高，他那可以单臂举鼎的膂力，他那威猛逼人而又不失文雅敦厚的相貌，他那行动起来像卷着一股劲风而一旦站定下来不用说话就可以立即把周围的事物全都镇住的非凡气势，他那向敌军冲击时的呐喊，他那冲溃敌阵后的朗笑，他那只要开口就可以像撞钟一样把声音送到围着校场观看的每一个人耳朵里的音量，无不给人一种强烈的振奋感和号召力。他那句在观看秦始皇出巡时脱口而出"彼可取而代也"的豪言，他在项梁举事时入帐内斩落会稽郡守首级时的果敢，已在义军中传为佳话。虽然他只要持剑在手就足以击败天下任何敢和他持剑相向的勇士，甚至二三十个普通战士也不是他的对手，可他仍轻蔑地认为剑术只不过是单个人决斗的末技，不足以学；要学就学可以敌万人的兵法。难道敌万人的兵法，就是从五个人站队开始的吗？

确实如此。让这五个士兵站成一列之后，项羽开始说话了。

"凡立军者，一人曰独，二人曰比，三人曰参，比参曰伍，五人为列。比参不能成列，所以军法必须从五这个数开始。"

为什么一定要是五呢？人群中有人在轻声议论。被选出来的这五个士兵没有出声，但他们的眼神也提出了同样的问题。

项羽笑了，他走到匡面前，拍拍他的肩很亲切地说："小兄弟，举起你的手来。"

匡憨乎乎地照着做了。

"一只手有几个手指头？"

匡嘿嘿地笑着不说话。

项羽一只手托着他的屁股一下子就把他举了起来。人群中顿时发出了一片惊叹。匡一开始有点惊，但被托到了空中以后，就像稳稳地坐在了一棵大树的树杈上一样，他为全校场上几万人的目光都集中在了他的身上而感到有些羞怯同时也感到十分骄傲。

项羽举着他在校场上走动，大声地问道："一只手有几个手指头？"

"五个！"几万士兵大声喊了起来，同时还发出一阵开心的大笑。

项羽走回原地，把匡轻轻地放了下来，就像放下一片树叶，他连一点喘息也看不出来；匡却兴奋得满脸通红，喘息不止。

项羽问匡："用一个指头能不能把一个人捅倒？"

匡想了一下高声说："你能，我不能。"他知道项将军希望他的声音能让大家都听到。

"那你一拳头能不能打倒一个人？"

匡看看项羽，又看看身边的紫陌，憨笑着说："打你不行，打他说不

5

定可以。"

项羽也笑了："对了，像我这么大力气的人不多。但是我用一个手指头能不能把你举起来？"

匡笑着不说话。紫陌大胆地冒了一句："一个指头不行。"

"为什么？"项羽转向他。

紫陌脸红了："因为劲不够，稳不住。"

项羽道："你大声说。"

紫陌喊了起来："劲不够，稳不住！"

项羽转向众人，目光炯炯，声若洪钟："对了。人手为什么要长五个指头，五就是天告诉人的一个道理。打人要五个指头握成拳头才打得重；握东西要五个指头分开才抓得牢。要是用单个手指头去和别人打架，再粗的手指头也顶不了个屁用。只有握成拳头才能打得赢。现在他们这五个人，就是五个手指头。要是单个的人，随便哪个我都能不费事地把他举起来。要是他们五个人紧紧地抱成一个团，五个手指头握成一只拳头，我还能不能把他们举起来？"

项羽做出一个要举的样子，五个士兵紧紧地抱了起来，一个抱住一个的腰。项羽哈哈大笑："别说我项籍举不起来，就是大禹也举不起来。"五个士兵在紧抱中忽然觉得强壮起来，他们明白项羽的力量已经在无形中传给了他们，他们的整个身心都已被这位非凡的人物彻底折服，他们从此将跟着项羽将军去冲去杀，直到生命的最后一息。

项羽大笑，满校场的人也都跟着大笑；项羽收住笑声，数万人顿时鸦雀无声。项羽朗声道："所谓敌万人的兵法，不是每个人各自去逞匹夫之勇，而是把指头都组成很有劲的手，用拳去打敌人，用掌去劈敌人，用手去抓敌人。"项羽环视校场，激动地说，"你们都是跟着陈胜王的号令起义抗秦的好汉，我佩服你们！陈胜王是好汉中的好汉，我更佩服他！而且我还感谢他，因为他起兵打的是我们楚国的旗号，是我祖父项燕的旗号。楚国亡了，我祖父死了，但是楚人的心没有死，楚国的命还没有绝！陈胜王号张楚，这个号起得好，楚国一定能恢复，最终把暴秦给灭掉！天下苦秦久矣，大家都在忍，有的是在忍耐中等死，有的是在隐忍中准备。但是第一个忍不下去了吼出了声来，带领众人揭竿而起的是陈胜王，这是最大的功，也是最大的勇。虽然他后来打了败仗，自己也被叛徒杀死了。但为了他敢于第一个站出来反抗，我项籍永远敬重他！"

在场的士兵们大多是陈胜王的旧部。项羽的一席话说得大家心潮涌动，热泪盈盈。这位年轻的将军已用他的气质、他的膂力、他讲出的最简单却最具有说服力的兵法征服了众人，也用他的赤子之心感动了众人。他们感受到了他的力量，也感受到了他周身鼓荡着的热血的温度，在他们起义以来所碰到的将领中，没有一个能够像他这样让人感到可亲近、可信赖、可依靠。他们已经感觉到跟着他就会打胜仗，不会再经历那些让人感到恐慌和屈辱的失败。

平静了一下情绪以后，项羽说："当然，陈胜王也有他的缺失。作为一个领兵的统帅，不懂用兵之道，只用士兵的气势去和敌人作战，是一件很危险的事。刚才我讲的伍，是用兵最基本的道理，陈胜王有没有向你们讲过？"

满场无声。项羽说："指挥作战的将领不懂得最基本的兵法，这就是他失败的原因。"

但是在场的士兵们在起义的初期跟着陈胜和吴广都取得过梦幻一般的胜利，只要他们怒吼着蜂拥而上，秦军便望风披靡，溃不成军。所到之处几乎是无攻不克，无城不拔。义军像一股又一股强大的洪流，而秦军只是一堆又一堆不堪冲击的沙土，他们怀念那段势如破竹、席卷千里、横行天下的日子。

鲁直问："那为什么我们一开始能够屡战屡胜呢？"

项羽说："那是因为你们不怕死，而秦兵怕死；你们胆壮，秦兵胆怯。而且被你们打败的秦兵也不懂兵法。他们已经灭了六国，平定了海内，收缴了普天下的武器铸成了十二个巨大的铜人放在那里，他们认为从此太平，不会再有人敢于反抗。他们只要有能欺负百姓的本事就够了，欺负百姓难道还需要什么兵法吗？"他忍不住笑了起来，于是众人也跟着他笑了起来。

"两军相遇，勇者胜。你们比秦兵勇，自然是你们胜。两勇相遇，则强者胜；两强相遇，则智者胜。陈胜王揭竿而起，你们和秦兵比的只是勇。秦兵一向认为百姓是服服帖帖的羊，而他们是看羊的犬，他们不知道羊也有发怒的时候。等羊们一齐把角顶向他们的时候，他们就敌不住了。可是羊毕竟不是虎和狼的对手，等到真正的虎狼之师从咸阳城里扑出来的时候，羊群再勇敢也只能被它扑倒、驱散了。况且羊群中有的还在互相践踏，使羊群更散更弱，虎狼更凶更猛。"

项羽的话，使士兵们的心情又回到了起义以来胜与负、是与非的大起大落中去。

匡和紫陌是跟着陈胜和吴广最初在大泽乡起义的九百个戍卒中的两个。他们本是居住在闾里左边最贫穷的农民，依附于住在闾里右边家境稍好些的有田产的人家以给他们做雇工为生，在官府的户籍中本没有他们的名字，发徭役本也派不到他们的头上。他们虽然贫，虽然苦，虽然被住在闾门右边的人家看不起，但原先他们还只是苦在故乡的土地上，不像那些户籍本上有姓名的正式子民一样，一到成年便要被征发去当兵或做工，这对他们的贫苦来说也算是一种安慰。因为住在闾右的人们虽然身份比闾左高，可是随时都有被征调去戍边或服劳役的可能，而且一去则十有六七的人永远不能回家了。可是等闾右的青壮年都被征尽了以后，他们这些等而下之的闾左之民也被赶进了戍卒的行列，要送往渔阳去戍守。如果不是那场大雨，他们早已成了穿黑衣的秦卒。如果不是那场罕见的大雨阻滞他们耽误了行期，把他们置于必死无疑的境地，陈胜和吴广绝不会有奋而起义的决心和勇气。是这场大雨改变了他们这些最低微的农民和最不可一世的大秦帝国的命运。

苍天好像突然漏了，大雨是在完全没有征兆的情况下骤然而降的。仅仅半个时辰，万里无云的晴天就变得满是乌云翻滚，那种翻滚让人看了惊心动魄。也不知道什么时候翻滚停止了，天变成了完完整整的厚而黑的一块，紧密得没有一点缝隙，却无处不在往下漏水，不是雨丝不是雨条而是雨柱，下了一天又一天，无休无止，让人奇怪天上怎么会有这么多的水、平时这些水在哪里。九百名戍卒全都只能躲在大泽乡一个山包上的几孔大窑里。从窑口往外看，茫茫一片大水，看不出路在哪里。按照秦法，戍卒不能按期报到，其罪当斩。这是老天在要这些穷苦人的命啊！

陈胜叫紫陌冒雨出去蹚蹚路，紫陌刚出去不远，脚掌便被一个尖利的东西划破了。倔强的紫陌心中有气，想看看划破自己脚的究竟是何物，从稀泥里摸出来一看，竟是一个青铜戈头。他带回去交给陈胜看，陈胜看不出名堂，吴广却认出戈头上有楚国的铭纹。他一下子想起大泽乡属蕲地，告诉陈胜，十几年前，项燕所率的楚军正是在这里败于秦将王翦，有一种传说项燕并未死去，只是不知所归。大概正是紫陌捡到的这个青铜戈头使陈胜的心中萌发了造反的念头，当时围在他身边的人事后回忆起来都说，那一刻陈王的面色也凝重得像青铜一样。老天是在要这些穷苦人的命吗？这些人有命无命已没有太大的差别，老天何苦还要他们的命呢？老天莫不是要借这些穷苦人的命去亡他大秦国的命吧！无缘无故地下这么大的雨总该有点什么道理。陈王当时就说，听说前不久从天上掉下一块石头来，上面竟刻了六个很难认的字，后来还是叫有学问的人给认出来了，刻的是：始皇死而地分。吴广当时出神地看了陈王好一会儿，然后说道："从天上掉下来的东西必定是有道理的。"好在押送他们的那两个将尉在另一孔窑中喝酒，否则听到了非用鞭子狠抽他们两个不可。

大雨在当天下午忽然停了。那个傍晚的晚霞红得骇人。天黑以后，有几个戍卒从河里摸上来两条鱼叫匡帮忙杀了几个人煮煮吃。匡在掏鱼肠子的时候发觉里头有个东西有点怪，摸出来就着火光一看，是一片帛，上头竟有字，有识字的过来一看，惊得闭不拢嘴，帛上面写的是"陈胜王"。这消息立刻就在戍卒中间悄悄传开了。到了半夜，野地里不断地有狐狸叫，叫得却像是人声，"大楚兴，陈胜王"。那一个晚上谁也没有睡着觉，都在三三两两地悄悄议论这些怪事，只有陈胜自己好像蒙在鼓里浑然不觉。

第二天一早，两个将尉便赶着众人要上路。吴广不肯走，说反正行期已被大雨误了，与其赶去把脑袋往砧板上放，还不如就此逃散，各谋生路。将尉一听就火了，一个抢起鞭子就抽他，另一个拔出剑来想干脆杀了吴广示众。就在这时候陈胜手持那支戈头，从侧后一下子就击中了持剑将尉的颈项。吴广趁势夺下剑来，另一个将尉想放下鞭子去拔剑时已经晚了，吴广的剑已经刺穿了他的小腹。陈胜和吴广相视击掌，摘下两将尉的头盔戴在自己头上。

吴广环视众人说："晚夜鱼腹有书，野狐有声，皆曰陈胜王。此乃天意，不可违拗，就请陈胜为王，救我众人性命！"

陈胜举臂高呼道："遇雨失期，我们都已是必死之人。壮士不死则已，要死就死个轰轰烈烈，王侯将相，难道是生来就注定的吗？"

众人群情激奋，跟着举臂高呼："我们听你的！"于是陈胜袒露右臂，众人也都跟着袒露右臂，筑坛盟誓。坛下放的是两个将尉的首级，坛上插的是公子扶苏和楚将项燕的旗号。不可思议的是这些衣衫破烂的人们的武器只是锄头、钉耙和木棒竹竿，可在他们的呼啸冲击下那些持戈荷戟的秦兵竟望风而逃，有的干脆掉转身便加入了义军的行列。大泽乡和蕲县几乎没遇到什么阻力就一攻而下，随后的郅、赞、苦、柘和谯地也都被愤怒而兴奋的义军浪潮吞没。每下一地，人数便几乎增加一倍。义军攻苦的时候，鲁直正在县尉家里为他织布。义军攻城的呐喊一浪高过一浪，县尉到城门上督战去了，家里的老婆孩子慌得手足无措，却还神经质地逼着他不停地织。他有心把梭子扔到县尉老婆的脸上，却又怕义军万一攻不下城他还得在县尉的掌握之下。他弯着腰在织机前一躬一躬，把梭子从左手投到右手，再从右手投到左手。但他从来也没有织过那么差劲的布，因为梭子也像他的心一样在经纬线之间扑扑地乱跳。他胡乱扔着梭子，心里在念叨着，城快点破吧，快点破吧，城破了就立刻去投奔义军，再也不要坐在织机前织这永远也织不完的布了。没有多一会儿，县尉家里的忙乱就变成了号啕大哭，原来守城的士兵大部分都已临阵脱逃，县尉眼看城守不住，已经自杀身亡。鲁直充满快意地用小刀把绷在织机横档上的经线统统划断，他看了看堆积在织机下的十几丈白布，心想这布已不能用来做衣服穿，只能用来为县尉裹尸了。他对那个整日愁眉苦脸的县尉此时倒有了一丝同情，其实当个县尉也并不痛快，朝廷的一切军事、治安、征发徭役、管理士卒等等狗屁事情全要由县尉来管，当县尉的对人固然凶恶，可是稍有差错也要受到朝廷的严厉处罚。虽然对下可以作威作福，对上却也如临深渊如履薄冰。别人可以逃走，他又何必一定要为秦廷效死呢？他从县尉家里找了一把剑握在手上，看见县尉老婆惊恐的目光，对她说："我不想杀你，我只是想要它来顶我的工钱。"他差点挥剑把织机劈掉，以表示对役使了他十几年的这架木头桎梏的愤恨，但是剑重重地举起又轻轻地放下了，他想那县尉已经死了，天下一变，县尉的老婆孩子以后说不定就要靠这架织机谋生了。打进城来的义军已经从县尉家门口的街上走过，他举着剑加入了进去。走了很远，才发现左手里还握着那支梭子。他想扔掉它，挥起手来却没有扔得出去，那块光润的枣木从领口滑进了他的怀里。

里角则是在柘投奔义军的。当柘县县令向义军投降的消息传来，他们那个窑里为阿房宫烧制的一窑精致的官陶正好出窑，他和一群窑工们欢呼

10

着把那一片刚刚从窑里起出来的还热得烫手的陶器统统砸成了碎片，他们觉得砸坏陶器比制作陶器不知道要愉快多少倍。这些陶器本来是要装了车子往咸阳运的，现在已不用了，而车子和马正好拿过来当作投奔义军的见面礼，打仗和运东西都用得着。等到攻占陈郡时，义军已经有了六七百乘战车、一千多骑兵、步卒数万人了。

从大泽乡一路打到陈地，那情势真像是用柴刀劈竹子一样，没有竹节的地方直往下裂，有竹节的地方，稍微用劲一磕，把柴刀左右拧两下，竹节也就开了。陈地在春秋时是陈国的国都，战国末期，楚国曾自郢迁都于此。秦兼并天下，这里又成了陈郡的首府，鸿沟和颍水在这里汇合，是南北交通的要冲。陈胜就是在这里自立为王，国号"张楚"，并派各路信使把"张楚"立国陈胜称王的消息广布天下，而各地豪强也纷纷响应。但恰恰是从称王立国的陈地开始，起义军的运气发生了转折。

在陈地陈胜王分兵向四处进击。紫陌是先跟着符离人葛婴向东征伐。葛婴大概不知道陈胜有自立为王的打算，或者是知道但是装糊涂，到了东城自说自话地立了一位据说是楚国王族的襄强为楚王。没过几天便听到了陈胜已立为王的消息，想想自己立襄强为王不妥，便又把襄强杀掉了去报告陈王。这个举动引起了不少弟兄们的议论：怎么能够随随便便地立一个王又杀掉这个王呢？这样的将军未免有点让人感到不可信赖。果然，不久以后葛婴回到陈地去向陈王复命，陈王又把他给杀掉了。在那样乱哄哄东征西伐的日子里没有人去细想葛婴立楚王对不对和陈王因此而诛葛婴有没有道理，反正起义军中乱立为王和乱杀自己人的事却由此开了头。紫陌感到义国将士们的心明显地开始散了。

武臣奉陈王之命去取赵地，到了邯郸便自立为赵王。他比葛婴胆子大得多，不但将在外君命有所不受，干脆自己就成了一国之君，还封了陈余、张耳和召骚为大将军和左右丞相。陈王一怒之下要杀了武臣的全家，被上柱国蔡赐劝住了：为了抗秦大计，还不如承认他为赵王，但要他赶快引兵入关。武臣这个人赵王是要当的，可是却不愿入关去和秦军拼杀，而派人往燕国去扩大自己的势力。义军中开始了各自为政，陈王的权威受到了挑战。

里角随着将军周市奉陈王之命向北进攻，攻下魏地以后，周市便立魏国旧贵族魏咎为魏王。这时候齐国的田单也在狄县自立为齐王。陈王是王，魏王齐王也是王，人只要一称了王便互相不买账了。这些王起兵原本是为了反秦，可是一称了王就把秦廷远远地丢在了一边，就近开始为抢地盘攻杀起来，周市领兵攻齐，结果被田单打得大败，军溃身死。

匡跟着大将军周文倒是一路顺利地攻进了函谷关。周文是义军中公认的最会用兵的将领，因为他曾在春申君门下当过客，也在项燕的军中担任过占卜吉凶的军职，陈王向各路派出的大军只有他这一路战绩最为辉煌。西征大军一路闯关夺隘，所遇秦军基本上都不堪一击，所以周文踌躇满志，认为直捣咸阳已是指日可待水到渠成的事了。没想到军到戏下，秦国大将章邯率领二十万大军从咸阳猛扑出来，义军一路西进从没有碰到如此强悍的对手。义军摇旗呐喊，秦军不动声色。义军士兵们定睛看去，这一次面对的秦军和以前面对的秦军完全不一样，不但军阵严整，而且武器精良，连士兵的身材也比义军们高大健壮。周文催义军进攻，秦军虎视眈眈严阵以待，不再是望风而逃的兔子，而是拼死一搏的狼群。在秦军气势的威逼下，义军的步履慢了，步伐乱了，有的停下了脚步，有的虽还在硬着头皮进攻，但取胜的信心已不足。到了秦军阵前，一直沉默着的秦军忽然大声呐喊，整个军阵黑压压地压了过来。义军慌乱中被一举击溃，一败再败，撤出函谷关，被逼到曹阳，最后退到渑池，终于彻底被打败了。周文恨自己不是章邯的对手，自刎而死。

匡跟着败军再向东逃，逃回陈地。碰到从荥阳前线败逃回来的紫陌和鲁直，才知道假王吴广所率的一路大军也已被疾驰而去的章邯击败了，前线的战事一团混乱。假王吴广是个深受士兵爱戴的好人，当陈王已经在陈地的宫室里享受着王的权威和华贵时，他仍率领着围城的军队在荥阳城外攻坚。但吴广毕竟不会用兵，荥阳苦战不下，又听到周文兵败，章邯正率大军向这里袭来的消息，有点不知所措。自认为会用兵的将军田臧和李归为了夺取兵权，竟假借陈王之命杀了假王吴广，并把假王的首级派人送给陈王。不服田臧和李归的弟兄们都认为陈王一定会派人诛杀田臧和李归为吴叔报仇，没想到陈王竟接受了这个事实，并且派使者赐给田臧楚国令尹的大印，封他为上将军。这时候陈王在都城不念故旧的一些事情也传了出来，于是他的威信大大跌落。虽然他还是统领各路大军的王，但是义军士兵的心已经开始散了。既然和他一同起义的副统帅吴叔可以被部下随随便便地说杀掉就杀掉，不但不受惩罚反而还加以封赏，那么他自己的权威和性命也就岌岌可危了。

而且田臧和李归也并不会用兵，田臧以大部分精兵迎战秦军于敖仓，被章邯大败，战死。紧接着章邯进逼荥阳城下，李归也战死了。不久前还所向披靡的起义军在章邯的打击下竟只能作鸟兽散。等他们逃回陈都时，陈王自己也已被他的车夫庄贾杀死。他们只能继续奔逃，听说哪里义军的人多便往哪里逃。从跟着陈胜和吴广在大泽乡起义到现在仅仅六个月的时间，他们神情恍惚就像是做了一场大梦，不知道这半年时间是怎么过来的，只记得开始是冲杀和胜利，后来是失败和溃逃。

现在，他们站在薛城城外的大校场上，由收编他们的将军项羽授以兵法。

匡、紫陌、鲁直和里角都是陈王的旧部，项羽从跟随叔父项梁和自己渡江的八千子弟兵中挑出了一个矢手子张来给这四个做示范的戈、戟、殳、矛手当伍长。

项羽挨个拍了拍他们的肩膀："从今以后，你们这五个人，就排成了一个前后有序的列，就结成了一个生死相依的块。在作战的时候，你们要各自站好各人的位置，前面的人，是后面人的锋芒；后面的人，是前面人的依靠。前后的人也互为锋芒和依靠。两人打架可以逞匹夫之勇，而军队作战，则必须靠结为战阵的力量。五人成列，就是战阵的最基本单位。从今以后你们五个人不再是五个单独的人，而是一只手上的五个指头。五指握拳，只有拇指在外才能握得紧；其余四指要想捏东西，也只有和拇指配合才能捏得牢，所以拇指为长。他——"他指着子张，"就是你们四个人的伍长。"

矢手子张把左拳横举到颌下，向项羽行了一个楚军的军礼。戈、戟、殳、矛手也跟着做了，项羽对此感到满意，也向他们还以军礼。观看的士兵中有人喊了起来："将军威武！"于是数万人全都喊了起来："将军威武！"项羽不禁有些激动，横起左臂向全场致礼，同时大声喊道："楚军威武！"数万人发出一片欢呼，同时都把左拳横放到颌下，向年轻的将军致以敬意。

待声浪滚过，项羽示意伍长子张发出口令。子张喝一声："执兵！"四个士兵把竖放在他们身前地上的四件兵器举了起来，依次是戈、戟、殳、矛排成一排，每件兵器都有他们的两三个身高那么长，矢手子张挎的是弩。

项羽走到匡的前面，拿过他的戈，用剑把戈柄从中间截断。又拿过紫陌的戟，把戟柄从三分之一的地方截断。他走到鲁直面前，把他的殳柄只稍稍截短了一点。他拿过里角的矛扔到一边，对在边上的军尉喊："给他取一支更长的矛来。"军尉拿来了一支新矛交到里角手中。现在他们兵器的长度和原来有了明显的不同，由整齐划一变得参差不齐了。戈有一人半长，戟有两人长，殳有两人半长，矛最长，有三人长。而矢手子张的弩因为挎在身上，显出的只是他自己身体的长度，恰似四指之外的拇指。项羽的举动不但使这四名士兵感到疑惑，也使在一旁观看操练的几万士兵们都搞不懂。

项羽对大家讲解道："为什么一定要五人才能成列呢？古人说，伍，相聚也。古人又说，参伍犹错杂也。"他看着士兵们不知所以的表情，笑着骂了一句，"他妈的，讲这些太文绉绉了，讲了你们也听不懂。简单地说，现在打仗的主要兵器就是这五种，各种兵器有着不同的性能，用这五种不同性能的兵器来组成一个最基本的作战单位，才是战斗力最大的作战单位。"

匡问："为什么要把我们俩兵器的把儿弄短，却把里角的矛加长呢？原来那样一般齐不是更好看吗？"

项羽哈哈大笑："小家伙，你伸出你的手来看看你的五个手指头是不是一样长？"

匡把手藏到身后，不好意思地笑了。

项羽说："人有五指，长短不一，作用也不同。兵器也是一样。戈是啄兵，就像你们在家种地时用的锄头和镰刀，主要是靠援内刃钩杀和喙端啄杀去杀敌的，有外刃的戈当然也可以做推杀的动作，但还是以钩杀和啄杀为主。镰刀的柄没有超过一臂长的，锄头的柄也没有超过一人长的，太长了就用不上劲。现在你们的戈柄都做得太长，这是制造兵器的那些人不懂得使用兵器的道理。

"矛是刺兵，因为矛具有一锋两刃，以前出刺击来杀敌，所以矛需要长，太短了就发挥不了刺击的威力；

"戟其实是戈和矛的合体，兼有钩啄和刺击两个特点，所以要长短适

14

中，既能够像矛一样突刺出去，也要可以像戈一样左右上下挥动自如；

"而殳则有棱无刃，是击兵，靠力量去打击敌人的身体和兵器，也要有一定的长度才能打得重打得狠！

"各种兵器打击敌人的方式不同，长度也就不同。人一拳可以打倒一步之外的人，却够不到两步以外的人，兵器的长度就是它的杀伤距离。因此要有长兵短兵的区分，也要有长兵短兵的配合。"

项羽一手持矛，一手执戈，站到这一伍士兵对面一边演示一边解释说："长兵的优势是能够在较远的距离上杀伤敌人，但它有一定的击刺死角，不能对付抵近之敌。一旦一击不中，优势就立刻变成了劣势，这个缺点就需要以短兵来掩护。而短兵的杀伤距离有限，很可能还没抵近便被敌人的长兵击中，所以又需要长兵来掩护。以长补短，以短救长，长短相助，互为依靠。这就能使一伍之卒在战阵中立于不败之地。《司马兵法》说，殳矛守，戈戟助，弓矢御。最短的挥动起来最灵活有力的戈在最前，最长的可以飞射而出的弓矢在最后，以这五种杀伤方式和杀伤距离都不相同的兵器构成一个战斗单位，强弱长短杂用，才能够最大限度地发扬威力，克敌制胜。为什么一定要如此配置呢？"他指着匡和紫陌问，"你们现在挥戈抡戟是不是比以前更灵活有力？"

匡和紫陌舞动着兵器，点头说确实是的。过去柄长，挥起来慢，打出去也不容易收回来，现在截短了，真的利索多了。

项羽接着说："作战时前端短兵与敌相接，戈和戟都是勾兵，需要自上而下的啄击和左右前后的钩杀，只有放在前排才挥动方便，要是往后放还容易伤到自己人。而后排殳和矛的击刺动作最便于隔人助杀。短兵有长兵的掩护，安全就有了保障；长兵有短兵的间隔，就有了伸缩的空间。前四人以矛为纵深，弓矢手则以前四人为纵深，在战斗中可以不停地放箭来杀敌。"项羽走到子张面前，突然问，"你已经从军了，箭囊里怎么还装着鱼叉？"

子张笑道："驻军休息的时候我可以用它来叉鱼吃，不过北地有鱼的河塘要比江东少多了。打起仗来的时候，我的鱼叉也可以当箭使的。"

项羽很感兴趣地说："在故乡的时候我是看见过你投叉刺鱼的，很准。你可以让这里的弟兄们也开开眼吗，就投那根旗杆如何？"

子张道："谨遵命。"取出那枚鱼叉略瞄了一下便往旗杆投去。鱼叉擦着旗杆滑过。项羽有些惋惜地说："看来你叉鱼的技艺已经有些荒疏了。"

子张有些不服："那是因为我叉鱼的时候眼中只有鱼，而那旗杆上没有鱼，所以叉不中。"

项羽说："好，容你再试一次。"他走到旗杆边拔剑在上面刻了一条鱼。子张再次投掷鱼叉，果然正好击中那条鱼。项羽击掌叫好。对子张说："如果在战场上要用到它的话，我希望你把敌人的脑袋也看成鱼。"他把那枚鱼叉拔下来还给子张，"你是伍长，我请你为我带好这四位兄弟！"子张想说将军放心，话没说出来，眼中却有一股热流涌了出来，他知道他的性命从此必须和这四位北地兄弟连在一起了。

项羽转向众士兵们说："五个士卒构成一个五兵交错的战斗整体，这就是伍！一支军队，必须聚则成阵，散则成列。队形根据具体情势可以密也可以疏。但是在任何情况下，疏散的最小单位也是以伍为限度的，再散就会成为溃不成军的单兵了。"

项羽这样一讲解一演示，在场的义军将士无不如醍醐灌顶，原来一个行伍的伍字里便有这许多他们闻所未闻的用心和道理。在项羽之前的任何一个义军将领包括公认最懂兵法的周文也从没有给部队讲过这种用兵打仗的最基本然而又是最有用的法则。义军和秦军作战向来都是排好了阵势高声呐喊着向敌人蜂拥而去。现在看来那随便排列的军阵严格地说来不能叫阵，只是众多怒吼着的士兵集合在一起形成了一种让敌人胆寒的势而已。义军靠的是英勇无畏，秦军怕死而且没有斗志；义军虽然是不懂战法的乌合之众，却个个奋勇当先，而十几年不打仗了的秦军早已荒疏了战术和阵法，所以军心一乱便一败再败。但是等真正碰上训练有素的秦军精锐之师，义军就不可能只凭着勇气和一阵猛冲乱杀取胜了。

匡回忆起和秦军的历次战斗，几乎每次都是像置身于一股强大的洪流中一样举着戈或挺着矛向前冲去，秦军也执戈持矛迎击。如果互不相让，持兵器的双方必有一方死伤或双方同归于尽。但是每到兵器相接时，义军士气正盛，而秦军士气已馁，往往是兵器还没有交错，秦军已倒戈拖矛而走，有少数敢于搏杀的因为失去了后援拼不了几下也就在戈矛交攻之下成了死鬼。每次胜利之后义军将士都要笑话秦军官兵是一群软蛋，真不知道这群软蛋当初在王翦和蒙恬的率领下怎么就能平定天下的。直到在戏下和章邯所率的秦军遭遇，义军才感到是真正碰到了一个比自己硬得多的硬物上了，才知道真正会打仗的秦军是多么厉害！周文指挥着他们一如既往地向秦军掩杀过去，杀到阵前才发现秦军不但没有丝毫动摇的迹象，反而军容严整地列阵以待。义军打惯了一拥而上凭气势压倒敌人的冲击仗，兵器都很长，因为长兵器能够隔很远就发挥作用。但是这一次这种战法却在坚固的秦军战阵前失去了效用，前排士兵的戈矛被秦军的长兵器架住了，后排士兵挤在他们背后已起不了攻击作用；而秦军执短兵的士兵却在持长兵器士兵的掩护下杀了出来，把挥动不开兵器的义军士兵一排排地砍倒。义军从来没有受过如此厉害的打击，顿时就阵脚大乱，而一乱一挤，兵器就更加挥动不开，只剩下了被动挨杀的份，所以大败。再以后和秦军对阵，心理上已处于劣势，散乱的战线再也经不住秦军严整战阵的撞击，于是战场的形势彻底倒了个个儿，变成了秦军锐不可当，义军连连败逃。义军士兵们尝到了章邯的厉害，却搞不清楚章邯究竟厉害在什么地方。今天被项羽一讲，才明白了胜败之所在。于是这位年轻的将领在他们的心目中便具有了一种神一般的威信，他不但以他超人的力量震慑了大家，也以他对兵器和作战的透彻了解折服了众人。本来在大家的心目中已经变得很黯淡了的义军的前途，在薛城城外的这个大校场上重又明亮了起来，这光源就在他那双和大舜王一样具有双重瞳孔的眼睛里。他们相信只要跟着项羽和他的叔父项梁，起义军就不会再蹈失败的覆辙。

项羽说："戈、戟、殳、矛、弓矢，这是在一伍士兵中武器配置的最基本排列，在战斗中每个士兵都要严守自己的位置，在最危险的情况下，头脑也要保持冷静，正所谓临险不乱；要记住，混乱就是失败的开始。每个士兵该如何保持住自己的作战位置呢？"他对矛手里角说，"把你的矛举起来。"里角照着做了。

"矛，是最长的兵器，它可以隔很远就击杀敌人。但矛并不是越长越好，因为兵器越长，击刺的死角就越大，使用起来就越吃力，对抵近之敌的攻击力也就越差。所以兵器的长度要有一个限度，不能无限制地加长。兵书上说：凡兵无过三其身。兵器最长不应该超过人身高的三倍。普通人身高一寻，而兵器柄长三倍于身高就是兵器长度的极限。三寻之长，也就是一伍士兵的作战纵深。"项羽让鲁直、紫陌和匡站到矛柄之下，殳手偏右，戟手偏左，戈手偏右。匡的头顶正好和矛头齐平。而殳和戟的前端超出矛头半人长，戈的前端又超出殳和戟的前端半人长。项羽指着这个阵势，"你们看，从矛底到矛头，是三寻。长了不好用，短了则缩短了队形的纵深。请大家牢牢记住：从第四名战士到第一名战士之间的距离是三寻！每个战士之间的活动范围是一寻。戟手，进，不能越过戈手，退，不能超过殳手；殳手，进，不能越过戟手，退，不能超过矛手。这样只要前列战士稍退或后列战士稍进，后面的兵器就能够突出于前列、隔人助杀了。在前四人奋力拼杀时，列在最后的矢手则要冷静观察，伺机放箭，注意听取号令并提醒前面四人的位置和动作。这样戈挥、戟挡、殳击、矛刺、矢射，五兵各用其强。而五人则互为依存，共其生死，握紧为拳，伸开为掌，进则并进，退则齐退，攻如疾风，守如磐石，这就是胜利的保证。打仗自然是要由将军来指挥的，但是作战却要靠每一个士兵。单个的人，再勇敢也会有胆怯的时候，再威猛也难以抵挡住四面夹击。所以我必须用伍来把你们组织起来。从此以后你们每个人不再是单个的士兵，而是一只手上五个手指中的一个。我知道你们都是最勇敢的战士，人在伍中，勇者会更添其勇，强者会更增其强。只要你们按照这个方法刻苦训练，再加上作战时将军指挥得当，我相信我们这支军队会无敌于天下！"

于是数万士兵再次欢呼："将军威武！"项羽也激动地报以："楚军威武！"真正的战斗还没有开始，仅仅是一堂最基本的步兵战术课，就使项羽在义军士兵的心目中成了胜利的象征。

伍，只是步兵最基本的作战单位。伍以上是两。两，是由五个伍组成的最基本的作战方阵。在两中，不但正面有长短兵器的配合可以进攻和防御，而且每一个呈直线排列的伍的侧翼也能得到保护。项羽又从士兵中挑出了二十名，组成了四伍，和最初叫出来作为示范的这一伍士兵组成了一个两。伍的教练，主要是单兵动作的组合；而两，从战术意义上来讲，已经是一个能够独立实施攻击和防御的基本战术分队了。用兵法来重新组建这些从前线败退下来的农民士兵，是今后和强大的秦军作战能否取胜的关键。在刚才的训练中。项羽已经深深地喜欢上了这一伍由他亲自挑选出来的士兵，他决定把他们像江东子弟一样来看待，当作自己最亲近最信赖的部队来使用。让谁来担当这个示范分队的头目两司马呢？他想到了一个人，他的目光在校场边的人丛中搜寻着，他看见了那张使他感到亲切的脸。项羽大声地喊出了他的名字："吕马童。"

2 赵 高

——如果没有太监赵高，秦二世胡亥恐怕登不上皇位。

秦二世胡亥觉得当皇帝真好。不过当皇帝也真累。始皇帝和他的三宫六院们生出了一大群公子，兄弟们中的许多人名气才分学问和影响都远远超过他胡亥，为什么偏偏是由他来继承大业当了二世皇帝呢？这就不得不感谢他的老师太监赵高了。始皇帝只生了他的身体，而把皇帝的宝座搬到他屁股底下使他普通的身体变为龙体的却是赵高，赵高对于他实在是恩重如山。如果不是赵高压下了那封始皇帝生前写给公子扶苏要他赶回咸阳来主持葬礼的信，并且对丞相李斯晓以利害，让他同意秘不发丧，伪造圣旨赐死扶苏，合谋拥立他为新皇帝，他胡亥只不过是众多公子中的一个，说不定已像自己杀死其他公子们一样被扶苏杀掉了。即便大哥扶苏心地仁慈不杀他，他今生今世也绝不可能有这样的至尊至贵。

赵高两腿间少了一个零件，胸窝里却多出了一个心眼，而多出的这个心眼格外的厉害！丞相李斯倒是有学问，但他绝不敢像赵高那样去改变始皇帝的遗命，并且伪造一封诏书去置扶苏和蒙恬于死地。当赵高看准了他的弱点把打算告诉他时，他的脸白得不见一点血色，手在发颤，腿也在打抖。倒是赵高镇定自若，他拿定了李斯一定会听从他的计划，他在胡亥的心目中绝对是一位了不起的大英雄。始皇帝吞并天下用了百万军队和毕生精力，而赵高只用一把小刀挑开了御札换了一封信进去，不动声色地就把整座江山从公子扶苏手中拿下，轻轻地放到了他胡亥的怀里。

为了掩饰始皇帝已经发臭的尸体，命令随从官员每人的车辆上都要装载一石鲍鱼，让人辨不出到底是什么东西在发臭，这样的主意也只有赵高这样的人才能想得出来。事情完全按照赵高的计划在进行。到了咸阳，把始皇帝放进了陵墓，把他放上了宝座。他当上皇帝的第一件事就是想去好好享用一下原来只供父皇享用的那些后宫佳丽，赵高却拦住他说："这些都不是你用的，下令让她们为先帝殉葬吧！"胡亥瞪起眼来大叫道："把这么多美人统统都埋进陵岂不太可惜了吗？"赵高对他说："你现在是皇帝了，是皇帝就该有皇帝的样子，对皇帝来说没有什么东西是可惜的。女人是什么，只不过是玩偶而已。天下的美人多的是，我已经命人为陛下去广为征选了，"他对他眨眨眼睛，"只怕陛下要忙不过来呢！"

开始的时候胡亥还动一点脑子，有什么事情还和赵高商量，赵高有什么想法也还和他商量，比如下诏书增加始皇帝陵庙中祭品的数目和祭祀山川诸神的礼数；比如怕年纪轻轻即位不久百姓不能诚心归附，也要像先皇帝一样巡行天下来显示龙威，镇服海内。这次巡行先往东抵达碣石，又沿着海南行至会稽。在巡行的途中，胡亥向赵高吐露了心中的担忧：这次出巡看到跟随的朝官和各地的郡守都是一些很能干的人，大臣们对新皇帝未必能心服口服，地方官员手中的权力也很大。还有那些公子们也都在暗中觊觎帝位，在这种情况下，屁股底下的宝座真的能够十分安稳吗？赵高看了他好一会儿，看得他有些心慌。然后用他那接近女人的声音说："这个问题我已经为陛下想了很久，只是陛下不问，我不便说罢了。先皇帝的大臣们都是国内有家世渊源的望族，不是自视贵胄就是居功自傲。而我赵高只不过是一个卑微的太监，只有一个长处，就是对陛下无限忠诚。如今陛下信任我，使我身居高位，执掌着朝中大事，无论是朝中大臣还是各地守官，虽然表面上顺从，心里却是很不服气的。对我服不服气其实没有什么要紧，只是如果把我搞掉，陛下的宝座恐怕就不稳了，先帝留下那么多公子，把哪一个抬举起来都可以做皇帝，那样一来，天下就要乱了。"

胡亥的眼睛发直："那该如何是好？"

赵高凑近他耳边："陛下何不趁巡行的机会，把那些有可能作乱的郡守都找个罪名杀掉呢？这样从大处来说，可以慑服天下，从小处来说，也可以除掉一些陛下你看不上眼的人。如今要掌握天下已经不是古代圣贤那样文绉绉地讲道理的时候了，一切取决于权威和武力，陛下应顺时就势地做，千万不要犹豫。对于大臣和官员们，剪掉一批羽翼丰满的；而对于剩下的那些人，低贱的让他尊贵一点，贫穷的让他富裕一点，疏远的接近他一点，如此分布恩泽，就会上下归附、国家安定了。"

胡亥觉得赵高说得透彻极了，于是便狠下心来杀戮大臣、官员和诸公子，一路巡行一路杀下来，把他和赵高认为该杀的都杀掉了，天下自然就太平无事了。开始胡亥还学着始皇帝的样子每天批阅各郡和各官司报送上来的竹简，始皇帝每天的批阅量都在一百斤以上。批阅了没几天胡亥便受不了了，他实在不理解父皇为什么每天非看这么多枯燥无味的公文不可，当一个皇帝已经够累的了，脑袋还那么累那怎么能受得了，难怪父皇尽管求遍了仙药还是不能长寿。于是他把这苦差事统统推给了赵高，反正他晚上无事可做，愿意看一看倒也是一种消遣。至于赵高看不看，那就是他的事了。他感兴趣的事只有一件，那就是一路搜罗美女，高的、矮的、胖的、瘦的、臀肥的、腰细的、奶大的、奶小的，他都喜欢。有时候等不及夜晚到行宫里再去行事，白天在御车里就要玩耍起来。大秦的驰道虽然修得又宽又直，但对于要在行驰中的车辆里行这种微妙之事，还是远不如宫中的床榻舒适平稳。于是胡亥对巡行天下已感到乏味，希望能够快点回到咸阳的皇宫里去过安安稳稳的美女如云的生活。实在颠得他不耐烦时，他便下令停车，等他痛痛快快地把事办完再走。于是每当巡行的车队在途中毫无理由地停下时，文武百官们都知道，这时候皇上正在工作。

在外面的广阔天地巡行了一圈回到咸阳，胡亥觉得咸阳宫已不够气派了。阿房宫的建筑因为始皇帝的驾崩而停了下来，现在骊山的皇陵已经落成，应该接着修阿房宫了，如果把半座阿房宫放在那里，岂不是要让人说将始皇帝的事业半途而废吗？于是和赵高商议，立刻恢复阿房宫的修筑，同时派兵安抚四方夷狄，一切按始皇帝在世时的既定方针办。为了京城的安全，增加征召五万材官屯卫咸阳。城中粮食的消耗量过大。便加额向各郡县征调，命令运送粮食的人员都得自带干粮，不得动用所运送的粮草。法律规定咸阳三百里以内，百姓不得吃自己种的粮食，一切保证都城的需要。现在，胡亥觉得可以彻底地让脑瓜休息，该尽情地享受作为一个皇帝所能享受到的最大的快乐了。胡亥是一个色情狂，他认为人所能享受到的最大乐事莫过于此，他变着法儿地整日在女人堆里打滚，从没有厌倦的时候。他认为衣裳对于宫女来说纯属多余，恨不得环绕在他眼前身后的美女们全都光着身子才好。但是咸阳的气候太冷，这一想法显然行不通，硬要这么做的话，那些美女们被冻紫了嘴唇冻僵了身子的样子也并不好看。于是胡亥设想要把阿房宫建造成一座在任何时候都具有四季气候的暖宫，在春天的和煦中看宫女们的嬉戏舞蹈；在夏天的热烈里勃发起旺盛的性欲；在秋天的凉爽中休养身体；而冬天的环境也是需要的，那可以用来惩罚那些使他不顺心的美人。而且还要把普天之下的各种美景都纳入宫中，那样只要在宫中徜徉，就等于是巡游天下了。

不久，忽然有驿使来报说荆楚故地有不少人起兵作乱，胡亥绝不相信这种消息。自己刚刚巡行回来，对于那些有可能威胁朝廷的人，该杀的都已杀了，再说天下的兵器早就被始皇帝搜缴来铸成了十二个巨大的铜人立在咸阳城里，哪里还会有人敢于起兵造反，他们又拿什么来造反呢？他问赵高这是怎么回事，赵高说很可能是那些郡守们被杀掉的地方有人不服气，故意放出这种风来骚扰朝廷。大秦国铁壁铜墙一般的江山哪有空隙容人起兵造反，充其量不过几个盗贼土匪打家劫舍而已。胡亥一怒之下，把那些谎报军情的驿使关进牢里。果然，后面再有驿使来京，胡亥把他们召来当面询问，不出赵高所料，驿使说确实只不过是一群土匪在打闹，郡县的太守丞尉们正在捉拿归案，想必已经全部抓到了，皇上不必再为此担忧。从此以后，再没有人来报告什么能让皇上不高兴的消息了。于是天下一片太平，宫中歌舞升平，二世皇帝胡亥的主要工作就是成天挺着他身上最锐利的武器在美女阵中杀进杀出。

可是只过了不到半年，左丞相李斯、右丞相冯去疾、将军冯劫和其他一些朝廷主要官员一齐前来上奏，说上次驿使们提到的那批乡村强盗原来并没有被郡守县尉们剿灭，而是越滚越大，称王称侯，已经聚有几十万之众了。有一支大军已经在一个名叫周文的匪首率领下闯入函谷关直逼咸阳。如果不能组织有效的抵抗……他们忽然都不说话，只用眼睛看着皇帝，看得胡亥心里发慌，不知该怎么办是好。还是赵高站出来为他解了围，他很不客气地对他们说："你们都是在朝为官的人，不能只告诉皇上说有人造反已经造到了皇宫的门口，而应该拿出平息造反的具体办法来！吃大秦的俸禄享大秦的爵位，难道只是为了来向皇上报忧不报喜吗？"

这下子轮到众大臣们面面相觑了。沉默了一阵之后，少府章邯站出来说："现在盗贼已兵临戏水，离咸阳已没有几日路程，而且有数十万之众。只靠咸阳城内的五万材官是抵挡不住的，调集邻近郡县的军队也是远水解救不了眼前之火。"

"那就看着他们打到咸阳城里来吗？"胡亥的声调都变了。

一向老实谨慎兢兢业业地掌管着皇家财物的少府章邯在这个非常时期忽然显出了他的伟岸过人之处：

"陛下，在骊山修建阿房宫的徒役有二十万，这是一支可以救急的生力军，请陛下颁旨，只要能扑灭盗贼就可以免去他们的罪，发给他们兵器，把他们交给我来指挥，我可以为陛下去剿灭那些作乱的盗贼！"

胡亥的第一个反应是："你把徒役们调走了，那我的阿房宫怎么办？"一句话噎得章邯差点喘不过气来。

李斯连忙说："陛下，只要盗贼平了，不愁没有人来修阿房宫；要是盗贼们真的掀翻了天下，"他不太敢说，又不得不说，于是声音越说越轻，"即便修好了阿房宫，陛下还能安心在宫里住么？所以，"他加重了语气，"请陛下大赦天下。"

胡亥抬眼看看赵高，赵高点点头："就依他们所说吧。"

于是胡亥说："那就大赦天下吧，让徒役去打强盗！"

8 薛城会议

——项梁双手端起青铜酒爵，一切都显示出一种当然的领袖风范。

十几年前，秦始皇统一天下，结束了延续数百年的战国时代。但在秦二世继位，大秦国危楼将倒之际，又一个战国时代却在极短的时间里重演了一遍。

陈胜吴广起义于蕲，定都于陈；葛婴在东城立襄强为楚王；武臣到邯郸自立为赵王；韩广在燕地自立为燕王；狄人田单自立为齐王；陵县人秦嘉在方与立景驹为楚王；其他纷纷起兵的义军首领如英布、彭越、陈婴、刘邦、董谍、郑布、丁疾、朱鸡石等都各领一军各据一方，打反秦的旗号，占自家的地盘；与秦军作战，也互相攻杀，整个战事一片混乱。在所有起义军中，只有离秦都咸阳距离最远的一支，灭秦的目标最冷静也最明确，这就是由项梁和项羽叔侄率领的江东八千子弟兵。他们从吴地而来，跨越长江，一路西行，挺进中原，会合和收编了召平、陈婴、英布和蒲的部队，到达下邳时已有六七万人，在寻找着与秦军决战的时机和地点。这时候最先起义的陈王已兵败不知所往，而背叛陈王自己拥立景驹为楚王的秦嘉却军驻彭城以东，竟要阻挡项梁军队的西进。项梁不得不引兵攻击秦嘉，追到胡陵时秦嘉战死，收编了他的部队。这时候秦章邯军剿灭了陈胜王的部队驻扎在离胡陵不远的栗县。最主力的秦军和真正的楚军就要开始交战了。

早在楚国亡国以后，项梁流落吴地，在流落中，他从没有忘记培育自己的羽翼，以便一旦有了机会就可以飞腾起来。他在吴中聚敛钱财，收罗门客，养精蓄锐，等待着有朝一日楚国能在他的复兴下东山再起。他所做的一件相当重要的事情就是倾其全力培养侄儿项羽，使其将来能够成为叱咤风云的一代将才。而项羽也不负所望，成了支持他事业的最强最有力的支柱。自从那次看秦始皇出巡项羽脱口而出惊人之语："彼可取而代也！"项梁就知道今后楚国和项家所有的光荣和希望都寄托在这个像舜一样生着双重瞳孔的小侄儿身上了。从起事时挥剑斩落郡守殷通的首级足见他的果敢；一路西进冲锋陷阵表现了他异常的勇猛；但是派他进攻襄城，因为城防坚固一时攻不下来，等到终于破城时，项羽在盛怒之下竟把抓到的几千俘虏全部坑杀掉了，却又显示了性格的暴烈。项梁担心他将来要吃亏就吃在这暴烈的脾气上面。好在他还年轻，而自己又在主将的位置上把握着他，他的勇猛可以充分使用，而他的暴躁和冒失的性格也会有人来控制。

　　现在，项梁把大军驻扎在薛城。因为在和秦军试探性的遭遇战中部将余樊君战死，朱鸡石兵败。这固然是因为朱鸡石指挥失当所致，但也说明面前的这支秦军实力和以往碰到的秦国地方军队实力大不相同。为了严格军纪，项梁按军法杀了在前线玩忽职守的朱鸡石。而把军队从微山湖西面的胡陵移至这一长条湖水的东边，和集结在栗县的秦军主力隔湖相对，则主要是出于战略安全上的考虑。这支由章邯统率的秦军自从击败周文的大军杀出函谷关以后，就一路屡战屡胜所向披靡，把原来声威赫赫的各路义军打得落花流水。而起义军方面除了项氏的这一支算得上军容严整，其他的各路部队都号令散乱，行动不一。项梁需要有一段时间和一个比较有利的地点，用一种策略来把各路起义军的力量拧成一股绳，这才能有效和有力地把暴秦给绞杀掉。

　　在薛城，项羽利用这一段休整时间来训练他新近收编的部队。而项梁则在策划开一次有各路义军将领参加的军事会议，因为他得到了陈王已经死了的确切消息，群龙无首的起义军需要一个比陈胜更懂军事、更深谋远虑、也更具感召力和凝聚力的新的领袖，而这个新的领袖，他自信只有他才能担当得起来。在这段时间里，有两个人前往薛城来投奔项梁，一个是沛人刘邦，一个是居巢人范增。刘邦是带了一百多个随从骑兵来的，而范增带来的只是他自己肩膀上的脑袋和胸中的计谋。刘邦是来向项梁请求给他一些兵马好让他去收复他得而复失的丰地；范增则别无所求，只希望项梁将军能够认真地听取他为之谋划的韬略。这两个人的相貌都给项梁留下了不凡的印象。刘邦宽额高鼻，长颈美须，一双看似混沌的眼睛里却不时透出明敏之光。是一个把机智都藏在憨态里的家伙。范增瘦骨嶙峋，长髯飘举，颧骨凸耸，目光深陷在眼眶里，却让人感到对世事有一种超乎常人的洞察力，而覆顶的白发说明这位老者已经阅尽了沧桑。项梁很高兴有这么两个人来投到自己麾下，他满足了刘邦的要求，拨给他五千战士和十个五大夫级的将官，让他作为自己的部将前去攻丰地；也满足了范增的要求，恭敬而仔细地听取了这位智慧的老者对天下大势的看法，并向他请教应该采取的策略。他派出去联络各路义军的使者也有了回报，各路义军首领都愿意听从他的召集，来薛城聚会共商伐秦大计。于是这个具有极为重要的历史意义的军事和政治的会议按照项梁的设想在秦国薛郡郡守的官邸里召开，这个会议决定了秦国的命运，也决定了薛城在孟尝君被封于此之后，再一次成为世人所瞩目的地方。

参加薛城会议的风云人物有陈王的旧部召平、郑布、丁疾、邓宗、吕臣；有六安人英布、原番阳令吴芮、昌邑人彭越、高阳人郦商、沛人刘邦和王陵、旧齐国的田荣、旧魏国的魏豹，还有项梁麾下的陈婴和范增。这些风云人物的核心和主脑是召集这次会议的项梁，在各方首领互相通报了各自起兵的经过和目前所面临的军情以后，总结性和决策性的发言自然要由项梁来做。项梁环视着这一圈坐在各自案前的人物，他知道其中的一些人之所以能成为这个时代的风云人物坐在这里发言或听取发言，并不是因为他们真的有什么过人之处，只不过是被涌动的潮流推举到了这里而已，他们也很快就会在这潮流中被淹没，历史难以记住他们的名字。而另外一些人就不一样了，他们真正是人中的豪杰，是在乱世里脱颖而出的出类拔萃之辈，他们能够坐在这里参加这个不同寻常的会议，靠的或者是过人的心智，或者是超人的勇力，或者是特异的禀性。比如身边目光深邃心思也深邃的老者范增，比如相貌魁伟英武、双颊上却被刺满的青字破坏了面容的英布，比如头发卷曲门牙暴凸的沼泽之王彭越，或许，还可以算上这个一见面就敢于开口向他请求五千兵马的刘邦。

项梁双手端起案前的青铜爵，满饮了其中的酒用来润润嗓子，然后又双手把爵稳而重地放下，一切都显示出一种当然领袖的风范："自陈王胜和阳夏君吴广在蕲地大泽乡揭竿而起，天下响应纷纷起兵到如今，已近一年时间了。在座的诸位毫无疑问地都是英雄。现在我们在这里商量天下大事，但是首先起义抗秦的两位最了不起的英雄却都已成了鬼雄。为什么起义之初，义军能势如破竹节节胜利，秦军捉襟见肘防不胜防；而没有几个月攻守之势逆转，秦军锐不可当，义军却处处溃败？这其中的道理值得我等深思。究其原因，义军将领大都起自田陌，不谙兵法，指挥失当固然是一个主要因素；但更重要的原因，我以为还在于天下义军缺乏一个统一的号令，没有一个能让各路豪杰心悦诚服的主脑。虽然陈王揭竿，天下响应，但陈王却不能有效地统领天下义军。各路豪杰各怀心计各有打算，以抗秦之名谋占地之实，今天你称王，明日他称王，称了王便一心经营自家田地，不再去管暴秦是否已灭，好像称了王就大业已就，大功告成，这实在是鼠目寸光。不但不联合起来向西攻秦，互相之间反而为了争抢地盘你夺我杀。要知道只要暴秦一日不亡，西面的猛狮饿虎迟早会向东扑来把这些王城侯地扫灭荡平。当初秦以西陲一国之力为什么能够渐次向东吞并六国？就因为秦能够连横而六国不能有效地合纵。如今，暴秦无道，天下恨之，一方举义，四面蜂起，这是天意要亡秦的时候了，难道我们要坐失天赐良机，再次去蹈六国灭亡的覆辙吗？"

项梁的一番话，出口成理，掷地有声，在座的各方将领们显然都被他震撼了，定定地看着他，一时说不出什么更有力量的话来。

范增撩了一下灰白的长髯："老夫可以说几句吗？"他看了一下诸位将领，又看了一下项梁，项梁向他点点头，于是他说："自陈涉于大泽起兵至今，已掀翻了大秦的半壁天下。可是陈涉虽然称了王，却已兵败身死。这失败是必然的，因为他不懂得掌握天下大势的策略。王侯将相宁有种乎！此语是大勇之言，却不是大智之言。王侯将相固然不是命中注定的，却也不是称了王就可以一直当下去，要看他是否有王者之风、王者之运，不然，勉强当了，也不能长久。可惜许多称王的人都不懂这个道理。当初秦灭六国，其中以楚人对秦的仇恨最烈，对故国的怀念也最深。自从楚怀王被骗入秦国作为人质不能归楚，楚人无不同情怀念怀王，时至今日仍怀念不已，这种怀念已和对秦国的仇恨结为一体。所以楚南公说：楚虽三户，亡秦必楚！陈涉起义，虽然冒楚将项燕之名，打起张楚的旗号，但却自立为王，不立真正可以为王的楚王之后人，所以不能笼取天下人之心，

26

势位不能长久。而陈婴则深懂这个道理，东阳少年起事拥他为王，他坚辞不受，等待真正能为王者，这是他的明智。而项梁将军起事于江东，楚国将士如群蜂飞至争相归附，正因为项梁君世代为楚将，人们知道他必定会立楚国之后，复兴楚国。"

项梁道："范先生说得极是，当此关系到我们大家生死存亡的危难时刻，我们首先不能考虑各自的一己私利，而是要考虑如何才能联合起来共同灭秦，暴秦不灭，各自取利只能是自取灭亡。而联合，需要有大家都能臣服的领袖。听说怀王之孙就流落在这一带民间，我已派人去寻找，如果找到，他就是我们这些起义军共同的领袖，大家以为如何？"

各路首领们互相看着，在目光中达成了一致的结果，最后都表示：就遵从项将军的意见。在这种情势下，这是他们唯一能做的选择。

数天以后，楚怀王的孙子从民间找到了，送到了薛城。这位王孙名叫心，被找到的时候正在给人放羊，如果没有王家的血缘，他已完全是一个乡村里的牧童，对世事朦朦胧胧，丝毫不知道自己属于一个显赫的家族，而这个家族曾拥有一个显赫的王国。能证实他身份的只有一个人：旧楚国宫廷里的一个小官宋义。楚国灭亡时是宋义把还是一个什么也不知道的小孩的王孙心带了出来，和他一起隐蔽在民间，过着最普通的日子。甚至对这个孩子也从没讲过他的身世，生怕招来不测的凶险。但是这个宋义却珍藏着有朝一日能够证明这个孩子高贵血统的必要证据，他远远地看着他像别的牧童一样在山坡上放羊，悄悄地守着一件只有他自己知道的稀世之宝。如果这件珍宝没有出土的机会，那是他宋义的不幸；而如果苍天有眼不负他宋义的一片苦心的话，在珍宝重新展现在世人面前时，他宋义也会一同变得价值连城。现在，终于时来运转了，他陪同王孙来到了薛城。薛城因齐国的孟尝君而闻名于世，曾经商情鼎盛，人文荟萃。虽经历了秦的统治，走在街面上仍然可以感受到当年的繁华。宋义看着王孙心从车窗向外看的惊奇的目光不禁感慨系之，这完全是一个乡下孩子进城的目光；当年楚国的郢都，何止薛城的十倍繁华，而这个国王的孙子却全无印象，世事变化，真是白云苍狗。在楚国灭亡之后一直默默地在王孙旁边当牧童守望者的他，也要有机会施展一下抱负，干一番大事业了。

而项梁需要这个王孙，虽然有楚复国的情感在起作用，更主要是出于一种统一天下抗秦力量的策略。他不需要别人来当他的领袖，他自己当仁不让地就是继陈胜以后的反秦领袖；但他这个领袖却需要一面在他的头顶上猎猎舞动使得各方力量都能听从他召唤的大旗。他并非不能像其他拥兵占地的首领一样自己封自己一个王位，但任何一个手中拥有一点实力的人自己封王都会有一种天下未定就急不可待地要分取天下的趁火打劫的感觉。这年头稍有几个兵马的头领都有称王的念头，自己也称王，便不能服众；而众王互不相服的结果，必然是被秦军各个击破。他之所以要从民间找到已沦为牧羊少年的王孙来作为所有起义军精神上的领袖，就是要造成一种天下为公的势态，使各路义军在大敌当前丢掉一己私利结成牢固的反秦同盟，把各自为阵的私家军队都纳入到灭秦兴楚的正义之师里来。暴秦一日不灭，任何称王称侯的念头都是不切实际的空想。

秦二世二年七月（前208年6月），项梁仍用楚国先王的谥号为王号，立楚怀王的孙子心为楚怀王，用以号召天下。任命陈婴为上柱国，辅佐怀王心建都于盱眙。项梁自号武信君，统领各路抗秦义军。

有几件不大不小的事情也是在薛城发生的。有两个当时还默默无闻后来却改变了天下的人这时候也都已来到了薛城，但他们人微言轻，根本没有参加军事会议的资格，在这时候的历史上也还看不出他们的作用。这两个人一个是张良，一个是韩信。

现在的张良，已经远不是十年前的那个一腔热血只愁没处抛洒的冒冒失失的年轻刺客了，在仔细研读那卷似乎是神人授予的兵书的十年时光里，他刚烈的性格已变得柔韧而绵软。但只要当他有怔神的时候，他的耳边总是响起十年前那只大铁椎划破空气向着驰道上秦始皇的坐车飞去时的嗡嗡嘶鸣声。那只传说中的大铁椎，实际上只是一只大铁锚，那是他到东夷之地去拜访沧海君时看到一位渔家大力士所使用的东西。他到那里时正赶上大力士的村子和邻近的渔村发生了争执，两村人都驾着船只要在海面上进行一场械斗。只见那位大力士一怒之下摘下了船上的铁锚，抓着锚链在头顶抡得呼呼作响，猛然一撒手，那铁锚竟凌空向对方飞去，将对方的一只小船击得粉碎。械斗以邻村人的败退而告终。力士飞掷铁锚的场景激发了张良的复仇力量也激发了他对复仇方式的想象。于是他倾尽全部家资招募了这位有非凡力量的勇士，供他好吃好喝，只要他每天练习投掷铁锚。终于等到了秦始皇东巡的机会，他带着力士预先在巡行车队必经之处博浪埋伏，那是离驰道有百步之遥的一段陡崖。没有人想到他们会以这种方式行刺，所以前卫士兵也没有搜寻到陡崖上来。皇帝的车队越来越近了，旌旗飘摇，尘土飞扬，他和力士的两颗心狂跳着撞击得胸骨作痛，有一个瞬间力士竟然丧失了力量。张良向他低喊："我们那么多天的准备不就是为了这一刻吗？"那辆最华丽的车子驶到正前方时，力士终于镇定住了，他举起铁锚在头顶挥动起来，他放开铁锚，只留锚链在手里，铁锚在他头顶一圈又一圈转着，越转越急，越转越快，他忽然撒手，铁锚呼啸着向车队飞去，锚链像抖动的蛇尾在空中发出一串惊心动魄的声音。铁锚落地应该是有一声轰然巨响的，但他们只听见铁锚在空中飞动的声音，却听不见铁锚撞击车辆的声音，只见那辆漂亮的四匹马拉的车子像一朵花一样突然绽开又突然散落，失去了车辆的四匹惊马猛然向前冲去，撞到了前面的车壁上。而那铁锚的锚链甩过去击倒了一个在旁边护卫的士兵，把他像一片树叶一样击出去老远。秦始皇是在这辆车里吗？他不敢肯定这次行刺是否成功，只听身边力士对着他的耳朵大吼了一声："还不快跑！"于是他像被从梦中惊醒一样开始狂奔，等他找到了一个安全的地方隐藏起来时，那力士已不知去向了。他后来再也没有见到这位力大无比的勇士。只知道那个被世人称之为大铁椎的大铁锚击中的只是一辆副车。以后他隐姓埋名，躲藏在下邳一带。他是在下邳认识了那位神秘的老者黄石公。也是在下邳结识并救助了落难中的楚国贵胄项伯。而这位项伯的一个兄弟，就是现在赫赫有名的武信君。

张良现在是沛公刘邦手下的厩将，刘邦很看重他，不仅因为他是十年前敢于行刺秦始皇的勇士，还因为十分欣赏他满肚子的兵法。他碰到过的其他几个义军领袖没有人对他的满腹韬略感兴趣，甚至根本不相信这个文弱书生会懂得什么兵法，认为不过是读书人的夸夸其谈而已。真正能够倾听他的想法并且认为非常有道理的人只有一个，那就是刘邦。在这一点上，张良对他有一种知遇的感激。但张良毕竟是韩国的世代贵族出身，刘邦的没有教养，他那出自乡间的痞子习气，又常常使他感到不太舒服。现在他知道了薛城会议的结果，拥立楚怀王为天下义军的共同君主。楚人有楚人的感情，韩国人自然也有韩国人的感情，张良的家族为五代韩国国君做过相国，能够恢复韩国，是他梦寐以求的事。他通过项伯的关系去游说大权在握的武信君："现在楚怀王已经是号令天下诸侯的盟主，齐国赵国魏国也都拥有了新君。韩国王室有一位公子横阳君韩成，是一位十分贤能的人，是否可以立他为韩王，同属楚怀王麾下。这样对收复韩国旧地，增强抗秦同盟的力量，对加快暴秦的覆灭是有好处的。"或许因为他曾是行刺秦王的勇士，或许是因为他的谈吐不俗，当然还有项伯引见的这层关系，项梁对这个身体瘦弱然而见识不凡的年轻人印象相当好，便委派他去找到韩成并立为韩王，让他以申徒的官职去辅佐韩王。于是张良离开了刘邦去干他自己的事业。

而韩信则没有张良的幸运，虽然他的抱负不小于张良，他的才智也不低于张良。但他没有张良那么高贵的出身，他只是淮阴地方的一介贫民；他没有张良曾经行刺过秦始皇那样的光荣历史，却有一个甘受胯下之辱的不好名声；他也没有张良和项伯那样过硬的关系，他只是听说江东的项梁已率军渡过淮水了，怀着干一番大事业的雄心赶来投奔他。但是来投奔的人太多了，有的带着车，有的带着马，有的拉着几十上百人的队伍，有的带着不薄的家财。而他韩信什么也没有，除了那把作为士的象征始终佩带在身上的剑。这把剑也算不得什么好剑，只是他自己十分珍爱而已。在项梁和各路义军领袖开会共商大计时，他只能作为一个普通卫兵守在郡守官邸的门外；在项伯带着张良去面见武信君陈述他的主张时，韩信也只能眼巴巴地看着他们满怀希望地进去又看着他们心满意足地出来。而他自己却没有能够接近那个决策圈的途径。有一次他实在忍不住了，在武信君从郡守官邸里出来时斗胆上前拦住了他，侍卫军官立刻训斥道："你想干什么！"武信君本人倒是和颜悦色地看着他："小伙子，你想说什么？"因为激动，韩信竟口吃起来："我想……和将军谈一谈……关于……作战……"武信君笑了："你是急于想和秦军作战了是吧，你放心，等我布置好了就要和他们作战的。只要你作战勇敢，我一定会提升你！"他亲切地拍了拍他的肩膀，就匆匆走了。是的，武信君太忙，而且以这样的态度对待一个普通士兵，也算是礼贤下士了。但他韩信，难道仅仅是一个普通士兵吗？有什么办法才能让这些自以为了不起的将军们发现自己呢？

另外，项羽和刘邦的初次相识，也是在薛城。他们相见时是一种什么样的情景，史书上没有这方面的记载，但是可以想象，这时候的他们还没有你死我活的利害关系，离后来的楚汉相争也十分遥远，作为武信君项梁十分倚重的两个年轻将领，他们之间是应该有一种惺惺惜惺惺的英雄感情的，而且在项梁派遣他们两人共同去进攻城阳、濮阳和雍丘的行动中，还结下了相当不错的战斗友谊。这点从后来项羽在鸿门宴上虽经范增晓以利害却仍然不忍杀掉刘邦也可以看得出来。

薛城，作为一个决定了反秦战争总体战略的重要地方，它的使命已经完成。起义军和秦军主力决定胜负殊死搏斗的战幕就要拉开了。

✓ 章邯出山

——他的第一步目标非常明确，取得军事指挥权，挥戈向外平定叛乱。

如果没有章邯，那么秦王朝的覆灭就不会延迟到公元前206年冬天，而是在前208年冬天就被农民大起义的第一次浪潮冲垮了。原来只是在宫廷中担任管理财物官职的少府章邯在国家危难之际显示出了非凡的军事才能，他的这种才能使风雨飘摇的秦王朝又苟延残喘了整整两年，并且差一点就又扫平了已经被众多的起义者们掀起来的半壁江山。

章邯这时候已年过五十。在他以从军开始走上仕途的这三十多年里，几乎参与了秦国统一天下的所有重大事件。他亲眼看着秦国这头了不起的猛兽像熊一样拍倒了一个又一个强劲的对手，像虎一样把它们吞吃掉，最后像狮子一样雄踞在华夏的中心。无论你走到天下的哪个角落，只要回头一望，都能看见它那硕大头颅上威武的鬣毛和它逼视海内的森严的目光；也无论你躲到哪一条山缝水隙里，也都能听到它摄人心魄的吼声。而这一切都只是在一个帝王的生命历程中完成的——始皇帝十七年，灭韩；二十二年，灭魏；二十四年，灭楚；二十五年，灭赵和燕；二十六年，灭了六国中的最后一个——齐。从此天下归于一统，这是前无古人的空前伟大的事业。章邯为自己是一个秦国人而感到自豪，也为自己在秦国的官阶上逐步上升而感到由衷的欣喜，他对于站在权力的顶峰上造就了这一切的那个伟人崇拜得五体投地。对于那个人委派给他的少府官职，他倾尽全力去履行自己的责任，不敢有丝毫的懈怠。少府是管理皇家财产的官员，下面设有相当庞大的机构，除了宫廷里的日常用度，修皇帝陵和建阿房宫的财物使用也都在他的管理之下。他必须用极其精明的算度来对待这一切事务，同时也必须用极其清醒的头脑来看待自己在这个庞大的官僚体系中所处的位置。他知道自己不是贵族，他也知道在那个人新建立的国家制度里，贵族已失去了原来的地位。这个把全部大权都握在手里并用这种权力去征服了天下的人绝不会松开手把权力交给贵族们去分享，也不会把土地再分配到其他贵族的名下，天下只归他一人所拥有，其他所有的官员，都只是替他在管理天下。天下确实和过去的天下大为不同了，除了皇帝以外，再显荣再富贵的三公九卿也都不再能拥有土地，只能吃皇帝的土地上长出来的粮食，一旦皇帝停止供给俸禄，他的地位甚至生命就都不能再继续了。

因为有着清醒的头脑，章邯对始皇帝如何配置权力和掌握权力的良苦用心看得很清楚。年轻时曾经历过长信侯叛乱和吕不韦专权的始皇帝，为了保证权力绝对地掌握在自己手中，对秦国旧有的官制进行了一系列的改动。一个皇帝要统治天下万事万物，掌丞天子、助理万机的丞相是必须要倚重的；但是因为有过大权旁落的教训，始皇帝知道丞相不但不可过于倚重，反而要加以必要的限制；虽然丞相分设左、右二相用以制衡，仍不能彻底放心。兼并六国之后，始皇帝不但把许多照常理该由丞相处理的日常事务一概由自己独揽，以至于每天都必须审阅一百多斤重的简牍；而且把军权从相权中分离出去，设太尉之职以掌武事。但是实际上主管军事的太尉之职从未授予任何人，只是虚设在那里，军权始终握在皇帝自己手里。皇帝对掌有重权的人的戒心是太大了，不但从相权中分离出军权，而且设御史大夫之职来制约相权。御使大夫的地位虽然低于百官之首的丞相，但凡是丞相有权处理的事务，御使大夫均可以过问；而御使大夫的许多职权，却是丞相所不拥有的。这样，在最高权力层的三公之中，丞相位高而权轻，御使大夫位低而权重，执掌军事的太尉之权轻易不授他人，始皇帝以这种方式保证了自己永远稳坐在权力之塔的顶端，任何人也丝毫动摇不了他对于权力的绝对掌握。从三公到九卿，从九卿到分布于全国各地的郡、县、乡、里，这种对权力的控制和掌握使章邯深深为之折服。但是，这种对权力的严格掌握有一前提，这就是坐在这个庞大权力体系中心枢纽位置上的这个人必须始终清醒而有力地控制着这整架机器，一旦主脑出了问题，整架机器就会处于极端危险的境地。

危险果然来临了，始皇帝在出巡时意外地死于沙丘。宦官赵高和丞相李斯合谋，不但秘不发表，而且设计杀死了本该继承帝位的公子扶苏，私自拥立浑浑噩噩的胡亥为二世皇帝。事情马上就起了变化，本来以为已立下万世基业的大秦帝国竟在忽然间就开始风雨飘摇了。章邯担任的少府之职虽在九卿之列，却在中心权力圈的外面，等他知道事情的真相时，国家的局面已经被赵高和胡亥弄得不可收拾了。章邯为英明一世的始皇帝感到无比的遗憾，他在对官员的使用和权力的分配方面用尽了苦心，却偏偏没有去防备一个太监。他为少不更事的二世胡亥深深地叹息，身为家有天下的主人，自己不会管理自己的家，把家交给一个净了身的奴才来管；这个奴才权倾天下，但管的却又不是属于自己的东西；以始皇帝的才智管理国家尚且要殚精竭虑，指望一个不负责任的奴才如何能把国家管理好呢？他为丞相李斯参与阴谋感到愤慨，辅佐始皇帝谋取天下的大智囊，一人之下万人之上的堂堂丞相，竟然因为私心和怯懦受制于一个太监，把一个威加海内的强大帝国在转瞬间推到了面临深渊的悬崖绝壁之上。当然，由于始皇帝对居于丞相高位的人始终存有戒心，使得李斯在君王身边始终如临深渊如履薄冰；但是当始皇帝不在了，面对的仅仅是赵高和胡亥这样委琐和无能的人时，他怎么就拿不出一点大丈夫的勇气来呢？他为公子扶苏的死感到深深的惋惜，扶苏是太仁义太顺从了，接到那封伪造的诏书，竟毫不犹豫地引颈就死，一点也不像他性格强悍的父亲。始皇帝心里知道其实相国吕不韦才是他真正的父亲，但在权力之争上丝毫也不心慈手软，该除就除，该杀就杀。扶苏如果有始皇帝一半的魄力，即使胡亥和赵高把持朝政，只要他和蒙恬领兵回朝，天下还是得归他扶苏所有。但是这一切全都不可挽回地发生了，章邯只能面对这已被搞得一团糟的局面。

那天在二世皇帝和众朝官面前挺身而出，担当起指挥军队平定叛乱的重任，对章邯来说是迈出了这一生最重要的一步。他将以剑代笔为大秦国的军队写下最后的战绩，而他也将以一个出色将领的身份在历史上留下自己的名字。对于各地叛乱蜂起，一呼百应，而秦国守军防不胜防，节节败退这一事实，他做了十分清醒的分析。各地都爆发叛乱，确实是因为朝廷的赋税太重、徭役太频、苛政太猛，百姓到了活不下去的地步，只能铤而走险；而且因为到处都在爆发叛乱，秦军所顾不及，本来是十分危险的造反行动不但危险性大大降低而且变得有利可图。而秦军的不断溃败，则是因为平定天下十几年后没有战事，从军成了一种吃现成饭吃舒服饭的轻松职业，士兵们已完全丧失了面对战争的心理准备，就像只会对路过行人叫两声的家犬，一旦看见以命相拼的饿狼扑来，哪里有不逃的道理。更主要的原因还在于始皇帝在世时亲自把掌兵之权握在手里，太尉之职只是虚设，没有别人能够统领天下的军队。而当始皇帝死去，统领军队的核心便也不复存在，各地方军队既缺乏战争准备又没有统一指挥，当然不可能有效地平定叛乱。而现在，该是他章邯出来建功立业的时候了。

他的第一步目标十分明确，先取得军事指挥权，挥戈向外平定叛乱，成为国家在危难之际的中流砥柱，以别人所不具备的力量挽狂澜于即倒。至于第二步，在取得了平叛的胜利之后再凭借手中的实力挥剑向内，铲除奸佞，重振朝纲，那时候他将成为再造秦国的伟人，不过这还是一个模糊的远景。周文的三十万大军迫在眉睫，必须击破它以解除对咸阳的威胁。好在他主管的少府既有完整的机构又有雄厚的财力，使他能够在极短的时间里把在骊山服劳役的二十万刑徒装备和组建成一支军队。用刑徒来充当军队这既是一个无可奈何的办法又是一个绝处逢生的奇想。叛乱的农民军之所以能够把远比他们装备精良的秦军打得节节败退，除了秦军处在没有统一指挥的散乱状态，章邯认为决定胜负的主要原因还是在于叛乱者的不怕死。叛乱者的军队并不懂得如何用兵打仗；而统治者的军队也早已在养尊处优中忘了如何用兵打仗，在都不会打仗的情况下，决定胜负的主要因素就成了人数和士气，两军相逢勇者胜，这是最显而易见的道理。一方越是取胜，士气越盛；一方愈是失败，士气也就愈衰。如果不能改变这种势态，也就不可能改变战争的局面。而现在，他要使用的军队是一群刑徒，这些刑徒和那些叛乱者一样，都是处在死亡的边缘的人。如果天下的形势不起变化，他们只能在沉重的劳役中一直干到死，用自己暗淡的生命为皇帝建筑起雄伟的陵墓和辉煌的宫殿。而农民的造反和章邯的出山则给了这些已命中注定要成为皇帝的殉葬者的人们一个机会：章邯把武器发给了他们，也把希望交给了他们。如果能够在平定叛乱的战争中取得胜利，他们将重新获得自由。他们不光是为皇帝而战，也不光是为保卫他们国家的都城咸阳而战，更重要的是他们其实是在为自己的命运而战！他们不会像那群饱食终日当危险来临只会叫两声便望风而逃的家犬，这些人是从深山里冲出来的狼群，他相信他们拼死一搏的勇气绝不会在那些造反的农民之下。叛乱者就要碰上秦国军队真正的武器了，而这对秦国来说是救命的、对敌人来说是致命的武器是由他章邯来掌握的。他知道起义者们已经习惯了胜利，已经习惯了一哄而上的战法和长驱直入的进军，已经习惯了敌人闻风丧胆狼狈溃逃，已经习惯了视自己为勇者视秦军为屠头。他们其实只是一群靠勇气横行天下的乌合之众，碰上一群连勇气也没有的惊弓之鸟，自然就成了所向无敌的精锐之师；可是一旦遇到真正强有力的抵抗，碰到比自己更硬的武器，他们的军心将为之震撼，他们的阵营将发生混乱，他们的勇气将被压过，他们的信心将会动摇，他们将发现对手比自己更敢拼命更不怕死，在真正有力的迎头打击面前，他们将还原成一群乌合之众。叛军首领周文过去在楚将项燕军中只不过是一个看天气好坏主占卜凶吉的小官，绝不会比在平定六国的战争中一步一步走上高位的他更懂得用兵之道。当然，章邯并不敢把所有的赌注全都押在这二十万由刑徒临时组成的步兵上；在咸阳城里还有五万材官，他尽可能地给他们装备马匹，使他们成为机动性强的预备力量。当周文策动三十万大军压过来时，他已把二十万刑徒之军在骊山脚下密集而有序地排开了战阵。每一个士兵的背后都紧抵着另一个士兵的武器，只有向前杀敌才有可能求生，后退一步就等于死亡。

起义军仍以他们惯用的潮水战术奔涌而来，但涌到面前发现面对他们的不是以往的沙堤而是坚固的礁石时，他们开始不知所措了。他们在以往的战斗中看惯了敌人的脊背，看惯了倒拖在地上的兵器，而这次面对的却是锐利的锋刃和凶狠的目光。他们一贯是所向无敌的，所以他们不能退却；但他们又从来没有遇到过真正冷静而有力的抵抗，他们不知道该如何来对付这种森严的战阵。他们停下了进攻的脚步，他们没有攻防有序的队形，他们试探着用兵器去拨碰敌人的兵器，他们呐喊着试图动摇敌人的士气，他们第一次感到他们的进攻并不是无坚不摧的。

秦军沉默着，在沉默中聚集着力量和勇气，在沉默中看着对手渐渐陷入慌乱和不知所措，在坚固的沉默中看着敌人的士气和力量在像潮水一样退落，秦军像一只巨大的刺猬，每一根刺都强硬地挺着，不但让敌人无处下口，而且使敌人感到了极大的威胁。忽然，随着章邯发出的号令，一直沉默着的秦军猛地发出呐喊，他们的呐喊比对手更整齐更威猛因而也更有震慑的力量，起义军在这呐喊声中开始胆怯了，随着呐喊，秦军前几排士兵忽然低伏身体，一阵密集的箭雨向起义军射来，起义军顿时阵容大乱，秦军乘势开始攻击，起义军的前锋被击溃了。这支起义军几乎从未被击溃过，所以根本就没有收缩撤退的经验，前锋的溃退引起的是全军的混乱，周文想在混乱中稳住局面已经不可能，再加上章邯布置在侧后的骑兵不失时机地杀向起义军的两翼，胜负几乎是在一次猛击之后就决定了。

这以后，起义军和秦军的攻守势态完全逆转。周文退出函谷关，章邯追出函谷关；周文在曹阳固守抵抗，挡不住章邯的猛攻，又退到渑池，终于被章邯大军彻底击溃，周文见大势已去，无法回陈地向陈王复命，只有以死来结束自己的使命。

章邯击败周文这一路起义军，又立刻率军扑向荥阳。荥阳已被吴广的大军围困数月，却一直没能攻下，围城不下的疲惫之师，最容易被挟勇力奔袭而来的新胜之旅击败。果然两军尚未交锋，起义军便起内讧杀了吴广。取而代之的田臧和李归也被章邯轻而易举地击败。章邯乘胜引兵向陈，这时候一个人在陈地享受着做王的富贵的陈胜既没有了可以抵抗的军队也已失去了当初振臂一呼天下响应的力量，在逃亡中被御者庄贾所杀。而另一路西征武关的宋留所率的义军也被章邯派出的军队截断后路，并在得知陈王的死讯后失去了斗志，在秦军的围追中全军瓦解。宋留无奈投降，被献俘咸阳，处以车裂。

章邯东出函谷关没有多久，整个中原似乎都已在他的雄风扫荡之下了。他的下一个进攻目标是从吴地渡江而来的项梁。在面对项梁的时候，章邯一改自从打出函谷关以来就一直采用的快速进袭的战术，把自己的大军在栗县驻扎了下来。他知道项梁才是他真正的对手，是他平定天下的最主要的障碍。项梁和周文以及陈胜吴广都不同，他不是田野上蹦出来的草寇，而是出自世代将门。章邯知道一个真正的将军在战争中的重要性，如果率领三十万大军逼近咸阳的不是周文而是项梁的话，那么咸阳很可能已经落入叛乱者之手了。他章邯是一只猛虎，可以把羚羊野鹿赶得到处乱跑；但是当他面对的是一头雄狮的话，他就不会轻易地扑上去，而是得找一个安全的地方卧下来，仔细地打量一下对手，调整一下体力，寻找一个对自己有利的机会，再进行关键的一搏。从项梁把军队从胡陵退驻到微山湖后面的薛城，章邯就知道对手绝不是一个平凡之辈。秦军若要对楚军发动攻击，必须绕过横在楚军前面的湖方可进行，绕湖行军会增加秦军战前的体力消耗，使楚军能够以逸待劳。秦军如果分两路绕湖夹击，楚军可以集中兵力先迎击一路；而秦军如果只有一路，楚军既可以绕湖而行，避开秦军的攻击，也可以稍稍后退然后再压上，使秦军处于背水作战的不利位置。所以章邯决定按兵不动，一方面训练他那主要由刑徒组建成的军队，以使他们能对付更强悍的敌人；一方面派出各种耳目去收集关于敌人动态的消息。他知道项梁已经收拢了除了赵地以外所有的叛乱军队，并且出于策略上的考虑拥立了楚怀王的孙子为新的楚怀王，这是一股非常可怕的力量，秦国如果不能成功地绞杀它，则很可能将要被它所绞杀。章邯的思绪在中原大地上游走，他在考虑采用什么样的战略措施、在一个什么地方，才能置项梁这一支军队于死地。

5 乌骓

——它像一个神物般站在夕阳的光环里，分明在呼唤着什么，又像在应和着一种呼唤。

两司马吕马童带着他那由五个伍二十五名士兵组成的步兵方队，行进在由亢父指向东阿的大路上。他很神气地振着铎，用不同的轻重声和或紧或舒的节奏调节着所属士兵的步伐，以减少他们行军的疲劳。在秦国修筑的宽阔驰道上，排满了一个又一个这样的方阵，大军在向北移动，士兵们肩上长长短短的兵刃在七月的阳光下闪闪烁烁。

一股黑色的旋风裹着嗒嗒的马蹄声从一个个方阵的边上卷过，那是项羽骑着乌骓马在行进中巡视着他的军队。这股旋风在吕马童的两方队边上收住了势头，乌骓马四蹄踏地，发出一声长嘶，每个士兵都能从脚底感到驰道在震动，每个士兵的胸中也都灌满了骏马长嘶般的豪气。乌骓马的头向吕马童偏了一下，又发出一声嘶鸣。项羽在马上笑道："吕马童，它在叫你呢！"

吕马童上前亲昵地拍拍马的脖子："好好载着将军去打仗，能遇到他是你的幸运！"

项羽也在马背上俯身拍拍它的脖子："能遇到它是我的幸运，这都是因为你吕马童，可惜你不能当一名骑兵跟在我的左右，不过你记着，我一定会好好谢你的！"他两腿轻轻一夹，乌骓马又带着他如劲风一般向前面卷去。

伍长子张有些奇怪地问吕马童："你从小就跟马打交道，少将军为什么不让你去当骑兵，却派你来当步兵的两司马呢？"

吕马童脸红了，这里面有一个属于个人的秘密，他不想把这个秘密让自己的下属和伙伴们知道，便答非所问地说："你从小就在河里叉鱼，少将军为什么不让你继续叉鱼，要让你来当弓矢手呢？"这个回答让子张完全不得要领，只好轻轻地在盔甲上碰着镯，配合着两司马发出的铎的节奏。

无名小卒吕马童和名震遐迩的将军项羽的友谊是因为那匹乌骓马。吕马童在从军前是专为九江郡守养马的家童，因为从小就跟着父亲喂马，他的职业也就成了他的名字。他的生活就是和马打交道，给马铡草，给马喂料，牵马遛马，刷马洗马，看到有上好的马，为郡守买进来，用来替换厩里较差的马。九江郡守是一个很爱马的人，他搜集的马远远超过了他的实际需要，吕马童的工作虽然很辛苦，但只要能为他把马养好，却还算是平安和稳定的。马是一种有灵性的动物，吕马童愿意和这种动物整日厮磨在一起，从它们比人眼坦率得多的大眼睛里，他能得到一种无言的情感交流；从它们在他的侍弄下日益健壮起来的身形上，他也能多少感受到自己辛勤劳作的意义。这意义不是为郡守养好马，而是因为这些看起来就让人感到愉快的动物本身。而且正是因为有这些马，他才能躲开像别的青年一样被发配到远离家乡的地方去服苦役或当戍卒的不幸。如果不是碰到乱世，他的命运大概就是在郡守的马厩里一直干到老死。他喜欢好马，从早到晚都在为马而忙，却从来也不能骑上马背。一个奴才骑马是绝不被主人允许的，在主人眼里，他吕马童只不过也是一匹马，一匹侍候马的马，一匹会说话的马而已。小的时候，他喜欢在马肚子底下钻来钻去，抚摸马那光滑的皮毛，触碰马那结实的胸和腿都能给他一种快感，他最乐意做的事就是用双手把一捧好料捧到一匹他特别喜欢的马的面前，让热烘烘的湿润的马嘴拱在他的手心里把那些料舔吃干净。但是当他长大了以后，当他的下巴上腋窝里和两腿间有绒毛拱出，他开始有了一种想骑上马背的愿望。他不明白身体的成长和那种想骑上马背一显身手的愿望之间有什么关系。他并不怎么羡慕主人的荣华富贵，却羡慕主人们骑在马上的姿态，骑在马上的主人们也都具有了马的那种英气勃发的气概。他感到真正高贵的不是他的那些身为朝廷地方官的主人，而是主人所拥有的这些马。尤其是当主人的马厩里出现了那匹卓然超群的乌骓马之后，他那种想骑到马背上去的欲望格外强烈了起来，而那匹乌骓马强烈地拒绝任何人，包括花了大价钱把它买回来的主人也难以骑到它的背上去。正是麦子将要成熟的季节，吕马童每天清晨和傍晚都要牵着乌骓马到野外去遛马，每次遛马时他都要摘来新鲜的麦穗，用双手搓掉麦芒，把那浆汁还没有完全收干的清香饱满的麦粒捧到马嘴前让它吃个痛快。终于，他从马的目光里看出它的背不会拒绝他的身体了，便在一个无人的黄昏鼓足了勇气一下子爬上了马背，乌骓马先是轻快地小跑，接着便腾展四蹄飞跑了起来，他紧紧地搂着马脖子，享受着一个养马的奴才不能享受的快感。但是仅只一小会儿，他的小腹和两腿间突如其来地产生了一种撕裂的疼痛，紧接着感到自己右边的卵泡有什么东西挤了进去狠狠地鼓胀了起来，被奔跑中的马背上下一颠，更是疼得钻心，他一翻身就从马背上滚了下来，捧着小腹蜷缩在地上。乌骓马空跑了几步从前面转回头来，站在这位每天用清香可口的麦粒喂它的朋友旁边，低下头用嘴碰碰他的肩膀，不知道发生了什么事情。吕马童知道这是小时候曾犯过的小肠气又犯了，他躺在地上用双手揉了半天，才把胀大了的卵泡又揉了回去，同时伤心地意识到自己的命太贱，确实没有骑马的福气，是一个只配养马的马童。而且以自己如此低贱的身份竟然敢骑到一匹连郡守也骑不上去的骏马背上去，难怪自己已多年不犯的小肠气要在马背上要命地发作出来。他看着低下头来正以温柔的目光看着他的乌骓马，不禁心中一酸，流下泪来，心想不知道什么样的英雄才配骑这样的一匹马；而这匹马如果一直养在郡守的马厩里没有人来骑它的话，也实在是太可惜了。

后来就发生了那场大火。先是听说各个地方的反秦起义像一处又一处野火一样烧了起来。从各个方向被风刮过来的烟味使郡守失去了往日的威严，开始惶惶不可终日，在这种时候吕马童觉得当一个马夫要比当一个郡守舒服得多。终于有一天夜里，郡守的府邸也被不知是什么人放火烧了起来，在一片人哭人喊风声火声之中，吕马童听见的只是马的嘶叫，他养的那些马也都被大火困在了马厩里。在郡守的家人向外奔逃和造反的奴才趁火打劫的时候，吕马童却蒙着一块湿布冲进了已着了火的马厩，他看见那些枣红马大白马黄骠马雪青马一匹一匹全在火中惊恐地蹦跳着嘶叫着，唯有那匹乌骓马沉着地在马槽边站着，只是稍微有些不安地在用四蹄踏着地，仿佛知道吕马童一定会来救它。马是一种聪明的动物，但在遇到火时，它们却不知道该怎么办，这匹乌骓马虽然出类拔萃，表现得比其他所有的马都冷静，但也必须有能够让它信赖的人来牵带它才能走出纷乱的火场。吕马童镇定地牵着，乌骓马镇定地跟着，他们躲开不断砸落的梁柱和左右奔突的惊马，从极其险恶的境地走了出来。当他们回头去看那片火海的时候，吕马童心想，是离开这个地方的时候了。他的一个愿望就是要为这匹真正的好马找到一个真正配骑它的主人。前不久听说楚国名将项燕之后项梁在吴地举义，带着江东子弟意欲渡江向西去击秦。或许这位深孚众望的义军首领应该得到这匹骏马？他知道自己有不能骑马的毛病，但为了这匹马也只好用一些布条把自己的下身紧紧兜裹了起来，咬着牙跨上了马背。

吕马童并不能确定自己将去往哪里，乌骓马却好像有一种十分明确的方向感，或许是它在冥冥中听到了命运的召唤；夜半的大火已经熄灭，东天的朝霞却又像火一样烧了起来，紧接着一轮旭日喷薄而出，在吕马童的一生中从没有看见过如此之红、如此之大、如此之近、如此让人心潮涌动的朝阳；乌骓马长长地嘶鸣了一声，展开四蹄便往东方天际奔驰而去。那轮太阳开始在他们眼前，继而到了他们头顶，最后滑落到他们的背后。

这一天是吕马童最幸福的一天也是最痛苦的一天。他在乌骓马的奔驰中，在马背上大口大口的呼吸中强烈地感受到了自由的意味；他也在乌骓马的奔驰中，在马背上的颠簸中拼命地忍受着不能骑马的痛苦。虽然小腹和下身已经用布条一道又一道地缠了起来，那疝气的痛苦还是在无情地撕裂着他，冷汗像一阵又一阵潮水漫过脊背。他知道乌骓马的奔跑在他所见过的骏马中是最平稳的，是他的屁股命中注定和马背无缘。但在这对于他和对于乌骓马都是至关重要的一天中，他只能在一种强忍疼痛的半昏迷状态中把自己完全地交给乌骓马。他想在这样的狂欢和剧痛中骑了一天马之后他这一辈子再也不能骑马了。

在向东奔去的一路上，他们碰到了好几股说不上是起义军还是强盗的人马。每一股人马看见这匹不知从何而来的乌骓马都呼啸着拥上来想得到它，吕马童心想这样的马可不是为这样的人准备的，乌骓马似乎比他更清楚这一点，不等那些人靠近，早就加速奔去。有几次陷入了包围，吕马童已经在叫完了完了，可乌骓马总能左冲右撞突围而出，把那些想得到它的人远远甩在后面。在风里飘动的马鬃拂在他脸上，那是一种非常让人欣慰的感觉。他相信马的灵性，它会带他去到他们该去的地方。

太阳在天穹上行走了一天，乌骓马在大地上奔跑了一天，又大又红的夕阳快要沉落的时候，乌骓终于停了下来。一阵兴奋的嘶叫把吕马童从迷离中唤醒，他从马鬃里吃力地抬起头来，看见了夕阳照耀下那条从天际漫流过来又向天际漫流而去的极宽极阔的大河，他想这就是长江了。同时他看到江面上那些密集的渡船和船上那些在向晚的江风里猎猎飘舞的旌旗，他想那些渡江而来的一定就是项梁的江东子弟兵，他终于为这匹举世无双的骏马找到了应有的归宿。他双手一松便从马背上掉了下来，蜷在地上痛苦而又欣慰地呻吟着，他觉得自己的卵子快要被剧痛胀破了。

项羽从渡船上踏上江岸，第一眼就看见了在不远处的小山岗上站着的那匹黑色骏马。它像一个神物般正站在夕阳的光环里仰天长嘶，分明是在呼唤着什么，又似在应和着一种呼唤。

到哪里去找一匹能合我心意的骏马呢？这种向往在项羽心里已经像一张没有弦的琴一样默默期待了很久。现在，这张空落落的琴忽然在一根琴弦的覆盖下弹出了无比响亮的声音，这实在是一种天意！项羽从来不哭的眼睛里竟在蓦然看见那匹黑色骏马的那一瞬间里充满了泪水。上苍已经把给予他的最好的礼物放在了岸上，让他一过江就能得到它，这绝对是一个大大的吉兆，也是一个命运的暗示，他和它将在长江边的这个地方相遇，为了去完成一个空前重大的使命。或许可以做这样的理解：他项羽这个人，和他现在看到的这匹完美无缺的黑色骏马，都是为了完成这个极其重大的使命才来到这个世界上的。

凡是要发生某种重大的事件，必定会有着某种征兆。难怪昨天夜里他做了一个关于马的梦，他梦见他到北方的大草原上去寻找骏马，那里各种颜色的骏马像五彩的云朵一样在起伏的丘峦和起伏的草浪上滚动，但他追到哪里，哪里的马群便又像云朵一样消散了。最后他拿定主意向一群红得像火焰一般的红马群追去，靠近了才看清楚那根本就不是马群，原本就是一团熊熊燃烧着的火。忽然那团火焰又向四处开开。从火里奔出来一匹浑身乌黑的骏马，像一个精灵一般，那黑色的皮毛竟比刚才的那团火还要明亮还要有光泽。难怪他早上遗憾地从梦中醒来后，在一整天为渡江而进行的忙碌中，耳边始终隐隐约约有马蹄声在响，原来这都是这匹非凡的骏马出现前的预示。自从跟随叔父项梁起义以来，他已经在攻城略地的战斗中骑垮了好几匹战马。大家都感到奇怪，项羽虽然身材魁伟力量过人，但像他这样体重的在军中也并非只有他一人，别人的马都能经得住，为什么他坐下的战马却被屡屡压垮呢？莫非项羽的身上还负有着一种用衡器称不出来的重量？现在他知道了，他之所以压垮了一匹又一匹战马，是因为命中注定有一匹压不垮的战马在前面等着他。

项羽走到了乌骓马的面前，才发现在马肚子下面还有一个人在痛苦地蜷缩着，他连忙叫来随军的医生为他救治，吕马童已经虚弱得说不出话来了，但是他的目光说出了他想说的意思，他不知道这个走到面前来的年轻将军是不是那位在传说中十分了不起的将军项梁，但他从乌骓马的神态中，已经知道了他将是这匹马愿意心悦诚服地为之驱驰的主人。而项羽也对这个满身尘土、满脸疲惫地把这匹稀世之马带到他面前来的年轻人充满了感激之情。他想让他当自己的近卫骑兵，但察看了他的伤势以后，知道他今后不再适合骑马了。于是在薛城的操场上，他成了步兵示范方队的两司马。这是项羽对他最初的答谢，吕马童已经很满足很自豪了。这时候他不知道在几年以后在他们初次相遇的长江边上，项羽将会以怎样的方式最后地答谢他。

6 试探性接触

——在对手习惯了赢钱之后，再猛地一家伙彻底端掉他的老本！

章邯和项梁的两支军队在栗县和薛城隔着一长条微山湖相持了一段时间以后，都开始向北运动，在微山湖尖顶上的亢父，两军相遇，展开了第一次较为正规的作战。

项梁已拥立了楚怀王来号令天下，用来和秦廷争雄。仅此一点章邯就知道项梁绝不等同于他过去所遇到的义军首领，这个强劲的对手使他丝毫不敢掉以轻心。对于在亢父必然会碰上的遭遇战，他一改从函谷关出来以后那种猛打猛杀的作战风格，而是以摸清对手的实力为目的，如果楚军的实力并不像他想象的那么强的话，便可挥拳击碎它；而如果楚军确实具有很强的战斗力，那就暂且收回拳头与之周旋，等到对方露出破绽，并且自己也确信有把握击中要害的时候再去给以致命的一击。而项梁对于这场遭遇战也有着精心的构想。他手中最精锐的力量是项羽所统辖的部队，项羽已经对他们进行了严格的阵法训练，这是一支既可以强攻也可以坚守的部队，在进攻、相持和后退中能够保持阵形不会混乱。其次是刘邦所属的部队，刘邦属下的几员干将如周勃、灌婴、樊哙等作战都很勇敢，但部队的训练素质却远逊于项羽所部。在气势高涨的时候，可以勇往直前；在情形不利的时候，也会作鸟兽散。他把刘邦属部放在最前面，让他们仍以过去义军的那种散漫状态去攻击敌人。在碰到强有力的还击时便立即撤回，让秦军误以为楚军还是像过去的义军一样不堪一击。当秦军放心大胆地冲杀过来时，再让他们意外地碰在真正坚硬的军阵上，这样一下子就可以挫掉秦军的锐气。

战斗果然按照双方统帅的设想在进行了。当从微山湖面上漫过来的晨雾消散以后，首先出现在秦军面前的是刘邦的部队，他们仍像以往作战那样呐喊着蜂拥向前。秦军已经看惯了这种声势很吓人却缺乏真正战斗力的战法，他们冷笑着保持着队形，知道这种纷乱的进攻必然在严整阵形的有力碰击下向后退去。

果然，双方兵器刚刚相触，进攻的势头便被遏止，紧接着就成了仓皇的后退。秦军随着号令向前追击，虽然因为有阵形的制约进攻者不能像撤退者跑得那么快，但是在追击的过程中他们的阵形明显地松懈了。当他们猛追了一阵之后，忽然发现在逃跑者后面出现了一排远比他们的阵形严整得多也坚硬得多的方阵。他们猝不及防地撞在了这排有效地布满了长短兵器的方阵上，战场势态立刻就发生了逆转。他们的阵形已经乱了，对付那些逃跑中的散兵依然是有序和有力的，可在这些严阵以待的步兵方队面前却成了松散的。

匡、紫陌、鲁直和里角第一次切身地感受到了伍和两这种战斗组合的好处。他们不再像过去那样每个人在混乱中单个和敌人肉搏，胆战心惊地不知道在什么时候和哪个方向会有敌人或自己战友的兵刃落到自己防卫不到的地方。现在他们是处在一个紧密的安全系统之中，自己的左右两翼和后方都是可以信赖的战友，他们的兵器在攻击着敌人的同时也在有效地保卫着自己。唯一需要全神贯注的是正前方，你怎么挡开你对面敌人士兵的武器并把自己的武器击到他的身上。在这种作战队形面前，敌人比你慌乱得多因而破绽也比你多，你击中敌人一次，就是向胜利迈进了一步。他们第一次在兵器的碰击中，感受到了战争作为一种艺术的快感。子张在后面从容地寻找着兵器和他们身体间的空隙伺机向敌放箭，射中了一个便兴高采烈地大喊："又中了一条！又又中了一条！"而吕马童作为处在中心位置上的两司马，只要阵形不乱，他受到敌人杀伤的危险要比别人小得多，所以在他不时地伸出殳去击打敌人的同时，更重要的任务是不断地提醒他的士兵们要严格地保持住队形和互相之间的距离，还要随时注意后面指挥官发出的信号和命令。

在项羽训练出的方阵的打击之下，秦军一下子伤亡了许多，本来已经松散的队形开始混乱了。这时候刚才退去的刘邦的部队又重新向秦军的两翼掩杀了回来，秦军支持不住，第一线的阵形全面溃散，溃散中有更多的士兵倒在楚军的攻杀之下。幸好章邯此役的作战思想重在试探，并没有要把全军压上来的企图，看见前军的失败已不可挽救，便急令中军后军后退撤出战斗。楚军的战斗力使他大为惊讶，他知道这样强悍的敌人不是靠简单的对阵拼杀就能战胜的，他必须在战略上有更高一筹的谋划才能赢得战争的胜利。在战场上躺倒的士兵只能作为预先付出的代价留在那里了。他阴沉着脸率领着他的军队向北，向黄河边的东阿退去，想着该如何运用高明的赌徒的手段，先一点一点地把钱输给对手，在对手习惯了赢钱之后，再猛地一家伙干净彻底地端掉他的老本。

7　胜利背后的危险

——"拿下定陶就定了中原？"宋义对这个看法不敢苟同。

初战章邯告捷，大大地鼓舞了全军的士气，也大大地加强了主帅项梁的信心。他挥动大军北上直指东阿。因为新齐王田儋被章邯击败身死之后，他的弟弟田荣被章邯的一支军队围困在那里，不断派人来求救兵，况且东阿是黄河北岸的一个军事重镇。

项梁在战略上的考虑是，拿下东阿以后，秦军在这一带的黄河边上集结的重兵便被扫清了，他可以放心大胆地把军队分成两支，沿着黄河两岸向咸阳一路西进，不必再担心后方有秦军的威胁。在西进的同时，安定中原，以稳固的后方把秦军压迫回到函谷关里面去，然后在那里消灭秦军，攻取咸阳。秦国重要的粮仓、盐仓和铁器库都设置在黄河两岸，沿黄河两岸西进，可以不断地夺取这些战略物资用来充实自己。

七月的中原大地，麦子早已收过了。因为战乱，一些没有来得及收的麦子都倒伏在地里，无人收取的麦穗引来了大群的麻雀，当军队走过时，受惊的麻雀便成群地飞起来，发出一片翅膀的扑打声。茎秆粗壮的高粱也已接近成熟，匡在想，如果不是打仗的话，这会儿已经是被赶到高粱地里为东家摘嫩高粱尝鲜的时候了。胆大的闾左雇农也敢在高粱地深处偷偷地尝上几个，但匡不敢，被东家发现了，那可是不得了的事情；他只敢砍下摘掉了高粱的秸，嚼吸那粗壮茎秆里甜甜的汁水。再过不久，当高粱成熟了，就该收割了。但是现在，他是走在新楚国少将军项羽部队的行列里，就完全顾不上这些诱人的庄稼了，他手中代替镰刀的是戈，将去成片割倒的不是庄稼而是秦军。在打仗打顺了的时候，砍倒敌人和割倒庄稼似乎并没有太大的不同。

楚军在向北行进。项羽所属的部队军容十分严整，即便是在行军中，他也不失时机地进行着一些简单的战术训练。他要求每个两都保持着方形的阵容，要求两与两之间保持一定的距离，并不断以鼓声的轻重缓急来调节战士们步幅的大小和速度的快慢。项羽虽然十分痛恨秦国，却从心里喜欢秦国修筑的这些宽阔的驰道。在这些驰道两边开阔的土地上，遇到战斗他可以从容地展开他的军队，并顺着平坦的驰道一直打到咸阳去。

刘邦所率部队的行进就是另外一种样子了，虽然士兵们也是在将军、校尉、百夫长和两司马的层层统辖之下，但和项羽的队伍一比就显得不太像要去打仗的战士而更像是赶去收庄稼的农民。刘邦十分佩服项羽能把原来一盘散沙般的士兵训练得条块分明，他不知道他是用一种什么样的方法把士兵们框在那一个个严整的方块里去的，反正他的将军和士兵们都做不到这一点，他也只好随他们去。他想，走路嘛，何必走得那么方方正正？至于打起仗来，他明白迎击敌人正面主要得靠项羽的部队，他的部队起的是旁敲侧击的作用。也许是当年躲在芒砀山里饿肚子饿怕了，他从不放过能抓到手里的粮食，并且从来行军都带有车辆以便装载沿途搞到的粮食。所以只要路过成熟的庄稼地，他的士兵便像一群麻雀般向地里飞扑而去，在回到大路上来的时候便把摘回来的高粱投到装粮食的车里。

项羽对刘邦的这种做法是不屑一顾的，他想一个当将军的首先考虑的应该是如何战胜敌人而不是随时害怕饿肚子。他对刘邦并无恶感，但是对叔父项梁如此重用刘邦，把刘邦在军中的地位提到几乎与他相齐这一点是不以为然的。他是一个宽厚的人，并未在叔父面前对此表示过不满，他想叔父如此用人总有他的道理。他认为刘邦是一个本事不大名声却不小的人，许多看起来绝不比刘邦差的人却都心甘情愿地跟在刘邦左右，利用刘邦的名声为楚军多搜集一些力量显然不是坏事。到了傍晚宿营做饭的时候，刘邦亲自给项羽军中送来了两车刚煮出锅的鲜高粱，请项羽和属下军官们尝尝新鲜。刘邦说以项将军严整的军容，自然是不可能去摘路边的高粱的；自己是农民出身，见了便忍不住要去摘，摘了便不能不让项将军也一起尝尝，表示一点小小的敬佩之意和亲近之情。这番举动和言语使项羽本来对他的不屑一下子变成了感动，对刘邦一下子有了明显的好感。而且新鲜的高粱对吃惯了大米的项羽来说确实是别有滋味，在这以后的一段时间里，项羽一见到刘邦那恭敬可人的笑容，嘴里便会冒出一股嫩高粱的香味。

楚军渡过黄河，向围困东阿的秦军发动攻击，依然是项羽的部队正面进攻，刘邦的军队侧翼进攻，项梁领中军在后面接应。楚军挟亢父胜利的威勇而来，秦军围城不下本已疲惫，前面的战线被楚军击溃时，后面的部队因拔营撤退得及时，才免于全军覆没。章邯的大军并没有像项梁想象的那样前来增援围城的秦军，楚军顺利地解了齐军之围。田荣被从困了许久的东阿城中解救了出来，见了项梁自然是千恩万谢。项梁要田荣整顿好兵马，随他一同西进攻秦。田荣沉默了良久，向项梁提出请求，希望能让他先回齐国去处理一下国事，然后再回来随同项梁西进。原来在齐王田儋战死，田荣被围在东阿的这段时间里，齐国国内发生了一些变化，一些齐国贵族听说新齐王田儋死了，又立以前齐王建的弟弟田假为齐王，以田角为相，田间为将。田荣说要回去处理国事，自然是想为田儋争回王位。田荣说得不无道理，旧齐国早已被秦国所灭，新齐国是田儋响应陈胜王的起义建立起来的，田假趁国难之时，置他于东阿被围而不顾，只顾争抢王位，显然是不义的行为。但是如果让田荣回去处理国事，田假肯让出王位还好，要是不肯，新旧王族之间必然要发生一场火并。项梁知道，已拥有王位的人，是怎么也不肯交出王位的；而失去王位的人，只要有可能，便会不遗余力地去重新夺回王位。这些齐人啊！他不禁在心里长叹了一声。对站在他面前的这个刚刚被他从秦军的围困中解救出来的田荣，他忽然发现拿下东阿固然在军事上是一次胜利，但是却让一个棘手的政治问题落到了手里。无论如何，不管田荣的要求是否合理，大敌当前他得尽力避免同盟国里出现自相残杀的局面。沉思良久之后，他请田荣先就地休整，这个问题需要慎重考虑后再做决定。强秦未灭，还是宜先着眼于前方战事，后着眼于后方国事，希望田荣能以反秦的大局为重。

谁知第二天田荣就迫不及待地带了他的大部分兵马赶回齐国去了，只是给齐国的司马龙且象征性地留了一小部分人马，让他随同项梁西进，作为对楚军解围的感谢。项羽对田荣的不辞而别一肚子恼火，心想老远赶来怎么救了这么一个忘恩负义的家伙！但和田荣留下的司马龙且却一见如故，意气相投。龙且对田荣的做法十分不满，干脆丢掉了齐国的司马印，投到了项羽军中，从此成了项羽麾下的一名得力战将。对项梁来说，虽然田荣的离去使他十分不快，但也只能报以苦笑，刚刚把他从围困中救出来，总不能再派一支部队去追杀他吧。只希望齐国不要搞得太乱，如果安定下来能派出一支军队，多少也能部分地牵制一下秦军。当然抗秦的主力不能指望他人，只能靠他手上的这支新楚国的军队。对于新起的各路诸侯间那些不能尽如人意的事情，现在显然还无暇旁顾，只能等彻底地消灭了秦国以后再来收拾整理了。

在东阿经过休整之后，按照预定的战略设想，项梁是要让楚军沿着黄河两岸向西推进，一直推进到函谷关，然后甩开黄河，直扑关中，最后攻取咸阳。大军正要行动时，楚怀王的观军使宋义来到了营中。

宋义此行，与其说是怀王派他来的，不如说是他指使怀王派他来的。因为怀王不仅年少，而且前不久还只是一个为人放羊的牧童，遇到事情自己很难拿出什么主张，只能听陈婴和宋义的。陈婴是一个胆小谨慎品行高洁而且绝无野心的人，当初东阳的起义者们公推他当首领，并且要立他为王，陈婴知道自己不是做王的材料，坚辞不受，直到带着他手下的那两万人马投靠了项梁，他心里才一块石头落了地。此番被封为新楚的上柱国，辅佐怀王建都盱眙，并设置一套宫廷的官职和礼仪，这正是他乐于从命也是力所能及的事情。宋义则和陈婴不同，他默默地在流落于民间的王孙身边守候已久，就是为了有朝一日能够飞黄腾达。但是对于王孙心的被立为新的楚怀王，他看得很清楚，这个年轻的除了身份没有任何实力的怀王，只不过是项梁头顶上的大旗和手中控制的傀儡。而他的飞黄腾达是依附于怀王的，如果只当一个傀儡身边的傀儡，他将毫无价值，而且看起来很显赫的地位随时会被跌翻拉倒。如果他也当一个操纵傀儡的人呢？那情况就有所不同了。项梁既然把怀王立为他的君主，就不可能不在某些方面象征性地遵从怀王的旨意；而他就可以利用怀王的某些旨意，来达到他的目的和巩固他在朝中的地位。说到底，怀王的某些旨意就是他出的主意，怀王毕竟对这个从小在一边守护着自己并能证实他是楚怀王之后的人抱有相当大的亲近之情和信赖之心。宋义觉得朝中琐事杂务由陈婴去操办就够了，他必须介入国家大事的决策，才能在朝中拥有稳固的权力和地位。而现在国家最大的事情，就是和秦军的作战，所以，他让怀王委他以观军使的重任，这在某种程度上可以使他以君王特使的身份来参与项梁的军事指挥。

项梁对宋义的到来心中是有所不悦的，他觉得宋义应该在怀王身边老老实实地待着，而不应该跑到军中来指手画脚。但是他既然以怀王观军使的身份来了，却又不能不对他讲一讲下一步的作战意图。自从薛城出发以来，先是在亢父取得大胜，继而又在东阿取得大胜，章邯不但不敢率军增援东阿，反而退守定陶，项梁觉得秦军的锐气已被完全挫掉，楚军只要保持不断进攻的势态，就必然能够一步一步地把秦军赶回关中最后消灭掉。他摊开地图，在地图上，黄河从西面流来，然后向东北流去；而他则要逆着黄河，先向西南压下去，过了黄河的拐弯处，再直向西长驱直进。他指着在黄河两岸已经画好的进军路线，胸有成竹地道："我已把大军分成两路，一路由小侄项羽和沛公刘邦率领，在北岸沿河前进去攻取城阳。项羽性刚，刘邦性柔，两人都是将才，刚柔相济，正好可以互用互补。另一路由我亲自率领，在河南岸进军去攻取定陶。城阳和定陶，是河北和河南的两个重镇。尤其是定陶，数百年来，已经成为中原一带最大的都会，拿下它来，这一片中原也就算定了！"

"拿下定陶中原就算定了？"宋义显然对这个看法不敢苟同，他轻轻摇头，"只怕未必吧？"

他的头摇得项梁心里很不舒服，他用指尖在地图上使劲地戳了一下定陶那个地方："这正如攻下了咸阳，秦国就灭了是一个道理！"

宋义却觉得这显然不是一个道理，如果真攻下了咸阳，秦国可以说就算灭了；可是拿下了定陶，如果秦军的主力并未消灭的话，那仅仅只是拿下了定陶而已。他提醒项梁道："武信君，章邯虽然被你击退，但还不能说就是被你击败了，他手中的兵力还很多，也很强！"

项梁说："我不是正要到定陶去再次击败他么？"

宋义看着地图，又提出了一个问题："武信君，我虽然不是带兵的将军，却也熟读过一些兵书。兵法云，用兵之要，在于集中全力于要点；正如下棋，形成厚势才能制敌。如果你一定要在定陶击败章邯，为什么不全力以赴，而要分兵两路，一路在河南，一路在河北，万一作战不利，两军相距遥远，中间又有黄河阻隔，不是难以互相支援呼应吗？"

宋义的这个看法是很有见地的，但是因为对宋义以观军使的身份插手进来的反感，再加上因接连的胜利形成对秦军的轻视，项梁已经听不进去了。他笑笑说："对付定陶的章邯，有我已经足够；对付城阳的李由，有项羽和刘邦也已足够。两岸齐头并进，岂不是要比先扫清一边再去扫清另一边快捷得多！你看——"他从宋义代表怀王送来劳军的礼物中拿起一条两边缀满小玉饰的丝带——"这条带子就像是黄河，带子两边的饰物就好比是在黄河两边驻防的秦军吧。"项梁先用一根手指沿着丝带向下挥去，丝带偏向一边，丝带上的饰物叮叮当当地响着，都还挂在带子上；他又用拇指和食指捏住带子，用劲向下一撸，两边的玉饰从丝带上纷纷滚落，撒了一地。项梁哈哈大笑，宋义却笑不出来。项梁把丝带当作黄河一把撸下去的气魄确实很大，但真实的黄河是不可能被他举重若轻地提在手里当丝带撸的，而且黄河两岸的秦军也绝不是用两个指头就能轻易撸掉的玉饰。

宋义劝谏道："凡用兵打仗，应该小心谨慎才是，如果因为胜了几次将领就骄傲，士兵懈怠，那就会有失败的危险。章邯的军队只是受创退却，实力依然是很强大的，武信君需要认真对待，切不可过于轻敌！"

项梁说："章邯已经被我打怕了，一个军队如果失去了士气，是不可能抵挡得住勇猛之师的进攻的，"他指着西北，"定陶就在我指的方向不到三百里处，我每日行军三舍，三日之后，我和观军使就可以坐在定陶城里喝祝捷酒了！"

宋义隐约有一种预感，定陶对楚军来说恐怕是一个不祥之地，于是迅速在心中修订计划，觉得与其跟着听不进意见的项梁到定陶去冒险，还不如要求出使齐国。因为田荣一回到齐国，就赶走了新齐王田假和田角、田间，立了田儋的儿子田市为齐王。在齐国变动之际，楚国派出使者去调整一下两国关系也是正当理由。项梁正嫌这个观军使留在军中碍他的手脚，乐于宋义有出使齐国的想法，并让宋义向田荣转达他的意思：齐国的王位之争已定，就该尽快派出军队来随楚军一同攻秦。

于是宋义向东北出使齐国，项梁引军向西南去进攻定陶。

宋义走了没有两天，在路上碰到了齐国派往楚国的使者高陵君显。高陵君出使有两个使命，一是向楚国通报齐国的王位又归于田儋的儿子田市；二是前齐王田假被田荣打败以后逃往楚国，田荣希望楚国能够杀掉田假。没想到两国的使者在路途中相遇了。

宋义问高陵君："此行的目的地是要到盱眙去见楚怀王呢，还是到定陶去见武信君？"

高陵君说："都知道楚国的大权实际上是掌握在武信君手中，杀田假之事，恐怕楚怀王做不了主，自然还是赶到定陶去面见武信君为好。"

宋义说："我劝你最好停下脚步，不要赶去定陶白白送死。依我之见，武信君此去定陶凶多吉少，只怕要被那章邯煮在锅里了。"

高陵君诧异道："这不太可能吧，你怎么会做如此之想？"

宋义笑道："此乃天机，大多数人看不破，但有人能窥见。你若不信，你我二人不妨打一个赌，就地住下饮酒闲谈，静等消息。"

高陵君问："以何做赌注？"

宋义说："你若赢了，我输你黄金百镒；我若赢了，你回国后必须尽力保举我的儿子宋襄到齐国为相。"

宋义话一出口，高陵君一下子就觉得宋义是个十分了不起的人物。打赌的事情眼下还不能立见分晓，但宋义对齐国政治局面的透彻了解却使他深为折服。因为齐国国内此时正在为相国人选而大伤脑筋，田荣虽然把田儋的儿子田市推上了王位，但是贵族中的各个派系都在垂涎相国的位置，所以很难安排相国的人选。为了能够调和各派系的冲突，使国内互相倾轧的关系趋于平稳，最好的办法是到他国去选聘一个合适的客卿来担任，以解决相位问题的困扰。高陵君在齐国是身份和威望都很高的人物，这次出使还有一层稳而不宣的使命，就是最好能在目前最为强大的楚国中察访一个相国人选，没想到宋义竟一语点破。如此看来，让这样一个人的儿子去担任相国是再合适不过的了。当然，这一切都得取决于宋义对项梁必然会兵败定陶的预言是否准确。

8 李斯之死

——一个智者因为自私和怯懦，毁在了一个阉人手上。

正当楚军和秦军在黄河岸边进行激烈角逐的时候，秦王朝内部也正在进行着激烈的权力倾轧。秦国丞相李斯的长子李由在项羽和刘邦军队的包围下困守孤城时，一代名相、开国元勋李斯也正在遭受着宦官赵高的步步绞杀。

对于朝政、对于国家的状况，李斯是忧心忡忡的，但是此时的李斯，早已不是当年那个勇敢地上书《谏逐客令》时的李斯了。当年作为秦皇帝第一智囊的李斯是何等的意气飞扬，焚书坑儒、统一度量衡、统一文字、端正风俗、搜缴天下兵器、迁徙各地居民、修驰道、隳壁垒、筑长城，始皇帝治理天下的每一项强有力的措施里，都有他李斯的影子在晃动，他的功名和富贵也达到了顶点。

李斯年轻时发奋要获取功名富贵受的是老鼠的启发。他在乡间所见的老鼠只不过是一种偷吃秽物的非常胆小的动物，每逢有人或狗稍一走近便吓得立刻溜之大吉。后来他当了小吏，有机会走进国家的仓库，发现仓库里的老鼠要比村野间的老鼠肥得多，几乎成了另一种动物。它们住在大屋檐下的房子里，吃的是囤积的粟米，完全用不着担心人或狗的威胁，偶尔有人进来，它们也知道那不是来对付它们的，竟连丝毫惊慌的表情都没有。李斯由此大为感慨：老鼠因为所处地位的不同，生存状况就大为不同，何况于人呢！于是便跟从荀子去学习为君王谋取天下之道。但他的第一个老师却不是荀子而是老鼠，这或许在某种意义上决定了他日后的悲剧命运。功成名就之后，他的长子李由官拜三川郡守；其他的几个儿子都娶了秦国的公主；女儿们也都嫁给了秦国的皇族。一次李由回咸阳探望父亲，李斯在家摆酒设宴，文武百官都来给当朝丞相敬酒，来往于相府门前的马车竟有上千辆之多。李斯出门送客时，发现有一只十分肥硕的大老鼠被碾死在车轮之下，忽然产生了一种不祥的预感，想起荀子曾经说过的富贵和权势不能享受得太过的话，不禁想到自己由一个上蔡小吏到大秦国的三公之首，除了始皇帝，朝廷里众臣百官再没有一个人能在他头上，荣华富贵已经达到极点了。事物盛极必衰的道理他自然是懂的，于是暗自心惊，不知将来的结局是福还是祸。

大福之后大祸果然临头了。一切灾祸，都起于在沙丘始皇帝驾崩的那个晚上。他没能顶得住赵高那双看透了他灵魂的目光。因为和蒙氏有仇，因为怕在君权的更替中失去自己已经拥有的一切，他满身流着冷汗，默许了赵高的阴谋。这一切仅仅只是为了避祸。他的确暂时保住了一切，而蒙恬和扶苏因为他参与的阴谋丧失了一切。但是就在从赵高的车中走出来的那个夜晚，他想撒尿，他顾不得斯文，就站在车轮边撒了，他的尿从来没有那么急过，他撒了长长的冰冷而黏滑的一泡尿，撒完后便跌坐在地上，仿佛把一生的元气都撒掉了！

那以后，扶苏自尽，蒙恬蒙毅兄弟伏法。但天下也立刻就乱了起来，强盗横行，无法无天。李斯忽然悟出自己用来安身立命的这个"法"字其实是个非常不祥的字。商鞅立法死于法；韩非说法也死于法，死于使用法术的同人。在秦王面前向韩非进谗言的是他李斯；派人送毒药给韩非让他自杀的也是他李斯。韩非想见秦王一面仔细陈述一下衷肠却始终见不到，等秦王后悔了派人去赦免他的时候他已死了。现在，报应来了。李斯发现自己完全处了当初韩非的那种欲述不能的境地。而扮演当初自己那个角色的是赵高，他越来越尝到了赵高的厉害，他不知道一个被净了身的阉人在权术的竞技场上怎么会有那么凶恶的身手！先是利用自己的私心除掉了扶苏拥立了胡亥，然后又利用胡亥控制了朝政，使得他这个丞相大权旁落，甚至连面见一下皇帝都难上又难。赵高当然有他控制不了的地方，对于各地蜂起的造反，他平息不了。但他却有办法，干脆视而不见，天下再闹得翻来覆去，只要咸阳城里仍由他大权在握就行。对皇帝完全封锁这方面的消息，实在封锁不了的，便把责任推给别人，而首当其冲的替罪羊就是他李斯的长子三川郡守李由。赵高向皇帝报告：群起的盗贼向西攻占土地，在李由所管辖的地区竟出入自由，即使不是与盗贼们有所勾结也是严重的玩忽职守。在章邯击退了盗贼之后，朝廷的特使接二连三地到三川郡去调查，责问李斯身居三公之首的地位，为什么竟纵容叛乱的盗寇到如此地步？

李斯已感到赵高正一步一步地把自己逼向绝境。直到这时候他才明白在始皇帝驾崩的那个晚上自己的避祸之举其实恰好是把自己投入了灾祸之兽的血盆大口之中。自那以后他这个名义上权倾朝野的丞相就对赵高这个实际上把皇帝玩弄于股掌间的太监一再退让，现在他已退到了悬崖边缘，再退一步便粉身碎骨了。他知道不能再退，想面见皇帝为自己辩护，皇帝却宁愿在甘泉宫里观赏角力和杂戏也不愿见当朝丞相。万般无奈之下，他只能上书去弹劾赵高，但皇帝对赵高的信任已远远超过了对他李斯。上书的结果是皇帝反把大秦国的丞相交给了身边宠信的宦官去治罪。他被上了刑具关在监狱里，这时候他仰望着窗栏杆外面的那一小块天空，叹息着想：秦国的命运和他的身家性命恐怕都难以挽救了。而这么一个历史上从来没有过的泱泱帝国的毁灭，是从他李斯的一念之差开始的。

一天，李斯从昏睡中醒来，发现赵高正一脸奸笑地在牢栏外面望着他。

赵高说："我记得当年韩非子被丞相送到狱中，没有多久就喝了你派人送去的毒酒，很痛快地就死了。如今丞相也到了这一步，为什么不学一下韩非子，为了少受折磨，也痛痛快快地死呢？"

李斯道："如果你派人硬灌我毒酒，我自然没有办法。如果中车令不做得那么绝的话，我还是要苟且活下去的。"他有一句话没有说出来——"活着，就或许会有获救的希望"，因为再也没有哪个人对秦国的功绩能超过他李斯了，只要有机会上书陈述自己的冤情，说不定能使二世皇帝幡然醒悟，赦免了他的罪。

赵高看着他冷笑，他也有一句话没有说出来："丞相此时不死，以后想死得痛快些恐怕也办不到了。"

这以后是毫不留情的拷打，李斯忍受不住，只能屈打成招，承认自己有罪。但是只要有机会，他便在狱中上书述冤。可是所有的申诉信只能落到赵高的手里，绝对到不了皇帝的眼前。现在赵高是一只老奸巨猾的猫，而李斯成了一只在临死前被猫玩弄于掌爪间的鼠。赵高命令他的私党十余人假扮御使、谒者和侍中等朝廷官员，轮换着一次又一次去审讯李斯，每次只要李斯翻供，得到的便是一次严刑拷打，直到他再也不敢为自己鸣冤叫屈。最后等到秦二世真的派人来查实案件对证口供，李斯已无法判断这回是真御使还是赵高派来的假御使，他已受刑受怕了再也不敢更改口供，老老实实在书面上承认自己有罪。此时二世皇帝派去调查李由罪状的使臣到达三川郡，雍丘城已被项羽和刘邦所率的军队攻破，郡守李由也被斩杀在乱军之中。人死无法对证，正好由赵高假造出李由叛变通敌的报告。

秦二世二年七月（前208年），正当新楚国武信君项梁被老谋深算的秦军统帅章邯在战场上一步步由胜利诱入死亡陷阱的时候，大秦国的丞相李斯也被诡计多端的宦官赵高在官场倾轧中一步步地送上了死刑台。李斯被判处五刑，这五刑是黥劓、斩左右趾、笞杀、枭首、弃尸于市。最后用腰斩代替了笞杀，被铡刀截断于咸阳市上。一个智者因为自私和怯懦毁在了一个阉人手上，李斯的一生就这样结束了。他曾经对历史起过非常重要的作用，但这时候他的生与死对于历史已经毫无作用了。

而另一个人物的死亡，却对历史有着决定性的影响。

9 兵败定陶

——一直到死亡来临，他都没从胜利的沉醉中醒来。

历史，往往因为一个重要人物的意外死亡，便彻底改变了本来的走向。

项梁就是这样一个重要人物。他是秦末农民起义像潮水一样涌起又像潮水一样退下来的时候重新推动起这股大潮的中流砥柱。在他以前的起义军领袖如陈胜、吴广、周文、周市等或者已经死了，或者担当不起历史的重任；而在他之后争雄天下的项羽和刘邦此时尚羽翼未丰。如果不是因为他的死亡而留下的权力空间，项羽和刘邦仅仅作为他统率下的部将根本就不可能有争夺天下的机会。那么，统一天下并且延续下来的就很可能不是一个大汉王朝而是一个大楚王朝。以后历史的发展，就可能完全不同了。当然，历史是没有偶然的，所有看似偶然发生的事件其实都是必然。历史也是不允许失误的，无意间落在路上的一粒小石子都可能彻底改变历史车轮的走向。雄才伟略的项梁只因为一个小小的弱点，便失去了在历史上更重要的位置。

作为秦军的统帅，章邯是非常重视项梁这个敌手的，不仅因为他是楚国名将项燕的儿子，还因为他在军事上的实力——扭转了整个起义军溃败的颓势，和政治上的远见——拥立楚怀王来统一号令天下的反秦势力。他知道自己面对的是一个非常强劲的对手，所以不敢有丝毫的懈怠和轻举妄动。项梁是一只猛虎，一着不慎，便会被猛虎扑过来吃掉。他知道对付猛虎最好的办法不是和它对扑过去而是把它诱入陷阱。他知道在什么地方有着一个可以捕获猛虎的天然陷阱，他所做的一切，就是处心积虑把最危险的对手往这个地方引，为了这个目的他不惜损兵折将忍受失败的耻辱，他必须利用这个地方。

这个地方就是定陶。

而作为楚军的统帅，项梁太轻视章邯了。在他眼里，章邯只不过是一个为秦国皇帝管理仓库的庸吏。他出关以来之所以能所向披靡，只是因为过去的义军首领们在政治上太自私，在军事上也太无能。不错，章邯是一匹凶狠的老狼，那些被他赶杀的义军首领都只是一群羊而已；而他项梁则是一只猛虎，再凶恶的狼在猛虎面前也不得不收敛起它的气焰。项梁的错误还在于，他在过于轻视章邯的同时，又过于重视定陶了。定陶是战国以来中原最大的都会，也可以说是秦国在东方的都城。他认为只要拿下定陶，无论在人们的心理上和战略的实际上广大的中原地带便姓了楚，剩下的事就是打进函谷关去最后踏平咸阳了。

在这一件事上，他没有听从宋义的劝阻，也没有提防章邯的计谋。新楚大军兵分两路，一路交给项羽和刘邦从黄河北面去袭取濮阳；一路由他亲自率领直扑他向往已久的中原重镇定陶。一番激战之后，定陶的城门向他打开了。因为秦军在定陶城环留下了上万具尸体，他绝没有想到这场激烈的攻城战对于秦军来说只是一场象征性的守城战；当然那些战死了的秦军士兵也不知道，他们只是将帅手中撒出去的筹码。又因为秦军败走时旌旗散乱，他不知道其实这只是一次有计划的撤退，他以为就像他在亢父击败了秦军，又在东阿击败了秦军一样，现在在定陶又一次击败了秦军。他完全没有想到他们从定陶撤退只是为了再反扑回来。进城以后，他又看到了这个他当年游历过的，曾经以繁华的气氛使他流连忘返的中原大都市，他看着那些华丽的屋宇和整齐的街道，心中油然升起一股胜利者的陶醉感。正是这种陶醉感使他没有派出几支分队出城往秦军退走的方向去监视敌人的动向，也没有部署还在城外的军队进行有效的防卫。军队和统帅一样都陶醉在了胜利之中。有一件事他没有忘记做，那就是安抚城中的百姓。但他不知道在受他安抚的百姓之中，有一部分竟是受了章邯的密令乔装成百姓留下来做内应的秦兵。

定陶城是在第二天早上被攻破的。整个白天，项梁在城中各处巡视，如果这种巡视是带有一个军事指挥者敏锐的洞察力的，那他很有可能会避免就要临头的灾难。可惜他已经丧失了应有的警惕，这种巡视只停留在一个胜利者对定陶这件巨大战利品的心情怡然的玩赏上。到了晚上自然是庆祝胜利的酒宴。自从在江东起兵以后，项梁一直严格地控制着自己饮酒；但在这样一个晚上，他想痛饮一番，彻底放松放松。从江东起兵到攻占定陶，可以看成是一个战略阶段的结束。从定陶出发到占领咸阳，那应该是下一个战略阶段了。在一个战略阶段已经结束而下一个战略阶段尚未开始的时候，项梁觉得自己应该让起义以来全身心一直绷得很紧的弦松弛一点，不妨忙里偷闲，声色犬马一下。早年的项梁作为贵族子弟，就是从声色犬马堆中滚出来的。楚国灭亡了以后，他彻底告别了纨绔子弟的生活，全身心地投入到了复国大业之中，但在这个晚上，他却想稍稍地放纵一下自己。于是他喝醉了，他的将士们也跟着主帅喝醉了。一直到死亡来临，他都没有从胜利的沉醉中醒来。

凌晨时分，定陶城中忽然四处起火，埋伏在城中的秦兵们杀上了城墙，四面的城门都已被打开。靠黑夜的掩护重新返回来的大批秦军紧紧包围住了定陶，城里和城外措手不及、完全没有应战准备的楚军陷于一片混乱。没有人能够清醒地指挥他们，他们也不知道自己的主帅在哪里。

第二天白天秦军在打扫战场时发现了项梁的尸体，他赤裸着的身上有着数处创伤，很可能是在睡梦中被杀死的。死在他身边的是定陶城里最漂亮的妓女。

章邯看着这个最令他生畏的敌人，很遗憾这个了不起的对手不是穿着铠甲死的。他让他的士兵找来他的铠甲给他穿上，专门派了一小队士兵把新楚武信君的遗体送往敌国的都城盱眙。这个对秦国威胁最大的祸患已经被铲除了。他没有庆功，没有摆酒，也没有继续守在定陶。在迅速地整理了一下军队之后，当在黄河北岸的楚军听到消息渡过河赶来救援时，他已经率大军从另一处渡口渡过黄河，以迅猛之势扑向了赵国的都城邯郸。

第二章

巨　鹿

10 磁铁·钓饵·网

——巨鹿这个城市因为它的长久被围困而成了当时天下所有军事和政治力量关注的焦点。

作为一个现代人，要在一本历史小说中详细而准确地描述公元前208年的那场战争是相当困难的。首先在于资料的贫乏。有关当时状况的所有史料几乎都出自太史公的记载，而太史公关注的是人物的性格和命运，对战争势态的描写却太简略了。而且他在不同的"本纪""世家"和"列传"中写到同一事件时人名、地名和时间都可能会有一些小小的出入。我们只能随着他的笔锋粗粗地略过那段历史。如果要对着他写到的那些地名到地图上去用不同颜色的箭头重演那场战争，就会碰到许多疑问，有些军事行动似乎是不太合乎常理的。这中间很大的一个问题可能在于黄河的改道和地名的移动，许多从古代沿用到今天的地名也许并不在我们认为的那个位置上。而两千多年时间里黄河的数次改道，也许早已涂改掉了当年的古战场。但是认真地思考一下，从他粗率的记录中我们还是可以大致看清战争的走向和军队统帅的作为的。

无论如何，秦将章邯是那个时代最为出色的战略家。他在都城咸阳就要被攻破的情况下临危受命，用临时招集起的军队在最后一道防线上击败了长驱直入的周文。然后率军杀出函谷关，在运动中一路转战，把对秦王朝具有威胁的各路起义军一一击破。在遇到真正具有实力的对手项梁时，他先是冷静地观察，然后是有意识地退让，欲擒故纵，诱敌深入，选择了定陶作为捕捉敌人的陷阱，当对手正在为胜利而陶醉的时候，以迅雷不及掩耳之势猛扑回去将其消灭。在消灭了项梁率领的楚军主力之后，他既没有去迎击闻讯赶来救援的楚军，也没有趁势向楚国的纵深征伐，而是立即渡过黄河挥军北上，扑向已经形成反秦割据，正在努力扩大地盘的赵国。

他的挥军北上渡河伐赵，在战略上可以说是非常漂亮的一笔。

但是过于漂亮的也很可能是败笔。

章邯自有章邯的考虑。他看遍了天下的各路豪强，认为堪称对手的只有项梁一个。他犯了一个和项梁所犯的类似的认识上的错误。项梁认为拿下了定陶就意味着拿下了中原，完全没有想到拿到手的定陶还会得而复失，连自己也成了被秦军包起来的饺子。章邯则认为消灭了项梁就等于彻底击溃了楚军，认为失去了项梁的楚国已经丧失了元气，也失去了继续和秦军抗衡的力量。楚地的平定是迟早的事，当务之急是去消灭正在积极扩张中的赵国。项梁的名气太大了，消灭项梁给他在军事上的满足感也太大了，他完全不知道在项梁巨大的影子下面还藏着一个项羽，而正是这个项羽日后将置他于死地。

如果不是因为有项羽这样一个特殊因素存在，章邯的战略思想可以说是无可非议的。楚军的主力被他消灭了，楚国的灵魂被他成功地扼杀了。齐国早就被他打得一败涂地，只是靠了楚国的支援才勉强站住脚，而且国内政局因为争权夺利也在动荡，随时可以去挥军扫平。自从陈胜揭竿而起闹得天下大乱，到目前为止唯一没有遭到秦军有力打击的就是赵国了。所以章邯在消灭了项梁之后，下一个打击目标就是赵国。而且在他的要求下，驻守在塞外长城防御匈奴人的秦军也在大将王离的率领下从井陉口进入赵地，对赵国形成南北夹击之势。

在强敌威胁下的赵国，本身也在动荡着。

赵王武臣本来是陈胜的部将，在他的朋友张耳和陈余的辅佐下，率领陈王拨给的三千军队向北去攻取赵地，借天下起义风起云涌之势，很快地占地十余城，拥兵数万。但是当他想继续攻城略地时，却遭到了顽强的抵抗，攻范阳而不能下。这时候有一个叫蒯通的人物出现了，用他的一张了不起的嘴为武臣说降了三十几座城，武臣兵不血刃便推进到赵国的旧都邯郸。在张耳和陈余的谋划下，武臣在邯郸自立为赵王，封张耳为右丞相，陈余为大将军，派人通报陈王。陈胜闻讯大怒，本想杀掉他们还留在陈地的亲属，立刻派兵讨伐。相国房君劝谏道："强秦未灭，又急于与赵为敌，不是又树立一个强大的敌人吗？既然武臣称王已成事实，不如派使臣前去道贺，同时敦促他们向西攻秦。"陈胜听取了房君的意见，把武臣等人的亲属接进宫里作为人质，封张耳的儿子张敖为成都君，同时派出使臣去赵地道贺，当然主要的目的是要新赵国向西攻秦。张耳和陈余对武臣说："你在赵地自立为王已经触怒了陈王，派使者来道贺不过是无可奈何罢了。如果陈王真能灭秦，下一步必定会灭赵，万不可上当，最为重要的是保存实力，扩大地盘。为自己计，最好的打算就是北面攻取燕代，南面收拾河内，赵国如果能够南据大河，北拥燕代，无论楚灭秦还是秦灭楚，都可以凭实力而自保了。"赵王对张耳和陈余言听计从，置陈王的敦促和西面秦国的威胁于不顾，却向东向北向南去扩张领地，派韩广去攻燕，李良攻常山，张厌攻上党。

韩广进入燕地，受到燕人的拥护，也学赵王武臣的样子自立为燕王。现在轮到赵王武臣像陈胜那样发火了，他御驾亲征，和张耳陈余一同领兵驻扎在燕国边境准备攻燕，没想到一次外出巡视中竟意外地被燕军抓获。于是燕王便把过去的君主留为人质，要赵国用一半的土地来做交换。赵国派去几个使臣，都被燕王毫不客气地杀掉了，显示出不给土地就不放人的决心，张耳和陈余无计可施。这时候蒯通的三寸不烂之舌又派上了用场，他前去拜见韩王说："大王知道我是来干什么的吗？"燕王笑笑："自然是想来要回赵王。"蒯通更有意味地笑道："大王原来也是赵王的部将，和张耳陈余一同共过事，大王认为这两位的才能本领比赵王如何？"燕王道："比赵王强，他们都是出了名的贤人，武臣之所以能成为赵王，正是依仗此二人的谋划。"蒯通说："那么大王知道现在这二位贤人心里想的是什么呢？"燕王道："和你一样，无非是设法要回他们的君王。"这回轮到蒯通大笑了："大王你真是不知道人心啊，连和你一同共处了许久的张耳陈余你也并不了解。武臣不甘心做陈王的卿相，所以才自立为赵王；您不甘心做赵王的卿相，所以才自立为燕王；张耳陈余这二位出了名的贤人，都有着经天纬地的本领，难道就甘心一辈子做别人的卿相吗？难道就不想南面为王吗？只是天下大势未定，所以不敢三分各立为王，先立武臣以安定赵地民心。赵地已定，他们二人自然也想分地为王，只是没有机会罢了。现在赵王被大王所掳，张耳和陈余表面上自然是想要回赵王，心里却巴不得大王把他杀掉，那样他们就可以在赵地各自为王了。以赵国的实力，攻燕是必定可以拿下的，而且张耳陈余二位贤人的才干都胜过赵王，如果联合起来以申讨你杀害赵王的罪名伐燕，大王认为燕国一定能够抵挡住吗？"燕王觉得蒯通的话有理，便释放了赵王，让蒯通驾车接回。

只要看一看大敌当前这些草头王们不管大局只顾自己的小家做派，就知道项梁的战死对于起义军阵营是一个多么巨大的损失。

赵王回到了都城邯郸，这时候李良攻下了常山，派人向赵王报捷。赵王命他继续攻取太原。但王离率领的秦军已从北方压来封锁了军事要塞井陉关。李良的军队受阻，而王离还没有得到章邯的消息，也不敢贸然挺进，便假借秦二世的名义派人给李良送了一封没有封口的劝降信，信中说："李良曾为秦将，很受朝廷看重。如果现在能弃赵归秦，朝廷将既往不咎，还将授以高官厚禄。"李良收到这封信，不敢做出决断，仍回邯郸请求增派军队支援。在邯郸城外遇到外出宴饮的赵王姐妹，车马仪仗气派非凡。李良看情形以为是赵王出巡，便伏在路边谒见，谁知道赵王姐妹醉得不省人事，对他完全没有理睬，李良觉得大丢面子。部属也不平道："天下人都起来背叛秦国，有能力的人都可以为王。赵王并不比将军强在哪里，现在他们家的女子见了将军不但不下车行礼，竟连眼皮都不抬一下，这种气还能受吗？干脆杀了她们造反吧！"李良怀中正放着秦军送来的劝降书，原来还在犹豫中难下决断，听了这话，索性一不做二不休追上去杀掉了赵王姐妹，就势率领军队攻击邯郸。邯郸守军在突如其来的攻击下一片混乱，其中有人趁乱把赵王武臣给杀了。张耳陈余从城中逃出，收拾了几万残余的军队，因为他们都是魏国人，怕在混乱中抚定不了赵地，便又寻访到一个据说是旧赵王的后裔赵歇，立为赵王，暂留信都。信都城小墙薄，显然难以挡住秦军气焰张拔的攻势，不久张耳就带着赵王歇退守到赵国所有城市中城池最大、城墙最厚、防守也最为坚固的要塞城市巨鹿。而陈余也收编了常山的几万残兵，驻扎在巨鹿北面作为接应。这就是赵国这时候的情况。

章邯北上伐赵，首当其冲的本来是邯郸。但因为李良叛赵，邯郸无须用兵就已落入秦军之手。这时候章邯做出了一个非常惊人的举动，他没有在北进的同时分出兵力来把守邯郸，而是下令把这座名城一举铲平。

在当时所有的将军中，没有谁比章邯对战争中的土工作业有着更大的兴趣。挖土已经成了他战争行为的一个重要组成部分。他摧毁邯郸的举动，不光有着军事上的考虑，还有着政治上的打算。邯郸城在商业上是一个相当繁华的都市，是中原地区的交通枢纽；在政治上因新旧赵国的都城都在这里，这个城市可以说是赵国的象征；而在军事上，它又是一座相当坚固的要塞。章邯在军事上的目的是要在运动战中集中兵力——消灭各路起义军，他不想分出兵力来把守这座要塞，更不想让这座要塞以后落入其他反秦势力之手，所以干脆花费一些时间和兵力来铲平它，以绝后患。在经济上，抹掉了这个重要的商业城市必然对赵国的经济力量是一个严重的打击；而在政治上，铲平了邯郸已象征了赵国的灭亡。章邯强迫城内的二十万居民移居河内，在尘土飞扬中，一座古代名城被夷为平地。邯郸的重新建立和恢复繁华，已经是好几个世纪以后的事了。

章邯的下一个目标，是巨鹿。

巨鹿位于邯郸东北不到一百公里的地方，是华北平原的腹地，自古以来就土地肥沃、物产丰饶，是这一带地区最大的农产品集散地，因而也自然而然形成了政治中心和军事要塞，秦王朝在这里置郡。在邯郸失据、信都难守的形势下，张耳拥赵王歇进入巨鹿，以它丰富的存粮和厚实的城墙闭城固守，和驻扎城北的陈余所部形成互为呼应的犄角之势。而章邯率领的北上的秦军和王离率领的南下的秦军也在巨鹿城外会师了。秦军在章邯的统一指挥下，把巨鹿城团团包围。对巨鹿的围困开始了。

陈胜起义以来风行云走一般动态的战争在这里忽然变成了静态的相持。

巨鹿这个城市也因为它的长久被围困而成了当时天下所有政治和军事势力关注的焦点。

面对这种围困中的相持局面，包围者和被包围者各有各的想法。对于躲在城中的张耳和赵王歇来说，因为凭赵国的实力无法在野战中和秦军抗衡，而赵国除了巨鹿再也没有比这里更为坚固的要塞，所以据城坚守既是无可奈何的下策，也是唯一可以采取的上策。巨鹿城坚粮多，在还没有火炮的时代，只要有足够的兵力认真把守，再强大的敌军也难以在短期内把城攻破。这是一个固守待援的策略，最为关键的问题是是否有援军赶来解围。对于这一点，张耳与其说是抱有足够的信心还不如说抱有莫大的期望。他安慰新被拥立的赵王歇说："巨鹿城坚兵多粮足，是可以固守之地。只要我们固守在此，向一同起而抗秦的各诸侯国求援，各国必定要派兵前来相救。起而抗秦者大多是六国之后，六国既有合纵攻秦之约，又有遭秦亡国之恨，更有唇亡齿寒的利害关系，绝不会坐视不救。因为以秦国的强大兵力，如果坐视赵国被灭剩下来也就轮到他们了。现在我们打不出去，章邯也攻不进来；等各国诸侯的救兵一到，又在外面围住了章邯，那时他攻不下巨鹿必然要撤，我们与各路诸侯内外交攻，必定能够大败秦军！"

张耳的设想是非常美好的，他此刻也只能用如此美好的设想来支持自己，否则固守待援便成了无望的等死。张耳以他慷慨激昂的文辞给各国诸侯写了告急求救的信，派了一批又一批使者向四方送出。他最为担心的是这些信使被秦军拦截，求援信无法送到。但奇怪的是章邯并不刻意去追捕这些身负重任的信使，于是一封又一封求救信大多数都送到了各国首脑的手里。

如果说张耳对于巨鹿城的固守待援怀着莫大的希望的话，章邯则对巨鹿城的围而歼之抱有绝对的信心。而且他想歼灭的绝不仅仅是眼前被围在巨鹿城里的赵国，他的一个宏伟的战略计划想的是把天下所有的抗秦力量都集中到巨鹿这个地方聚而歼之。这个了不起的计划是他在不断的运动作战中逐步形成的，他在定陶为项梁的结局设计了一个漂亮的陷阱。当他看见了巨鹿这座漂亮的城池时，他做出了一个更为大胆的决定。

的确，巨鹿城坚粮足，易守难攻，不付出较大的代价是很难在短时间内攻下的。但是对于和王离所部会合后有了三十万兵力的章邯，对于自从杀出函谷关一直所向披靡并且最近刚刚消灭了最具威胁力的反秦将领项梁的章邯，对于比任何其他将领都擅用土工作业来营造胜利的章邯来说，倾尽全力攻破巨鹿城绝非不可能的事。而他却围而不打，派出大量兵力修筑了一条从卫河通往这里专门运输粮食的甬道，坦坦然然地摆出了一副要长期围城的架势，他想干什么呢？

章邯对巨鹿围而不打，自然有他政治上的考虑。在他师出函谷关连获大捷的这段时间，在秦国的都城咸阳却是宦官赵高专权把朝廷弄得昏天黑地的日子。在他把克敌的战报不断向京城传去的同时，他的好友官居长史的司马欣也不断地把朝中的消息向他通报。前一段传来的是丞相李斯被腰斩的消息，他听了这消息后阴沉着脸半天说不出话来。如果说谁对秦国有着最大的功绩，能举出的第一个人就应该是这个李斯。这位开国的元勋虽然因为始皇帝驾崩后的失职令人不齿，并且目前天下大乱的局面和他因为懦弱自私默许了赵高的阴谋有着直接的关系，但是在国家危难之际，还是在为社稷存亡着想的。这样一个人物最终却落到了被腰斩的地步，也太令人心寒齿冷了。开国丞相的下场尚且如此，在那个把二世皇帝握在手中的赵高面前，谁又能保证自己必得善终呢？前不久司马欣又传来了朝廷里指鹿为马的丑剧。赵高当着朝臣们把一只鹿牵到皇帝面前，说这是一匹马，群臣居然都沉默着不敢说是鹿。有几个狡诈之徒顺着说，确实是一匹好马！这些人事后都得到了赏赐；也有几个愚直的人说，明明是鹿，怎么能说是马呢？这些人事后都掉了脑袋。朝中的事已经到了如此地步，他在奋力和起义军作战的同时也不得不为自己将来的命运考虑。现在他在外平叛，重兵在手，赵高当然不能把他怎么样。但是一旦他平定了所有叛乱回朝复命，完全有可能功高遭忌被剥夺兵权，那个时候他能有把握使自己不去步李斯的后尘吗？当然，他也想过一旦平叛大业成功，他要做的第一件事就是要剪除奸臣赵高。但这需要有一个合适的时机，让二世皇帝明白赵高的恶行，在皇帝的授权下名正言顺地来匡扶朝政。章邯一向是以秦国最忠诚最优秀的官员来要求自己的，他绝不愿意在倾尽全力为国家平定了叛乱之后自己反而落上一个叛乱者的名声。对巨鹿的围而不打可以为他比较从容地观望朝中政局赢得一定的时间。

作为一个统帅，章邯对巨鹿的围而不打，更是出于他对战略上的考虑。他精心设计了一个可以一战而消灭所有叛军的宏伟构想，并且在努力地去实现它。巨鹿是一根钉在他这个战略构想中心的铁钉，他不想马上就拔掉它，而是要把它当成一个诱饵，用它的存在来诱使各国的兵力都集中到这块大平原上来。他已经在运动战中一次又一次地击败过他们，他想以他集中起来的三十万兵力，也是秦国最后能够倚重的兵力，在这块以巨鹿城为中心的广阔阵地上和他们来一次大决战，他想奋其全力把这些散落在各处的乌合之众聚而歼之，用一次空前绝后的大胜利来彻底地解除大秦帝国的后患！

他的部将王离、苏角、涉间等开始对这个战略构想并不理解，急于攻下巨鹿。他对他们说："就是立刻攻下了巨鹿又怎样呢？这次灭了赵，还有齐，还有楚，还有燕，还有代，还有韩，还有魏，只要他们还有兵力，他们就会不断地造反作乱。我们固然可以再去讨伐他们，但是扑灭了这边的火，那边又会冒起烟来。我们的致命弱点是补给线太长，粮秣和物资的运送都太困难，时日越久，兵源越缺，负荷越重，而且朝中政局昏暗，还能拿出多少财力物力来支持这场战争呢？所以对这一战务必精心准备，倾其全力以求全胜。无论是胜是败，这都应该是大秦帝国的最后一战！"

章邯把他的三十万大军分成四个部分，王离、苏角、涉间各领七八万军队在巨鹿的东北西北和西南扎营，构筑壁垒。他自己率领八万人驻扎在巨鹿东南靠近卫河的棘原，监督甬道的修筑和粮食军需的输送。他知道粮食和物资对于战争的重要，战争的胜负固然取决于将军的指挥果断和士兵的勇敢善战，可有时候也在于一方正饿着肚子而另一方已经吃饱；一方刚刚睡醒精神焕发而另一方正长途跋涉疲惫不堪。因为有甬道输粟，他有足够的粮食可以支撑，彻底平定叛乱只是一个时间问题。他完全摆出一副以逸待劳的姿态，等着一条又一条大鱼向巨鹿这个诱饵游来。

因为章邯大胆的战略构想，巨鹿城从被围的开始就成了一块巨大的磁铁，把天下几乎所有的兵器都吸引到了它的周围。

一场历史上最为惊心动魄的战争就要在巨鹿展开了。

不久以后，接到张耳告急文书的各国都对赵国的被围做出了强烈的反应，因为在张耳的求援信和所派使者的恳切言辞中都已把此战的利害关系陈述得十分清楚。各国首脑们即便首先想到的是要保存自己的实力，也会感受到唇亡齿寒的巨大危险。一旦目前最具实力的赵国被灭，他们被强秦各个击破的日子也就不远了。于是如张耳所料，也如章邯所料，都向巨鹿派出了援兵。

最先到的一支援兵是北方代国派出的。在战国时代代国和赵国毗连，后为赵襄王所灭，并入了赵国版图。在陈胜起义席卷半壁河山时，因为张耳辅佐陈王，代地由他的儿子张敖率兵驻守。在动乱中不但为秦所灭的旧六国相继复国，就连被赵国所灭在先的代国也由代人拥立先王遗族恢复了代国。不过代国倒不记过去赵国灭代的旧仇，而是同仇敌忾地对付秦国，代王命张敖率兵一万来援巨鹿。代国是一个小国，出兵一万几乎是倾其全部兵力了。虽然区区万人难以对解围产生什么大的影响，但毕竟是第一支到来的援兵，使得被围的赵国军民大为振奋。援军首先得考虑自己的安全，代国援军在秦军外围游移着，最后找了一个最利于撤退的地方扎下了营。秦军这时候要消灭它是轻而易举的。但是章邯有令，不许前去攻击，就让它驻扎在那里。他怕消灭了这一小支部队后面的援军就不敢来了。

不久以后，其他各路诸侯的援赵军队，齐国田都、燕国臧荼、齐王建的孙子田安、韩国的韩成和魏国的魏豹等，都陆续到达巨鹿。他们也像代国来的援军一样，首先考虑的是自己军队的生死存亡。于是都在秦军外围他们认为比较安全的距离上，互相依靠着扎下营寨，修筑防御的壁垒。一旦遭到秦军的攻击，也可以彼此支援，不至于被秦军一个一个吃掉。没有一支援军敢贸然向强大的围城之军发动攻击，也没有一个将领能够统筹指挥各路援赵的部队。这些赶来救援的军队都面临一个十分尴尬的处境，从军事实力上考虑，他们没有胆量打，也没有力量打；从政治联盟的利害关系上考虑，他们不能退，也不敢轻易退。章邯也严格地控制着秦军绝不主动去袭扰这些赶来救援的各路诸侯军队。于是战争在这里形成了一个非常微妙的局面：被困在城中的赵军，包围着巨鹿城的秦军，和赶来救援的各国援军，彼此遥相对峙；旌旗在望，鼓角相闻，在紧张的战争状态中暂时相安无事。

大家都在等。

城中的张耳和赵王歇在等，等待援军能向秦军发动攻击，迫使秦军解除对巨鹿的围困。但是这种等待越来越趋于无望。援军倒是到了，可是没有一支援军敢于拼命倾力和秦军对抗。被围困的局面并没有因为援军的到来而有所好转。

各路诸侯也在等，等待秦军主动地从巨鹿撤走。如果这种等待也是无望的，那么就是在等待巨鹿城最终被秦军攻破。这样救援的使命已失去意义，也就可以理所当然地退兵了。他们心里想的是：其实巨鹿的陷落只是一个时间问题了。他们做好的不是进攻而是退却的准备，一旦巨鹿城破，他们将怎样保存住自己的实力迅速脱离这个危险的战场。虽然退却以后并不能摆脱日后再次被章邯追剿的危险，但多有一天存活的机会总比立刻就以卵击石自取灭亡要好。

章邯也在等，在等待他计算中敌人的最后一支援军。他把用三十万精锐士兵织成的扑杀之网握在手里，现在还不是撒开的时候，他在等那最后一条大鱼游入这个他将要把这些鱼一网打尽的地方。他在扑杀了项梁之后之所以没有乘胜去进袭楚国的都城，是因为他相信只要牢牢围住赵国做出彻底消灭的势态（那时候他设想包围的城市还是邯郸而不是巨鹿），包括楚国在内的残余抗秦力量都会向这里集中。与其长途跋涉进行一次很可能只是把敌人赶散的奔袭，还不如以逸待劳地准备一次空前的大会战，在这次会战中把所有那些敌人的信心、勇气和实力彻底摧毁！巨鹿是一口大锅，他想，他在等一个最佳时机的到来，好把那些难以一一捉到手的猎物统统都烹在这口锅里。

但是围城中的张耳已经等不及了。他对赶来的援军们非常失望。但他还没有彻底绝望，因为他最好的朋友陈余的几万军队就驻扎在城外。这种驻扎的意义本来就是为了巨鹿城一旦被围也好有一个外援和呼应。在被围之初陈余不敢对秦军有所动作是因为的确势单力薄，能不被秦军吃掉已是万幸。但是现在，各国赶来救援的军队已一支接一支挨着陈余的营垒扎下了营，虽然兵力依然不如秦军，可总不能就这么无所作为地等下去直到巨鹿城破吧！章邯的秦军有甬道可以源源不断地输送军需，而巨鹿城中的存粮眼看就要耗尽了。

张耳和陈余是一对有着刎颈之交的名士。他们都是魏国大梁人，秦灭六国后一同逃到陈地避难，陈胜起义后他们又一同投到他麾下为他出谋划策。因为陈胜对他们恭敬有余而听从不足，他们在随陈胜部将武臣攻取赵地时便一同策划拥立武臣为赵王。在经历所有大事件时他们两人都非常密切站在一起，在当时人们的心目中张耳和陈余就像一只手的手心和手背一样是人间友谊的典范。陈余躲在壁垒中不敢率军出战固然有他的担心，但张耳相信只要把城中危险的处境告诉陈余，垂泪泣血地恳求他冒死率先相救，陈余这位老朋友是不会坐视不管、无动于衷的。张耳派亲信张黡和陈泽到陈余营中，带去了他的书信。他在信中已表示出了很大的责备之意："你我本是生死之交的良朋至友、情同手足的兄弟，现在赵王和我被困城中，气衰粮竭眼看就要死了，你不管怎么说还拥有好几万军队，就这样坐视不救，算什么生死之交呢？如果你还念刎颈之谊，为什么不与秦军殊死一战，我们就算不能同生，同死总还是可以办得到的吧！现在救援的诸军都已在巨鹿城外等待，只是没有人敢于率先向秦军发起攻击，如果你的出战能够带动各诸侯军队投入战斗，我们并非完全没有战胜的希望啊！"

但陈余这时候已经变得非常世故和实际。就算张耳的言辞是灼人心肺的火，也不可能把他冷静的血液给点燃了。友谊归友谊，政治是政治。作为一个政治家，他首先要考虑的是利益。张耳现在身陷危城，逃脱无路，自然想从死中求生；而他陈余却并非身处绝境，有什么必要像飞蛾扑火那样自寻死路呢？既然是情同手足的朋友，就应该多为对方着想，眼看自己活不成了，临死还要拉上一个垫背的，这不是太不够意思了吗？

看着陈余不表示态度，张厌激动地说："天下人都知道陈将军和右丞相是刎颈之交，眼下赵国君臣被困城中危在旦夕，如果将军袖手旁观，坐视城破，难道不怕天下人为之不齿吗？"

陈余的理由也是冠冕堂皇的："章邯的围城大军有三十万人，而我统辖的只有区区三万人，如果不自量力地以这三万人去攻击三十万人，无异于以卵击石，羊入虎口。同归于尽对抗秦大局有什么意义呢？不如保留住这一份力量，至少还有牵制秦军的作用，使他们不敢放胆向巨鹿进行攻击。就算万一不幸城破，赵王和右丞相以身殉国，那时我还可以联络各国诸侯为大王和右丞相复仇。"

两位使者是身负重任而来的，不能说服陈余出战，也就无颜再回城复命了。陈泽已经声泪俱下："陈将军所说的全是拥兵自保的托词。现在城内尚有数万兵力，一旦诸侯军发动攻击，还能收到内外夹攻的效果。等到城破人亡，再说联络诸侯军为大王和右丞相报仇，有谁能信呢？现在事情紧急，只有请将军赶快出兵，哪怕同归于尽了，还有一个信义存在。将军还有什么别的可以考虑吗？"

陈余火了："如此说来你们是一定要逼我用自己这块肉去喂老虎，我死了倒也没有什么，但是除了愚蠢地自己找死之外又有什么益处呢？事到如今，我也只好拨给你们五千军队，其他的我就无能为力了。"

张厌和陈泽无奈，只能带着这五千人以慷慨赴死的姿态去向秦军发动攻击，结果是可想而知的，在城下被绝对优势的秦军包围，全部战死。在巨鹿城里的赵军和在秦军外围壁垒中的诸侯军们都目睹了这一惨剧。

秦军的将领王离、苏角和涉间都认为时机已经到了，该向巨鹿发动总攻。但是章邯迟迟不发出攻击令，他还在等。有情报告诉他，楚国派出的援军，在上将军宋义的率领下，已经到达离巨鹿不远的安阳了。

但是楚军到了安阳以后就停了下来，似乎在犹豫到底要不要赶到巨鹿来加入救援的行列。在他想象中楚军在项梁死后已经成了惊弓之鸟，之所以也赶来救赵是因为情势所迫不得不为，像所有其他前来救赵的军队一样，他们首先考虑的是如何自保。章邯对此常常流露出不屑一顾的微笑，像这样的救兵，就是来得再多，对于解巨鹿之围也无济于事，只能使他精心设计的这场大决战战果更大。他想再耐心地等一等，他不想在这最后也是最大的一支援军还没有进入战斗地带时就拉开战幕，他不愿意让这条他最为垂涎的大鱼从就要张开的大网边上溜掉。

11 形　　势

——一旦赵国覆亡，其他诸侯国也就危在旦夕了。

楚国援赵的六万军队，此刻正停留在离巨鹿还有三天路程的小城安阳。

现在楚军的统帅是号为卿子冠军的上将军宋义。大多数统帅都是靠硬碰硬地赢得胜利而获得最高军事指挥权的；而有人却是因为预言了失败而当上了统帅，宋义就是这样。

宋义以他过人的洞察力赢得了和齐国高陵君显打的那个赌。高陵君不但心悦诚服地答应回国后竭力保荐宋义的儿子宋襄为齐相，而且还在晋见楚怀王述说使命时竭尽全力地推崇宋义："没有经世大才的奇人，是不可能十分准确地预见到还没有发生的大事的。武信君向定陶进军时，宋义就预言此行必败，阻止他这么做。但是武信君不听，果然遭到了惨败。军队还没有出发就已经看出了失败的征兆，恐怕再也没有比这样的人更懂得用兵了。现在武信君已死，但贵国的军队还是需要一个能够全权统辖的人，大王为什么不用宋义来代替武信君呢？"

在年轻的怀王心目中，宋义本来就不是个一般的人物，他的先辈就是楚国的朝官，他自己又精通政治和典仪，并且在楚国亡了以后一直在离他不远的地方看顾着他，显然已经预料到了楚国会有东山再起的这一天。他的楚怀王身份虽然是项梁拥立的，但是如果没有宋义，当上楚怀王的就不会是他而是别的旧楚后裔，他将还握着羊鞭为别人牧羊。一个牧童和一个君主之间的差别实在是太大了。他要想稳坐在国君的位置上，过去不得不对项梁言听计从，而现在则可以倚重宋义了。从宋义准确地预言了项梁的失败这一点上，可以看出此人不但通文，而且也懂武，可以让他来统御全国的军队。虽然这支军队是项梁叔侄建立起来的，按照常理应该由项羽接管军队的指挥权。但项梁既然拥立了自己为楚怀王，这支军队也就是楚国的军队，对于怀王来说，宋义显然要比项羽可亲近、可信赖、可依靠，在国家危难之际，作为一国之君应该拿出自己的主见。

　　章邯是一个杰出的战略家，宋义则是一个出色的谋略家。在楚国的支柱武信君项梁战死之后，原本并无实权的楚国大夫宋义却在短短的时间里把国家的军事、政治和外交的权柄都握到了自己手里，没有过人的谋略是不可能做到的。其实他在旧楚国灭亡后一直远远地跟随着守护着王孙心，就是一项极有眼光的政治投资，而且他在进行这项投资时又十分注意避开危险。他没有把王孙心收留在自己身边，一旦在秦国的追寻下楚王孙因为他王族血统而惹祸，他因保持有适当的距离不会被牵连进去。而一旦时来运转楚王孙又因为他的王族血统而有用时，他又可以因为自己能够可靠地证明王孙的身份而成为重要的人物。在项梁掌握着楚国大权的时候，项梁是强有力的旗杆，楚怀王只是一面在旗杆上飘着的旗子，而他宋义则是一条旗子上的流苏。是他不断地教导年轻的几乎什么也不懂的楚怀王明白自己实际上的地位和处境，和如何利用自己的身份向利用他的人索取一定的权力，既不能完全成为一个毫无用处的招牌，也不能让掌握实际权力的人觉得过分。他知道楚怀王虽然是项梁拥立起来的，但年轻而孤独的怀王心里最亲近也最信赖的人却是和他一样没有实际权力的宋义。他需要依靠宋义去为他争取真正的影响力，宋义也需要依靠他才能扩大自己的实际权力。当项梁这根旗杆被忽然折断，宋义和楚怀王的心里是既惊恐又欣慰的。惊恐的是一下子失去了项梁这个中流砥柱楚国会在秦军凶猛的冲击下垮掉；欣慰的是现在楚怀王这面覆盖了半壁河山的大旗终于可以自己插在地上，而不是由别人握在手里了。武信君项梁战死以后楚国政局出现的权力空缺由楚怀王来填补是再名正言顺不过的事了。

　　得到定陶兵败的消息以后，楚怀王听从上柱国陈婴和令尹吕青的意见，把楚国国都从盱眙迁往彭城。盱眙背靠洪泽湖，一旦秦军攻来很可能成为无路可逃的死地；而彭城是军事要地，进退有据，而且也更靠近中原腹地，便于号令天下。过去国中大事都由武信君项梁定夺，让怀王安居盱眙是为了不至于干扰他对战争的指挥。现在没有了武信君，就该楚怀王自己坐镇彭城了。在迁都的同时，楚怀王向分散在各处的楚军传出命令，让他们全都退守彭城确保楚国新都的安全。

听到项梁兵败的消息从濮阳火速回救定陶的项羽，在渡黄河时与在这同一条大河上挥军北上的章邯擦肩而过，失去了立刻就和章邯交锋的机会。当他痛心地站在叔父战败阵亡的废墟上搞清了敌人的动向发誓要追上去报仇雪恨时，接到了楚怀王要他们尽快返回彭城保驾的传檄。项羽这时候只想和秦军誓死一战，绝不想回军彭城，他愤愤地把檄令扔在地上。站在他边上的刘邦却弯下腰去把檄令捡了起来，过了片刻，慢慢地递回到他的手上："少将军，你的心情我完全理解。你急于为武信君复仇，我又何尝不是如此。我刘邦是在穷途末路的情况下投靠武信君的，他相信我看重我，给了我当一个将军的资本。他对你情深，对我恩重，他是你的叔父，也如同我的叔父，我们是必然要为他复仇的！但是以目前的情势看，以国家为重，我以为还是应该先回彭城。章邯用兵让人猜不透，武信君就是大意才吃了大亏。这老贼现在看起来是向北往赵国去了，如果我们再渡黄河追过去的话，谁知道他会不会又从黄河的另一段渡过来杀向彭城呢？如果真让他灭了国都的话，我们进退失据，以后的形势就更险恶了。"刘邦说完，静静地退到一旁等待他考虑。

自从得到叔父战死的消息之后，原本性格开朗不时会发出大笑的项羽几乎变成了一块沉默的石头、一块会行走的铁。作为带领着自己的部队同时也监护着刘邦部队的将军，他必须保持绝对的镇静，既不能放声痛哭，也不能狂怒失态。这个从小养育他教导他倾尽心血培养他成为一个出色军人的叔父，这个振臂一呼天下风云为之变色的了不起的叔父，竟在战争中一下子说死就死了！作为侄儿，他难以接受这样突如其来的现实；但作为一个本色的军人，他必须接受也必须能够承受这个残酷的现实。记得小时候项梁曾对他说过："军人的命运一半是胜利，另一半——"项梁等他回答；当时他不假思索地就脱口而出："另一半自然就是失败。"项梁锐利的目光使他立刻就知道这个答案错了，项梁狠狠地看着他一字一顿地说——为了让他牢记一辈子："另一半是死亡！记住，真正的军人没有失败，不是光荣的胜利，就是光荣的死亡！"现在他才理解到这句话的真正含意，统帅也是军人，统帅能赢得胜利，统帅也可能死亡。但是面对着这个死亡，他的心在流泪，他的内脏在流血，他的士兵们发现他那红扑扑的脸色在半天之内变成了铁和石头的颜色。

直到很久以后，在取得了巨鹿之战的辉煌胜利以后，他的脸色才又恢复了过来。

在回防彭城的路上，刘邦不时把他的军队交给灌婴和王陵带领，自己到项羽的军中来陪着他并骑共行。他只是陪他默默地走着，一般不多说什么，他知道什么语言也无法安慰此时的项羽，只要恭敬而体贴地陪他走在一起，就是最好的安慰。他知道项羽在心里会对他存有一份感激。他也知道只有彻底地击败了章邯，这位年轻的将军才会像从前那样朗声大笑。

"彭城这个地方怎么样？作为新的国都合适么？"项羽问。有感于刘邦前来陪同他的情意，他不能总是沉默着。

"彭城是个好地方，和我的家乡丰沛同属泗水郡。那里农产丰富，交通便捷，是淮、黄两河间的要冲，也是四战之地。选择这里作为楚国的新都城，我认为是合适的。而且——"刘邦忍不住流露出一丝微笑，"彭城的女子也是很出色的呢！"

项羽知道刘邦从不掩饰自己是个好色之徒，他也想笑一下，但脸上的肌肉依然像盔甲那样硬、那样紧。这时候的项羽对于女人还完全没有在意过。他心目中只有一样东西，那就是战争。

在各路楚军赶到彭城的时候，楚怀王已经率领众朝廷官员迁入了新国都。按照惯例，野战军队不能进入王城，于是吕臣所部驻扎城东，项羽所部驻扎城西，刘邦所部驻砀。

各路将领都接到王谕，要求他们把兵符交归怀王，然后在御前军事会议再重新配属。项羽对这一点非常不满意，他对范增说："楚军是我们项家建立了从江东打到中原来的，怀王也是因为有了这支军队的实力才得以拥立的，现在叔父刚死，他就想把军权从我手中拿走，我不给他，他能怎么样！"

老成持重的范增劝他冷静："兵符不妨先交上去，其实少将军对这支军队的控制，是没有其他人能够替代的。此时正是楚国的多事之秋，应该以大局为重。楚军在外新败，一旦内部再发生纷乱，天下大局将不可收拾。怀王虽然年少，毕竟是你叔父拥立了用来号令天下的，既然为王，就应该有王者的威信。只要他的决断不错，我们应该服从他的威信。如果他的决断错误，那另当别论。大丈夫应该既能够叱咤风云，也能够忍辱负重，少将军，现在正是需要你忍辱负重的时候啊！"

于是项羽只能忍，他知道国家的安危比个人的意气更为重要。

楚国的军政官员们都知道，目前的当务之急是针对兵败定陶之后的局面，认真分析形势，然后迅速做出决策，只有用有力的行动才能使受到严重创伤的楚国重新恢复元气。

在楚怀王主持的御前会议上，他首先宣布置宋义为上将军，在武信君之后统辖楚国的全部军队。

在座的文臣武将们都能看出项羽阴沉的脸色。楚怀王自然清楚这个决定势必会刺伤项羽和项梁的部将，他已经采取了相应的抚慰措施：置项羽为次将——仅次于上将军宋义之将，同时封赏他为鲁地的公爵；置刘邦为砀郡郡守，同时封赏为武安侯；置范增为末将；以吕臣为司徒；以吕臣的父亲吕青为令尹。

军政权力分配妥当以后，楚国君臣开始共同面对天下局势。

项羽抢先发言："这场反抗暴秦的战争到现在已经打了有两年了。从陈王揭竿而起一呼百应，掀翻了秦国半壁河山的大好形势，变到目前这个反而被章邯到处追杀的被动局面，原因只有一个，就是各国诸侯们大多只是喊叫伐秦，而不是同心协力联合一致地真正向西去伐秦！出于一己私利，只顾占地割据，拥兵自保，却不知道这种各打算盘的拥兵自保恰好会被秦军各个击破。要改变这种被动挨打的局面，只有主动地派出远征军进袭关中，攻下咸阳，彻底地端掉秦国的老窝！"

陈婴道："鲁公所言极是。但是目前有一个难题需要解决，章邯率军北上攻赵，和从井陉关南下的王离军会合，三十万大军把赵军主力团团围困在巨鹿城里。赵相张耳已经数次派出使者来求援军，情势相当危急。一旦粮尽城破，赵国必将覆亡。而一旦赵国覆亡，其他各国诸侯也就危在旦夕了！"

范增说："如此看来，我们应该同时派出两支大军，一支西进伐秦，一支北上救赵。"

"那么派谁领兵西进攻秦合适呢？"宋义问。

项羽不假思索地说："我！我早已经渴望去踏平咸阳了，我也一定能踏平咸阳！"

"那么派谁率军北上救赵呢？"宋义环视了一下众将领，没有人敢立刻应承。在秦军形势占优的情况下，要越过一座座关隘要塞西进攻秦是危险的，要在三十万大军的包围下去救赵国之急可能更加危险。

项羽思考了一会儿，重重答道："我！"

宋义笑了："难道我们有两个项将军，可以一个西进，另一个北上？"

项羽正色道："我是恨不得能有两个项将军，如果叔父不死的话，我们就不至于在这里视征途为畏途了。"

宋义又淡淡一笑："如果项梁将军听从我的劝告的话，那他就不会死了。"

项羽的虎眼立刻瞪了起来，面颊上的肌肉也在跳动。

范增马上出来打圆场："鲁公是恨不能分身为二，好为国家多担负一些责任。鲁公义气如此，想必各位将军也不会无动于衷的。"

刘邦咳嗽了一下，从座席上挺起身来："我也愿意像鲁公一样为国家多负担一些责任，至于是西进还是北上，愿意听从怀王吩咐。"

项羽竟有些感动地看了刘邦一眼，刘邦也表示敬重地向他颔首。

其他将领也纷纷表示，愿意跟随主将出征，为国效力。

上柱国陈婴问："西进和北上，哪一路更重要一些，也更危险一些呢？"

范增说："现在秦军的主力已集中在巨鹿，应该说北上救赵更为急迫，也更为危险一些。"

"那么该如何安排这两路军队的统帅呢？"

刘邦沉吟片刻道："抓阄吧，抓到哪一路就是哪一路，公平合理。"

项羽诧异地看了他一眼："抓什么阄？这是打仗，又不是分东西，危险的一路我去就是！我们兵分两路，希望能和武安侯会师函谷关！"

刘邦的脸不让人注意地微微红了一下，很快又恢复了常色："但愿如鲁公所言，早日会师函谷关！"

楚怀王的精神状态，也因为将军们的精神状态而振奋了起来。在和附在耳边的宋义商量了一下之后，他站起来宣布了御前会议的决定：

任命刘邦为西征将军，领军西进去攻取咸阳。

任命项羽为北伐将军，率部北上救赵，解巨鹿之围。

上将军宋义全权指挥所有楚军，所有将领都归其节制，此次特赐以卿子冠军之号统领北伐之军救赵。解巨鹿之围后，也挥军西进攻秦。谁先进入关中，便以关中王为封赏。

项羽的脾气差一点又要爆发出来，范增使劲按住他的胳膊，压低声音劝诫他："鲁公，君子当忍，以国事为重！"

12 忍无可忍

——漳汉的那一边，就是他们将要和秦军殊死决战的战场。

自从得到叔父项梁在定陶兵败身死的消息以后，项羽就一直在忍。忍受着失去护佑的痛苦，忍受着败于秦军的耻辱，忍受着一时难以复仇的愤恨，忍受着兵符被收去的轻视，忍受着屈居宋义之下的不平。最难忍受的是在宋义的全权指挥下滞军不前停留在小城安阳的日子，这样畏缩不前的停顿他已经在这儿忍了四十多天了，实在无法再忍受下去了。

已经到了冬天需要生火取暖的时候了，人站着不动已经会感到寒冷。如果是在行军打仗之中周身自会有热气环绕，部队停在这里，他只能命令士兵们每日以操练来御寒。但是将士们已经为久练不战感到疲惫和厌倦，军粮也已经接济不上了。他不知道这个卿子冠军心里打的是什么谱，他停在安阳并不为下一步将要采取的军事行动做什么准备，而是借此地方和齐国以及其他诸侯国的使者们来来往往，以不断的宴饮大会宾客，对各国政局高谈阔论，看来他对外交活动远比对军事行动感兴趣。今天他又以盛大的仪仗行列从他在安阳的上将行营一直排到十五里外的无盐街口，并在那里设了别宴，要送他的儿子宋襄赴齐国出任丞相。同行的有从齐国专程来迎接客卿的专使。

范增说："莫非宋义就是为了往返交涉让宋襄到齐国去当客卿的事才让大军屯驻在安阳不动的吗？"

项羽现在终于明白了，宋义的真正目的并不在于救援赵国，而在于联合齐国从而为自己谋取实力和好处。他决计要和宋义理论个清楚。

晚上是宋义照例为将军们准备的聚会晚餐，在卿子冠军的行辕大帐里举行。项羽带着他的一班部将向行辕大帐走去的时候，天上开始下起了黏糊糊的冷雨，雨中还夹杂着晶莹的小雪粒。在帐前站岗的士兵衣甲单薄，在雨中袖手荷戟而立。若是在平常，项羽绝不会允许士兵们用如此懈怠的姿态站岗，但是他看见站岗的士兵面有饥色，便叹了一口气，没说什么就走了进去。在他走过士兵身边的时候，站岗的士兵立刻下意识地把戟持在了手里，把身体立直了。

大帐里和大帐外是两个世界，炭火热烈，杯觥交错，上将军宋义正在看他的几个属将在饮酒行令。范增、桓楚、英布、钟离昧等随着项羽鱼贯而入，他们在自己的位置前坐下，却没有一个举杯，也没有一个动箸，他们都在看着项羽，而项羽在虎视眈眈地看着宋义。忽然他胸中的郁闷喷吐而出成一声长叹，像是一种猛兽被压抑时发出的低吼。

宋义闻声一惊，夹在箸尖上的一只鸽蛋掉了下来，显然受到了某种震动。他略带醉意地站起来，举起一樽酒递给项羽："鲁公，不必如此不快，这是我刚从无盐带回的齐国好酒，鲁公海量，请与我同饮。"

项羽没有接，酒樽掉在了地上："我没有卿子冠军这么好的酒兴。你我率大军是要北上救赵的，可是驻留在安阳已经四十六天了。你身为上将军，肩负的使命应该说比我还要重，却畏敌如虎，按兵不前，不怕辱没了卿子冠军的名号吗？"

宋义笑了笑，不以为意的样子："次将军好大的肝火，不在其位又何必谋其政呢？既然怀王拜我宋义为上将军，我自然有用兵良策。兵法云静如处子，动如脱兔，现在正是宜静观而不宜盲动之时。诸公只需饮，军中大事只管交给我，可否？"

范增问道："卿子冠军果真有成竹在胸么？"

宋义说："当然，我自有打算，有时候延宕也是克敌制胜的一种手段。"

"那么天寒遇雨，士卒饥冻，军粮将罄，上将军延宕到什么时候呢？要延宕到我们自己的军心都垮掉么？"范增也不饶人。

宋义稳定了一下情绪说："这些情形我并非不知，但是还不到饿死人冻死人的地步吧？为了以小的代价换取大的胜利，有时不得不忍耐困境。为将者，应该能够安抚自己的部下，难道能以自己的过激情绪纵容部下哗变吗？"

项羽说："根据探马送来的情报，章邯用王离、苏角、涉间在东、北、西三面围住巨鹿，自己驻扎在南面的棘原以甬道运送军粮。秦军有足够的粮食可以等待，但巨鹿城中已没有粮食可以等待，我们也没有足够的粮食可以等待。我们已经等得太久了，巨鹿也已经被围得太久了，随时可能被秦军击破。我们应该立即引军渡过漳河，楚军攻其外，赵军应其内，使秦军腹背受敌，这样巨鹿才可能有救！"

宋义不屑地笑道："不然。章邯督率秦军围攻巨鹿，无论胜负他们都必然要费尽力气，即使破城而胜赵，也已成了疲惫之师，我们就可以乘其疲惫而猛击之；如果久攻不下，秦军将更为疲惫。我们之所以要驻在这里不动，就是为了等到秦军最疲惫的一刻到来，这叫坐山观虎斗，到了那个时候我们再杀过去一举击败他，岂不可以收到事半功倍的效果？否则以我们现有的兵力，硬拼是拼不过章邯的。"他拍拍项羽的肩膀，"鲁公，你年轻气盛，我老辣多谋；披甲执戟冲锋陷阵，我在你这举鼎勇夫面前自然是甘拜下风；而要说运筹帷幄，你就不如我宋义了。如果当初武信君肯听我一言，也就不至于兵败定陶，死于乱军之中了！"

项羽的嘴唇在颤抖，一时竟说不出话来。

宋义扫视着众将："诸位请慢饮，今天我有些疲劳，要回帐中歇息去了。"他慢慢向内帐走去，走到门边，忽然站住了，换了一种声音喊道，"传令官，传我的军令！"

传令官立刻侍立一边，拿起木简准备记录上将军的命令。

宋义一字一字地说出："上下将士，不论猛如虎，蹇如羊，狠如狼，不听将令者，一概斩首！"说完，连看也不再看在座的将军们一眼，竟自回帐中睡觉去了。

传令官低眉顺目地将刚刚记录下来的军令交给他的传令兵们分抄成许多木简，在每一个带队的军官桌前放上一支。

钟离昧看着项羽低声说："这道军令，分明是对着鲁公而来的。"

性情粗野的英布禁不住骂了起来："妈的，派只狐狸来给老虎当首领，怀王怎么偏偏拜了这么一个竖儒当统领大军的上将？"

桓楚愤愤不平地道："这支队本是武信君和少将军拉起来的，攻城略地的战功也是武信君和少将军带领我们立下的，谁知武信君不幸战死之后，项门的兵权竟被怀王收了去，让一个不实战只会席上谈兵的文官来当上将军，鲁公反倒成了受制于人的次将，他们还想不想灭秦了！"

项羽看着范增道："亚父，怀王本是我项氏所立，要不是叔父依从亚父之见在乡野里找到他，给他戴上王冠穿上王袍坐上王位，他现在还在给人当羊倌呢！怎么他当上了楚王，反倒亲宋义疏项籍，重文臣轻武将呢？"

范增轻叹一口气："鲁公你是将门之后，性情刚直，一心只在灭秦，不芥蒂于区区小事，也不善于和与你不同的人为伍。可是官场上就不一样了，陈婴、宋义、吕青原本都是小官小吏，从官场上滚出来的人自然会沾染上官场的弊病，对怀王刻意奉迎，这些都是鲁公所不屑为的。怀王还只是弱冠之年，不会有太多的主见，不听身边人的又听谁的？老夫献策拥立楚王之后，是为了有一个名正言顺的大旗好号令天下一同抗秦。谁想怀王年幼识浅，亲委琐之徒而疏豪侠之士，用宋义来掣鲁公之肘，实在是……让人气不顺啊！"

钟离昧脸色严峻地凑到项羽耳边，项羽仿佛能嗅到他面颊上透出一股生铁的味道："鲁公，你还记得前年九月，武信君起兵前，带你去见会稽郡守殷通的事吗？那时候我是殷通手下的牙将，那天看见你们叔侄二人进门时的神色，便心想，这个殷郡守恐怕是必死无疑了。果然，片刻之后，武信君佩着他的印，你提着他的头走了出来。"

项羽转过脸来，很近地看着他的眼睛："你是说……"

这时候又有一张脸凑到了项羽面前，这张原本是十分英俊的脸上因为被刺上了罪犯标志的青色花纹，而显出一种咄咄逼人的蛮横。因为这脸上的刺花，英布也被人叫作黥布。

英布压低声音说："杀了他！"

项羽一边一个压住他们的肩膀，按他们坐下来："我何尝没有想过，可宋义毕竟是领受了王命的上将军，强敌当前，万一因为杀了统帅而生出内乱来，反而对救赵不利。"

钟离昧道："鲁公要是不忍杀他，那我们就还得在这安阳继续困下去，又谈何救赵？"

英布说："那也得看看是个什么样的统帅，看不顺眼，杀了得了！"

项羽沉吟着："杀了他，在怀王和朝中官员面前我就背上了忤逆的恶名。"

英布说："哪来那么多名不名的，只要鲁公你点一下头，杀了他算在我账上，反正我黥布的这张脸已经如此了，更不会在乎什么名声的好坏！"他的剑已经迫不及待地拔出了一半。

"慢，"项羽抓住他的手，把剑又推回鞘里，"我只要他的兵符，不要他的脑袋。"

英布站起来："明白了，我把他捆起来，让他当不成卿子冠军！"

英布正要向内帐走去，忽然大帐门口一阵喧哗，吕马童冲开卫兵的阻拦闯了进来，一直冲到项羽座前才跪下。

项羽一怔："吕马童，你有什么事吗？"

吕马童看着满座将军，又看看项羽，镇静了一下说："我本来不想给鲁公找麻烦，可是弟兄们都知道鲁公把我当朋友看，推举我来问一下，今年天气冷得早，又下着雨，大家都在挨饿受冻，不明白干吗要老待在安阳这个地方，怀王不是派我们去救巨鹿吗？"

项羽竟有些脸红起来："士兵们一定已怨声载道了。"

吕马童说："是啊，连子张都发牢骚说，军粮已经不够了，我们每天只能吃芋头豆子，可当将军的好像并不想打仗，每天大吃大喝，要是这样，还不如回江东叉鱼去！"

项羽呼出一口气："我认识这个子张，我知道他是个好兵，是我这个次将对不住他们！"

这时候宋义一脸倦容地从内帐里走了出来："是谁在这里蛊惑军心，不想活了吗？竟敢闯到行辕大帐里来胡说八道！"

吕马童看着项羽，项羽看着宋义："他是我的朋友，他有权在这里跟我说话！"他对吕马童说，"请你再说下去。"

吕马童心中涌起一阵激动，眼睛竟有些湿了："好，弟兄们还说，现在大家在饿肚子，可只要渡过河去，打败秦军，粮食有的是！"

宋义对着他的侍卫们大吼："我的军令已经下过了，今天我先不为难当将军的，先把这个不知天高地厚、胆敢信口雌黄的两司马拉出去斩了！"

吕马童躲到了项羽背后。项羽拍拍他："你是我的朋友，没有人敢杀你。"他对宋义道，"上将军，你说你是想在这里坐山观虎斗，等待机会，可是秦军强大凶暴，一旦破城灭赵，只会更加强大，我们又有什么机会可乘呢？目前楚军新败，赵军被围，怀王和朝中众官员想必都坐不安席，食不甘味，把全国军队都交给了上将军，而你在安阳按兵不动已经四十六天了，你是胆小怯战还是另有所图我不知道，但是你不能让大家在饥寒交迫中坐以待毙！"

众军官们都附和项羽说："上将军，不能再这样按兵不动了！"

项羽尽量使语气缓和一些："请上将军把兵符借我一用，你尽管在此运筹帷幄，我带军队去冲锋陷阵。打胜了，是你卿子冠军的功劳；战败了，也不会送你的性命。"

宋义的脸开始由青转白，他知道如果镇不住项羽，他的上将军权力就会丧失："你们都是军人，军队以服从命令为胜利之本，我的军令是怎么说的？"他转向他的近卫士兵。

项羽从桌上拿起一支传令木简："上下将士，不论猛如虎，翠如羊，狠如狼，不听将令者，一概斩首。"他也转向宋义的近卫士兵，折断了手中的令简，"但是我想看看，在这支军队中，谁敢斩我的首！"

近卫士兵们全被项羽的气势镇住了，没有一个敢动，也没有一个敢出一口大气。

项羽拔出剑来，项羽属下的将军们也全都拔出剑来。

项羽向宋义走过去："既然上将军想要我的头，那我也只好要上将军的头了！"

宋义浑身战栗，哑声大叫："次将军你不能这么做！"

话音未落，剑光闪过，卿子冠军的头已经从肩膀上落在了脚前，那只楚怀王亲授的镶金玉冠依然还戴在头发上，血从忽然失去了头颅的颈子里喷涌而出，那具没有了脑袋的身体依然站在那儿发怔，似乎想弄清在一瞬间究竟发生了什么，但永远也无法弄清了，好一会儿才颓然倒下。

英布把剑推回鞘中："鲁公还是自己动手了！"

众将齐声高喝："鲁公杀得好！"

范增靠近项羽道："杀是杀得好，可是还需要有一个令所有人都信服的理由。"他附在项羽耳边轻声说了一些什么。

项羽从地上提起宋义的首级，面对他自己属下和直属宋义帐下的军官们，朗声宣布："卿子冠军宋义，不顾王命，滞军安阳，弄权营私，暗通齐国以期图谋楚国王位，本将军特奉怀王密诏，已经将他诛杀，并领上将军之衔统率全军，诸将有异议吗？"

众将军们齐声回答："愿听上将军指挥！"

项羽道："请亚父立刻写奏文把这里发生的事报告给怀王。"

范增说："我立刻就办。还有一事也需要马上就办，宋义的儿子宋襄赴齐国去任客卿此时正在路上，请上将军命人火速追上将其追杀，免其后患。"

钟离昧说："这件事交给我去办。"

一顿饭的工夫，楚军的最高统帅已经易人，这是项羽一生中唯一的一次权力斗争，把军队的指挥权又夺回到自己手里。全军将士既没有因此事变而紧张慌乱，更没有因此而军心浮动，反而自出征以来感到一种由衷的踏实，似乎事情早就应该如此了。

一夜休息之后，第二天一早雨已停了。六万多楚军终于拔营离开了滞留了四十六天的安阳，向漳河挺进。漳河的那一边，就是他们将要和秦军进行殊死决战的战场了。

13 计划中的战争

——只要楚军进入到巨鹿和漳河的中间地带，就是他等待已久的巨鹿大战战幕拉开之时。

现在让我们来看一看这场即将要开始的巨鹿之战的战前势态。

首先我们需要记住一个名词：舍。这是中国古代计算里程的单位，一舍等于十五公里。那个源出于晋文公的著名成语：退避三舍，就是指退让出九十里地。

从晋地流出、有着清浊两源的漳河，自西向东，在巨鹿城南面大约有六舍的地方流过。从地图上看，它像一条兜肚兜在巨鹿的下方，又被向右上方提起，在巨鹿的东南方汇入卫河。秦军的大本营，就设在漳河与卫河汇合处的棘原。从这里开始，章邯修筑了从卫河一直通到三座围城营垒的运粮甬道。王离部在巨鹿城东北方扎营；涉间部在巨鹿城西北方扎营；苏角部在巨鹿城西南方扎营。在这三座大营之间，也有甬道互相通连。王离的营垒和涉间的营垒间的距离是一舍；涉间的营垒和苏角的营垒间的距离也是一舍。三座大营呈三角之势牢牢封死了巨鹿的三个方向。王离部和苏角部之间的距离稍远一些，有将近两舍之地，似乎在东南方向给巨鹿守军留了一个出逃的口子，但在东南方四舍之地就是章邯亲自坐镇的大本营棘原。只要没有援军，被困在城中的四万赵军是必死无疑。即便有了援军，他们看来也逃不脱覆灭的命运，非但逃不脱，还有把援军也一块儿拖入死亡境地的可能。赶来救援的各诸侯军显然知道自己面临的巨大危险，都把军队驻扎在巨鹿城北一舍地之外的滏阳河北岸，所以被称为"河北之军"。因为有滏阳河横隔在他们和秦军之间，才在心理上多了一层安全感。虽然以陈余的营垒为中心，两翼向左右下方伸展对围城的秦军又形成了反包围之势，但他们自知兵力不如敌人，气势不如敌人，与其说是赶来救援，还不如说是前来观望，一旦秦军开始总攻，他们首先做好的不是迎战而是撤退的准备。从一开始秦军就没有把这些救兵们放在眼里，在章邯和王离、涉间、苏角这些秦军将军的心目中，赶来救赵的各路援军是一群既胆小怯战又没有统一指挥的乌合之众，只不过是他们吃巨鹿这道主食时的配菜而已。他们更想吃的一道好菜，是停留在安阳迟迟不敢渡过漳河向北进入战场的六万楚军。

　　章邯在棘原的大本营中一直密切注意着楚军的动向。他似乎在和宋义比耐心，只要楚军不进入他预想中的战场，他绝不发出总攻的命令。楚军的迟疑不前更加坚定了他要在巨鹿一战而扫平天下反秦力量的决心。他要等这最后一条大鱼游进来了再奋力撒开他的扑杀之网。在气势上他占有绝对的优势，现在再也不是陈胜吴广起兵造反时各方豪强一呼百应而秦军望风披靡时的情景了。在他取得了一连串的胜利之后，各路抗秦的军队都已成了不堪一击的惊弓之鸟。秦国已从最初的打击中恢复了过来，开始了强有力的反击。而反秦的力量则已由盛而衰，由聚而散，由共同颠覆秦王朝的江山变成了只顾朝夕自保。在兵力上他也具有很大的优势。被围在巨鹿城中的赵军有四五万人，排在滏阳河以北的救赵援军一共有十万左右，而从南面来援巨鹿的楚军是六七万人，一共二十万出头，他知道这二十万人既缺乏统一指挥，而且大部分是不敢投入战斗的。他手下的秦军却有三十万之众。王离、涉间、苏角各带所部七万余人守在巨鹿的三个角上，每个大营的兵力都和新来的楚军相等，甚至超出。他自己则率领八万余人镇守在棘原。

　　章邯的作战计划是这样制订的：当楚军渡过漳河进入巨鹿战场的纵深位置时，以苏角、涉间、王离的三支大军分三个波次相继向楚军进行攻击，挫折楚军的锐气，消耗楚军的兵力。每一支军队都不需要拼力死战，只要每一个攻击波能拼掉楚军三分之一的兵力，那么敌人再强有力的攻势也已成了强弩之末，这时候的楚军必然已遭受重创，损兵折将并且疲惫不堪了。当他们无法再向前进攻只向来的方向撤回漳河南岸时，才发现章邯率领的另一支大军已经顺着漳河而下，在他们渡过漳河的地方截断了他们的退路，他们已被秦军上下夹击于巨鹿和漳河之间的地带，或者战死，或者投降，除此以外别无出路。这个计划有一个要点，就是必须要等楚军北进离开漳河岸边有一定的路程时，章邯的断后大军才能沿着漳河岸边逆水流而行乘隙插下，如果让楚军过早地知道了秦军的意图，他们就会放弃北上救赵的打算而及时退回漳河南岸，像一条大鱼触到网却逃走了那样，使章邯的巨鹿会歼计划失去主要的目标。首先消灭楚军以后，章邯就可以把他的军队分出一路沿着漉阳河北上从背后去包围沿河驻扎的各诸侯援军，再来一次南北夹击，就可以把所谓河北之军都消灭在漉阳河里。章邯对这个作战计划胸有成竹，他相信楚军在项梁战死以后，已不可能再有足以和他匹敌的军事统帅。对于那个号称卿子冠军的上将军宋义，从他停军安阳四十多天不进也不退的行为，就可以知道他绝不是一个强劲的对手。他唯一担心的是这个领有救赵使命的宋义最终会不战而退，那对他精心设计的巨鹿会战将是一件非常扫兴的事。所以他一直对巨鹿围而不打，甚至对围困也做出了一些松懈的姿态诱使楚军及早渡河，他必须等待楚军到达他希望他们到达的那个位置。章邯早已把他的作战安排布置给了他手下的二员大将，只要楚军进入到巨鹿和漳河的中间地带，就是等待已久的巨鹿大战战幕拉开之时。

　　章邯稳稳扼守在漳河汇入卫河的那个地方，他派有专门的士兵观察从漳河上游是否有什么东西流下来。他相信只要一支大军在上游渡河了，就必然会有一些和军队有关的东西顺着河水漂下来，比如衣甲的碎片、脱落的绳索、喂马的草料、断掉的橹桨、被吹到河里的旗帜，甚至还可能有不慎溺死的士兵，等等，只要发现了这些东西，也就是秦军进入战斗状态的信号。一切都安排好了，一切都计算好了。有一点却是章邯没有料到的，从上游漂下来的东西，他知道楚军已经开始渡河，但是他不知道这时候楚军的统帅已经不是宋义，而是项羽。他绝对想不到同一支军队在不同统帅的指挥下会创造出怎样的奇迹。

11 破釜沉舟：一个成语的产生

——他需要一个强有力的动作把这颗决定性的骰子掷出去！

从安阳出发只需半天，部队就已经集结在了漳河南岸。虽然因为宋义的原因大军在安阳停留了太久，但是渡河的准备工作在项羽和范增的布置下早已完成了，舟楫和木排有专门的军需部队收集、建造好，准备在了漳河岸边，大军一到就可以将它们推下水使用。虽然漳河在夏天有时候会表现得相当暴烈不驯，可冬天的漳河水却是非常平静的，渡河完全没有什么技术上的困难。但是项羽的心情，他周身血管里流动的血液，却像汛期的漳河水一样汹涌着，激荡着。他知道渡过河去必然面临一场从未有过的恶战，这一战足以决定楚军、楚国乃至整个抗秦联盟的生死存亡、胜败荣辱。

由英布和蒲将军率领的两万楚军前锋部队在项羽的命令下，于黄昏开始渡河。项羽对他们的作战要求是，渡过河后连夜向前推进两舍之地，为随后渡河的主力部队拓展开足够的布阵空间。楚军的主力由钟离昧、桓楚、龙且和虞子期各带一万步兵组成，还有五千骑兵由项羽亲率，作为战场上的机动力量。

在前锋部队渡过漳河向前推进的时候，项羽也带着一小队骑兵先于主力部队渡过了漳河。作为全军的统帅，他必须在和敌军接战之前对这一片战场的地形有所了解，这样他才能根据地形条件计算和排列他的步兵方阵。他需要了解在这一片战场上敌人的兵力配置情况，他还需要连夜传檄让在巨鹿另一边的各诸侯军队知道楚军已经渡过漳河来解巨鹿之围了。他对那些胆小如鼠没有统一指挥而又缺乏战斗力的诸侯军能否冲出壁垒和他共同作战完全不抱奢望，在这一点上他看得非常清楚，楚军所能依靠的只能是楚军自己，绝不能把胜利的希望寄托在那些完全靠不住的友军身上。但是他需要这些名义上的同盟军做出联合作战的态势以牵制围城的秦军，哪怕他们只是在自己的壁垒中摇旗呐喊，把营门忽而打开忽而关上，做出一副就要冲出来配合作战的架势，使得秦军不敢放开胆子把所有的兵力全部投入来对付杀到巨鹿城下的楚军。

上天给了项羽一个非常明朗的月夜，使他把次日就要率领大军在这里纵横突杀的战场看了个清清楚楚。他率领一小队用最好的马匹装备起来的近卫骑兵沿着被围困的巨鹿城绕了一圈，沿着洨阳河，从苏角、涉间、王离三座大营组成的内包围圈和由魏豹、韩成、臧荼、陈余、张敖、田都和田安等诸侯援军组成的外包围圈之间的地带穿过。走得近的时候，秦军甚至能听见营垒外面嗒嗒的马蹄声，但他们绝没有想到楚军的统帅会在决战前夜只带一小队卫士从他们的大营外面驰过。急促的马蹄声只是使值更的士兵感到有些不安，等到马蹄声远去，这片危机四伏的原野又恢复了夜的宁静，只有报告更数的梆声不时地响起，他们不知道明天的夜晚再也不会是这种宁静的状态了。在经过诸侯军的营垒时，项羽命令他带出来的最好的弓箭手把预先准备好的檄文用点着火的箭射入壁垒之中。隔着洨阳河距离太远超过了弓箭射程的，他便留下一两名士兵泅水过河到营垒中去通报军情。项羽和他的一小队骑兵一夜之间奔驰了数百里地，当他们在清晨回到漳河岸边时，有的马匹已经累倒在地，就连他的乌骓马也浑身被汗水湿透，就像刚从漳河里泅渡过来一样。虽然如此，一旦停下脚步，它却发出了意犹未尽的嘶鸣，和这嘶鸣同时响起的，是楚军开早饭的号角。受到了乌骓马情绪的感染，其他的战马也在晨风中嘶鸣了起来，在沿着漳河排开的楚军军列里，号角和马嘶此起彼伏地响成一片。

楚军主力是下半夜开始渡河的，凌晨时分已全军渡过，此时正在河边埋锅造饭。按照项羽的命令，这个早晨要做的不仅只是一餐丰盛的、每人都可以吃到一大块肉的早饭，还要一次做好足够三天吃的干粮让每个士兵带在身上。

在策马奔驰了一夜之后，他对战场的形势已了然于心。他让跟随他跑了一夜的卫士们全都去休息，并且把累坏了的马都换掉。自己则一边遛他心爱的乌骓马，一边沿河视察着他的即将投入大战的部队。部队是以两为最基本的作战单位，同时也是以两作为一个最基本的吃饭和宿营的单位。每个两都拥有一口属于自己这个战斗集体的大釜。现在，每只釜边都有几个士兵在忙碌着，釜中正在煮着香浓的肉汤。而另一些士兵则在架在篝火上的盾牌或陶罐中烙着备用的干粮，一旦和秦军接战，就不会再有埋锅做饭的时间了。

对于打仗，项羽从来没有胆怯的时候，他从来都认为自己是天下最本色也最出色的军人，并且他相信，只有不怕死的人才能赢得胜利。但他知道战争毕竟不是一个只要胆大和力气大就一定可以赢的游戏，战争更像一个赌注，需要运道，需要技巧，更需要敢于把荣誉和生命、把所拥有的一切统统押上去的决心。赢就赢个痛快，输就输个彻底，想赢而又怕输的人是当不了赌徒的，就像害怕死亡的人不配当军人。但是对于面前的这场战争，他绝不敢掉以轻心。他知道自己手上的这六万多军队已经是楚国最后的本钱了，而章邯的三十万军队也是秦国最后可以倚重的力量了。以一般人的眼光来看，拿六万去对付三十万，在兵力对比上实在太悬殊了。项羽却有他的想法：用六万去打三十万看起来是一种自寻死路的愚人之举，但是秦军却不可能把三十万人同时投入战斗。章邯带着八万人驻扎在离巨鹿四舍之地的棘原大本营里。分三面围住巨鹿的苏角、涉间、王离大营每营都是七万人。如果秦军每次以一个大营的兵力来和楚军对阵的话，在具体的战斗中就不是占有绝对优势而只是势均力敌。而且他们有固定的营垒需要守卫，不可能倾巢而出投入战斗。相反楚军却可以在巨鹿周围的这片原野上大开大合地纵横驰骋，享有运动中作战的充分自由。现在还有驻扎在漳阳河北面的十万诸侯军和被围在巨鹿城中的四五万赵军可以作为对三十万秦军的一种牵制，在这种情况下，必须奋力一搏。等到这些牵制力量被消灭了，局面将变得更加不利。在经过一夜策马奔驰对战地势态的视察后，项羽对敌我双方力量的判断是：虽然在兵力上秦军占有极大的优势，但却是一种有隙可乘的并不牢固的优势。秦军虽然有四只拳头，但起码有三只拳头是有所顾忌的，不能够伸缩自如地挥动。楚军虽然只有一只拳头，这只拳头却可以比敌人的拳头握得更紧，挥得更猛，打击得更有力。只要敌人的四只拳头不能够同时打过来，它就完全有可能把敌人依次打垮，就像他曾经在角力比赛中一连摔倒过数个和他同样高大强壮的对手。

项羽想起了一句话：孤注一掷！他需要有一个非常强烈的动作把这颗决定性的骰子掷出去。他需要一种力量和热情最大限度地激发出他的士兵们的力量和勇气，他需要他的士兵们能够和他同生共死，能够像他一样地孤注一掷！

乌骓马又叫了起来，这叫声是一种又见故人的欢愉，他已经能听懂乌骓马不同音调的嘶鸣所要表达的不同语言了。他从思索中抬起头来，看见吕马童站在面前，正十分亲切地抚摸着乌骓马那湿漉漉光亮亮的皮毛。他向旁边看去，边上是吕马童指挥的那个两，这个两中有好几个士兵他都认识，他在薛城的大校场上曾经用他们做过示范，他甚至能叫出他们的名字。他们此刻正在锅边忙碌着，釜中的大块肉已经熟了，散发出诱人的香味；在盾牌上烤熟的干粮也已在篝火边排列了一大堆，伍长们正在往每个士兵的行囊里分配。在吕马童的这个两的边上沿着河边依次排开的是桓楚将军指挥下的其他的两。每一个两的士兵都以一团篝火为中心，在干着同样的事情。项羽沿河望去，一口又一口行军锅支在河岸边的篝火上，他们昨夜渡河的船只木排都整齐有序地泊在河边。

戈手匡和戟手紫陌从冒着热气的锅边抬起脸来，意外地发现上将军项羽正站在他们旁边和两司马吕马童说话，一阵惊喜袭击了他们，在一支六万人的大军中，这种荣幸并不是随时可得的。他们带着兴奋和不安走上前去把左臂横到胸前对上将军行了军礼。这时候殳手鲁直和矛手里角也走上前来，他们是在薛城的校场中受过项羽亲手教练的示范士兵，在军中他们一向以此为荣，他们希望上将军还能从那么多士兵中记起他们来。项羽果然——叫出了他们的名字，他们为此而深感幸福，并不是每一个士兵都有能被上将军叫出名字的荣幸。这种荣耀足以使别的士兵对他们另眼相看。他们想向上将军问一声辛苦，又觉得问辛苦这种话太平常太没有分量了。这时候项羽开口了，在经过一夜奔驰之后，他忽然感到饿了："你们能不能先给我吃点东西？"士兵们一下子全笑了，在需要吃饭这一点上将军和士兵没有任何差别，而且骑了一夜马的上将军一定是饿坏了，才会一开口就是要东西吃。于是急切地从锅里捞出肉和刚刚烤好还带着篝火香味的面饼都举到了项羽面前。士兵们淳朴的感情表露使他心里有一股热流在涌动，他想，如果有一根纽带能把他这个主将和所有士兵们的血脉都沟通连接起来，让在他心里燃烧的火焰在士兵们心里也同样燃烧，使在他血管中鼓荡着的激情在士兵们的血管里也同样鼓荡，那么他就有把握带着这股激流冲决一切堤防。

项羽对随从侍卫说："去告诉范军师，我的早饭就在这里吃，请他们再拿一些饼和肉来。"

吃饭的时候，项羽很亲切地和士兵们说着话，他知道他的话会通过这些士兵很快地传到更多的士兵那里去。"子张，"他说，"在江东的时候我就看过你叉鱼，你叉得非常准，不知道你射箭是不是也像叉鱼那么准？"

子张说："上将军放心，那么小的鱼我都可以叉准，秦兵的个头可比鱼大多了!"

项羽笑了，问："你作战时用的是弓还是弩呢?"

子张把自己的弓拿过来给项羽看："楚人大多习惯使用弩机来放箭，只要把弦张好了以后，端起来射的时候比较从容，一扣扳机箭就飞出去了，但是搭箭的时候稍微麻烦些；而我喜欢用弓，射起来更痛快，把弦松开的时候，就像鱼叉脱手时的那种感觉。"

项羽试了一下子张的弓："用强弓可是要戴扳指的，要不然箭射多了，拇指也就磨破了。"

子张说："我有。"他把一个牛角扳指套在手上给项羽看。

项羽把牛角扳指从他手上摘下来，放在手指间用力一捏，扳指碎了。"这个太不结实了，用我这个怎么样?"他从身上拿出一个玉扳指，递给子张。子张瞪大眼睛看着这件玉器，半天不敢伸手去接。这个用十分漂亮的青玉做成的扳指，是一个短短的拇指粗细的玉筒，一端齐平，一端斜口，外周的刻饰是一个以齐平的一边为张开大嘴的怪兽头像，细长眉，菱形目，两耳后贴，还有一对尖角，怪兽的脑后是一道凹槽。把怪兽的正面对准指背套上拇指，指腹处的凹槽正好可以纳入弓弦，戴上这样的扳指无论射出多少支箭去都不会被弓弦磨伤拇指了。子张实在是太喜欢这个玉扳指了，它戴在手上的感觉一定是又滑润又凉爽，而且可以更好地控制弦的弹开。但这是将军才能戴的东西，真的能戴在自己的手指上吗?项羽把他的手拿过来，把玉扳指给他套在拇指上："这是我送给你的，希望你戴着它能更好地作战!"

子张屈下拇指把玉扳指握在手里："上将军请放心，我一定会拿出比全部力量还要多的力量去奋勇作战。"他觉得那块坚硬而温润的玉里已经有一种东西在他掌心里化了开来。

士兵们的心，已经开始燃烧了。

项羽看着匡："你是戈手，你从军前是干什么的?"

匡回答说："我是闾左的农民，帮东家割庄稼，割麦子和高粱什么的。"

项羽说："那你这次帮我割庄稼吧，不过要割的不是麦子和高粱，而是秦军!要使劲地去割，一大片一大片地把他们割倒!其实挥镰刀和挥戈并没有太大的不同，是不是？只是比割庄稼需要更多的勇气，我想我的士兵一定不会缺少勇气，等彻底割倒这片敌人，就是我们的丰收了！"

他对戟手紫陌说："戟是一种很好的兵器，又可以劈，又可以刺，还可以抢和钩，我用的就是戟，希望你也能把它用好！"

他对殳手鲁直和矛手里角说："殳和矛是长兵器，是为了击和刺而设计的，所以你们使用的时候，要注意准确，要把力量爆发在击刺出去的那个点上。你们要注意掩护前面用短兵器的战友的安全，要用你们的长兵器去化解他们的危险，你们在后面掩护他们，他们也在前面卫护你们，你们五个人要配合得像一只手一样，敌人就找不出你们的弱点，而只会暴露出他们的弱点。抓住他们的弱点猛击，再强的敌人也会被我们打败！"

他们二人使劲地点着头。项羽问鲁直："你从军前也是农民吗？"鲁直摇摇头道："我是织工。"项羽问："打完了仗，天下太平了，你还想去织布吗？"鲁直想了想说："或许还会去织布。"他从怀里掏出那个枣木梭子给项羽看："我还留着过去织布用的梭子。"

项羽接过这个两头尖尖的硬木块，在手上掂了掂说："挺沉的，是块好木头，在没有兵器的情况下，就用它使劲一掷，也足以打破一个敌人的脑袋！"他又问里角："你从军前是干什么的？"里角说："我是陶工，做陶缶陶罐之类的器皿，"他指指边上煮肉的陶釜，"也做过这种大釜。不过投军的那一天，我们把整整一窑为秦国烧制好了的陶器统统都砸碎了！"他回忆起那天砸碎陶器时那种痛快淋漓的感觉，脸上抑不住地就露出开心的笑容。

项羽的一根神经忽然被他触动了："你们为什么要砸碎整整一窑陶器呢？"

里角说："我们不想再为秦国干活了，砸碎那些东西，无非是想表示要换一种活法的决心！"

项羽沉吟着："决心！决心！决心！"他忽然找到了那个要表现孤注一掷的决心的强烈的动作：釜在岸边，船在河里。他已经不再需要这两样东西了！他要毁掉这两样东西让全军将士和他一样孤注一掷！

一顿在战前特别加了肉的早餐在将军和士兵们十分愉快的谈话中吃完了。项羽站起来，特意放大了嗓门说："战斗就要开始了！"他指着前方，"我们渡过河来就是为了要在巨鹿那个地方把敌人打垮！"他又指着支在地上的釜问："如果我们打胜了，还用得着这些锅吗？"

士兵们觉得上将军问得有点奇怪，不知该怎么回答。项羽说：

"我们是背着这些锅去打敌人呢？还是干脆把这些笨重的家伙砸了，轻装上阵，把敌人打败了到敌人的营中去吃他们做好了还没有来得及吃的饭呢？"

士兵们笑了。里角说："当然是吃他们的现成饭更香！如果把锅都砸了，以后用缴获来的锅做饭就是了。"

项羽笑道："如果我们战胜了敌人，就可以到他们的锅里去吃晚饭了！"他又指着停在河边的那些船问士兵们："如果我们打败了，是不是还准备乘坐这些把我们渡过漳河来的船再逃回去呢？"

士兵们看着他们的统帅，不说话。

项羽问："如果我们还没有进攻就已经准备好了要退，是不是有必胜的信心呢？"

士兵们看着他们的灵魂，仍然不说话，但是项羽已经能感受到他们激烈的心跳。

项羽说："如果我们自己把自己的退路给断了，把锅砸了！把船沉了！那我们必须怎么样才行呢？"他的目光像两根兵器一样从他的士兵们的头顶上方扫过，仿佛和士兵们的目光碰出了一片响声。

匡仰脸看着他，小心翼翼地说出："那我们就只能胜利！"

项羽抓住匡的腰带一下子把他举了起来："他说得对，我们只能胜利，我们必须胜利！我们只有前进，没有败退！我们或者胜利，或者死亡！两军相遇，胆怯者死！暴秦的气数已经尽了，死亡不属于我们大楚军！"

他的情绪强烈地感染了每一个士兵。他知道下达命令的时候到了，他一字一顿重重地说出，让传令官记在令简上分送各大营："上将军项羽令：出战之前，把所有的锅砸碎！把所有的船凿沉！不留退路，必得生路。国家兴亡，在此一举。只许进，不许退，胸前有伤者，赏；背后有伤者，杀！吃尽三天干粮，必定大破秦军！"

就从公元前207年的冬天漳河边的这个早晨开始，中国历史上出现了一句毅然决然的成语：破釜沉舟。

项羽拔出他的剑举在头上："破釜沉舟，秦军必败！"

士兵们用他们的兵器互相碰击着："破釜沉舟，楚军必胜！"

这喊声先是由在他周围的士兵们喊出，很快地一个两又一个两，一个百人队又一个百人队，一个千人旅又一个千人旅，一个万人军团又一个万人军团地，在漳河岸边极雄壮地响着。在这气势如虹的有强烈节奏感的呐喊声中，一只又一只瓦釜、陶釜和铜釜被捣碎，一条又一条渡船被凿沉。

现在这条稍稍有些向南方弯曲成弧形的漳河成了一张被拉开的巨大的弓，搭在这弓上的几万支箭在一个早上对准巨鹿猛射了过去。

项羽以他惊人的魄力，挥动楚军主力向正北偏东的巨鹿进击。

15 战斗（一）

——这片冬天干燥的原野上烟尘滚滚。

由英布和蒲将军率领的两万楚军前锋部队在前一天黄昏渡过漳河之后，连夜挺进二舍之地，然后枕戈待旦。在他们临时营地的左前方不远，就是在前不久被章邯下令毁掉的邯郸城。他们在到达的半夜里看不出什么来，当晨光来临，一大片废墟突然出现在他们眼前时，他们被震惊了！以前曾经到过邯郸这个地方的将士们难以相信那个以繁华出名的城市已经成了眼前这一大片被挖得乱七八糟的土堆；而以前没到过邯郸的将士们又难以相信他们听说的非常热闹的邯郸城就是眼前所见的这一大片乱七八糟的土堆。震惊之后，在他们心中升起的自然是愤怒。秦国人实在是太可恨了，竟然能够把一座如此出名的城市夷为一片废墟。如果他们不能成功地解救巨鹿之围的话，那么巨鹿城的命运，以后还有楚国的国都彭城的命运，也将和邯郸一样！

早晨，当楚军主力部队在漳河岸边埋锅做饭的同时，前锋部队也一样在埋锅做饭，进行大战前的最后一顿早餐。他们虽然不知道项羽已下达了破釜沉舟的命令，但是邯郸城的废墟给他们罩上了一层同样悲壮的气氛，连炊烟的上升也显得格外凝滞而沉重。

早晨，秦军将领苏角在他的大营里远远地看见邯郸废墟的方向升起了一片炊烟，他知道楚军终于已经渡过漳河，正在那里集结。他久已等待的决战时刻就要到来了。

按照章邯的战略计划，首先由他率军向楚军攻击，章邯的要求不高，只要他能够消耗掉楚军三分之一的兵力，就可以退回营垒休整，等待下一次出击的命令。然后依次再由涉间和王离去攻击楚军，每战也只要求他们消耗楚军三分之一的兵力，就可以退军回营休整。楚军再英勇善战，经过一而再再而三的打击之后，即便还没有被全面击溃，战斗力也会处于衰竭状态。这时候章邯本人已率领大本营的八万兵力沿漳河插下又抄底兜上，苏角、涉间、王离的三支大军再从上压下，楚军无论如何也会被彻底粉碎。但苏角想的是，楚军一共只有不足七万人，自己拥有的兵力是七万余人。自从他跟随章邯从函谷关杀进中原以来，几乎一直是所向披靡的前锋，他相信自己军队的战斗力要胜过同样人数的楚军。他想如果能够一战击败楚军，就用不着涉间和王离的第二第三次打击了，那么击败楚军的巨大战功就将落在他一个人的头上。

太阳升起的时候，他带着他的军队走出了营垒。他没有按照章邯的部署用五万人迎敌，留下两万人守营；而几乎是倾巢出动，只留了很少的人监视巨鹿城中赵军的动向。他已经吃透了敌军的心理，有涉间和王离的两支大军在，无论是城里的赵军和滏阳河那边的诸侯军谁都不敢贸然出动。天上刮着很强劲的北风，风向和他的进军方向一致，所有的旗帜都向南飘去，他的军队将借着风势和逆风而进的楚军作战，这更增加了秦军的优势。

现在战场的势态是：两万楚军前锋已在邯郸废墟一带列开战阵；苏角的七万秦军正气势汹汹地向邯郸废墟压过来；四万楚军主力也从漳河边向前锋部队靠近；由项羽亲率的五千骑兵已先行到达了楚军前锋部队的所在地。在步兵们双脚的拍打下和骑兵们马蹄的撞击下，这片冬天干燥的原野上烟尘滚滚。两大股滚动的烟尘正在向中间的一个碰撞点接近。

项羽率领骑兵先和前锋部队会合在一起，他向英布和蒲进行了临战前的部署，又带领着骑兵离开了。因为乌骓马已经一夜劳顿，他现在换骑的是一匹枣红马，士兵们只见他威风凛凛的像骑着一团火奔来，又驾着这团火飘走了。看着英布和蒲两位将军充满信任地点着头，他们相信这团火必定会在关键的时刻再度出现在他们面前。

中午时分，当太阳移到了当顶的位置，经过半天急行军的秦军苏角部出现在了楚军前锋的视野里。

我们已经知道那时候步兵作战的最基本方阵是两。任何大的作战方阵都是以两为基本单位来排列的。一个百人队有四个两；一个千人旅有四十个两；而一个万人的军团则有四百个两。这时候两万楚军前锋已经排成了以一行一百个两为锋面、以另外七行七百个两为纵深的方阵。两与两之间都保持着一个两位置的空隙，以便第一锋线上的两在感到疲惫时可以通过这个间隙退到后面来休息，而第二锋线上的两便从前一个两让出来的空位置顶上前去接替战斗。

秦楚两军已经旌旗相望了。依然刮着强劲的北风，秦军的旗帜飘向楚军方向；楚军的军旗则向自己身后飘着。已经布好阵的楚军是一个锋面宽纵深短的横的方阵，而行军中的秦军则是一个锋面窄纵深长的竖形方阵。在这一著名的战斗即将展开的那个时代，纸还没有被发明出来，纸的发明，是以后的事情。但为了叙述的形象化，我们不妨先把这一片辽阔的战场比喻成是一张巨大的宣纸，楚军前锋部队的战阵像写在纸上的粗重的一横，而秦军苏角部则是在这一横上方的更粗更重更长的一竖，并且那巨大的毛笔正满带着浓墨向挡在它前面的那一横狠狠地写下来。

两军交战，所排列的方阵应该既有充分的锋面以发挥战斗力，也应该有足够的纵深能够较长久地支持和替补锋线上的战斗力。所以当两个兵力相当的军团相遇时，一般都选择和对方差不多宽度的作战锋面。锋面太窄，大量兵力会窝在后面难以发挥作用；而锋面太宽，则又容易被敌人突破折断。所以当两个锋面相交进行激战时，是否有足够的纵深力量以支援锋面战斗和运动向敌人两翼进行包抄攻击，往往就成了胜负的关键。

现在锋线上的秦军已经停下脚步，等待后面仍在行进中的秦军跟上来扩展锋面，然后向楚军发起进攻。就像一股流动中的黏稠的液体，前面受到阻挡停了下来，后面还在向前涌动，并在涌动中拓宽着前面的部分，把它整体的形状由细而长变成短而粗。

英布一声令下，楚军的战鼓擂响了。在秦军第一线的士兵还喘息未定，秦军移动中的那个长条形的阵形还没有完全来得及变成交战中的矩形方阵的时候，楚军果断地发起了进攻。秦军的战鼓也响了起来，他们在人数上占有相当大的优势，所以鼓声比楚军的更响。虽然他们的战阵还没有完全排好就必须应战了，因而前锋线上的士兵稍微有些慌乱；但总体是在一种从容不迫的情况下进入战斗的，毕竟他们的兵力是七万，而楚军前锋只有两万。苏角是一个身经百战的将军，有经验的将军在阵前一眼就可以估计出对方的兵力，从而决定自己的打法。

两股由热血沸腾着的士兵和寒光闪闪的冷兵器聚成的铁流碰撞在了一起。兵器和兵器撞击着，身体和身体撞击着，兵器和身体撞击着，目光和目光撞击着，呐喊和呐喊撞击着，意志和意志撞击着。冷兵器时代肉搏战的激烈和残酷，你怎么想象都不会过分。因为楚军前锋是主动迎上去攻击秦军的，所以当他们和秦军冲撞在一起的时候，邯郸城的废墟已经留在了他们的左后侧。当最初的冲击被具有强大纵深力量的秦军遏止了之后，双方锋线上的战斗便形成了暂时的胶着状态。这时候秦军兵力多、纵深厚的优势便显现了出来。苏角开始指挥他后面的部队向楚军的两翼运动，他有足够的兵力可以从两翼伸出去把敌人包围起来歼灭掉。但英布和蒲将军显然也知道秦军的意图，他们分别在横形方阵的两端指挥，在两翼的敌人刚刚有伸展的迹象时，就指挥整个方阵向右上方移动，像一件兵器在敌人兵器的挤压下，忽然使出一股劲猛力向对方的侧后方搓过去，使得敌人的身体不得不随之偏转。

风向变了。

一直向南吹过来的强劲北风，在楚军向东北方旋转的同时也随之旋转了起来，向西转过来成了偏东的南风。现在秦楚两军的旗帜都变了方向，楚军的旌旗飘向秦军，秦军的旗子飘向他们身后，还有一些旗子则被旋转的风吹得卷在了旗杆上。刚才被从楚军头顶上吹过去的大块大块的云团，又被强风吹回来在秦军的头顶上翻卷。楚军前锋有力地向右上方搓移的动作，就像一个力士在角力中使劲地搬动了对手，迫使秦军的作战锋面不得不随之向东偏转，从而暴露出了它的侧翼。就在这时候，一阵猛烈的战鼓擂响了，刚才隐蔽着等待战机的四万楚军主力突然从邯郸废墟里杀了出来，直扑秦军的侧翼。作战中侧翼总是薄弱的，用锋面攻击侧翼，就像用重拳去击打软肋。秦军在这突然而又猛烈的打击下，阵形开始混乱了，而混乱中的恐慌情绪又很容易向纵深传染。秦军士兵们的兵器和注意力原来都只指着和楚军前锋交战的那个锋面，现在突然侧翼遭受攻击，他们必须把兵器的方向和注意力的方向都转回来应付新的撞击、把侧翼变成第二锋面。一个士兵转过身来是很容易的，一排士兵快速地转过身来也不是很难，但一排没有纵深支持的士兵是不堪一击的。而一个数万人作为纵深的方阵转过身来就要笨重得多，就像一把剑在自由挥动的时候总是把剑锋对准敌人，而当它被敌人的兵器用力压住的时候，想翻过身来就不那么容易了。往往在方阵里面的士兵还没有明白发生了什么事，外面的士兵已经倒在了敌人兵器的交攻之下。等他们明白面临的局面时，敌人的兵器很可能已经猝不及防地落到了头上。

两司马吕马童带着他的那一两士兵从邯郸的废城墙后跃出向敌人猛冲过去的时候，秦军的方阵正像一头巨大而笨重的野兽，因为它的头跟着正在和它撕咬的另一头猛兽向东北方向偏去，它的身体自然也被拉开，充分暴露出了它防备薄弱的肋骨和腹部，再加之楚军主力是在邯郸废城的掩护下突然出现的，它还没有来得及收缩起肌肉来抵御打击，这股力量就已经狠狠地冲撞了上去，它的肋骨一下子就被撞断数根。吕马童的这个两不是孤立的，而只是楚军巨大斧刃上的一个点。楚军主力部队像巨斧一样向敌人拦腰砍去，就像有一只巨大的手握着斧柄，在砍进去了之后又使劲地拧动着斧头，以使被砍的木头或者其他什么东西在斧刃下裂开得更加厉害。匡和紫陌高声呐喊着冲过去的时候，他们能看见前面不远处的秦军士兵眼里惊慌的恐惧的光，他们在突然出现的敌人的冲击下脚步混乱地向后退去，一边把刚才指向东方的兵器向南调转过来。按照阵法规定在作战方阵中每一名士兵和另一名士兵之间必须有足够的空间以挥动兵器。一旦挨得太近，不但挥不开兵器，还容易在混乱和拥挤中造成自伤。现在秦军恰好就碰上了这种在阵法上犯忌的情况，外圈士兵在毫无防备的情况下猛地向内收缩，占据了内层士兵的活动空间。内层士兵的兵器还没有来得及调转过来，前面士兵的脊背已经贴到了胸前。他们再向后退，同样不利的情况又向后发展。本来每一个两方阵以正常的作战锋面朝向敌人时兵器的配置是有纵深掩护的：第一二排是较短的兵器，第三四排是较长的兵器。戈后面是戟，戟后面是殳，殳后面是矛，矛后面是拿在手里最短杀伤距离却最长的弓矢，形成一种立体的攻防。无论是楚军还是秦军，只要是正规的步兵，都是基本照此排列的。所以作战时最怕的是把侧翼暴露给敌人的锋面，因为从侧面看去，不但各种兵器参差不齐，而且完全没有了防御的纵深，长兵器的后面还是长兵器，短兵器的后面还是短兵器。长矛手后面的长矛无法发挥作用，戈手后面的戈也无法给予前面的戈手以有效的掩护。最惨的是弓矢手，本来在前四名战友的掩护下可以从容不迫地对准敌人放箭，现在却因为方向变了直接暴露在敌人的杀伤力之前。每一个两无论攻或防都应该永远把作战锋面对准敌人，每一个两的改变作战方向必须是以位于这二十五名士兵中心位置上的两司马为轴心的整体转动，而不是每个士兵在各自位置上改变身体朝向。但是当敌人突然攻击侧翼时，想把锋面调整过来面向敌人已经来不及了，这就陷入了被动挨打的局面，后面士兵的武器挥动不开，而前面的士兵已经被敌人击倒了。往往兵器还没有顺过来，敌人的兵器已经伸到了眼前。

戈手匡手里的那支戈从来没有挥舞得如此顺手，顺手得他都有点不好意思，真像战前上将军项羽说的那样，不像是打仗，而像是收割。他对面的一列敌人恰好都是弓矢手，在侧翼被攻的情况下，弓矢手是最没有防御能力的，本来他们可以从容不迫地在前面士兵的掩护下向敌人放箭，并且用他们的箭掩护前排的士兵。可现在他们既掩护不了别人也受不到别人的掩护，只能拔出随身的短剑来防卫，短剑在战斗中毕竟太短了，往往在离敌人的胸膛还有一段距离时，敌人的兵器已经刺进了他们的身体。匡和紫陌配合得非常默契，匡埋着头一个劲地直往敌人的腿上砍，紫陌的戟则掩护着匡的头部不受敌人的攻击。当一下两下击不倒面前的敌人时，他们就会用兵器架住敌人的兵器，让鲁直用殳越过他们去击打，让里角的长矛超出前三人的兵器去刺击。而弓矢手子张的箭总是从他们的头顶上方飞过射向敌人，每当他要射出一根箭，总是先大叫一声，提醒前面的战友伏下身体，免得被他的箭误伤。他戴着项羽送给他的那个青玉扳指，每次弓弦弹响仿佛都是玉磬发出的声音。吕马童站在两的中心，不断地提醒他的士兵们注意保持战斗队形和互相的位置。一个既勇敢有力又配合默契的两几乎是所向无敌的。而胜利的诀窍，就在于用锋面去攻击敌人的侧翼。但是即便如此，秦军的抵抗还是极顽强的。匡用戈钩住了前面一个秦兵的腿，向里一拉，嘴里喊着："又是一个！"话音未落，向前扑倒的秦兵也把短剑插进了他的肩窝。他大叫一声向后倒去，紫陌连忙跨越他的身体到他前面挡住他，拼命地挥舞着他的戟，后面鲁直的殳也架住了一根斜刺里伸过来的矛，而里角的长矛则在寻找着合适的落点奋力向敌人刺去。

楚军主力突然从邯郸废墟中出现是苏角没有料到的，他刚才想的只是怎样才能尽快地包围住那支人数居于劣势的楚军并一口吃掉。如果知道废墟里还藏有更多的楚军，他会把阵形做完全不同的排列。但是现在来不及了，现在只能收缩兵力使劲地顶住楚军的意外打击，只要能够稳得住，胜利就还是可以争取的事情。苏角骑在马上在军阵的空隙间来回奔驰大声地喊着，下达着应急的战斗命令。他的随着楚军前锋向东偏转的军阵收缩回来了，在损失了许多士兵的情况下，总算把侧翼变成了第二个锋面。但是原先面对楚军前锋的那个作战锋面因为后方纵深的忽然收缩，而感觉失去了支持，战斗力顿时大减，已经抵挡不住楚军凶猛的打击了。更让秦军感到意外的是楚军的这支前锋部队在成功地造成了秦军整个阵势的偏转，使楚军主力能够猛攻它的侧翼时，自己依然按照刚才的运动方向，斜刺向东北前进，不再理会刚才还激烈地绞杀在一起的秦军第一锋面。这意外的行动使秦军第一锋面上的部队不知所措。如果跟随着楚军前锋追上去战斗，就等于被这一支楚军从秦军的主阵形上撕裂了开去，使秦军完整的军阵成为分离的两块，中间如果再有楚军突然插入，那就太危险了；如果不去理会这支楚军向东北方运动，而是回头去支援侧翼正在遭受猛攻的主阵地，又怕这一支楚军绕到侧后再次发动攻击，那也同样危险。和楚军前锋交战的这一部分秦军在战场上陷入了进退维谷的状况，既不敢果断地追击向东北方向运动的楚军前锋，也不敢全力以赴地回援主阵，兵力虽然还存在，但在迟疑观望中已失去了战斗的作用。

秦军兵力上的优势已因为楚军主力的加入战斗而消失，并且受着楚军东和南两面的攻击。但是训练有素的秦军还有足够的纵深兵力可以抵抗。苏角虽然对过于轻敌有些后悔，但他绝不相信这一战会就此失败。毕竟他的后面还有涉间和王离的各七万大军，主帅章邯的八万军队很可能已经开始了向楚军背后包抄的行动，只要他能够顶得住，只要能够在顽强的抵抗中消磨掉楚军的锐气，他即便不能像原来设想的那样一举击溃楚军，也不会被楚军迅速地击溃。可是正当他这样想的时候，溃败已经来临了，一股惊心动魄的呐喊声在他军阵的背后像剑一样插了进来。

由项羽亲自率领的五千骑兵从背后杀进了秦军的军阵。注意力集中在东南两方随时准备向锋线上增援的秦军纵深的部队忽然听到脑后响起了一片激烈的马蹄声，他们还没有来得及转过身来时，楚军骑兵的马蹄已经从他们的背上踏过，在马蹄踏过之处，整齐排列的队形顿时就变成了横七竖八的尸体。战斗完全按照项羽预先设想的样子在进行，他一直在西北方向不远处的一个制高点上观察着战场的势态。他利用邯郸废墟隐蔽了他的主力，利用一条冬季枯涸了的河道隐蔽了他的骑兵，先只把两万人的前锋亮给敌人。前锋漂亮的偏转拉开了敌军的侧翼，主力对敌人侧翼的猛击已使敌人遭受重创。现在，是用骑兵插入敌阵，用迅雷不及掩耳的冲杀把他们彻底打垮的时候了，再顽强的敌人也经不住从三个方向一次比一次更意外、一次比一次更凶猛的撞击。

秦军在两个锋面的战斗中已经损失了相当多的兵力，军心也已经开始动摇，如果没有新的打击，或许还能坚持一段时间；但随着项羽的骑兵呼啸着杀入敌阵，搅乱了敌阵，冲散了敌阵，战斗的胜负已经确定。秦军三面受敌，士兵们在慌乱中不知道该把自己的兵器朝向哪里，也不知道自己该面对何方，兵器在转动中碰在一起，人员在游移中纠结在一起，一个巨大方阵中的混乱是极其可怕的，混乱加剧了恐惧，恐惧又加剧了混乱，任凭苏角再声嘶力竭地叫喊，他已经不可能再把溃乱的军队重新组织起来了。项羽在敌人的军阵中横冲竖杀寻找着那面有着苏角字样的大旗，他看见苏角也在马上来回奔跑着进行着最后抵抗的努力。他策马向苏角奔去，但胯下的枣红马在一跃之后忽然瘫坐了下来，马头痛苦地摇晃着，原来是被一根从敌兵尸体堆中斜刺里伸出的长矛刺进了肚子。项羽大骂了一声："畜生误事！"这匹枣红马漂亮极了，但是显然太笨，怎么会自己碰到一支长矛的尖上！他后悔在冲入敌阵前没有换上他的乌骓马，他是怕乌骓马太累了才临时换骑这匹毛色似火的枣红马的。看见主帅落马，卫兵们立刻上前围成一圈保护他。而被失败急红了眼的苏角显然也明白了这个带领骑兵杀入阵中来的魁梧的将军在楚军中的地位，他不顾一切地组织起他的卫队向这个落马的将军攻杀过来。这时候秦军的整个军阵已濒临崩溃，但杀入敌阵中的项羽却面临着极大的危险。项羽一手执戟，一手挥剑，把向他扑来的秦兵一个接一个地捅翻砍倒，但是他却因为失去了坐骑而无法接近骑在马上指挥着向他围攻的苏角。而他的卫士们在紧张的交战中也没有空隙能够把自己的坐骑让给他。情急之中他真想大喊一声："乌骓马，你在哪里？"他的这个想法只是在心里并没有喊出来，但是他却分明听见了他的乌骓马以嘶鸣做出的回答。他回头一望，长啸着的乌骓马像一道黑色的闪电一样在秦军阵中左冲右突，以它的快捷有力的四蹄做武器，踏倒了敌人，躲开了攻击，飘着它的长鬃向他奔来。项羽大叫一声："苍天助我！"当那道黑色的闪电闪到他身边时，他一下子跃了上去，他的卫士们齐声发出激动的高呼。当乌骓马在一片混战中出现，向着项羽奔来时，许多士兵竟看得目瞪口呆停止了战斗，就连苏角也在心中惊叹道："真是一匹神马！"当他从惊叹中回过神来，乌骓马已经载着刚才落马的那位年轻将军冲到了他的面前，那年轻将军的戟已经举向他的头顶上方，他只横出自己的戟去格挡了一下，就知道单独格斗自己远不是这个人的对手。他的军阵已经被击溃了，和敌人将领的个人搏斗也绝无胜机，剩下的只能是逃了。但是在那匹如此出色的黑马面前，恐怕连逃的可能也不存在了。就在他这样想的时候，那位年轻将军的戟再一次向他劈下来，这次他竟没有举起戟去抵挡，几乎是眼睁睁地看着对手的戟刃落在了自己的肩膀上。苏角一头从马上栽了下来，到死也没搞清楚这个置他于死地的年轻将军是不是就叫项羽。

冬天的太阳倾斜地照在战场上的时候，秦军苏角部已经被彻底击败了。楚军顾不上打扫战场，项羽只给了一点时间让刚刚战罢的士兵们吞咽干粮，就立刻挥动他的大军向苏角的大营扑去。他的骑兵像一股强劲的旋风率先向北猛扑，一路追杀着溃逃的秦兵。

在战斗还没有正式结束的时候，英布和蒲率领的两万前锋就已按照项羽的计划撤出战场向东北方疾进。他们的目的是奔袭从棘原通向巨鹿的秦军甬道。截断敌人的粮食运输和大本营与围城部队的联系。所谓甬道就是有防御工事的车马通道，依据地形起伏的不同，有的地方是低于地面的堑壕，有的地方有高于地面的两道土墙相夹。用不多的兵力防护，就可以防止敌人小股部队对补给线的游击骚扰。但是用大量的兵力来严密防守长达一百多华里的甬道是不可能的，而楚军用集中的兵力在某一处把甬道掐断却是一件并不困难的事。受到猛烈攻击的甬道守卫士兵逃回棘原的大本营向章邯报告了袭击甬道的楚军正在分段铲平和填埋甬道的消息。章邯对此不予理会。他的想法是：甬道的作用是为了保证长期的粮食输送。围城的三座营垒里并不缺乏供几日之用的粮草，并且总体作战部署已经确定，即便让楚军暂时切断也无关大局，关键是要让楚军充分地向巨鹿纵深靠近，离开漳河有一段距离，他才可以把大部队沿着漳河兜底抄下去，完全彻底地截断楚军的退路。他现在得到的情报知道楚军统帅已经易人，由老谋深算的宋义变成了血气方刚的项羽。他在心里暗笑项羽用兵冒失，专门派出一支人数不算少的前锋部队来切断秦军的补给线；而他想要一举切断的却是楚军的生命线。但他忽略了一点：甬道既是补给线，也是交通线。两个多月来围城部队和大本营间的信息都是通过快马从甬道里传递的，补给切断几日确实没有什么关系，而信息通道被切断，如果战场形势发生了意料不到的变化，他就不能够及时把握了。

从早上开始，章邯一直在等，他希望进攻中的楚军眼中只有围在巨鹿周围的三支秦军，而忽略掉还有他这支在远处静静地蜷伏着的军队的存在。他要等楚军远离了漳河再顺河而下，到了中午时分，瞭望塔上的士兵报告说在邯郸废城方向腾起了浓重的烟尘，这说明苏角部已经在和楚军做第一次作战了。但是烟尘腾起的方位比他预料的要偏南一点，他觉得苏角还是太性急了一些，应该让楚军再靠近巨鹿一点再开始战斗的，现在这样会阻滞楚军迅速地向巨鹿靠近。但是他相信苏角会执行他的作战部署，第一战只要稍稍挫折楚军的锐气，消耗掉他们三分之一兵力就足够了。他依然在耐心等待，他知道战争的艺术有时候在于迅雷不及掩耳的打击，有时候则要经得起久旱无雨的等待。

太阳西斜的时候，甬道被楚军掘断和苏角兵败战死的消息先后传到大本营。他对前一个消息不动声色，而对后一个消息却面容陡变。他不能相信仅仅两个多时辰，和楚军兵力相当的苏角部竟会被完全击溃，这太出乎他的意料了。他的脸由白转青，立刻下令驱动八万大军沿漳河插下。情况尽管不利，秦军初战失锋，但是他的作战计划并没有改变。苏角战死确实使他非常意外，但他却并不因此而感到恐慌。他相信一支六七万人的军队在三倍于它的兵力下无论如何也翻不了天，战争的最后胜利有时候就在于要在不利的情况下坚持住原先设想好的作战方案。只要他能成功地截断楚军的退路，只要楚军知道了自己的后路被切断，陷入了秦军优势兵力的前后夹击之中，他们再强的斗志也会瓦解。

从棘原大本营到楚军渡过漳河的地方距离是四舍，一百二十华里。章邯的部队黄昏前出发，连夜行军，于第二天凌晨前到达了那里。章邯的心放了下来，只要他扼守在这里，楚军就无路可退；前面还有涉间和王离两支大军。楚军虽然击败了苏角，它自己必定也遭受了严重的损失，在重兵夹击下一而再再而三的胜利是不可能的。明天，只要楚军败退回来，他正在这里等着它。就算涉间和王离一时击不败它，他也可以挥军向北迎上去和他的两员出色的部将共同击败它！

黎明到来，晨雾散去的时候，他不断地接到报告：说在河岸上发现所有楚军做过饭的釜都已被捣毁；在河边上所有楚军用来渡河的船都已被凿沉。他在早晨的河岸一路走去，看见那些破釜、那些沉船，那是一片极其残破却又极其雄壮的景象，他的心一下子沉了下去。他在设计这场巨鹿战役的时候最为关键的一点就是如何截断楚军的退路，而楚军根本就没有为自己留退路，他发现自己一切全都想错了。

16 战斗（二）

——一支几万人的大军在高唱凯歌，这歌声就是一股强大的力量。

楚军的晚饭果真是在秦军的锅里吃的。

苏角给留守营寨的士兵下达的任务是：一、守营，不让巨鹿城中的赵军乘机前来袭取壁垒。二、做饭，做一顿丰盛的晚宴为得胜而归的大部队祝捷。他们两项任务都圆满完成了。第一是因为巨鹿城里的赵军根本就没有乘机前来袭取苏角大营的企图；第二是因为他们不可能连一顿会餐也做不好。

傍晚，正当他们等待着大将苏角带领大部队凯旋时，他们看见了从南面原野上凶猛而飞快地卷来的滚滚烟尘。这不像是一次从容的凯旋，而像是一次飓风般的攻击。当这股飓风刮近了的时候，他们看见这股强大飓风的最前端是一匹浑身乌黑的战马，黑马上骑着一个身披银白色盔甲的年轻将军，这位身材魁梧的将军手上高举着一支粗大的戟，戟尖上挑着一颗人头。飓风已刮到了面前，他们认出来了，那颗人头竟是大将苏角的脑袋。他们认出苏角时的那种感觉就像是被一道闪电击中了。赫赫有名的秦军大将苏角，在早上无比雄壮地带着七万大军前去迎敌，傍晚回来的时候大军不见了，连他自己的身体也不见了，只剩了一颗被敌人挑在戟尖上的脑袋。在这样的情况下，他们守营的几千人还能再继续战斗、守卫住营寨吗？营寨的防御物毕竟不是又高又厚而且前面还有护城河的巨鹿城墙，只是用车辆加上土包垒起来的临时矮墙，就算他们全部拼上性命，也不可能挡住这股飓风的强劲势头，只能成为被飓风无情地连根拔起的小树和野草。

项羽高挑着苏角的首级沿着秦军壁垒的矮墙策马奔驰着，他要让守营的秦军士兵们看一看他们主将的下场，从而在心理上彻底地摧毁他们的抵抗能力。与此同时，他的骑兵已经开始攻垒了。虽然有一些骑兵被阻挡在了壁垒的墙前，在和守卫的秦兵用兵器互击着，但更多的战马却呼啸着嘶叫着从壁垒的矮墙上腾跃了过去，践踏了过去。守营的秦军很快就放弃了抵抗，沿着甬道向涉间的营垒退去。他们把苏角的大营让给了楚军，并且留下了一锅又一锅热气腾腾、香味四溢，足够一支七万人的大军会一次餐的丰盛晚饭。

　　这一顿本来是为苏角准备的祝捷晚餐，让大踏步赶来的项羽毫不客气地享用了。当楚军的士兵们坐在秦军的营地里，从秦军的锅里吃着其香无比的晚餐时，想起他们早上在漳河边上破釜沉舟的那一幕，他们对胜利的信心和渴望，对年轻的统帅项羽的热爱和崇拜都高扬到了无以复加的程度。项羽高举着酒爵在士兵们的队列间穿行着，用他朗声的大笑对士兵们的勇敢表示感谢。年轻的上将军走到哪里，欢呼声就在哪里腾起，这一顿晚餐的热烈程度是所有的人从来没有经历过的。

　　这时候秦军涉间的大营却没有任何动作。他们也在照例进行晚餐，但在得知苏角全军溃败、苏角所部的大营已被追杀而来的楚军占据之后，他们吃这顿晚饭时心情的黯淡程度也是可以想见的。涉间一口也没有动放在案子上的肉和酒，他离开军帐，走到用粗圆木搭起来的瞭望塔上，向原来是属于苏角而现在已陷入敌军之手的那个大营张望。暮色之中苏角大营的轮廓在一舍之外已经完全模糊了，但是只过了一会儿，那里却亮了起来，并且越来越亮，他知道那是楚军点起了篝火。以前他也在营中生火的时分向那边瞭望过，苏角营中从来也没有燃起过如此明亮的篝火。他知道那边的篝火是楚军为庆祝胜利而燃的，而他原本这时候是应该应苏角之邀到他的营中去和他一起痛饮祝捷酒的。在那个营寨里，酒宴正在进行，喝酒的人却换了。命运的安排，实在让人把握不定。他不能想象楚军是用怎样的力量在一天之内就把骁勇善战的苏角给彻底收拾了。作为秦军的另一员大将，他或许应该命令所有的将士都立刻放下饭碗，跟随他出营去向正在大喝庆功酒的楚军出击，迫使他们在进行了一整天的艰苦战斗和急行军之后，在立足未稳、疲劳尚未恢复之时再进行一场血战。但是他被苏角意外战死的消息震慑住了，一时失去了决定行动的能力。从甬道中逃过来的苏角留守营寨的士兵向他报告说亲眼看见主将的首级被敌人的将军挑在了戟尖上。苏角的威猛在秦军中是有名的，他实在不能想象苏角的脑袋被挑在戟尖上是一幅怎样的情景，也不能想象一支七万人的大军怎么会被一支同样人数的军队一下子就撞得粉碎。恐惧已经随着苏角那些残兵的逃入在自己的大营里传染开来。当他阴沉着脸从正在默默吃着饭的士兵们身边走过时，他们向他投过来的目光中就编织着丝丝缕缕的恐惧。他真想拔出剑来把那些满含着担忧的目光一下子全都挥断，他把手放在了剑柄上，却发现手是软的，在那一刻竟失去了把剑拔出来的力量。他的心像一只没有盖子的碗，在这一天的黄昏一下子落满了恐惧的灰尘，而且这灰尘是如此沉重，绝不是端起碗来轻轻一吹就能吹掉的。涉间在瞭望台上看着一舍之外楚军燃起来的那片篝火，猛一回头，发现东南方的巨鹿城头上，还有他的营寨背后沿滏阳河而设的诸侯军们的营寨里，也都燃起了大堆大堆的篝火，显然在和楚军遥相呼应。而在巨鹿被围以来这么长的日子里，敢于在夜里明火执仗的只有秦军，他们从来也没有敢如此放肆过。他们现在知道救星来了，他们的救星自然是秦军的灾星。这颗从南方荆蛮之地掠过来的扫帚星真的能够破了巨鹿之围，在扫平了苏角的大军之后，也要狠狠地扫到自己头上来吗？自己的这七万军队，能够抵挡得住这颗要命扫帚星的疯狂横扫吗？自己的这颗脑袋，明天会不会也像苏角那样，被挑在那个蛮子将军的铁戟上呢？从军打仗许多年来，涉间第一次真切地感受到了恐惧。他知道要消除恐惧的最好办法就是去战胜敌人，但如果在战斗还没有开始之前就已经被恐惧扼住了喉咙，自己军队的勇力还能够充分地发挥出来吗？他想章邯是犯了一个战略上的错误。把巨鹿围而不打，就是为了等这最后一支援军到了再一举歼灭；但是章邯太低估了这最后一支援军的战斗力，让苏角、他和王离分三个梯次去攻击它，而不是同时去包围它。当然同时包围它有同时包围它的难度，因为还有巨鹿城中困守的赵军和滏阳河北边的诸侯军也需要有兵力去保持着震慑；但每一战消耗掉敌人三分之一兵力的设想和苏角军一战就被彻底击溃这个实际情形之间的差距实在是太大了，这个设想和实际战况间的巨大差距很可能导致整个战略布局的失败。他一向相信章邯是一个稳操胜券的棋手，但他预感到这一次章邯要失算了，而且他十分不祥地预感到自己很可能会成为一盘败局已定的棋盘上的棋子。他想努力打消这种想法，但这种想法却像是浓重的阴云聚在他头顶上不肯散开。

强劲的风从南面吹来，从楚军燃起篝火的苏角大营里向这边吹来，他从风中似乎能闻到从火中散发出的焦煳味，还从风中隐隐约约听到了一种声音，像是歌声，他侧耳细听了一下，确实是歌声。得胜的楚军在唱着凯歌，他们竟能把歌声唱得那么响，随着风飘了一舍之地落到了他的耳朵里。

楚军在彻夜高歌。唱着那高亢雄壮的、但在北方人听来腔调有些怪异的楚地之歌。项羽要求士兵们好好睡一觉，以便迎接明天的战斗。但是他们睡不着，他们兴奋的情绪需要有一个渠道能够宣泄出来，他们宁愿唱歌，他们一点也不觉得疲劳，唱歌使他们充满了力量。他们的情绪从来没有这样饱满，他们的心情也从来没有这样痛快过。和歌声一同起伏摇曳的是一大堆又一大堆篝火，他们把苏角营寨中的车架子都拆掉了用来烧火。项羽第一次宽容地默许了士兵们不执行他的命令，因为他知道他们在巨大的兴奋下确实睡不着。他们想唱歌，那就痛痛快快地唱吧。他自己本是个对音律不怎么感兴趣的人，但在士兵们歌声的感染下，竟也觉得嗓子发痒，于是也纵声高吟起来：

> 振吴钩兮操越戟，
> 虎狼血兮染甲衣，
> 暴秦无道兮天诛地灭，
> 我军咸勇兮所向无敌！

他那有点跑调的歌声引起士兵们的一片欢呼应和。项羽忽然想到，一支几万人的大军在高唱凯歌，这歌声就是一股强大的力量，不但能唱得自己痛快淋漓，还能唱得敌人心惊胆战。应该到下一个打击目标涉间大营的前面去唱，从气势上去压倒他们，彻底摧毁他们的信心。项羽下令全军将士每人准备一支火把，举着火把，唱着战歌，连夜向涉间的营垒进击。命令英布和蒲的前锋军不点火把，先行运动到涉间大营和王离大营的中间地带，毁坏甬道，阻击王离大营可能向涉间大营派出的增援。同时派出传檄使者驰往巨鹿城中和各诸侯军中，要他们也都彻夜点燃篝火，配合楚军的举火夜战。

一股火的洪流，一股歌的洪流，连夜向涉间的大营滚了过去。项羽把钟离眛、桓楚、龙且和虞子期的四个军团在涉间大营的东南方一字排开，自己亲率的骑兵则作为机动力量。部署停当了以后，依然是唱歌，先是一个军团一个军团轮流唱，后来全部的楚军一起唱。他想象营垒中的秦军或许也会先用歌声来进行一番对抗，然后再真刀真枪地拼杀，那倒也很有趣。但是秦军营垒里始终鸦雀无声，像死一般的静寂。

涉间没有想到楚军竟会不顾疲劳连夜推进到自己营垒前面来，而且从他们的歌声里竟听不出丝毫疲劳感，充满的是一种寻求战斗的亢奋。他本来想让自己和自己的军队在这个夜里都好好地镇定一下，尽可能地消除掉白天苏角兵败带给他们的恐惧，明天一早，再抖擞精神出营去迎战楚军，但是楚军却连夜逼到了门前，他从来没有见到过任何一支军队敢于像眼前的楚军这样肆无忌惮。这支楚军的统帅，究竟是一个什么样的人物呢？同是一支楚军，怎么在安阳停留时是那样畏缩不前，而一旦渡过了漳河竟变得如此凶猛了呢？他也真想让自己的队伍能够像楚军那样唱起来，用歌声来表示自己并不胆怯，但是士兵们唱不出来，他们在楚军歌声的巨大压力下噤若寒蝉。他试着让一个士兵起调引歌，但那个士兵憋了半天就是唱不出声来，只是用为难的目光望着他，被他一怒之下挥剑砍倒。他的副将又让第二个士兵领唱，第二个士兵在死亡的威胁下倒是一开口就唱出来了，但那声音与其说是唱，还不如说是号。"算了算了！"他挥手打断了那难听的号声，在心里安慰自己说：有的蟋蟀是没斗前先振翅开叫，有的蟋蟀是斗赢了再叫，他希望自己的军队能像斗赢了再叫的蟋蟀。他想，哀兵必胜。但一支悲哀到连歌也唱不出来的军队真的能在战斗中取胜吗？他实在没有这个把握。他派传令兵从甬道里驰马去和王离联系，要王离随时做好增援的准备，但不久传令兵就回马报告说，和王离军相通连的甬道已经被楚军切断了。

午夜子时和丑时交替的时分，楚军对涉间大营开始了攻击。攻击最先是从甬道里开始，从苏角营中通过来的甬道成了楚军进攻的通道，一支精兵在甬道中突击，两支部队在甬道两侧辅助进攻。甬道中楚军突击队的最前面是一辆绑满了兵器的车子，每一支锋刃都指向前方，钟离眛选了军中一些力气最大的士兵推动这辆战车直冲向前。最先抵挡的秦兵，都被这辆凶猛无比的战车撞倒，直到尸体堆积起来塞住了甬道，这辆战车才停止了推进。甬道里的楚军突击队踏过敌人的尸体和还没有成为尸体的敌人进行肉搏，甬道两侧的楚军居高临下地从上面向下打击在甬道里阻挡楚军前进的秦军，甬道成了秦军壁垒上最容易突破的缺口，涉间急调大量士兵反击，同时用车辆和土袋挡住甬道口的营门，才算暂时堵住了就要被冲破的堤防。

但是壁垒正面的楚军也在一浪猛似一浪地在向壁垒的矮墙冲击着。他们举着火把，拿着盾牌，先是冒着秦军的箭镞靠近壁垒，然后把手中的火把投过垒墙。这时候火把在守墙的秦兵们身边和身后烧了起来，刚刚还对准火光射击的秦军一下子失去了目标，自己反倒暴露在火光里，楚军乘势攻上垒墙，当后援的秦军再冲上来争夺垒墙时，原先守垒的士兵几乎都已经伤亡了。秦军因为有充分的兵力可以反击，战斗便在垒墙上激烈地进行。楚军不断地撕破垒墙，秦军不断地用血肉之躯补上。有时候楚军也被迫从垒墙上退回去，但不久又会更猛烈地再次冲击上来。一批又一批火把向秦军壁垒中投进去，秦军不但要抵御冲锋，还要忙着救火。他们一开始的抵抗还是相当顽强的，毕竟有一道垒墙可以凭据，楚军还不能一下子就把这道防线冲破。垒墙成了争夺的焦点，兵器碰击，热血迸流，攻方和守方一时在垒墙前形成势均力敌的胶着状态。

但是在战场上还有一股令楚军振奋使秦军胆寒的强大铁流在奔涌着，项羽亲率的骑兵不断地从一个军团的主攻阵地驰向另一个军团的主攻阵地，他们像狂风一样卷向垒墙，把箭镞、投枪、石块和火把像雨一样地倾泻进去。项羽骑着乌骓马不停地从一处交战点奔向另一处交战点，激励着士兵们的士气，指挥着他们攻杀。士兵们的情绪从他们的统帅那里受到直接的强烈感染，他骑到哪里，哪里就喊声鼎沸，攻势大增。与此同时，英布又派出了一支突击队从另一端的甬道向涉间大营发动猛攻。涉间三面受敌，背后还有诸侯各军在滏阳河那一边举火呐喊助威。两个时辰以后，涉间终于支持不住了，他的士兵们本来就怀有强烈的恐惧，再加上不高的垒墙已经在激烈的攻防战中遭到严重破坏，楚军不断地从各个缺口攻了进来，而他的数万兵力却被压缩在营垒中狭窄的区域里挥展不开，如果楚军全线攻占了垒墙，他的军队就只能成为瓮中之鳖了。在此种情况下，他只能选择放弃营垒，把部队突围到野地上再去和楚军决一死战。他下令全军向外突围，但突出一股，便被项羽的骑兵冲散一股；再突出一股，又被冲散一股。而在一片黑夜里，士兵们一旦被冲散，就开始各自逃命，再也不可能重新结成战阵了。涉间发现壁垒的失守已不可避免，而冲出去的部队也无法集结起来投入战斗，仗打到这个地步，已经没有再打下去的意义了。这时候他听见各部楚军一边在战斗一边在高喊着："活捉涉间！活捉涉间！"他想到了苏角那颗被挑在戟尖上的首级，他不愿意自己的脑袋也被楚军那样处理，于是向他那已经空无一人的军帐走去，他的军帐已经被掷过来的火把燃着了，他不顾那些翻滚着的火苗，走到中间，径自坐下，直到四周的火焰把他完全地包围起来。

后来司马迁在《史记》中这样写道："涉间不降楚，自烧杀。"

17 战斗（三）

——王姓和项姓的将军又在战场上相遇了。

在楚军攻陷涉间大营的这个夜里，章邯正按着他的预定计划从棘原顺漳河而下来抄楚军的后路。他不知道在数舍之外的巨鹿城下，项羽正连夜向涉间大营发动攻击。当他透过早晨的浓雾看到漳河边那一片破釜沉舟的景象，开始意识到他的全盘计划出了问题时，涉间的大营已经在一夜鏖战之后被楚踏平了。

他知道不能再在漳河边等待敌人败退，而是要主动迎上去增援正在受到攻击的涉间和王离所部。他在北上的途中不断遇到秦军的溃兵，开始是苏角部的，中午以后碰到的竟都是涉间部的了，从这些溃兵的报告中他得知了昨夜的战况，才知道形势变得比他早上意识到的还要严峻得多。

在项羽和涉间激战的这个夜里，秦将王离一直处在要不要连夜出击去增援涉间的犹豫之中。从探马们传来的消息中，他已经知道楚军的新任统帅是项羽。就是当年被他的祖父王翦在蕲地击败杀掉的楚将项燕的孙子，就是前不久才被章邯在定陶击败身死的楚国武信君项梁的侄子。在傍晚时他已经知道了苏角部被这个项羽全面击溃的坏消息。而在半夜时分楚军连夜攻打涉间大营的消息又传了过来。他想这个项羽实在是一个疯子，从来没有哪一个将军会在半夜里带兵去攻打一个防卫森严的壁垒，这种攻击一定不会有什么效果。如果说他战胜了苏角是幸运的话，那么在黑夜里去攻袭涉间的部队则是一种愚蠢。他们刚刚打了一天恶仗，而且又在大战后奔走了将近三舍之地才占领了苏角空出来的大营，他们难道不需要休息吗？一支疲惫之师是无法进行正常的战斗的。他甚至为项羽的这种急躁行为感到庆幸，当他们在涉间的营垒前把剩余的精力都消耗光了的时候，等到天亮他就可以轻而易举地杀出去把他们收拾掉了。所以当午夜里楚军像潮水一样冲向涉间营垒时，他并不十分担心，他相信这股不自量力的潮水不久就会因精疲力竭而悄然退去。但是当这股潮水一波又一波越冲越猛，完全没有要退去的迹象时，他开始有点为涉间担心了，便试探性地派出一支队伍去向涉间营垒增援。援军在甬道中间地段遭到了楚军的有力阻击，退回来向他报告时，他才意识到情况比他想的要严重。他想下令全军连夜出击增援涉间，但他对军队夜间出战没有把握。毕竟身前的巨鹿城里有赵军在对峙，身后的漳阳河边也有诸侯军在扎营，他们都在高擎着火把为夜战的楚军助威。他知道这些军队绝没有连夜向他偷袭的胆量，但是万一要被他们袭取了营寨，那情况就会麻烦了。他决定还是等，等到天亮形势明了再采取行动。他坚信一条，任何人的精力和体能都是有限的，不可能超过所能承受的负荷。楚军已经战斗和奔跑了一天，没有休息又在和涉间的军队彻夜激战，他们会疲惫的，他们一定会疲惫不堪的！曹刿论战说："一鼓作气，再而衰，三而竭。"等到楚军彻底衰竭的时候再杀出去，必定能够大胜！就算苏角已经完了，涉间也很可能会被这个不要命的项羽打垮，但是如果能以苏角和涉间的失败作为代价支撑起他的胜利，那也是胜利！

接近破晓的时候，涉间大营方向的火光渐渐熄灭了，隐隐约约能听见的呐喊声也平息了。凌晨，下了一场浓浓的大雾，巨鹿城中和各诸侯军营中的火光也都消失了。整个巨鹿平原在浓雾的笼罩下沉浸在一片死寂之中。王离命令全军早早地吃了早饭，准备迎接一场大战，章邯巨鹿战役的计划能否完成，成败就决定在他王离身上了。他登上营寨中的瞭望塔向西南方向望去，浓雾蔽日，什么也看不见。他不知道昨夜的战况究竟如何，是楚军攻下了涉间的营寨，还是涉间击退了楚军的攻击？他派出去的探子都还没有回来，显然是在大片浓雾中走迷了路。

一个时辰以后，大雾终于开始散去。王离再次登上瞭望塔，他看见一舍之外的涉间大营上面秦军的旗帜依然在飘展，他大大松了一口气，涉间没有丢失掉壁垒，这就可以使他在向楚军进攻时帮助牵制楚军的侧翼。在涉间大营的旁边，也飘着一片楚军的旗帜，这说明楚夜间攻袭未果，到目前还和涉间部形成相持的状态。他能够想象得到涉间的部队和楚军现在是怎样一副疲劳的样子，当然楚军会更疲劳。这正是他迅速出击去消灭他们的最佳时机。他果断地走下瞭望塔，留下两万人坚守营寨，带领五万人马向涉间大营的方向奔去。他相信凭这五万精兵足以击败那个项羽，他要给昨天不幸战死的苏角报仇，他要给昨夜奋力苦战的涉间以援助，他要像他的祖父王翦一样，把楚国最出色的将领击倒在自己的剑下。

大雾刚刚散去，天就开始下大雪了。就像十几年前楚将项燕战死的那个黄昏也下着大雪。王离听祖父说过当年击败项燕的那一天就下着大雪。他想这雪是个好兆头，预示着自己也能击败那个楚国名将的后裔。他不知道雪是为谁而下的，雪是为失败者而下的。王姓和项姓的将军又在战场上相遇了，但这一次失败者的孙子将成为得胜者，而胜利者的孙子将遭到惨败。世界就是这样不断颠倒着。

王离在进军到一半路程时看到了昨夜被楚军严重破坏的甬道，但那股昨夜在这里阻击的楚军已经不见了，想必已经和楚军的主力会合到了一起。他继续前进，走到涉间大营一侧时，发现在那片旗帜下秦军早已排好了战阵在严阵以待。他派一名将军到涉间大营里去通报情况，告诉涉间进攻就要开始，请他注意协同作战。让他不能相信的事发生了，当那名将军策马驰近涉间营垒的时候，忽然被一箭射中从马上掉了下来。与此同时营垒中秦军的旗帜统统倒伏了下去，紧接着竖起来的是楚军的旗帜，他这才知道自己上了当，涉间的大营已经落入了敌人之手，只是为了诱使他离开营垒出击，楚军才依然插满了秦军的旗帜。再想退回壁垒固守，已经来不及了，一支楚军出现在了他的背后，领军的将军脸上刺满了青花，他知道那是从骊山逃出去的罪犯英布。

楚军的主阵已经开始向他的军队稳步移动了，步伐整齐，军容威严，虽然经过了两场恶战，衣甲有相当程度的破损，但一点也没有他想象中那种疲惫不堪的感觉，相反充满了旺盛的斗志。因为他们已经连续战胜了苏角和涉间两支大军，他们肮脏破损的衣甲反而具有一种震慑人的力量。

一阵猛烈的马蹄声仿佛踏得大地在颤动，从涉间的旧垒中奔驰而出的是楚军的骑兵，站在骑兵阵前那个骑一匹乌黑战马穿一身银白盔甲的年轻将军，想必就是项羽了。他把一支又粗又长的精铁戟横在身前，正目光冷冷地注视着他，想必也知道他就是那个赫赫有名的王翦的孙子。祖辈的仇恨，再一次要在孙子辈的拼杀中见个分晓。

现在王离的军队三面受敌。一面是楚军主战阵，一面是项羽亲率的骑兵，一面是断后的英布军，还剩下的一面是被秦军围困了许久的巨鹿城。攻守之势在这一天上午彻底地颠倒了过来。包围者成了被包围者，每一个秦军士兵都一下子难以面对这种角色的转换。王离必须迅速展开防御战阵，否则无法同时承受三面攻击。但即便摆开了防御的圆阵，在没有壁垒的情况下，又能坚持多久呢？涉间的营垒已经在一夜之间被楚军攻陷了。而章邯的大军，此时正在很远的地方等着抄楚军的后路。他不明白一个如此完美的战略计划怎么会带来如此惨重的失败？症结到底是在什么地方，是因为楚军那超乎寻常的战斗力吗？他已经不能多想了，他忽然想到要挽救危局只有一个办法：擒贼擒王！如果能勇猛果断地冲上前去，在敌人的统帅措手不及的情况下生擒他或者击毙他，或许还能在敌人军心大乱中取得胜利。王离对自己单独格斗的勇力和技艺是相当自负的，几乎没有人能够在和他的单独拼杀中取胜。他决定把胜负的赌注押在和项羽的单独格杀上，丢下正在布阵的军队于不顾，策马径直向项羽奔去。

在秦楚两军正在移动着摆开阵势的时候，身着黑甲的秦军大将王离骑着一匹雪白的战马，举起大刀向骑在乌黑战马上的项羽冲去。项羽完全明白了王离的意图，也挺起长戟，拍马迎上前去。在这一时刻，两军所有正在跑动中的士兵都不由自主停下了脚步，目不转睛地看着这一匹黑马一匹白马、一个黑袍将军和一个白甲将军在奔驰中接近。第一个回合，在大刀和长戟猛烈相撞后黑马和白马错开了。所有的人都屏住了呼吸，看着两位将领各自勒转马头，再开始下一次冲击。第二个回合，当黑马和白马快速交错时，王离手中的大刀在猛烈的撞击中飞向空中，划了一道弧线落在了地上。秦军士兵发出一阵惊呼，楚军将士则发出一阵欢呼。两位将领再次勒转马头，王离已近乎丧失理智，在几乎没有胜机的情况下拔出佩剑再次向项羽发动冲击，只要项羽始终把长戟对准他，他的佩剑就发挥不出任何作用，只要撞上戟尖必死无疑。看来王离已经下了必死的决心，项羽从容不迫地向他迎去，在两匹马就要撞在一起时，项羽拨马向旁边一跃，横起长戟向王离的马腿上扫去，白马骤然腾起猛跌在地上，王离的剑深深地扎进了泥土之中。他吃力地翻过身来重重地喘息着，项羽的戟已经压在了他的胸口上。他看着雪花从天上旋转着飘下来，有一片落进他大张的嘴里，化了，他尝出那雪花有一股血腥味。

秦军大将王离被擒，他带出来的那五万军队败局已定。在楚军的三面夹击下，一部分溃散，一部分投降，还有一小部分在不肯投降的部将率领下负隅顽抗的，没有多少时间就被楚军全部砍倒在巨鹿城下。王离这时候已经被楚军士兵捆绑了起来，他站在敌人的阵地上亲眼目睹了自己这支大军的彻底覆灭。他想当年祖父王翦大概也是以差不多同样的方式最后绞杀了项燕的军队的。他知道他那战功显赫的祖父对楚人欠下的债，现在正由项燕的孙子项羽在从他身上讨还回去。王离一向是以他的将军世家为骄傲，以自己的将军身份为自豪的，但在这个飘雪的冬天的上午他才知道，作为军人有时候会承担多么残酷的命运！

战斗还在最后进行，对抗已经变成了追赶和屠杀。他想大声地呼叫那些还在做最后无用抵抗的士兵们赶快放下武器，但他什么也喊不出来，只觉得一颗心在使劲往下沉，好像要顺着腿和脚一直沉到泥土里。他想象留在营中的那两万士兵，他们的命运也在劫难逃了。他不再想看眼前的惨景，努力扬起头把目光投向远处，他发现一边巨鹿城上的赵国军队和另一边沿漳阳河而设的诸侯军各壁垒上，士兵们都在摇旗擂鼓，呐喊助威，却没有一支军队走出壁垒来和楚军协同作战，他们只是在壁垒和城墙上观战而已。他忽然意识到一个问题：两天来英勇异常不知疲倦地接连击败了苏角、涉间和他的三支大军其实就只是项羽的这一支楚军。他们每一支军队的兵力都和楚军相等，但每一支军队在迎击它时都被无情地撞碎了。难道真应了"楚虽三户，亡秦必楚"这句话么？

王离想秦军在战略上犯了一个极大的错误：没有一下子用三倍的兵力去包围楚军，正是因为害怕诸侯军们和楚军协同作战；但是诸侯军们看起来根本就没有出动的打算，而只是坐在壁垒上看着秦楚两军厮杀。章邯安排苏角、涉间、王离三支大军各消耗楚军三分之一兵力，三次打击下来楚军已所剩无几的设想，完全被项羽翻了个个儿：他只有秦军三分之一的兵力，却分三次击败了三倍于他的秦军，每一次都以无与伦比的英雄气概彻底地压倒了对手。这恐怕不能责怪章邯的失算，而只能看成是秦国的气数已尽，而楚军却似有神佑。败将王离，在他不能再指挥作战而只能面对着战场进行思想时，竟对战胜了他的项羽产生了一种崇敬之感。他多么希望自己不是秦将王翦的孙子，项羽也不是楚将项燕的孙子；他希望战场不是血流成河的原野，而是黑白分明的棋盘。在棋盘上再激烈的绞杀于胜负分明之后，刚才势不两立的棋手可以心平气和地复盘探讨棋艺。但是在秦国和楚国之间，在他和项羽之间，会有这种可能吗？

王离仰天长叹了一声，两行浊泪流下了沾满泥土的脸颊。

18 投　降

——在这个新的强大的对手面前，他感到已经精疲力竭了。

当章邯率领他的八万大军从漳河边沿着一天前楚军的进军路线赶到苏角的大营的时候，他看到的已是一片废墟。他赶到涉间的大营，看到的是一片废墟。他急急赶向王离大营的时候已是傍晚，看到的还是一片废墟。在这废墟上他还看到了王离的尸体，王离不像是被楚军杀死，而是伏剑自杀的。身边的雪地上用血迹大书了一个"耻"字。章邯叫人把王离的尸体翻过来，发现他的面颊上被楚人用秦人对付罪犯的刑法刺上了花纹和字，只是因为战场没有刺青用的墨，他的刺纹上是冻凝了的紫色血珠。他让士兵把王离的尸体带上，连夜行军又赶回了棘原。他的大军除了在急行军中有士兵掉队外没有受到损失，但是却在两天里围着他苦心经营的巨鹿战场画了一个毫无意义的大圆圈。在他画这个大圆圈时，他的三员大将苏角、涉间、王离和他们所率领的三支七万人的军队，相继被项羽打垮了、消灭了。他苦心经营了数月之久的巨鹿会战以彻底的失败而告终。刚刚五十岁的章邯一下子觉得自己老了，在这一个黄昏之后他再也恢复不到从前的状态了，他感到那个年轻的对手项羽是无法战胜的。

巨鹿之战奠定了起义军对秦王朝战争的胜局，也奠定了项羽在所有起义军中的统帅地位。他非凡的气概和无敌的勇力不但一举摧毁了敌军也强烈地震慑了友军。《史记》载："当是时，楚兵冠诸侯。诸侯军救巨鹿下者十余壁，莫敢纵兵。及楚击秦，诸将皆从壁上观。楚战士无不以一当十。楚兵呼声动天，诸侯军无不人人惴恐。于是已破秦军，项羽召见诸侯将，入辕门，无不膝行而前，莫敢仰视。项羽由是始为诸侯上将军，诸侯皆属焉。"这一段记载是很有意味的，诸侯军首领们的怯懦和委琐与项羽的英雄本色形成了鲜明的对照。

巨鹿之围终于被解开，张耳和陈余这一对当年的刎颈之交这两个天下士人的楷模却反目成仇了。当赵王歇和赵相张耳出城来向楚军和各诸侯军致谢，张耳见到陈余，第一句话就责备陈余为什么见死不救。陈余说："我不是给了他们五千士兵去救巨鹿了吗？"张耳说："以你我的生死之交，你应该全力以赴才是。"陈余说："如果我那时候全力以赴，我的尸体就和张厌和陈泽一样早已烂在战场上了，现在还能站在这里和丞相你讲话吗？"张耳说："无论如何，作为赵国领兵的主将，畏缩不前总是一种失职吧？"陈余大怒道："你以为我稀罕这个主将吗？"马上解下印绶扔给张耳。张耳倒被他这个激烈的举动搞怔住了："陈将军何必如此，我只是从友情的立场上责备你不能和我生死与共罢了！"陈余愤愤地去上厕所，这时候宾客中有好事者对张耳道："此时的陈余已不是当年和你共患难时的陈余了，你想拿他的兵权还未必拿得了，现在他主动交出印绶，你岂有不收之理。"当陈余小便完回来，见张耳真的把他扔出的印绶收了起来，一气之下，愤然辞别，带着几百亲信到河上林间渔猎逍遥去了。这两个士人的恩怨，也给以后的历史多多少少增加了一些曲折。

巨鹿战败之后，章邯在棘原收集向他的大本营里逃来的残兵败将，他本部的八万人马加上苏角、涉间、王离三部的溃兵一共还有二十万，在两天的战斗里他损失了十万兵力。当然他知道损失的远远不只是兵力，还有战胜敌人扫平叛乱的勇气和信心。而楚军在巨鹿的战斗中损失有限，现在各诸侯军都加入了项羽的麾下，敌军的总数也是二十万。但新近获得大胜的二十万和刚刚遭受重创的二十万战斗力是大不相同的，兵力永远要和士气相加才会有用。章邯此时已不再有一举歼灭掉敌人的勃勃雄心，只希望能和咄咄逼人的敌军勉强相持住，还希望朝中能够向他派出援兵以改变战场的不利局面。他一方面派长史司马欣回朝请求补充军队，一方面引军沿漳河西撤。在三户渡口渡过漳河，准备和乘胜追来的楚军隔河抗衡。

章邯的使者司马欣乘着一站接一站的驿马飞驰回咸阳求救。此时的秦都咸阳已被弄权的赵高搞得更加暗无天日了，身负重要军情的长史司马欣竟被冷落在宫门前两天无人理睬。他知道皇帝在干什么，皇帝大概正在一群光屁股的美女堆中打滚；他也知道赵高在干什么，赵高正用一些看不见的丝线把皇帝吊在手中当傀儡玩弄。皇帝玩女人，太监玩皇帝，而满目疮痪的国家和浴血奋战的军队却无人过问。他实在弄不懂这样一个问题：皇帝的基业是要一代一代传下去的，怎么能让一个没有传人因而也可以不负责任的阉人这样肆无忌惮地糟蹋。三天过去了，司马欣没有见到皇帝也没有见到赵高，却接到了一份从宫门里递出来的斥责书，指责他监督章邯用兵不力，并警告再不能尽快平定叛乱的话，就要以失职罪处罚了。司马欣知道自己这趟使命已无法完成，留在京中反而有身陷囹圄的危险，便连夜奔出咸阳。为了防止被捕，他没有走驿站这条路而走了一条便道，果然赵高随后就派出了追杀他的人马，因为在驿路上没有见到他的踪影才罢休。

司马欣逃回章邯军中，向章邯汇报道："现在赵高在宫中蒙蔽君主、弄权祸国，已经到了难以想象的程度，国家之事已经没法干了。我们在前线的战事即便能够胜利，赵高也会嫉妒我们的军功过高而给予陷害；如果战事失利，他就更有正当的理由置我们于死地。这个仗是否还能打下去，望将军三思！"

听了司马欣讲的情况，章邯的情绪极度低落。作为受命于危难之际的军事统帅，他应该竭尽全力报效国家。他已经竭尽了全力，但在项羽这个新的强大对手的面前，他感到已经精疲力竭了。而在这种情况下他背后的国家不但不能做他的坚强后盾，给予他足够的补充和支持，反而像一把惩罚之剑顶在他的后背上，使他进没有力量退没有退路。那么就只剩下了两种选择：或者战死，或者投降。作为军人，他不怕战死。同样，作为军人，他不愿意带领二十万将士在于事无补的情况下去做毫无军事价值也无政治意义的牺牲。作为军人，他不愿意投降，那会使他的一生战功都失去意义；同样，作为军人，他知道在战斗已经失去意义的情况下应该考虑投降，用将军的名声作为代价去换取部下的生命。战死于他是痛苦的，于他的士兵们也是痛苦的；投降，可以使他的二十万士兵绝处逢生，而对于一个常胜的统帅来说却更加痛苦！

正在他犹豫不决的时候，项羽命令蒲将军乘黑夜渡过三户，向他发起了攻击。在损失了一些士兵的情况下，章邯引军撤退到漳河的一条源流浊漳河一带。在这里，他收到了楚军派使者送来的一封劝降信。信是虽然辞了赵国将印却不能忘怀天下大事的陈余写的，很有文采，也很有说服力。其中写道："白起为秦将，南征楚之鄢郢，北败赵之马服，攻城取地之多，无法计算。秦王最后却赐白起一死。蒙恬为秦将，北面驱逐戎人，开辟榆中之地数千里之广，后来竟在阳周被杀。为何有如此之结果将军应该明白：立功太多，秦不能尽其功而封其爵，因为爵高会威胁王位，故而用法诛杀功臣。如今将军为秦作战已有三年，战争中所损失的士卒生命不下数十万，而诸侯起事的更多，楚上将军项羽已成为羽翼丰满的大鹏雕，你这只鹞鹰虽然可以扑杀群鸽，但已显然不是大鹏雕的对手了。赵高平素谄谀日久，目前国事危急，唯恐二世皇帝会杀他替罪，所以也会用法诛杀将军，以求免受谴责；并另外派人代替将军的职位。将军带兵在外太久，而宫廷之内嫌隙更多。有功也要被诛，无功也要被诛。况且天要亡秦，所显征兆已久，无论愚智之人，都已知道。现在将军内不能直接向皇帝进谏，外则为亡国之将，孤单独立，这种局面想要维持长久，岂不是非常可悲的事吗？为将军计，不如和诸侯定下合纵之约，共同攻秦，成功之后，还可以分地为王，割据一方。这样做岂不是比像李斯那样惨遭腰斩强得多吗？"

陈余信中的分析确实是有见地有道理的，但对于投降，章邯的考虑却不得不慎之又慎。他暗中派了一名军侯到项羽营中去，不说投降，却说是要洽谈关于合纵缔约的事。项羽毫不客气地道："合纵是六国对于秦的事，章邯身为秦将，哪里有什么谈合纵之事的资格？投降就是投降，只有确定了有投降的诚意，才能谈得上投降的条件。要降就降，不降就打！"军侯刚刚回到营中报告了项羽的态度，楚军的攻势就又开始了，在漳河一带再次大破秦军。

再次败退之后，司马欣对章邯说："关于投降的事，看来只有我去和项羽谈了。"

章邯深深地看着他道："长史对我的心意，章邯感激不尽。但是你去，就一定能够谈得成吗？关于二十万士兵的性命，关于你我这些将军们的体面！"

司马欣说："当年我在栎阳县狱当狱掾的时候，项梁因为一个罪案就关在我管的那个狱里，弄不好是要被杀头的。项梁托他的好友蕲县狱掾曹咎给我写了一封说情的书信，我给了曹咎一个面子，找了一个理由把项梁无罪开释了。那时候项羽还是一个孩子，到狱中来探项梁的时候我见过他，很出色的一个孩子。想不到十几年以后，大秦的命运就要被当年那个孩子的手掐断了！"身居秦国长史之职的司马欣长叹了一口气，"国运既已如此，连当皇帝的都可以不负责任，我们也只能为自己和士兵们的生命着想了。因为有当年的那段缘由，我想，项羽也会给我一个面子的。"

章邯对投降还是有着很重的顾虑："毕竟他的叔父项梁是死在我的手上，即使我诚心投降，恐怕他也不能容我呀！早知有今天，当初就可以和项梁媾和，又何苦那样竭尽全力地浴血奋战呢！"

司马欣道："将军不必过于担忧，据我所知，项梁是个很讲义气的性情中人，有其叔必有其侄，项羽想必也是如此。定陶一战项梁战死，对于项羽应是国仇而非私恨，如今将军不惜自己的一生英名而愿保全士卒的生命，同时也是节省了楚军的生命，我想项羽不会耿介于私仇而不顾大义的。"

章邯仰天长叹一声，解下腰间长剑双手捧给司马欣："你对项羽说，这长剑就是我的诚意。只要不杀我士卒，不辱我军将校，一切，都拜托给长史了！"

在长史司马欣的接洽和斡旋下，秦军和楚军之间的降约终于签订。受降仪式在洹水南边的殷墟上举行。至此，楚军和秦军间大规模的战斗已宣告结束。剩下来的事就是进军咸阳去正式推翻秦国皇帝的宝座了。

果然如司马欣所说，项羽并没有因叔父项梁战死定陶一事对章邯心存芥蒂，虽然他当时曾发誓要亲手杀了章邯。他知道章邯是个人品和才能都相当出色的将军，相见之后很有一些惺惺惜惺惺的感觉。他当然也为他那了不起的叔父竟因一时大意死在定陶而遗憾，但他知道两名将军对阵也如两名棋手对弈，对于胜和负都没有什么好抱怨反悔的，胜是命运，负也是命运，接受不接受也都得接受。所不同的是棋手输掉的只是棋子，而将军输掉的却是生命，有时候甚至是自己的生命。

当章邯彻底地解除了武装站在项羽面前，面对着这个年轻的、宽厚的、英气勃勃的楚军统帅，禁不住老泪纵横起来。败给这样一个对手，他并不感到过分的耻辱，但是想到秦国的盛极而衰和自己的人生遭际，他却抑不住心中的酸楚。作为一个军人，一个领兵的统帅，受到朝中昏君和奸臣的猜忌、排挤和压迫的种种无法向人倾吐的屈辱和愤懑，竟都向这个年轻的对手和同行毫无保留地倾倒了出来。项羽也充满同情地听着，不时发出一些唏嘘感叹。为了安抚投降者，项羽封章邯为雍王，留在楚军营中。任命司马欣为上将军，指挥投降过来的秦军，作为楚军的前锋向西进攻。至此为止，章邯一颗悬着的心才彻底放了下来。作为秦国的将军，或许可以认为他有负君王的使命；但是作为一个为士兵所信服和爱戴的统帅，他却可以无愧于自己属下的二十万生命了。

但是后来发生的事，却是他和项羽在洹上受降的时候都没有预料到的。

19 大地上的伤口

——他觉得这柄利剑在他手中有些发抖。

不久，秦朝宫廷里发生政变，起因是二世皇帝做的一个梦。他梦到在巡行的路上有一只白色的老虎扑上来咬死了他车驾上的左骖马，心中纳闷而且不快，便去问解梦的人。解梦的人说这是大灾难临头的征兆。二世皇帝胡亥诧异地道："天下歌舞升平，哪里会有什么大灾难呢？"解梦人更加诧异地道："陛下难道不知道秦军在巨鹿被楚军大败，苏角、涉间、王离三位大将军都被杀，而章邯、司马欣和董翳都已经投降楚军的消息吗？而且楚军的另一支军队由沛公刘邦率领已经攻破武关了！"

胡亥这才知道天下已经被闹到了什么地步，怎么赵高从来都对他说仅仅是几个盗贼打家劫舍而已呢？他感到受到了愚弄，大怒，派使者去责问赵高。赵高这时候已经接到了刘邦派人送来招降他的密信，便和女婿咸阳令阎乐和弟弟赵成密谋废了胡亥而立公子子婴为皇帝。于是叫宫里的郎中令做内应，诈称有大批盗贼入京，命令阎乐召集官吏发兵追讨。阎乐带领一千多吏卒到望夷宫的殿门，不由分说绑起卫令仆射道："盗贼已经进宫，为何不阻止？"卫令不知就里，回答说："皇帝寝宫防卫森严，哪里会有盗贼能进得去？"阎乐斩杀卫令，领着吏卒直冲进去，边走边放箭。宫中卫士和宦官们大惊失色，四散而逃。敢于抵抗的都被杀了。弓箭一直射到了二世皇帝的帷幄上，正在和宫女嬉戏的胡亥大怒，命令左右拿下叛贼。但这时候哪里还有左右？只有一个宦官还陪着他没敢离开。二世皇帝终于明白过来发生了什么事，逃入内室，对这最后还在身边的太监说："你为什么不早告诉我呢？"太监惨然一笑："臣下正是不敢说，才能保全性命。若是早早进谏，也早早就被杀掉了，哪里还能活到今天！"阎乐上前指着胡亥的脸骂道："你骄狂放肆，杀人不眨眼，只知沉迷女色，不知理国，算是无道至极。现在天下人全都背叛了你，你自己选择一个死的办法吧！"

118

胡亥说："我可以见丞相一面吗？"阎乐说："不可以。"胡亥说："我可以让出皇帝的位子，做一个郡王吗？"阎乐说："不可以。"胡亥舍而求其次："那么就让我做个万户侯吧！"阎乐说："不可以。"胡亥再次降格以求："那么我想和妻子儿女做一个平头百姓，不过待遇和诸公子一般，这总可以了吧？"阎乐说："我是受丞相之命，来替天下人杀你，你虽然有这么多请求，但是我不敢替你回报。"秦二世求生无望，在吏卒们的威逼下只好自杀。让监视他自杀的吏卒感到奇怪的是，胡亥颤抖的手握着扔给他的短刀，既不敢往喉咙上抹，也不敢向心口里捅，最后还是一横心挥向了他的那个帝王之根，他坐倒在从两腿间涌出的血泊里，死了。

　　阎乐回去向赵高复命，于是赵高把所有的大臣和公子们召集起来，向他们宣布二世已死。并说道："秦本来只是一个诸侯国，到了始皇帝才君临天下，称为皇帝。现在六国后人再度自己封疆立土，秦国的地方已经被蚕食得很狭小了，不能再用虚有的名号称帝，不如依旧像以前那样称王。"于是立胡亥的胞兄公子子婴为秦王。用平民的礼仪埋葬了秦二世。命令子婴斋戒，准备在祖庙里接受玉玺。在斋戒中子婴和他的两个儿子商量道："赵高在望夷宫杀死了二世皇帝，害怕群臣诛戮他，才假装伸张大义立我为王。在赵高挟持下当王绝不会有什么好结果，二世皇帝就是前车之鉴。听说赵高已接到了楚军的招降书，他要我斋戒拜祭祖庙，是想在祖庙里把我杀了，灭了秦的宗室自己在关中称王。我诈称生病不能去，他必然亲自来探望，他来了就杀掉他！"

　　赵高杀了秦二世，秦公子子婴又杀了赵高并诛灭赵高家三族的消息传到了项羽的军营里。项羽心想正好抓住这个机会趁秦国宫廷内乱之时一举灭秦，便催动大军日夜兼程西进。在行军途中，一场不幸事件已经在无意中酝酿着了。军至新安这个地方，一场惨剧终于爆发了出来。时间是公元前206年春。

　　大的悲剧是由小的冲突引发的，而小的冲突则来源于秦楚两国一直根植到了普通百姓心理上的世仇。章邯和项羽这两个统帅之间的仇恨虽已消解，但是共同行军中的秦楚两军士兵之间的摩擦却时有发生，这些摩擦是因为两支军队间的差异。秦人和楚人的方言不同，歌声不同，生活习俗不同，军装衣甲的颜色样式也不同。当两个由不同地域的人组成的集团之间互相有隔阂和对立情绪的时候，一方的任何一点不同的行为举止都会引起另一方的不满和嘲笑，而这种不满又极易点燃另一方的怒火。更为严重的是双方胜负荣辱的位置迅速颠倒引起的巨大心理不平衡状态。从前秦人是得胜者，楚人和其他六国遗民都是亡国奴。楚军和诸侯军中的许多士卒，从前都做过役戍到过秦地，秦国的吏卒曾经非常苛刻地对待过他们，他们心中保留着饱受屈辱的记忆。现在他们成了战胜者，报复的心理是很容易产生的。从英布在王离脸上刺字，使得他忍受不了屈辱伏剑而死这一事情上来看，楚军将军尚且如此，士兵的报复行动就更容易缺乏控制。他们把投降后归附楚军的秦军常常不看成是友军而看成是俘虏，或者粗暴地凌虐他们，或者轻蔑地折辱他们。这当然使秦军将士难以忍受。有时候小的摩擦甚至会升级为几十人上百人的斗殴事件。

更为矛盾的是秦人和楚人对时局和各自利益的不同立场。作为楚人来说，他们打到关中去是既报了亡国之仇，又夺取了秦人的天下。而作为秦人，他们却是帮助楚人去攻打自己的故乡，打胜了，他们将失去自己的国家；打败了，他们将作为附庸被楚人裹胁到中原以至更为遥远的荆蛮之地去，而他们的家人亲属则会因为他们的叛变而受到秦法的严厉惩罚。章邯在投降的时候考虑的只是保全这二十万士兵的生命，但是对他们来说，还有超乎于生命之上的命运难题在困扰着心灵。在种种考虑之中，干脆起来造反的想法不可能不占有一席之地，并且也不可能没有任何流露。关于秦军有可能发生暴乱迹象的情况不时被报告到统帅部来，引起了项羽和他部下诸将军们的警觉。在到达新安的这个夜晚，在处理完了新发生的几起斗殴事件之后，在听取了从秦军营中搜集来的有的将校在议论该不该造反如何造反的情况之后，项羽不得不面对这个棘手的问题：拿这二十万虽然投降了却不能信任的秦军怎么办？

春天的暖风吹进营帐，使他感到心情烦躁。他知道刘邦的军队在一路没有遇到严重抵抗的情况下已经进入了武关。而他现在距咸阳的距离要比刘邦远，一旦进入秦地这二十万秦军在身边真的造起反来，那将是一件非常可怕的事，很可能使反秦大业功败垂成。军帐中的烛光在不安地摇动着，项羽让他的主要将领们都对此事发表意见。

钟离眛说："秦军一向欺负惯了六国百姓，而我们的士兵打了胜仗必定要报复，秦楚两国的世仇结得已很深，要消除是相当不易的。"

桓楚说："我的部下确实听到秦军中有人在议论要造反，对此绝不可不防。"

龙且说："洹上受降，接纳了这二十万秦军，免除了许多流血牺牲，固然是好事。但有这二十万秦军卧在身边，每夜睡觉都如同和老虎做伴，虽然是驯服了的老虎，一旦野性发作起来就够受的了！"

英布直截了当地说："鲁公，我有一个办法！"

项羽看着他，一个让在座的每一个人的心都重重为之一震的字从英布的牙关里挤了出来："杀！"他见项羽没有做出明确反应，又加重了语气，"统统杀了他们，以绝后患！"

项羽面向帐外沉默良久，他摇摇头："这不是战场上刀戈相对的敌手，而是二十万活的生灵，我在战场可以算是杀人不眨眼了，但这不是在战场上，我下不了手！"

蒲将军道："确实很难下手，但也不能养虎遗患，反被虎伤。"

英布说："此事不能心软，我们不杀他们，难保他们造起反来不杀我们。"

龙且说："杀与不杀，请鲁公三思定夺。不过有一点，没有他们，我们一样打进咸阳；带着他们，就要防备叛变，反倒分散了兵力。"

桓楚道："鲁公，还是我们自己的安全更为要紧！"

英布再次加强他的建议："鲁公，先下手为强，后下手遭殃。现在能轻易地杀他们你下不了决心，难道真的要等他们反成了气候再费大力气去杀吗？秦楚两国有如此深仇，这些降兵是靠不住的。鲁公，当杀则杀，杀完算熊！"

蒲将军也应和英布道："连章邯、司马欣和董翳这三个东西一块儿杀了，武信君不就死在章邯这老杂毛手上吗？"

项羽带有责备之意地看了他一眼："我和章邯虽有杀叔之仇，但订立降约时我已答应既往不咎，不能食言；司马欣曾于我叔侄有恩，于订立降约有功，更不能杀！"

英布道："那就留下他们三个，杀了那些鸟兵！"

一直沉默着的虞子期开口了："鲁公，诸位将军所说的，我认为都是有道理的，但是最好还是不要这样做。这些士兵虽曾为非作歹，欺压过我们楚人，毕竟现在已经投降了。他们也有父母妻儿，他们也是血肉之躯，如果杀了，尸体将堆成山，鲜血将流成河。要不了太多时间天下就要太平

121

了，他们的亲人正盼望他们回去团聚，每天都会在夜里梦见他们，可他们却要在这一片荒野上变成累累白骨，这未免太残忍了吧？"

英布嘲笑他道："有你这样仁慈的念头怎么能够当军人，军人首先要想的就是胜利，心慈手软只会坏事。"

在项羽的心中，既有诸将们的果敢，也有虞子期的仁慈。当这两种东西在打架的时候，就是他最为优柔寡断的时候。他让各位将军都回去，他要一个人静静地想一想。

他步出帐门，站在春夜的原野上沉思。这片原野和中原一带的地貌已有所不同，黄河和它大大小小的支流在这里流过时，冲蚀了沙质的黄土，在地表上留下了许多条深沟大壑，像一条又一条底下有黄色血液在流动的粗大伤口。有一些沟壑因为河流改道，成为已经干涸了的伤口。他想起白天行军时的情景，黄河自西向东流去，他的军队则正相反，从东向西疾行，浩荡蜿蜒的行列上方那一片在阳光下闪耀的戈矛戟尖，像河面上在阳光下闪烁的波浪。西行的大军也像是一条河，现在这条河流到了这里，会不会给这片大地添上一道又深又长的伤口呢？

他抬首望天，竟发现东南方天际横着一颗彗星，像一柄长剑悬在苍穹上，剑端直指西北。项羽心中一阵悸动：彗星是扫帚星，是灾难的征兆。小时候曾听叔父说过，天上一出现彗星，地上就有人要倒霉了。这次彗星的出现，倒霉的该是谁呢？他拔出自己的剑，横在星光下凝视着。他想这柄极美丽也极锋利的剑也就像是一颗彗星，在它面前，有多少颗从脖子上滚落的脑袋，有多少只从肩膀上断下来的胳膊，已经数不清了。他有时候觉得它仿佛不是青铜铸成的，而像是一只活的猛兽，渴望着在拼杀中饮血噬肉。但所有被它扑倒的猎物，都是举着剑的、操着戈的，都是和它差不多凶猛的野兽，它刺穿和砍杀他们，从来没有犹豫过。但是这一个夜晚，他却觉得这柄利剑在他手中有些发抖。是的，它是猛兽，是只以猛兽为食的猛兽。它喜欢的是厮杀、拼杀、搏杀，可是在屠杀面前，他却明显地感到了它的软弱。

一个高瘦的身影站在了他身边，项羽收剑入鞘。

"亚父，我知道你会来的。"

"我知道你在等我。"范增说，他沉默片刻，问，"决定了吗？"

"无法决定！我宁愿再来一次破釜沉舟，也不愿决定这样一件事。"

范增沉吟着："这的确是个大难题，不过，解决它需要的不是智力，而是勇气。"

项羽说："我从来不缺乏勇气，这事你说应该怎么办？"

范增直视着他："最好的办法，英布已经说了。"

"我要听的不是英布的办法，而是亚父你的！"

"英布那样说，是因为他感到了危险。面对危险，最有力、最有效也是最可靠的办法，就是消灭造成危险的东西！"

"可这不是东西，是活生生的人！"

"活生生的人，正是最危险的东西！除此以外，还有什么其他东西可以威胁你？"

项羽说："我在襄城曾经一怒之下坑杀过三千俘虏，事后我是后悔的。有人因此而骂我残暴，我只能认账。可这次不是三千，是二十万哪！"

"正是因为有二十万，到了关中一旦叛变，我们就会腹背受敌，灭秦大业将毁于一旦！"

"如果杀了这二十万，压在我项羽身上的将是怎样的一个残酷的恶名啊！"

范增白色的胡须在夜风中抖动着："鲁公，我问你一句，你要的到底是名还是实？你是要仁慈的虚名还是要灭秦的大业？"

项羽想了想道："仁慈是我的心灵，灭秦是我的使命，我都要！"

范增摇摇头："仁慈，是鱼；灭秦，是熊掌。现在熊掌和鱼不可兼得，只能舍鱼而取熊掌！鲁公，你要明白，你现在是统率天下兵马的上将军，打进咸阳之后便是掌握天下的君王了。你应该时刻牢记你最根本的职责，不要被仁慈弄花了眼；为了履行你的根本义务，就要抛弃掉妨碍这个根本目的的一切！"

"根本？为了达到做一个君王的根本目的，就必须丢掉作为一个人的根本品质吗？"粗率质朴的项羽在这个问题上是困惑的。

范增说："一个统帅，一个要当君王的人，完全不必为普通人的感情所困扰而影响他的决策。鲁公，为了达到你的根本目的，你必须去做天意要用你的手去做的任何事情，不管这件事本身碰巧是仁慈的还是凶恶的！"

事实上，项羽对于灭秦以后他还有什么根本目的并没有去认真想过，他想的只是战斗、胜利。而在眼前，他想的只是——

"如果天意要用我的手来屠杀这二十万降卒，那么这天意未免太残暴了。"

范增进一步开导他："'残暴'，这的确是两个人人都讨厌的字，而'仁慈'这两个字人人都喜欢。但残暴和仁慈造成的结果往往和它们的本意相反。有时你一心仁慈，把剑放在鞘里，实际上可能是在姑息放纵邪恶；而当你不得不拔剑出鞘时，你的行为就远不如一开始就挥剑砍杀那么宽厚，而且等那时拔剑，很可能已经迟了！如果你现在为了避免被人称为残暴而以软弱的方式来行事，那么最后带来的失败可能比你现在能设想到的任何残忍都更可怕！"

项羽慢慢地把剑拔出了一半："难道除了杀，就没有别的选择了吗？"

范增说："你不忍杀他，他杀你怎么办？这二十万秦兵入关进了秦地，万一造起反来并得到秦人的支持，将是一股非常可怕的力量。秦国落到现在这个就要灭亡的地步，就是因为陈胜和吴广的一次造反。现在我们眼看就要把秦国灭了，在这个关键时刻，怎么能够对自己的命运掉以轻心呢？现在杀他们，是残忍，但是我们不用付出代价；等到他们造了反再杀，代价就大了！鲁公，不要忘记我们的目的是推翻暴秦，没有一个明白人会指责出于正义目的的暴力行为。应当受到指责的，是用暴力去破坏正义的人，而你，是在用暴力去建立正义。"

"但用这种办法，不是在建立正义的同时又造成了不义吗？"项羽缓缓推剑入鞘，"他们投降了我，是因为相信我能给他们以安全，他们的投降已经免除了我们可能在战斗遭受的损失，再说他们正在睡梦里，这样干未免太卑鄙、太不公正了。"

范增重重地道："上将军，当这绝对关系到一支大军和一个新的国家生死存亡的时候，你必须对公正或不公正、仁慈和残忍、光荣和卑鄙不加考虑，而只考虑如何才能最有效地保存住自己并以最安全的方式去实现自己的目的。"

项羽思考再三做了决定："我既不能不防他们叛乱，也不愿滥杀无辜，我要在软弱和残忍之间走另一条路。亚父，一会儿集合众将连夜行动，去把所有秦军的兵器全部搜缴，只杀将校，不伤兵卒。明天将降卒全部遣散。"

夜半，在那颗彗星的下面，对秦军搜缴兵器的行动开始了，楚军士兵在各将军的带领下闯入了秦军的营地。项羽的想法是不切实际的，行动一旦开始，便在秦军中造成了巨大的恐慌，对于士兵来说，自从从军以来他们的生命就是和兵器连在一起的，连夜搜缴兵器的行动，在他们看来就是下一步要夺取他们生命的前兆，交出了兵器就是交出了对他们生命的最后保护。于是在一些本来就有反意的秦军将校们的带动下，他们开始反抗了。但刚刚从睡梦中惊醒仓皇失措中对一个有计划的行动进行抵抗，这抵抗完全凌乱无力，反而激起了楚军士兵的愤怒，并使楚军的行动超出了仅仅是搜缴兵器的界限。在楚军中英布对秦人的仇恨最深，他本来就有杀心，这一下正好大开杀戒，一杀开就杀红了眼，其他将军们见事已如此，索性也都命令部下杀了起来。秦军的宿营地是在背靠着一个深壑的台地上，为他们选择这样的宿营地本来就有着防范的意味。当楚军全面进入秦军营中进行搜缴行动，当搜缴行动已经变成杀戮时，秦军无处可逃，只能向后面的深壑边退去。当他们退到悬崖边，前面的人还继续涌来，崖边的人便被挤下悬崖跌入深壑。楚军意识到这是一个消灭秦军最好的办法，便不断地把无法进行有效抵抗的秦军向崖边驱赶，把他们挤压到深壑里去。在军驻新安的这一个黑夜里，喊杀与咒骂、惨叫和悲鸣，席卷了这一片深壑边的台地，落满了那一道大地的裂隙。当黎明到来，那颗剑一般的彗星终于隐去的时候，二十万秦军已全部死于壑底。

早上，当项羽站在这道巨大的伤口边，看着他们的士兵们从崖头铲土下去掩埋那些尸体，不禁拔出剑来问自己："苍天，难道真是你要借我之手来干下这件留千古骂名的暴行的么?"他看着那把随他征战数年、饮过无数鲜血的剑，这把剑只要擦去血迹，便又光洁无瑕。可是从今天开始，它的身上开始有了被鲜血锈蚀出的痕迹，在杀了这么多无辜者之后，这剑刃今后还会那么锋利无比吗?

第三章

霸　　上

20 乘虚而入

——在他的使命中，还有超越于复仇之上的东西。

当鲁公项羽北上救赵和秦军主力章邯统领的大军激战于巨鹿时，沛公刘邦率领的另一支军队也在进行着西进伐秦的事业。刘邦从彭城出发，一路收编各路义军残部和消灭小股的秦地方部队。先到达砀郡，这是他起义前藏身避祸的地方，他对那云遮雾绕的砀山有着深厚的感情。从砀郡向西北到昌邑（今山东巨野），在昌邑遇到了起事于当地并一直在那里打游击的义军首领彭越，和彭越一同合兵攻击秦军。昌邑没有攻下，但他对这个秃顶鹰眼的草莽英雄彭越留下了深刻的印象。刘邦要彭越和他一道西进攻秦，彭越却怕部队并入楚军后为人所制，宁愿留在当地打游击。虽然他的军队一时攻不下秦军的城池，但秦军拿他这个湖泽之王也毫无办法。

刘邦从昌邑转向西南，过高阳（今河南杞县），在那里遇到了一位奇人，自称高阳酒徒的郦食其。当郦食其求见时，刘邦正坐在床边，有两个使女正在为他洗脚，他沉浸在洗脚水的温暖和两个使女手指柔软的摩捏之中，对进来的这个人甚至都没有抬眼瞧一下。但郦食其的一句话就使他立刻睁开了惺忪的睡眼："足下，想要诛灭无道的暴秦的人，难道就是用这个样子接见长者的吗？"

刘邦被警醒了，立刻挥退使女，脚还没擦干便伸进鞋里，起来整装致歉，请郦食其上坐。听从郦食其的建议，他下一步袭取了陈留（今开封东南），在陈留取得秦军囤积的大量粮食。从陈留又攻开封，没能攻下，便转兵向西攻白马，在白马取得了一次不小的胜利，大破秦将杨熊。刘邦乘胜向南，攻下颍阳（今河南禹县），因为颍阳守军抵抗很激烈，攻破以后进行了一次屠杀。

从颍阳到韩地轘辕，在这里和正在帮助韩王复国的老朋友张良重逢，张良便以韩王使者的身份加入楚军，和刘邦一同西进，从此他的谋划引导着刘邦一步一步走向成功。

从高阳到韩地，刘邦的这支楚军一直在沿着黄河西进，一直到达平阳（今河南孟津），再向前就是关中的门户函谷关了。在这里他们得知赵军的一支军队司马卬部就在黄河的对面，大有渡过黄河攻向函谷关之势。不知是张良的主意还是刘邦使了一个小心眼，楚军攻下平阴，断绝了黄河的津渡，使得河对岸的司马卬无法渡过河来和他争功。但刘邦自己也没有直接攻向函谷关，而是折军向南，攻下秦国的南阳郡。用怀柔政策招降了宛城一带的秦军守军，然后从防守上远较函谷关薄弱的武关突入关中。在蓝田一战，粉碎了秦军保卫咸阳的最后一道防线。在进兵咸阳之前，大军驻扎在霸上。

秦都咸阳，位于滋润着关中盆地的渭河边。渭水东流，在骊山下有一条汇入渭河的小支流称为灞水，而灞水的上游，则被称为霸上。

霸上是一个重要的地方，在霸上的楚军大营中，刘邦接见了秦王子婴派来的洽降专使。就在离霸上不远处的骊山，刘邦曾面对始皇帝出游的浩荡仪仗，发出过"嗟乎，大丈夫当如此也"的感慨，如今他又一次感慨道："嗟乎，那个由始皇帝建立的，扫灭六合、统一天下的不可一世的秦国，果其就这样灭了么？"

秦国的气数已经彻底地尽了，秦王子婴，乘素车，驾白马，用绳子系了脖子，封了皇帝的玺、王符和节，向楚军投降于轵道旁。

如何处置秦王子婴，这是一个问题。

出于对秦国的仇恨，刘邦手下的大多数将军们都主张杀了他。要说仇恨，再也没有人比张良对秦国的仇恨更强烈更深刻的了，从当年博浪沙的那一椎开始，他所做的一切都只是为了一个目的：向秦国复仇！所以从感情来说，杀了秦王是理所当然的事情。但是当他看见子婴那细长的脖子上挂着的麻绳，看他屈辱的泪水流过苍白的脸，看见他用一双颤抖的手把象征着权力的玺、符和节一样一样地交给刘邦，看见刘邦那张胜利者踌躇满志的、却又对失败者含有一些怜悯之情的脸时，他忽然感到与复仇有关的一切都已过去了，在他的使命中，还有超越于复仇之上的东西。

自从成为刘邦的谋士以来，张良的心态有了根本的改变，他不再是一个茫然无归的流浪者，到处去寻找可以共谋复秦大业的英主。找到了刘邦以后，便觉得自己像是一株寄生藤找到了一棵可以依赖、可以发展、可以攀缘而上展现才华的参天大树。张良知道自己有足够的聪明，却没有足够的驾驭人的力量和争取天下的功利心来成为这样一棵大树。张良属于那种不愿被人指使也不愿指使别人的那种人，但为了让自己的智慧有一个可以实践的场地，就必须依靠一个有力量的人并也被他所依靠，于是给一位有雄心图大业又能听得进意见的人当谋士就成了这一类人最为理想的生活方式。在谋取天下的过程中，张良和刘邦都需要战争，并从战争的胜利中得到极大的快感。但刘邦对于战争的态度是一个赌徒的态度，希望用手中的本钱去赢得更多更大的利益；而张良对于战争的态度却像一个冷静而明晰的棋手，只是为了把棋下得更漂亮些，对弈的一方越强大，棋赢得也就越愉快。

现在，暴秦这个对手已经彻底地投子认输了，刘邦或许已经认为自己成为最大的赢家了，但是张良心里明白，咸阳的到手绝不意味着天下这盘大棋的结束，还有一个更强有力的棋手此刻正在关外向关中之地赶来。那个棋手就是项羽。他心中明白的另一个事实是：正是因为项羽和章邯的中盘鏖战，在巨鹿歼灭了秦军的大龙，刘邦才能占得先手，在没有遇到强烈抵抗的情况下避实就虚进入关中。虽然有楚怀王先入关中者为王的约定，但是刘邦真能保住并拥有关中吗？

在这种情况下，不杀子婴，把他收容下来等待以后再处理，显然对棋局更为有利。子婴在秦的三个帝王中，是比较正直而得人心的君主，可惜生不逢时，亡国的命运最后落在了他的头上。留下这个亡国之君的性命，对刘邦不仅政治上无害，而且名声上有利。关中虽然城高垒深，粮食器用都很丰富，但要真正长久而稳固地据有关中，把它作为向四疆扩展的基地，笼络住关中的民心是至关重要的，秦人毕竟是秦人！战胜者如能宽厚地对待他们的君主，他们虽已亡国，但内心却会感到一种安定。

和张良持有相同意见的是萧何和郦食其。刘邦同意了他们的意见，他不想为这些事情再耽搁时间，他已经急于进入秦宫，去享受一下当年令他仰慕不已的始皇帝的那种感觉了。令天下人羡慕不已的阿房宫，就在渭水南岸，和京城隔渭水遥遥相对。这座以数十万劳力，采天下之精华，历十几年时间，直到始皇帝驾崩时仍未完成的宫殿，规模之大，设计之精，奢豪壮丽的情景是可以想见的，现在刘邦要以征服者的姿态入主其中了。

刘邦是有名的好色之徒，他进宫后的第一个目标就是搜寻漂亮的宫女，在辛苦征战了几年之后，他要好好地过一下美人瘾。而刘邦部下的将士们则志在索财，成群结伙地出入于官衙府库及富室巨商之家，掳掠抢夺，一时间，阿房宫中，咸阳城里，秩序大乱。在这一片混乱之中，只有萧何带着他手下的一批文官，在认真收集着大秦帝国的各种政治法律文献，当刘邦忘情于婀娜多姿的宫女的时候，当官兵们眼红于官府和民间的财物的时候，萧何却极冷静极理智地把所有能找得到的秦廷官方档案图籍仓库中成堆的简、册、书绢全部搬了出来，用马车运回了他的营舍。这些文献资料，使得以后刘邦在争夺江山的战争中，能够对天下的山川形势、关隘险要、人口和财富的分布、各地的风俗和民情了如指掌，使得张良制定策略时能占尽地利人和。并且这些资料的使用直接导致了汉袭秦制，取代了二世而亡的秦，奠定了一直延续了两千多年的大一统的中央集权的政治格局。

萧何是清醒的，刘邦却迷醉了。秦国皇宫中那些宫室、帷帐、名犬、良马、贵重的珍宝、精致的饮食，最为要命的是那些宛若天仙的宫女，使得他想就此在宫中享受下去。樊哙意识到这种迷醉的危险，力劝刘邦出宫住回霸上的军营中去，刘邦不听，嫌樊哙讨厌。张良对刘邦的这种表现是相当失望的，他不想让自己依赖的参天大树在奢侈靡费中烂成一株朽木，不得不直言相劝了："沛公当年来咸阳服劳役时，想过能够有朝一日坐在这宫殿里吗？正是因为秦皇无道，天下百姓都起来造反，沛公你今天才能走进这宫殿。作为义军的首领、百姓的希望，你应该生活节俭、作风淳朴，才能得到天下人之心。可你刚走进秦宫，就沉迷于享乐难以自拔，连樊哙的忠心也劝不动你，这就要应了那句话：助纣为虐了！忠言虽然逆耳，苦药却是利于病的，你不会把自己的一番壮志就此浸泡在这片害人的温柔乡中吧。况且项羽和各路诸侯正日夜兼程向关中赶来，现在还远不到可以享受的时候。希望沛公听从樊哙的建议，率军驻回霸上去！"

刘邦的一个大优点就是能够听得进正确的意见，当他被张良的这番话警醒之后，便立刻决定把秦宫中的金银珠宝、财物府库都封存起来，然后还军霸上。

霸上这个地方之所以重要，还因为刘邦在这里召来关中各县的父老豪杰和头面人物，向他们宣布了著名的约法三章："父老们，你们在苛酷的秦法之下生活，痛苦已经很久了。按秦法，人民若诽谤朝廷，就是灭族之罪；人民若有相聚谈事情的，就犯了弃市的死罪。现在我来了，我和诸侯有约，先入关者为关中之王。作为关中王，我要和关中百姓约法三章：杀人者，偿命；伤人者，抵罪；偷盗者，罚。除此以外一切秦法，统统废除。各官吏都依原来位置行使其责。我领兵入关，一切要做的，只是为了铲除暴秦，不是来侵占，更不做残暴之事。我之所以带军队回到霸上，就是为了等候诸侯们到来，一同订立束约，以求安定百姓，希望大家放心。"

刘邦派人和原来的秦吏一道，巡回各县乡邑，把约法三章告谕民众。秦人大喜，纷纷以牛羊酒食献给沛公的军队。刘邦又做谦让，不肯接受所献的食物礼品，表示不愿让民众破费。于是民众们更加欣慰，唯恐沛公不做关中之王。

还军霸上和约法三章，非常良好地展示了刘邦和他的军队的形象，使他大得关中民心。但是有一个严重的失策之举，也是在霸上决定的。有一个叫鲰生的人游说刘邦道："秦地极富，财富十倍于天下，地形上又有关隘阻挡，易守难攻。听说项羽已打败并收降了章邯，就要来关中就国，那时沛公你恐怕就当不了关中王了。为公之计，应该赶快派兵把守函谷关，不让诸侯军入关，并且调整和增强关中的兵力，以抗拒项羽和诸侯的军队。"

善于听取聪明建议的刘邦有时也很善于听取一些愚蠢的意见，也许是因为这个意见很合他为王关中的心理，他认为此计颇好，便依计行事。但是他派去守函谷关的军队并没能挡住项羽西进的大军，反而使得项羽大为恼怒，把昔日的友军变成了敌手，使得自己落入了非常危险的境地。

项羽的大军一路攻破了函谷关和潼关，长驱直入，到达了和灞河相距不远的戏水一带，驻军的地方因为在戏水下游汇流进渭河的地方，所以称之为戏下。项羽的大本营扎在新丰鸿门。

刘邦的十万军队驻在霸上，项羽的四十万大军摆开阵势驻在戏下。两地相距不过一舍之遥。一边是准备拒虎入关的狡狼，一边是已经破关而入的猛虎。因为刘邦的凭关据守，过去的盟友已经变成了同室操戈的敌人，又一场大战即将爆发，而孰强孰弱谁胜谁败是不难预料的。

在停驻戏下后召开的各将领会议上，项羽对刘邦的态度已经很明确了："当初在彭城约定攻秦时，本是我最先提出愿意西进攻取关中，后因巨鹿危急，我才带诸位北上救赵。现在看来，怀王是心有所偏的，难啃的硬骨头给了我们，容易吃的肥肉却给了刘邦。我们经历千辛万苦千难万险消灭了秦军主力；刘邦一路上尽拣软的捏，没打什么硬仗，倒比我们先进了咸阳。要是代表楚军先进了关倒也罢了，可恨的是他进关以后居然派兵在函谷关阻挡我们进关，现在我们离他驻军的霸上还有一舍之地，大家说，该把刘邦怎么办？"

众将军们七嘴八舌地说了起来，自从在函谷关受阻，他们便对这支昔日的友军充满了一种愤怒。

龙且说："刘邦不让我们进关，明摆着是想独吞胜利成果，自己在关中称王！"

桓楚愤愤地道："他凭什么在关中称王，是谁杀了秦国的大将苏角、涉间、王离，解了巨鹿之围？是谁收降了秦军主将章邯？又是谁消灭了秦军主力？没有上将军，他别说进关，说不定连眼睛都让秦军挖出来当泡踩了！"

虞子期说："当初，在他最落魄的时候，是项梁将军给他兵马起头，帮他打下丰邑；他受项家的恩惠才有今天，现在竟想拒鲁公和诸侯军于函谷关外，太忘恩负义了！"

倒是项羽的小叔叔项伯还有一点公允之论："沛公率军先入关中，破了秦都咸阳，好歹也是一功啊！"

蒲将军马上反驳："功个屁！没有他刘邦，我们一样进关；而刘邦没有上将军，进个球的关！我们种庄稼他来收，天下没有这个道理！"

英布干脆道："咱们一路拼命，他一路捡便宜，捡到了便宜倒把我们当敌人看，宰了他个小子！"任何时候，他脸上青色的刺印中都透出一股杀气。

项羽把头转向范增："亚父，你说呢？"

范增缓缓道："刘邦在山东时，是个有名的无赖，既贪财又好色。现在进了关，忽然变得正经起来，这是野心勃勃的表现。我让占卦的看了他的气数，呈龙虎五彩之色，这是天子之气的征兆，留下他，将来一定是后患！"

项羽有些不以为然地说："他区区一个无赖小子，哪会有什么天子之气，亚父言过了吧，就从他认为在函谷关就能挡住我们这个的愚蠢念头来看，送他个皇帝他也当不了！"

钟离昧说："上将军这话可错了，古今帝王，除唐尧虞舜几个不多的贤君外，大多不是堂堂正正的君子。并非天下没有英雄好汉，而是英雄往往斗不过小人，好汉常常败于无赖之手。楚国春申君是何等英伟的人物，最终却死在小人李园手上，这就是一例。正人君子，因其善良坦荡、宽容豪爽，往往看不透小人之恶；不屑与小人为伍，则又忽略了小人的权谋。而无赖小人却深谙恶中三昧，所以能赢得人生的赌博。纵观古今，英雄豪杰，往往内毁于小人奸佞，外败于无赖流氓，所以，真正的正人君子是很难当帝王的。上将军驰骋沙场天下无敌，但若与小人钩心斗角，只怕不一定是刘邦的对手。"

项羽笑笑道："钟离兄此言也有点过了，刘邦这个人虽然身上有点无赖习气，可在过去并肩作战时我倒并没有觉得他很讨厌，相反有时还有一些可爱之处。"项羽想到刘邦可爱之处的时候，嘴里又记起了那股嫩高粱的香味，还有项梁战死后他陪自己并马而行时的那种关切安慰的神态，他的心顿时软了下来，"如果不是他想独吞关中之地，派兵阻拒我们入关，我和他本来是可以好好地握手言欢、畅叙别情的。可是，他无义在先，就不能怪我无情在后了！"

就在这时候，军校来报说沛公手下左司马曹无伤派人送来一封密信，密信是这样写的：

诸侯上将军鲁公见呈：

沛公引兵入关后，意在做关中王，占秦宫珍宝为私有，欲拜秦王子婴为相。沛公深恐上将军入关，一方面约法三章，收拢民心，一方面使人于民间散布新安坑秦卒之事，使关中百姓皆怀恨于上将军。无伤虽为沛公属下，更是楚国臣子，特遣心腹向上将军禀报。

左司马曹无伤顿首

135

不管曹无伤是何种动机，是真的作为楚国臣子看不惯刘邦的作为，还是明知刘邦必败，事先向项羽邀宠，他的这封密信，把项羽心中原有的那把怒火，煽得更加熊熊燃烧了起来。项羽当即下令："明日一早，饱餐士卒，出兵进攻刘邦的部队。四十万大军席卷霸上，看他小小一个亭长怎么来当这个关中王！"

众将军们都摩拳擦掌，准备明天战斗。却有一个人对即将到来的这场战斗心惊胆战，这个人是项伯。

21　泄露军机

——如日中天的新楚国的最终败落，就在前楚国左尹项伯单骑夜行从戏下到霸上的这一舍之地间注定了。

午夜，一匹快骑悄悄地出了楚军鸿门大营，向霸上疾驰而去，骑在马上的这个人正是项伯。在白天的军事会议上，他自知已无法阻止第二天的战斗，但他却决心在战斗之前把自己的好朋友张良从无情的扑杀中解救出来，因为在楚被秦灭以后的流亡生涯中，张良曾对他有过救命之恩。当年张良救他，只是出于一个"义"字，现在他半夜去救张良，为的也是一个"义"字。他虽然是项羽的叔父，却不是楚军中的决策人物，所以他无法改变战斗的决定；但是在猛虎扑向羊群之前，悄悄地让某一只特别睿智的羊离开羊群，脱离危险，免得玉石俱焚，却是他可以做到的。他此时还不知道他的这个举动将取消第二天预定的战斗；他更不知道这场战斗的取消将换来一场项羽和刘邦之间长达五年的争夺天下的战争，并且最终以项家的失败而告终。

有时候一个人的一个意外的举动，就改变了历史的走向。如日中天的新楚国的最终败落，就是在前楚国的左尹项伯单骑夜行从戏下到霸上的这一舍之地间注定了。

项伯到沛公营中私见张良，把明天一早项羽的大军就要进击霸上的事告诉了他。这对楚军来说是严重的泄密行为，但为了救朋友，项伯顾不得了，他要张良和他一起连夜逃离霸上。

张良沉思有顷，对项伯道："谢谢你冒了风险前来救我，但我是作为韩王的使者在沛公军中的，如今沛公有急难，我自己逃走，这是不义的，就像当年如果对你见死不救也是不义一样，所以我不能不把此事报告沛公。"

项伯没有想到事情会是这样，但张良说到了那个"义"字，他就没有办法拦住张良不去报告沛公。刘邦从张良口中得知项伯所说的事，顿时大惊失色，连连顿足道："这如何是好？"他知道霸上的这十万军队，是无论如何也敌不过将从戏下杀来的四十万大军的。

张良说："事情都是由派兵把守函谷关惹出来的，沛公你既然已经退出咸阳，还军霸上，做出了一副等待诸侯军入关共定天下大计的姿态，怎么又会出此下策呢？也没有和我商量一下。"

刘邦叹口气道："是鲰生向我建议，守住函谷关，诸侯军们进不来，那么秦地就自然可以属我称王了，这个意见正合我心，就叫人去办了。"

张良摇头道："沛公真是一时糊涂了，以项羽救巨鹿破章邯的赫赫军威，你以为凭一个函谷关就足以挡住他吗？"

刘邦默然不语，半晌才说："事已至此，悔也无用，如何是好呢？"

张良想了想说："此事只有请沛公自己去向项伯说明，尽力表白自己绝不敢背叛鲁公。项伯毕竟是项羽的叔父，如果他肯从中斡旋，事情或许还可有救。"

刘邦问："情势危急之下，项伯怎么会单来救你呢？"

张良说："当年项伯杀人蒙罪，多亏我设法救了他，他今天才会来救我。这也是天使沛公命不该绝，否则等我们今夜一觉醒来，明天很可能就身首异处了。"

刘邦问清了项伯比张良年长，说："烦子房请他进来，我当以兄长之礼待之。"

项伯极不情愿却又无可奈何地被张良引入了刘邦的帐中，刘邦自有刘邦对付人的本事，几盏酒之间，就使得项伯对他大有好感，就像当年项梁对他大有好感一样，还没谈到正题，就和项伯约上了儿女亲家。当谈及面临的严峻局面时，刘邦极为诚恳地说："我有幸入关之后，秦宫中的一切都妥善保留着，对百姓也秋毫无犯；吏民都造册存籍，府库都加封，专为等待上将军前来接收。至于派遣将士守住函谷关，完全是为了防备其他盗贼的窜入或应付非常的变故。我之所以驻军霸上，就是为了日夜盼望鲁公的到来，怎么敢反叛呢？请项伯兄千万向上将军进言，详细说明刘邦之心，刘邦绝不敢背德，怀有二心，眼下情势危急，也只有靠项伯兄的力量，才能避免友军相杀、兄弟相残的惨剧了！"

项伯被刘邦的表白感动了，答应一定回去向项羽解释，并嘱咐刘邦："明早不可以不早来向项羽谢罪。"刘邦连声应诺。

翌日凌晨，天还没有亮的时候，驻扎在戏下的四十万楚军已经被号角声催醒了。按照预定的计划，他们饱餐战饭，整装披挂，然后向霸上进击，当霸上的十万军队按照正常的作息时间刚刚起床时，将会发现一支强大得多的大军早已压到了营门之前。但是，士兵们做好了一切战斗准备，出击的命令却没有下达。

项伯从霸上赶回戏下鸿门大营中时，项羽正在向将军们进行作战部署。项伯庆幸自己赶得正是时候，再晚一会儿，等大军接到命令出了军营，很可能一切都来不及了。他顾不上擦去满头汗水和平息急剧的喘息，急急走到项羽面前只说了一句："上将军千万不可发兵！"就被一阵咳嗽给噎住了。

各位将军都在看着他。项羽等他咳嗽定了，问："看叔父的这个样子，可是连夜去霸上通风报信去了？"

项伯在他目光的逼视下，禁不住头皮一阵发麻，只能说："是。"

项羽的手重重落在了案面上："你是我的叔父，可你不是军法的叔父，私自通敌该当何罪，你不是不知道。"

项伯在这种情况下，知道自己叔父的身份已起不了什么作用，能起作用的只是一个"义"字，项羽是非常重义的，只能用这个"义"字去打动他："上将军平生最重义气，为人可以知恩不报吗？"

项羽问："谁于你有恩？"

项伯说："沛公的谋士张良，过去曾救过我的命，我怕他夹在沛公军中打起仗来玉石俱焚，因此连夜赶去叫他随我离开霸上。"

项羽的怒容渐渐消退，他对张良的博浪沙雇壮士投椎刺秦王之举一向是钦佩的，他问："张良随你来了吗？"

"他不敢。"项伯说，"张良对我道，沛公并没有得罪上将军，上将军一进关就要攻打他，兄弟相残，未免太失人心了，所以不敢随我同来，也不忍大难当头时离开沛公。"

项羽的怒容又升了起来："明明是他刘邦不仁，怎么反怪我项籍不义？"

项伯说："昨夜我也见到了沛公……"

项羽眉头一竖打断了他："你到底是去救张良还是去救刘邦？"

项伯辩解道："我原本没想去见沛公，可子房说，就算沛公明天要死了，也得让他死个明白吧。硬拉我去见了沛公，他听说你今天要发兵攻向霸上，吓得要死。他说，他进关后什么都不敢拿，什么都不敢做主，只把秦国的官员及百姓安抚了一下，封了宫苑府库，只等鲁公进关。派兵守函谷关只是为了防备盗贼和其他诸侯，绝不敢背叛鲁公。如果有什么地方得罪了鲁公，待鲁公大军到达霸上后他情愿伸出脖子来等待砍头，绝不敢有半点抵抗之心。"

项伯的一番话，使项羽本来铁定要进攻的心明显软了下来："这么说，有些事不像传说的那样子？"

项伯说："沛公现在已经带了少数随从由霸上来戏下向上将军请罪了。如果我们四十万大军向霸上进击，半路上遇到前来请罪的队伍，岂不尴尬。"

项羽沉吟了一会儿："他倒乖巧。其实，我和他在怀王面前有兄弟之盟，本来并不想自相残杀。"

英布在边上听得忍不住了："进攻霸上我们全都准备好了，难道就这么算了？"

项羽看了他一眼："既然沛公要前来认错，我也只能好好对待他，你伸出手去总不能打在一张正在对你笑的脸上吧！"

钟离昧提醒项羽："鲁公，刘邦这个人刁钻奸猾，言多不实，你可不能听了几句可怜话就心慈手软！"

项羽哈哈一笑："我项籍一向斗虎杀熊，拼狮搏豹，就是杀不了可怜虫。传令下去，三军解散，摆下宴席，诸将军都来作陪喝酒。"

英布和钟离昧还想说些什么，范增拦住他们对项羽道："也好。本来三军杀向霸上只是为了一个刘邦，既然他要来，干脆就在宴席上找个借口把他杀了，倒省得大动干戈。"

项羽诧异地面向范增："杀？既已摆下宴席，为什么还要杀他？"

范增态度极为郑重地对他说："鲁公，现在暴秦已灭，战事已定，剩下的事，就是由谁来做天下之主了。虽然怀王名义上可算是天下之主，但真正能做天下之主的，只有你和他两人，现在他落在你手里，你当然要杀掉他！这还用问为什么吗？"

项羽说："在新安迫不得已坑杀了那么多秦卒，已使我背上了残暴之名。现在进了关，恐怕不能再杀兄弟手足了吧？"

钟离眜说："鲁公，现在你得势，把他当兄弟；将来他若得势，我断定他是不会把你当手足的。这就好比下棋，该提掉的棋子必须当机立断地把它提掉，等它接上气做成眼，以后再想提掉就不可能了。"

项羽道："我不会下棋，不懂那些玄妙的下棋道理。不过我为人一向光明正大，就算要杀他，也不能在杯盘间动手，免得让天下英雄耻笑。"

范增道："君子重名不重实，小人却是重实而不重名的，你是个君子，可你的对手不是个君子，你今天放过他，他是不会谢你不杀之恩的！"

项羽不以为然道："区区刘邦，能算是我的对手吗？只不过因为我们北上救赵，才让他捡便宜先进了关中。如果调换一下，我早已进了关中，而他的尸骨恐怕都叫章邯那老家伙嚼烂咽下去了。"

范增加重语气："但他毕竟先进了关中，而且当初怀王又确有先进关中为王的约定。当今天下，你的对手只此一人，不杀刘邦，必为后患！"

项羽说："亚父，你对我的一片好心我是知道的，可未免把他看得过重了吧。"

范增急了："鲁公，你信得过我这老夫，就杀了他！信不过，我这就告辞回乡，我可不想日后当他的俘虏！"

项羽忙安慰他道："亚父想到哪里去了，虽然有怀王的约定，刘邦能否当关中之王，这还要按军功来定。但是天下刚刚平定就杀功臣，天下人岂不要骂我无信无义！"

范增恼火地道："你一介武夫，却偏偏抱着人以忠厚为本的信条不放！这个世道人人都在算计着怎样去喝别人的血吃别人的肉，你却老想着如何仁慈。为了灭秦，二十万秦军心一横也就坑下去了；可如今为了天下，怎么杀一个无赖之徒就狠不下心呢？你是个统帅，是个帝王坯子，不是个书呆子，你不杀别人别人就要杀你！"

项羽有些不悦地说："亚父把人看得太坏了吧。"

钟离眜说："不，是鲁公把人看得太好了！今天杀刘邦是天赐良机，捏死他犹如捏死一只蚂蚁；你放过这个机会，将来说不定会让蚂蚁给吃掉！"

项羽有些勉强地说："既然你们都这么想，那就……"

钟离昧问："你下决心杀了?"

项羽还是下不了决心："到时候看吧，我看他顺眼，就不杀；看他不顺眼，就杀!"

的确，杀与不杀都在他一念之间。

范增道："你战场上的魄力哪儿去了，怎么如此优柔寡断，顺不顺眼，都得杀！你要是实在不忍心下手，让我来替你做这个主好了。"他大喊了一声："项庄何在?"

项羽的一个远房堂弟身材高大孔武有力的项庄，从执戟武士的行列里走了出来："项庄听候范大夫吩咐。"

范增走到他面前，扶住他的肩膀："项庄，我知道你是一名勇士，才把这件大事托付给你，你的剑快吗?"

项庄毫不含糊地答道："快!"

"能杀人吗?"

"能!"

"听说你的醉剑舞得很不错?"

"是!"

范增道："那么，酒宴马上开始，你在帐外侍候，听见上将军掷酒樽于地，就立刻进帐舞剑助兴，乘着醉意，让刘邦人头落地!"

"项庄明白!"

范增向项羽举起腰间佩带的玉玦，这是一种半圆带有缺口的让人决心自勉的玉器："上将军，要下决心！我一举起玉玦来，你就掷酒樽为号!"

正在这时，有军校来报："沛公一行已到，在辕门外求见。"

项羽对范增不置可否："到时候看看再说吧。"然后大声下令，"击鼓迎宾!"

22　鸿门宴

——刘邦、张良和范增都紧张地看着那只悬在半空中的**酒樽**。

被后人不断加以评说的鸿门宴，是在执戟郎中韩信的目击下进行的。

作为一个旁观者，他把在这个不同寻常的宴席上各色人等的精彩表现全都不动声色地记在了心里。

当刘邦带着他的幕僚们怀着惶恐不安的心情走过执戈武士的行列，战战兢兢地进入摆下宴席的项羽大帐时，韩信想起了自己曾受过的种种屈辱，不禁对他充满了恻隐之心。韩信曾经很羡慕刘邦，刘邦这人虽然有些流氓气，但是在诸侯们起义抗秦之前好歹也混得做到了一个亭长。别小看了亭长这个位置，拥有一方土地和一方人物，当天下风云际会之时，就能竖起旗子拉起一支队伍来。而他韩信缺的恰恰是这个。因为家贫，韩信虽然聪明，却因为性格孤僻而没有一个好名声，所以也没有什么人知道他的聪明。他不像刘邦有着那种可以慑服人糊弄人也能够笼络人的性格，因而想当上像亭长这样的小官也没有可能。他空怀满腹韬略既不愿种地谋食也不屑于做买卖为生，只能寄居在当地亭长家里混口饭吃。他那里的亭长显然不像刘邦那样把网罗有志之士当一回事，也绝无在动乱中干一番事业的雄心，所以在他白吃了几个月的饭之后，就让老婆用冷脸把他给打发了。韩信常想如果当年他依附的不是当地的那个没出息的亭长而是这个很能折腾事的刘邦的话，那他现在起码也混到灌婴和周勃这样一些人的位置上了。

韩信除了一把心爱的佩剑外别无长物，这柄剑也并非是一把多么好的剑，不过是他志向的象征而已。无以谋生的韩信只能去城北的淮水边钓鱼，但他的心思完全不在鱼钩与浮漂上，看着流动的河水、弯曲的河岸和身边坡岸上成群结队正在作战的蚂蚁，想的是如果他有朝一日当上了指挥千军万马的将军在一条大河边该如何用兵布阵。同在河边的还有一些漂棉絮的妇人，有位老妇见韩信饿得可怜，就把自己带的饭分一半给他吃，一连数天都是如此。那些天正是韩信苦思兵法甚有所悟的时候，便十分欣喜地对那好心的老妇说："将来我一定会很好地报答您的！"老妇反倒生气了："我这是可怜你，哪里想图什么报答。生为大丈夫不能养活自己，就不知耻吗？"那老妇可怜他，却完全不理解他。更有一班恶少在街上公然欺负他："韩信，你虽然个头不小，相貌也不错，还假模假式地带一把佩剑，其实你骨子里胆小得很！"有一个大个屠夫甚至叉开两腿挡在了他面前："韩信，剑的用处是拿来刺人的，不是女人头上插的簪子。你要是有种，就拔出你的剑来刺我；要是没种，就从我的裤裆钻过去，带着你那把没用的剑!"韩信的手扶在剑柄上,他甚至能感觉到剑身在鞘中扭动,剑锋在匣中鸣响,但是他白皙的脸上却没有涌上一丝血色。他知道只要稍一冲动拔剑出鞘,面前的屠夫就完了,但他也完了,他的满腹韬略满腔抱负也就此完了。他稳住气,没有露出一丝怒容,很快地趴下来从那屠夫的裆下钻了过去,还没等那帮恶少反应过来,他已若无其事地走了,并没有回过头来望他们一眼,使得那个叉开腿的家伙和他的同伙们从这一侮辱事件中所得到的快感大打折扣。他甚至没有想一下当他钻过去时在他头顶上的那个东西是吊儿郎当地垂着还是趾高气扬地翘着;他想的是,既然那个漂絮的老妇并不指望他日后的报答,那么有朝一日这个叉开腿的家伙要不要因为他今天的行为而受惩罚。

后来项梁渡过淮水西进中原,韩信没有办法拉起一支队伍,只能带着他那把剑去投奔他。在项梁的军中,韩信默默无闻,始终没有得到一个让项梁能够赏识他、了解他的机会。定陶兵败以后,他随项梁残部归入项羽军中,职位稍微得到提拔,从执戟卫士升到了执戟郎中。但他也只能以一个较高级的卫士身份跟随在项羽左右,而没有单独掌兵,哪怕是只带一小支部队的资格。

在巨鹿战役中,韩信深切地领教了项羽的作战风格。项羽取得胜利的办法是勇、猛、重,而不是他所崇尚的机、敏、巧。在项羽指挥的战争中,永远是力量的成分多,而智慧的成分少。在项羽的身上,有一种能够感染每一个士兵和他同生共死的气质,有一种能够最大限度地激发士兵战斗力的力量。巨鹿之战奇迹般的胜利,使他对项羽的这种力量佩服得五体投地。平心而论,虽然他自命不凡,但在以七万楚军对三十万秦军的力量对比下,他也不敢奢望这样完全的胜利。但同时,他也对自己在项羽手下的发展有了一种悲观的认识:他和项羽是类型完全不同的两种将领,以力量和勇猛取胜的项羽永远也不会认真地采用他献上去的那些以轻灵和机巧见长的计策。虽然他作战时的表现也还算勇敢,但似乎总也洗不去项羽和其他将军们对他当年甘受胯下之辱的那段不良印象,他们难道就没想过能够平静地从一个凡夫俗子的胯下钻过比拔剑击杀他需要更大的胆识吗?他并不为当年曾钻过别人的裤裆感到有多么可耻,却为不能受到项羽这样了不起的将军的看重而深感耻辱。他常常在心里这样想:雪耻的最好办法,就是有朝一日在军事上战胜他。但是他什么时候才能真正当上一个统帅,

143

能够随心所欲地指挥一支大军呢？他的希望，开始转移到了沛公刘邦身上，甚至后悔当初没有直接投到刘邦麾下。在刘邦那里，灌婴、周勃、王陵、曹参这些人一个个都当上了能够单独领兵的将军，他深信自己的资质远在这些将军之上。

当他得知项羽要率领四十万大军杀向霸上时，心想，完了。以刘邦部队的人数和战斗力，是不可能抵挡住项羽的进攻的，不但沛公那一干人性命休矣，他韩信也失去了日后可以投奔并依靠他展现自己才华的所在。如果沛公真被项羽所灭，这动乱天下的最后一战也就结束了。韩信深信自己这样的人物是为战争而生的，当一名用兵如神的大军统帅是他的向往也是他的归宿，现在天下的仗眼看就要打完了，可他还只是一名毫不起眼的执戟郎中，根本就没有机会去实现他的抱负，一种壮志未酬的感觉不禁使他悲从中来。暴秦已经灭了，指挥着千军万马扫平了秦军的伟大统帅不是他韩信而是项羽。现在项羽又要挥军霸上去扫平在所有将领中唯一有可能与他抗衡的刘邦，天下就要因此而平定了。可在一个平平安安无仗可打的天下里他韩信的位置又在哪里呢？难道再次去淮水边垂钓靠漂妇赏饭？难道再一次面对那个在大街上又开腿当众耻笑他的杀猪的家伙？那时候他的剑再也不可能忍在鞘里，而是会像杀一头猪一样把他杀掉。但是壮士韩信的一生也就此完结，人们不可能知道他指挥起千军万马来是一种何等壮观的情景，只知道布衣之士韩信平生干得最人的一件事就是拔剑杀死了一个屠夫！

所以当他又得知因为项伯和张良的交情也使刘邦蒙受恩泽，大军攻击霸上的行动被设在鸿门营帐中的宴席所取代，他的心中大大地松了一口气。只要沛公有救，他的希望就还没有灭绝。但就算刘邦不死在霸上的乱军之中，能否在这充满着杀机的鸿门宴中活下来，也要取决于天意。韩信比任何人都更关注这个宴席的进程和结局。他想，自己如果是项羽，必然会毫不留情地杀掉这个潜在的对手；但他只是一个没有得到重用的执戟郎中，所以他希望项羽能够心存怜悯，手下留情。他暗下决心，只要刘邦能够大难不死，日后必将伺机投靠他，借用他的力量，以求在和项羽的对抗中做出一番惊天动地的事业来。

刘邦有些颤抖的声音打断了韩信的遐想："在下刘邦参见诸侯上将军。"他看见刘邦诚惶诚恐地匍匐在项羽面前。他想，类似钻裤裆的事其实到处都在发生着，如果该忍的时候不忍，不知道多少人的性命早就不在了。尺蠖之屈，为其伸也。文武之道，一张一弛；为人之道，其实也就在这一屈一伸之间。

项羽向前欠身道："沛公也身为一军之统帅，怎么行这等大礼？起来吧。"

刘邦依然匍匐着答："刘邦不敢。"

"为什么不敢？"

刘邦抬头道："上将军风卷残云，来到戏下，刘邦没能远道迎接，迟至现刻才来拜见，有怠慢上将军之罪，还望宽恕。"

项羽道："我不会为这种小事见怪于你的，至于别的是是非非，我们一会儿再论，请坐下喝酒吧。"

刘邦不知凶吉，小心翼翼地挪到一旁为他准备好的席位上，张良坐在他的侧后。在刘邦的邻座，一边是项伯，一边是英布。项伯恭敬地向刘邦欠身问候，英布却傲慢地不屑于理睬他。

宴席是专为从霸上来到戏下的沛公所设的，项羽是主，刘邦是宾；而刘邦却先于项羽入关，从这个意义上讲，刘邦是主，项羽是宾。两位老朋友见面，在杯盏之间，应该是可以有些互为主宾的意思的，但刘邦不敢，他还完全是一副惊魂未定的样子。

自然是项羽先举樽祝酒："在座诸位，暴秦无道，世人痛恨；陈王大泽乡揭竿而起，天下响应，到现在暴秦终于被我们灭掉了，应该普天同庆。来，干了它！"

众将道："谢上将军！"皆一饮而尽。

下面该轮到沛公祝酒了，英布却毫不客气地抢了过来："灭秦头功，非上将军莫属。这一樽酒，为上将军的大威大勇，干！"

项羽和众将对饮，又斟满一樽："灭秦大业，也全靠诸位将军士卒的出生入死，流血拼命。没有你们，我项羽纵有三头六臂，也是灭不了暴秦的。为这个，项籍敬大家一杯，干！"

大家又干了。刘邦却在席间惴惴不安，只用酒沾沾嘴唇。

英布把眼斜过来道："沛公，上将军敬酒，你怎么不干？"

刘邦急忙："呃，我干了。"他干得急了，几乎被呛着。

张良向前欠身道："沛公近来身体不适，不能敞开喝，请上将军和各位将军包涵。"

范增冷冷地道："酒过三巡，该谈正事了！"他举起腰间玉玦向项羽示意。

项羽把酒樽往案子上重重一放："刘邦！"

刘邦一震："上、上将军。"他知道有些问题是躲不过去的，只能硬起头皮来面对。

项羽问："你身为楚将，却犯了三项大罪，知道吗？"

刘邦连忙伏下身："刘季本来不过是个小小的亭长，听了别人的话响应各路豪杰起兵抗秦，这才投在项梁将军的大旗之下效命，实在不知道什么地方冒犯了上将军？"

项羽哼了一声："沛公装糊涂吧？天下人无不痛恨秦王，你进关之后，非但不治他的罪，还想拜他为相国，这是第一大罪；你在关中自立法令，收买人心，企图坐享其成，为王关中，这是第二大罪；你派兵去守函谷关，不让各路诸侯军进关，这是第三大罪。你有什么可说的？"

刘邦镇静了一下道："请上将军允许我表白完心迹，再办我的罪不迟。第一，子婴不像嬴政和胡亥那样荒淫无道，他杀了赵高以后，已废了帝号，降格为王，又是主动在轵道边迎降我楚军，我只能暂时收管起来，等候上将军来发落，绝不敢有重用他的意思。"

项羽问："第二呢？"

刘邦说："暴秦法令苛刻，百姓如在水火之中。我与关中百姓约法三章，是为了宣扬上将军的恩德，好叫秦人知道，先进关的楚军先锋尚且如此爱护百姓，主将到来就更不用说了。要说这是收买人心，我也是为上将军收买人心哪！"

范增插言道："可你派人在百姓间散布我们在新安坑杀秦卒的事，使关中百姓恨上将军残暴，好拥戴你当关中王，这也是为上将军收买人心吗？"他又一次对项羽举起玉玦。

刘邦知道危险又一次向他逼近："苍天在上，刘邦绝无此心。如有，愿苍天罚我雷电击顶而死！"

范增冷冷一笑："推得倒干净，没有风，浪从何而起？"

张良俯身向前："范大夫，我是韩王派来沛公军中的使者，我可以为他做证，沛公绝无此心此事。我想一定是有人从中挑拨，才以讹传讹的。

上将军万不可轻信，错怪了好人。"

项羽爽快地道："既然你发了誓，我可以不追究此事。但是第三，你派兵把守函谷关，阻挡我进关，这显然不是讹传，请问沛公是何居心？"他慢慢地把酒樽举到空中，那酒樽像是一个非常重的物件，一旦松手落在地上，整个鸿门军营都将为之震动。

刘邦开始口吃了："这……我是怕……"

范增逼上一句："怕什么？怕鲁公抢了你的王位？"

"不，不，我是怕……"刘邦感到张良在后面扯了一下他的衣服，轻声急切地提醒："盗！"他猛然反应过来，"我是怕盗贼未平，乘机窜入关内作乱。虽说秦军主力已被上将军歼灭，可少数残余还四处流窜，其他的诸侯军也有可能乘机来抢我楚军的地盘，所以我才派人去守关，绝没有抗拒上将军的意思。守关的将领执行军令有误，上将军不杀他，我也会杀他的。"

项羽道："当初在彭城决定攻秦时，怀王曾有约，谁先攻入关中，封赏谁做关中王，怎么，你就不想当这个关中王吗？"

刘邦知道在这个时候该如何把话往项羽的心坎里说："虽然怀王当时是那么讲的，可我根本没想到我会比上将军早入关中，而且也是因为上将军在巨鹿和黄河之北和章邯力战，我才得以在黄河之南避实就虚突入关中。区区刘邦，哪里敢有在上将军之前称王的念头？"

项羽举着的酒樽轻轻地放了下来："如此说来，是你我兄弟之间闹了一场误会？"

范增提醒项羽道："人嘴两张皮，翻过来，倒过去。好听的话不一定是好话；好话却又不一定好听。上将军，人的嘴常常比刀枪剑戟还要厉害。不说众口铄金，有时候一张嘴就足以颠倒乾坤、混淆晦明了。"

张良绵里藏针地说："范大夫说得极是，有时候只需要几句话，就足以使兄弟失和，手足相残。"他故意把樽中的酒洒了一些在刘邦的背上。

刘邦会意，说着说着，眼泪就洒了出来："上将军，当初你我在怀王面前有兄弟之盟，对天而誓，一同伐秦。托上将军神威，我侥幸先进了关，能够不死而在这里见到上将军真是万幸。谁知竟有人暗中挑拨是非，叫上将军冒火，也让我受屈，实在太令人难过了！"说到伤心之处，竟伏案掩泣起来。

项羽一下子倒不知道怎么办是好了："这，这，你怎么哭起来了？别哭，别哭，这哪儿还像个须眉丈夫？我一向最见不得别人哭鼻子抹泪的，你就打住吧！就算我错怪你了行不行？可也不能全怪我，还不都是你那左司马曹无伤，一封信惹来这么多鼻涕眼泪！"

韩信注意到刘邦的哭泣顿了一下，不禁在心中叹道："项羽这个人也实在太没有城府了，看来他是不想杀刘邦了，可曹无伤的小命却让他一句话给断送了。如此，以后谁还敢向他告密？"

项羽已经不再想为难刘邦了，他让军校给大家斟酒："来来来，举樽喝酒，过去的事就不计较了，大家都说些有趣的事来助助酒兴怎么样？"

刘邦大大地松了一口气，回头看看张良，那目光中的意思张良明白："看来这颗脑袋不会离开脖子了。只要躲过今天这一遭，日后……"他的意思还没传达完，就从张良眼中看出了他的提醒："沛公，千万别庆幸得太早，酒宴还没完呢！"这时候他听见项羽在说：

"我平生最大的遗憾，你们知道是什么？"

他环顾众将，众将也都注视着他，但无人对答。

"就是秦始皇死得太早了，没能让我亲手宰了他！"

项羽又问："在座的有谁见过嬴政没有？"他环顾众将，仍无人回答。他的目光落向了刘邦这边："子房先生，你不是在博浪沙行刺过他吗？"

张良颔了一下首说："惭愧得很，张良是个书生，有报仇之心，无倾覆之力。虽求得一名大力士在博浪沙投椎刺杀秦皇，却只砸坏一辆副车，不得不仓皇亡命，并未亲眼见到始皇帝是什么样子。如今暴秦已灭，国仇已报，全仗诸侯上将军之力，这樽酒，是张良一片敬意，请上将军饮了！"

项羽说一声："好！"豪爽地一饮而尽。

钟离眜说："沛公似乎是见过秦始皇的，为什么不愿提起给大家助助兴呢？"

刘邦连连摇手："不值一提，不值一提。我不过是在咸阳服徭役的时候见过他出巡的车队仪仗，至于他本人，远远的一眼也看不清楚。"

项羽道："那你总算也见过，不知沛公当时心中作何感想？"

刘邦想也没想就说："刘邦想都不敢想！"

项羽一笑："扯淡！"

刘邦认真地说："不敢扯淡。"

148

"怎么会没有感想呢？此公虽说恶满天下，却也算得上一代豪雄。对一只蚂蚁，你可以没有什么想法；对一头犀牛大象，你能视而不想吗？"项羽侧过头来看着刘邦。

"我……想倒是想过一点，就是……"

项羽道："别老是吞吞吐吐，说出来叫大家高兴高兴。"

刘邦被项羽的情绪感染了，说道："我当时见他华冠衮服，仪表堂堂，车队如龙，气派非凡，真叫人羡慕死了，心里就想：大丈夫就该如此啊！"

范增像是在语言中待机捕猎，一下子抓住了这句话的尾音："大丈夫就该如此？"

项羽大大咧咧地替刘邦答道："对呀。"

范增既是在紧追刘邦，又是在提醒项羽："沛公的心不小啊！"

项羽"嗯"了一声，伸手抓过案上的酒樽，酒樽又悬在了空中，席间气氛立刻又紧张得像要凝结起来。

刘邦自知失言，大惊："呃，我是说……我的意思是……"他在背后伸出一只手做手势向张良求救。

张良急忙道："沛公，你近来酒量大减，怎么没喝多少就说起醉话来了？以往提起此事，你对我说，看见始皇帝，就想起了刺秦王的壮士荆轲。大丈夫就该如此，正是大丈夫就该像荆轲那样，舍生取义，为天下除暴。"

刘邦连连拍脑袋："对对，我正是此意！"

范增冷笑："子房先生真会打圆场，把自己刺秦王的想法搬到了沛公身上。我听说沛公是有祥瑞异兆的贵人，秦始皇常说东南有天子之气，于是几次车巡想把这股气压下去，沛公不是怀疑这股气就在自己身上，才躲到芒、砀山泽之间的吗？不是因为你藏身的地方常有云气缭绕，丰沛子弟才都赶去投靠你的吗？"

韩信看着项羽和范增两个人的表情，心想，项羽不相信刘邦是个多么了不起的人物，所以不想杀他；而范增要想让项羽杀了他，就必须使项羽相信这个人具有足够的威胁。他又看看刘邦和张良两个人的表情，刘邦已经面如土色了，而张良却还神色若定。他想，张良的确是个人物，如果没有张良在他身边，沛公今天恐怕是回不去了。当年博浪沙那一椎，虽然是逞匹夫之勇，却也不是一个等闲人物能够投出去的。

张良说："所谓祥兆瑞气，都是无聊之人瞎编的闲话，范大夫难道还真信吗？"

范增说："老夫相信的还不止这些呢？我还听说沛公起兵时曾夜斩白蛇，第二天有个老妪在路边痛哭，说她儿子是白帝之子，化为白蛇横在路上，被赤帝之子给杀掉了。这赤帝之子，岂不就是沛公？"

刘邦道："范先生这个玩笑可开大了，我哪是什么赤帝之子，不过是一个凡夫俗子而已。我的父亲又哪是什么赤帝，只是沛地乡间的一个糟老头子。"

张良侃侃而谈："当初陈胜吴广于大泽乡起兵之时，有人曾从鱼腹中发现绢条，上有用朱砂书写的红字：陈胜王。又有狐狸半夜鸣出人声：大楚兴。其实，这些都是人为，并非异兆。用意在号召百姓罢了。而上将军并没有什么异兆，却成了当今天下第一的大威大勇大尊大贵之人，这，范大夫又怎么解释呢？"

"子房先生偷梁换柱的言语功夫实在高明，"范增决定不再和他打嘴仗了，关键还在项羽，他转过脸去，用目光催促着，"上将军，你怎么不举樽了？"

项羽再次举起酒樽，把酒樽举到脸前挡住范增灼灼如炬的目光，偏过脸去对坐在旁边的龙且轻声说："看来今天不杀沛公，亚父是绝不肯罢休了。"

龙且也轻声道："那你就——杀？"

项羽摇摇头："你瞧瞧沛公那副可怜模样，这么一个人也值得我摆酒宴来擒杀么？就算他能成一点气候，我宁肯花点力气在沙场上砍了他，也不想让各路诸侯耻笑我用计杀人！"

"那你怎么办？"龙且问。

项羽天真地一笑："我只有借酒装糊涂了。"他站了起来，举着酒樽走到刘邦面前，刘邦、张良和范增都紧张地看着那只悬在半空中的酒樽。项羽似有几分醉意："亚父不必认认真真，沛公不用躲躲闪闪，子房先生也无须遮遮掩掩。我看，大丈夫就该有大志向。想当年秦始皇出巡会稽，我和叔父项梁在路边观看，我一句话脱口而出：彼可取而代也！叔父急得捂住我的嘴说：别乱讲，要灭九族的！可结果，秦始皇没能灭我项家，我倒反过来要灭他的族了！"

张良也站起来："上将军英雄气概举世无双，张良再敬上将军一杯。"

项羽仰脖一饮而尽，张良待项羽喝完，才举樽轻轻抿了一口。项羽的眼皮向上一挑："你敬我酒，怎么自己不喝光？"

"张良弱不禁风，不胜酒力，哪里比得上将军英雄海量，酒虽不尽，心意却是尽到了。"

项羽大度地说："好，我不强人所难。"

张良道："沛公，你与上将军虽有兄弟之盟，可上将军的英雄气概和戎马功劳都要比你大得多。你应该敬上将军三杯才是。"

刘邦站起来："对对对，今天相逢我们兄弟应该一醉方休！"

张良将案子上一只小酒樽换给刘邦，给二人斟酒。

旁边英布不满地说："既然敬酒就要有诚意，沛公怎么用这么小的酒樽？"

张良自有话说："上将军英雄海量如大海长河，沛公的酒量如小川细流；上将军有举鼎神力，沛公远不能望其项背；上将军扫灭秦军主力功大，沛公乘虚入关功小；上将军用大杯饮酒，沛公用小杯饮酒，不是理所当然吗？"

项羽大笑，似乎有了更浓的醉意："子房言之有理。能者多喝，不能者少饮，大家只要都尽了兴就行。"

韩信看见刘邦的脸色渐渐恢复了正常，语言也变得流畅了起来，只见他举起酒樽道："这第一杯为了上将军的为人。上将军为人宽厚仁慈，诚信重义，从不恃强凌弱，也不屑于诡计阴谋，是个堂堂正正的大丈夫，刘邦深为敬佩，请上将军干了！"

二人干杯。韩信心想，刘邦这几句话算是抓住了项羽的脾气，项羽就是要杀他，也不太可能在宴席间动手了。

张良继续为二人斟酒，范增在一边气得脸已经青了。

刘邦举起樽："这第二杯，为了上将军非凡的气概。我听说上将军少时学剑曾说过：剑，一人敌，不足学，要学万人敌！巨鹿之战，众诸侯不敢纵兵，都坐山观虎斗，而上将军连着激战大破秦军。听说众诸侯入辕门参见时，一个个都膝盖行地走到上将军面前，不敢仰视。这样的英雄气概，古今再没有第二个人，请上将军干了！"

项羽喝干了樽中酒，看着刘邦的酒樽："你也干！"

刘邦躬身道："再干我就不行了。"

项羽说："不行也要干！"

刘邦无奈，干了。他放下酒樽，让张良再次斟满，也有了些醉意蒙眬的样子："这第三杯，为了……为了……鲁公的好运气！"不知不觉间，他对项羽的称呼已由上将军变成了鲁公，这是一种亲切的表示。

项羽不解："什么好运气？"

刘邦笑道："听说，鲁公出征前，在彭城结识了一位绝代佳人。现在战事已定，鲁公可以派人把她接来了。而我，进了秦宫之后连宫里的女人也没敢碰一下，枉为好色之徒，这都是为了鲁公你呀！"

张良见刘邦失礼，情急道："沛公真是喝多了！"

项羽却并没有被冒犯的样子。

范增看项羽已全无杀刘邦之意，急了，又一次举起腰间玉玦，把系带都拉断了："鲁公！"

项羽干脆装糊涂："亚父，你这块玉玦真是不错，是和田玉还是蓝田玉？"

范增大怒："我这块玉是豆腐做的，不值一提！"说罢挥手将玉玦掷于地上。

在帐外等了半天的项庄，闻声持剑而入。

"上将军，军中没有音乐，项庄请以剑舞，给诸位将军助兴！"

项羽走回座位上："好，好。"

项庄走到范增案几之前，举起一大樽酒仰脖饮下，开始舞剑。他先在中间的空场上慢慢舞动，渐渐越舞越快起来，也现出了杀机，剑锋常常向意料不到的方向击出，并渐渐向刘邦靠近。刘邦大惊失色，半是佯装半是真有的那一点酒意也给吓醒了。张良觉出情形严重，从后面拽了拽项伯的衣袍，那意思是："昨夜救沛公的是你，现在能救他的也只有你了！"

项伯会意，立起道："一人独舞，不如两人对舞，项伯也来为各位助助兴。"他拔剑起舞，身体始终隔在项庄与刘邦之间，使得项庄的剑没有机会击向沛公。

张良乘此机会起身出帐，疾走到军门前，樊哙和其他随从正候在那里。樊哙问："情形如何？"张良说："十分危急！现在项庄舞剑，意在取沛公的性命，只有靠你去闯一闯了！"樊哙二话不说，一手执剑一手执盾便向军厅里闯去。守卫的士兵交戟拦阻不让他进去，樊哙使出蛮力，以肩抵肩向卫兵撞去，竟把两个卫兵撞倒在地。樊哙一边大叫一边向里硬闯："鸿门设宴，怎么让随从在外面饿肚子，我要面见鲁公，讨些酒肉吃！"他又撞翻了两个赶上前的卫士，进入大帐，分开帐帷，向西而立，面对项羽大眼圆睁，虎视眈眈。

被他这么一闹，项庄一惊，项伯一喜，剑舞也就停了下来。

项羽也吃了一惊，按剑跪起大声问道："什么人如此大胆？"

张良跟上来道："这是沛公的参乘樊哙，肚子饿了，前来讨赏。"

项羽有些不悦地说："有这样来讨赏的吗？胆大妄为，撞倒我的卫兵，闯进大帐，难道想和我比武不成？"

张良在背后捅了樊哙一下，樊哙欠身行礼道："樊哙是宰狗的出身，不懂礼貌，请上将军恕罪。"

项羽感兴趣地打量着樊哙："看你这块头，倒像有几斤蛮力。好，我不怪你，你敢放下家伙，和我比一比相扑吗？"

樊哙脖子一拧："拼杀都不怕，还怕个球的相扑！"

项羽说："是条汉子。"他起身走到场中，摆好相扑的架势，对樊哙："来吧！"

樊哙放下剑和盾，扑上去猛推项羽，项羽身体略一后倾，双脚纹丝不动。

项羽说："再来！"

樊哙又扑上去，项羽依然不动。樊哙运足力气抱住项羽的腰，想把他拔起来掼倒。项羽则两手抓住樊哙的手腕，解开腰间之围，顺势在他肩上一推，樊哙站立不稳，向后连退数步一直退到帐门口，险些跌倒。

项羽大笑："看来真是肚子饿了，力量不够。不过能被我推而不倒，也算得上是一个壮士了。来呀，赏他一斗酒、一条烤猪腿！"

有士兵送上一斗酒、一大块烤得半生不熟的猪肘子。樊哙接过酒来一气喝光，又盘腿坐下，把猪肘放在盾牌上，用剑切着大嚼起来。

项羽很有兴味地看着他："嗯，爽快！壮士还能喝吗？"

樊哙咽下一大块肉："我死都不怕，还怕喝你一点儿酒？"

项羽问："难道我用死来吓唬过你吗？"

樊哙正视着他："秦王如虎似狼，杀人太多才逼得天下造反。怀王和你们约定，谁先进关，谁就做关中王。如今沛公先进了关，不敢擅自称王，上将军没有封赏他，反而听信谗言要杀他，这不是用死来吓唬人又是什么？"

项羽看着樊哙："谁说我要杀沛公？我要真想杀了他，你们这会儿还能有脑袋坐在这里喝酒？我看你憨厚鲁莽得有趣，不想责备你，你就留在席上，一块儿喝酒吧。"

韩信想项羽说出了这样的话，刘邦的性命基本上是保住了。他看见张良向刘邦丢了一个眼色，刘邦心领神会，过了片刻便捂住肚子呻吟起来。

项羽仿佛看出来刘邦多少有几分是装出来的："沛公又怎么啦？"

刘邦苦着脸："我——肚子疼得厉害，好像要拉稀。"

项羽皱皱眉头，有几分不屑又有几分关切地说："那你就去方便方便吧。"他转对樊哙，"我们喝。"

樊哙说："我得去照料沛公。"扶着刘邦出了大帐。

宴席从早上进行到将近午时，韩信执戟侍立，腿已经站得有些酸了，将军们因为昨夜备战睡得少，再加上酒足饭饱，有的已开始在席上打起了瞌睡。项羽的酒喝了不少，也已进入一种假寐状态。范增却非常清楚，他还要为在这鸿门宴席上杀掉刘邦而尽最后的努力。

过了一会儿，刘邦没有回来。范增道："沛公这泡稀屎也拉得太长了吧！"

张良起身说："我去看看，叫他回来。"

张良去了一会儿，也不见回来。

项羽依然在假寐。范增忍不住了，走到项羽身前推醒他："他们八成是想溜了。"

项庄还在为刚才没能击杀刘邦而懊恼，这时候问范增："怎么办？"

范增厉声下令："你立刻带人追上去把他们杀掉！"

项庄叫一声："得令！"拔出剑来正要出帐，项羽睁开眼睛平静地说："收起剑来。随他们去——方便好了。"

范增急了："鲁公，你就让他们这样溜回霸上去吗？"

项羽说："溜就让他们溜吧，亚父，你就不要再逼我了。人之所以贵为人，就在于他心中有善恶是非的尺度，有的事能做，有的事不能做。杀个人还不容易吗？可良心上过不去。"

范增失望至极："我怕的是讲良心的人斗不过不讲良心的东西！"

这时候张良回到席上，对项羽躬身道："上将军，沛公的肚子跑得很

154

厉害，他怕失礼，不敢再回席上来喝酒，叫我奉上白璧一双，献给上将军；玉斗一对，送给范大夫。"他让随从端上礼物。

项羽问："沛公他人呢？"

张良低下头道："身体不适，已先回霸上了。他让我代他表示歉意。"

项羽说："既然这样，你想喝就再喝点儿，不想喝也可以回去了。"

张良如释重负："那张良也告辞了。"

项羽颇有兴致地看着张良送上的那几件玉器："亚父，你一向喜欢玉器，这些就都送给你吧。"

范增挥袖拂落玉斗，抽出剑来击碎于地。

项羽自知有负范增的一片苦心："你看看，这么好的玉器，碎了岂不可惜？"

范增刚才一直没有怎么饮酒，这会儿却举起樽来喝得酒顺着胡须往下直流，他扔下酒樽："一个命中注定该建功名立大业的人，把这么好的机会白白放过，全然不知懊悔，反倒为弄破一对玉器而可惜，这真是妇人之见！妇人之仁啊！"他长叹一声，"将来夺你天下的定是刘邦！也许，错不在你，是命运把你错摆在了这个你心不胜任的位置上。唉，唉……"

项羽有些不快："亚父多虑了，就算他刘邦真有什么天子之气，将来我也可以在战场上结果了他。量他这种卑琐小人，也成不了什么大气候。"

范增依然长叹："古往今来，总是英雄打天下，小人坐天下。我原以为从你开始，能改变它一回，看来却改变不了。"

项羽道："此事就不必再说了。现在天下已定，明天我们就开进咸阳。大家中午睡一觉，下午还有正事要商量呢。散席吧。"

执戟郎中韩信终于也可以下去吃饭休息了，他走出帐外时想的是："天下真的已经平定了吗？"

23 最后一支秦军

——他们太像是真人了，似乎只要吹一口气，便能全体活过来！

项羽火烧阿房宫的惊人举动，是在面对着秦始皇陵前那一支令人震惊

155

的兵马俑军队时决定的。

鸿门宴之后的几天，无可争议的战胜者项羽率军进入秦都咸阳，他让对秦军深怀仇恨的楚兵们痛快淋漓地践踏了这座天下最宏大、最壮观也最富有的城市。

作为一个征服者，他以最简单的方法来对待面临的问题。

拿秦王子婴怎么办？一个字：杀！虽然他已经交出印玺符节、脖子上系着绳子以罪臣的身份向楚军投降；虽然当初扫灭六国的不是他而是他的父亲，后来祸国殃民的也不是他而是他的兄弟；他唯一的罪孽是生在帝王之家，正因为他生在帝王之家，作为秦王朝的最后代表，他必须用自己的头颅去为他的父兄偿还孽债。这不公平吗？对于子婴来说或许不公平，但对于六国后人来说却是再公平不过的。

秦始皇的陵墓怎么办？一个字：挖！即便是因为秦始皇的墓室主体浇铸了厚厚的铜汁实在挖不下去，也要把皇陵地面上的一切建筑和地下能够挖动的部分全部毁掉。他要让这个不可一世的帝王的空前绝后的陵墓变成一座无人祭祀的荒坟野冢。

还有那座阿房宫，那座依渭水而筑，蜿蜒十数里，面积千百顷，搜罗六国珍奇，耗尽天下民力，象征着无上权威，充满了骄奢淫逸，从始皇帝如日中天时开始建造，到大秦国夕阳湮灭时仍未完工的，以前从未有人如此建造今后也不会有人如此建造的阿房宫，拿它怎么办？

住？谁来住？他自己？项羽摇头。他明白自己的使命，他是一个秦国的复仇者，而不是秦始皇遗产的接收者。对于秦宫中的财宝和美女，该取的要取，该拿的要拿，用以犒赏自己的将士和各路诸侯的军队。但是对于宫殿本身，连刘邦那样的好色贪财之徒进去看了一下就退出来了，难道自己会大模大样地住进去并沉溺于其中吗？项羽并不喜欢房屋，尤其不喜欢这样大而无当华而不实成千上万间高高低低深深浅浅的屋宇院落层层叠叠曲曲折折地堆在一起的房屋。住在这种房屋中的人，心胸必然不会坦荡，天长日久，各种各样的阴谋和罪恶都会从这些让人捉摸不透的宫殿里滋生出来。他喜欢的是原野，那些平坦广阔的，或者有着起伏跌宕的原野。在原野上，他可以纵马驰骋，他可以排兵布阵，他可以把他的雄心和伟力都无所阻拦地挥泻出来。就是晚上睡觉，他也喜欢住在临时搭建起的营寨和军帐中，那些值更的梆声和铎声，是他最爱听的催眠曲；夜风吹动帐帷，犹如他胸廓的呼吸。他是面对秦始皇的仪仗说出过"彼可取而代也"这样的话，但他想的仅仅是把这个不可一世的家伙打翻在地，而从没想过有朝一日要像始皇帝一样活着时住进宫殿死了后埋入陵墓。如果他不住的话，那么还有谁有资格住进去呢？如果谁也不住，空在那儿行吗？那么一座豪华壮观、金碧辉煌的阿房宫放在那儿，就必然会有人动想住进去的心思，那样天下还能太平吗？

那么就，拆？拆了干什么？再建房？既然要再盖房子，又何必要拆呢？如果拆了不再建，拆下来的那些琉璃、砖瓦、木料等又有什么用呢？而且建起来长年累月，拆起来也必然兴师动众，难道秦始皇花了几十年时间建它，自己还要花几年十几年时间去拆它吗？自己毕竟是一个打天下的将军，而不是一个管理土木工程的监工。

最简单的办法是放一把火，烧。那么巨大宏伟的一座宫殿，一旦烧起来该是多么惊心动魄！正是因为太惊心动魄了，项羽一下子还拿不定主意。

正在这时候，虞子期来报告说，在骊山下掘毁秦始皇陵的士兵们，在陵前发现了一支守卫皇陵的具有相当规模的军队。项羽惊诧于在大秦帝国土崩瓦解之后居然还会有军队忠诚地守卫着皇陵，问："把他们消灭了吗？"虞子期摇摇头。"那么他们投降了？"虞子期依然摇摇头。"那么是怎么回事？"

虞子期说："的确是一支军队，但不是活人。虽然不是活人，却比我们见过的任何一支秦军都更威武、更严整、更具有摄人心魄的力量！"

"到底是怎么一回事？"项羽有些火了。

"那是一支由和真人真马真战车一样大小的陶俑组成的军队，真难以想象那么一支军队竟全是由俑人排列成的，他们全都像真人一样，这简直是一个奇迹！"

这支奇迹般的军队是由匡和紫陌最先发现的。他们在骊山脚下、秦始皇陵的一侧发现了一大片奇怪的房子，这些房子不像宫殿那么雄伟，却远比一般房屋要高大宽阔，也不同于皇陵前面的那些地面建筑，倒像是一大片又一大片连在一起的马厩，如果真是马厩的话，那里面容得下成千上万匹的马，可是，会有盖得如此气派和讲究的马厩吗？

他俩叫上了跟在后面的鲁直、里角和子张，一同向这片奇怪的房子走去。走到门前，大门锁着，那粗大的锁不是他们几个人一时半会儿就能弄开的。他们决定先从窗子里看个究竟。窗子不大，而且高高地开在人的头顶以上的地方，显然不是为了透光，而只是为了通气用的。匡站在紫陌和鲁直的肩上，爬到窗上向里看去，只看了一眼，他那在巨鹿战役中被秦军的短剑刺伤的肩窝就撕裂般地剧痛起来，他一下子从上面跌了下来，面色苍白地说："秦军！这里面全是秦军！"

子张认为这太不可思议了，在这种时候，在这种鸦雀无声的被大锁紧紧锁住的陵墓边的房子里，怎么可能还有秦军，并且全是秦军呢？一定是小子看花眼了。他也像匡那样站到了紫陌和鲁直的肩膀上，从狭长的窗户向里看去。他虽然没有从他们肩膀上掉下来，但他的惊讶程度一点也不亚于匡。在从狭长的窗中斜射进去的光线下，他看见整个大厅里的的确确站满了秦兵，而且确确实实就是一支在进攻前正在静静地待命的军队。他的第一个反应就是立即撤回去向上级报告，这支静悄悄地埋伏在这里的秦军一旦出其不意地杀出来，必将带来很大的混乱。但是，就在他想往下跳的时候，他的动作停了一下：这支军队也未免太安静了，安静得连一丝呼吸声也没有，而且以他的经验，每次战前静静地集结时，任何一个士兵的胸膛都像是一只起伏的风箱，而一支大军仅仅是呼吸声就像是汹涌的潮水，而这里，竟连一滴水珠的动静也听不到。再一细看，这一支大军中每一个士兵每一匹马都栩栩如生，但他们的动作表情却又全部都凝固着，一种生动的僵硬。一个念头跳上了他的脑门，莫非他们全是假的！他让紫陌和鲁直站得更稳一点，从箭囊里抽出一支箭来，搭在弓上，瞄准了离他最近的一个百夫长用力射去。那支箭划破了这沉默的大厅中凝固的空气，带着鸣响向目标飞去，那名高大魁梧的秦军百夫长瞪着大眼看着箭朝自己飞来，完全不屑于躲闪，那支箭正中他的眉心，只听"当"的一声既清脆又沉闷的碰响，能肯定那不是碰在肉体上的声音，那支箭也没有嵌入他的头颅，而是反弹了一下落在地上。那百夫长依然那样大瞪牛眼傻站着，其他人也全都像他一样，没有人在意这支致命的箭。

子张大叫了一声从他们的肩膀上跳了下来："他妈的，他们全是假的！"他想哈哈大笑一阵，却不知为何笑不出来。

几个士兵轮换着爬上去向里看了一遍。他们确实全是假的。

"这狗日的秦始皇。"刚才受了一惊的匡心有余悸地骂道，"死了还要这些真的假人，要不就是假的真人守卫他！"

"他们是用什么东西做的，怎么那么像，土吗？"紫陌问。

"木头？"鲁直判断着。

"不，是陶。"里角很有把握地说。他想起来了，在他当陶工的时候，县令曾到窑里来要他们试着烧制过真人一般大小的俑人，因为他们只会做缸和缶这类粗笨的器皿，做出来的俑人实在不像个东西，才只得作罢。那么这些俑人组成的军队，肯定是秦始皇找了天下最能干的巧工匠做出来的。我的天，这需要多少能工巧匠多少时间多少金钱才能做出这么一支庞大的军队！他难以想象那些只能用来做坛坛罐罐的陶土怎么能够做成这些仿佛有血流有温度的骨肉和仿佛能变动的表情！

当项羽站到了这支沉默着、凝固着的军队面前时，他也被强烈地震撼了。这支用陶俑排列成的军队甚至比战场上最凶猛的秦军还要让他吃惊，秦始皇真是一个能干出常人想不到的事情的家伙！他在这个军阵的行列中走动着，像在视察一支不属于他的军队，那些士兵们目光漠然地平视前方，对他这样一位伟大征服者的莅临完全视而不见，无动于衷。但他知道他们每一个人在战阵中的职别、位置和职责。他看着他们那些宽阔的脸盘、狭长的眉眼、分得很开的眼距、厚实的单眼皮、高耸的颧骨、低平的鼻梁、骄傲地抿起的嘴唇和上翘起的髭须，秦人，秦人！秦人！！完全是他在面对面的战斗中所看惯了所熟悉了的那些秦人，却又有一种陌生感。他们比被他击败被他坑杀的那些秦人更雄健，更强壮，更孔武有力，更沉着冷静。他忍不住伸出手去敲敲他们的胸脯，拍拍他们的肩膀，他触碰到的仿佛不是僵硬的陶，而是富有弹性的肌肉和甲片。他们太像是真人了，似乎只要吹一口气，便能全体活过来！那些定住的眼珠会转动，那些静止的肌肉会鼓胀，那些屏息着的胸膛里会发生惊天动地的呼喊，那些兵器前会血肉横飞，那些低着头的军马会挥颈嘶鸣，那停着的战车会辚辚滚动，似乎只要一口气！而能吹出这口气的那个人，此时静静地躺在铜浇铁铸的墓穴深处，他的墓穴比他军队的防线坚固得多，楚军可以从江东打到咸阳，却对他的安息之所无可奈何。那个人真的是死了吗？他的一生都在不停地访道寻仙，希望能够长生不老。如果他不死的话，他们这些过去的逃犯役奴能够以胜利者的姿态站在骊山之下吗？说不定哪一天哪一日，那家伙会像睡醒了一样吐出一口气，打一个长长的呵欠，然后打开陵墓中的暗道机关，从深深的地宫里走出来。而这些俑人们，他们静静地列阵站在这里仿佛只是为了等待，等待他们的统帅复活后的第一声命令。

战胜者项羽，不能允许有这样一支军队存在，因为他们不会像其他秦军一样向他投降，他们完全无视于他的胜利，只知道忠诚地守卫着他们主子的陵墓。他不能允许战败灭亡了的秦军还保留着这样一支出色的令人羡慕的军队。

但战胜者项羽，也不会让他的士兵们一个一个地去打碎这些兵马俑，因为他们毕竟不会反抗，这样未免胜之不武。

于是他下令：烧。让他们埋葬在被烧塌的大殿之下。从此这里将不再有为他们盖起的这大片营房，也不再有一支神气非常的军队，而只有一片荒凉的平地。

两千多年过去了，有从土里刨食的关中农民在挖坑时发现了这个庞大军阵中的某一个士兵。消息传开，正式的考古挖掘开始了，通过试掘，发现秦俑坑原为一座规模巨大的土木结构建筑，因火焚塌陷。考古队仅仅挖出了这个军阵的一小部分，这个两千年前被埋掉的奇迹就极大地震惊了世界。

阿房宫乃至咸阳城里其他宫殿房室的命运，也在从秦始皇陵前燃起的这一把大火中决定了。据《史记》载，这场大火三个月不灭，把咸阳——这座从商鞅变法以来一步步营建起来的最大的都市，烧得片瓦难存。从考古发掘的情况可以证明，整个咸阳的全部宫殿、陵墓以及其他一切建筑，均焚毁于项羽的这把大火，少有幸免。

21 奇人高论

——韩生看着项羽，心想面前的这个人是不是生错了年代？

咸阳成为一片焦土，大军依旧驻扎戏下。

现在秦王杀了，阿房宫烧了，始皇帝陵也掘平了。秦国的天下已经易手，各路诸侯就等着封王分地了。分封结束，他们就可以各归领地。不过，对于封地这件大事，范增虽在积极筹划，却又总觉得有点不太放心。

一天，项羽和几位高级幕僚正在鸿门帐中议论如何分封之事，军校来报：有一位自称咸阳奇士的韩生求见。

"这韩生是个什么人物？"项羽问。

钟离眜说："我闻过他的大名。听说此人是个极其狂傲之士，秦始皇生前几次召他，他都避入深山，不见踪影。现在他主动来见上将军，望鲁公善待之。"

"哦！"项羽很感兴趣，"那就快请他进来。"

韩生来了，头发乌黑，胡须却花白，看不出他的真实年纪；一边颧骨高，一边颧骨低，两只眼睛深如洞穴；嘴唇绛紫，牙齿焦黄且参差不齐，身体精瘦，落步却很重，一副狂放傲慢、落拓不羁的样子，似有一种飘飘然的仙气，也可看成是一种森森然的鬼气，项羽一见，便从心里不喜欢这个人物。而范增、钟离眜等人，却一下子就被这个人脱俗超凡的外貌给镇住了。

韩生略一欠身："咸阳韩生见过诸侯上将军。"

项羽一点头："坐。"

韩生站着："我乃天下少有的奇士，天下事无所不通。秦始皇在世时数求而不得，岂能被人呼坐便坐？"

项羽也对他欠了一下身："那请坐吧。"

韩生左右踱步，看着将军们的座席："天下再没有第二个韩生，随随便便的下座，我是不坐的。"

钟离眜起身道："没有奇才大智，绝不敢如此狂傲，请上将军重礼相待。"他让出了自己的座席。

项羽向韩生行了一礼，指着身边空出来的位置："请上座！"

韩生走到项羽旁边的位子上坐下："那就不客气了。"

范增道："听钟离将军说素仰先生大名，今日上将军和老夫有幸得见，不知有何见教？"

韩生说："项将军起兵灭秦，韩生极为敬佩。只是马上可得天下，马上不可治天下。打天下的时候，韩生派不上什么用场，如今天下已平，韩生想来教一教项将军治理天下的绝招。"

项羽说："愿听先生高见。"

韩生道："天降大任于上将军肩上，不知上将军将如何肩起如此大任？"

项羽说："我们进关中已有数月，各路诸侯都希望早日封侯分地，我正要按功劳大小分封诸侯，重划天下。"

"分封诸侯的事一定很费神、很吃力吧？如何分法，韩生很想知道一二。"

项羽说："关键是功怎么个算法，地又怎么个分法，那么多诸侯，要分得公平合理，的确是一件很麻烦的事。"

韩生点头："比如说沛公刘邦，上将军打算如何封他？"

项羽说："沛公先进关，功劳仅次于我，况且又有当初怀王先进关者为王的约定，我打算在咸阳附近封一块地给他。"项羽本想把咸阳也一并给他，但给人一块烧得什么都不剩了的焦土，多少有些不好意思。所以咸阳先放着再说。

钟离眜说："鲁公，万万不可！刘邦心怀大志，有掌握天下之心。关中是华夏的中心，既是兵家必争之地，又是粮粟丰盈之仓，这块地方万万不可封给他。我看不如让他回丰沛老家去。"

项羽说："丰沛属彭城，我是要给自己留着的。"

范增道："可以这样，分秦国的关中为四份：巴蜀之地为汉，咸阳以西为雍，咸阳以东为塞，上郡为翟。让刘邦当汉王，汉地亦在关中，并不背当初怀王之约。考虑到刘邦今有东犯谋取天下之心，让章邯、司马欣、董翳管理雍、塞、翟之地，挡住刘邦东犯之路，天下就可以太平了。"

"这个办法很好，就这么办。"项羽表示同意。

韩生不以为然地大摇其头："既然担心刘邦将来东犯，为什么还要封他为王，而不趁现在就把他杀掉呢？"

范增闻言一震，注视着韩生，如遇知音。他回头看着项羽，叹一口气："如要杀他，早就杀了，可是鲁公下不了这个手啊！"

项羽说："暴秦刚灭，怎么能乱杀功臣？"

韩生说："当然不能乱杀，而是看准了杀！我再请问一下，跟随上将军入关的各路诸侯，看来不论功劳大小都可以分到一块肉吃；那么没有跟随上将军进关的，比如齐将田荣和梁地彭越，你封他们为王呢还是不封他们为王？"

提起田荣，项羽就忍不住要冒火："这家伙当初差点被章邯杀掉，是我叔父项梁在东阿打败章邯才救了他一命。他本该随我们一同伐秦，可是他只想为自己抢地盘当齐王，我们在前方和秦军拼命奋战，他却在齐国自相残杀，这种东西还谈什么封王？"

韩生说："上将军想到不能封他为王，为什么想不到把他趁早也杀掉呢？"

项羽皱起眉头："又是杀，现在仗已经打完了，我讨厌再听这个字。"

"可天下有些事不会因为你讨厌就会变得不讨厌。刘邦和田荣都是野心勃勃的人，你不想加害于他们，但在他们看来，你已经加害了他们，他们必然会寻找机会报复。既然如此，你应该索性把他们害到底，使你再也不用担心他们会报仇。你不能满足他们，就必须消灭他们；否则他们只要一有机会，你就会失掉天下。"

范增对如此锐利的见解表示由衷的钦佩："先生所见和我略同，但更高出一筹，请先生讲下去。"

"要说封侯，只此二人，就够麻烦的了，更不用说各路诸侯了。封了侯以后，更是给自己添麻烦。上将军为什么明明有简单易行的好事情不去做，偏偏要去做这既麻烦又糟糕的事呢？"

"什么是简单易行的好事呢？不封王，各路诸侯如何打发他们回去？"项羽问。

韩生道："学秦始皇，称帝！"

"称帝？"范增和钟离昧都有些惊讶。

韩生说："上将军不是在年少时就说过'彼可取而代也'这样的豪语吗？只要上将军当了天下所有人的皇帝，以将军的威力，加上韩生还有范大夫、钟离将军等的谋略，天下所有的麻烦事，都可迎刃而解。"

不想项羽大笑："先生的这个主意并不高明。我是说过'彼可取而代也'的话，可我并不想效法他。我已经灭了他的帝业，难道反要学他的样子吗？"

韩生道："上将军此言差矣。秦始皇残害黔首，涂炭生灵，固然有大罪于天下；但他兼并六国，车同轨，书同文，度量衡同制，却是有大功于天下的。始皇帝虽然是以据天下为己有的私心罢侯置守，而天下正是借助其私心完成了统一海内的大业。"

项羽开始不悦了："他兼并六国，项籍和各路起义的诸侯军正是六国之后。因为他要统一天下，我祖父项燕才战死沙场。天下受暴秦之苦难道还不够吗？"

钟离昧说："鲁公，秦始皇固然无道，不过你完全可以做一个有道的好皇帝嘛。"

项羽摇摇头："天下是天下人的天下，不是项氏一家的天下。我项氏叔侄起义抗秦，是为天下除暴，而非为项氏一族谋私利。如果真这样做了，岂不让天下人指着脊背骂我不义。"

韩生看着项羽，心想面前的这个人是不是生错了年代？他的这种想法放在春秋时期是理所当然的，但放到现在就未免太不合时宜了，竟想把一个已经完整的握在手里的天下再分出去！这是一个想一心恢复到过去时代的尚古主义者。他耐心地对他讲自己的道理，他这种人生来就是为了向能成帝业的人讲自己的道理，并借他们的力量来实现自己对世界的设计的——

"天下，固然是天下人的天下，但如果天下人都来管天下，那是管不好天下的。我的老师韩非子说：'事在四方，要在中央，圣人执要，四方来效。'虽然这样取天下多少有点巧取豪夺的意思，但君不闻窃钩者诛，窃国者侯？成功的大贼大盗，人们称他为帝王；而失败了的帝王，人们会叫作盗贼。"

范增叹道："先生的确有见地，在下自愧不如。"

在讨论文的问题时一直说不出什么来的武夫英布忽然插了一句："有功之臣不封王，大家会说上将军言而无信！"他最关心的是自己封王的事。

韩生完全没有把这个脸上刺青的粗蛮将军放在眼里："这个问题好办，有功之臣让他们做官，但不可封王。给他们职位，不给他们土地。废除秦政，但袭用秦制，集天下权力与土地于上将军一身，这就是简单易行而无后患的办法。封建制难守易攻，而郡县制难攻易守，何利何弊，上将军一想便知。"

英布愤愤地想：妈的，这竖儒要坏我的大事。当官吃俸禄哪有称侯做王痛快，我要是做不成王，先杀了这个闯到大营里来摇唇鼓舌的家伙！

项羽想了想说："先生讲的固然有些道理，可是各路诸侯跟我打到咸阳，都指望我能分给他们王位和土地。如果我自己当了拥有一切的皇帝，而只给他们既没有土地又不能世袭的官当当，这未免有点说不过去吧。"

韩生说："上将军慷慨为怀，令人敬佩。可是，世上没有一种品德，会像慷慨那样自己毁坏自己。因为你使用了它，同时也就失去了使用它的权力。"他对项羽做了一个手势，不让他打断，"我知道，你不想得到一个吝啬的名声，但你如果这样做了就会发现，你封给了土地的那些人不但不会因此而满足，反而有了更大的胃口，以致你不得不为偿付你的慷慨而赔上老本。相反，你如果一开始被人看成吝啬，但时间长了，就会被认为是慷慨大方，并有可能做到真正的慷慨。加害于人，一定要一次完成；而给人恩惠，则应该一点一点来，这样，人们才能感到恩惠的好处。"

一番高论说得范增和钟离眜频频点头。

项羽思考着："不，我有自己的想法。我项羽不想据天下为己有，做一个霸王也就够了。"

"霸王？"韩生诧异。

项羽有些遐想地说："我要像齐桓公和楚庄王那样做个霸王，让各国诸侯治理各自的国家，有重大事情请霸王定夺，有了纷争也由霸王来调解。这样要比秦国独断专行的统治好得多，先生以为如何？"

韩生忍不住笑了，他想不到这个威震天下的上将军心中竟是如此天真，齐桓公和楚庄王，那是什么年代的事了？难道现在还可以效法吗？他再次认定面前的这个人物是生错了时代。

"你笑什么？"项羽问。

韩生道："上将军的理想的确非常美好，只是，太天真了。要知道，所有国家都在彼此敌对的竞争状态中生存，竞争不过别人的就会被灭掉。人们永远不会满足于自家的财富，而总是倾向于去统治别人。你一心向往的春秋时代人们还知道讲一点仁义道德，但也没有少了你争我夺。到了战国时代，各国君主们早把仁义道德扔到一边去了，打来打去全为了赤裸裸的利害关系。秦始皇打败了所有的王侯，他便拥有了整个天下。今天你是最有力量的人，你如果不做独揽天下的皇帝，而把天下分开来交给各方诸侯去掌管，操行固然高洁，但恐怕只占一方的霸王是做不长久的！"

项羽愠怒了："你怎么知道我做不长久？"

韩生完全不在意他的怒容："上将军，你愿意做一个受人爱戴的君王，还是做一个被人惧怕的君王？"

"一个君王的最高境界，就是被天下人所爱戴了吧。"项羽说。

"错了，一个君王被人惧怕才更为安全。因为人都是忘恩负义的、巧言善变的、奸诈懦弱的、趋吉避凶的、贪得无厌的，当你能施恩给他们时，他们是爱戴你的；而当你遇到危险需要他们支持时，他们却反叛了。人们冒犯一个为人所爱的人要比去冒犯一个为人所惧的人要肆无忌惮得多。因为爱只是一根绳索，由于人性的卑劣，只要有利时他们随时都能砍断它；而恐惧却是一张网，是由于人们对惩罚的害怕而能长久维持的，所以不容易失效。你分地封侯，你是王，他们也是王，随时都有可能起兵作乱。而如果你是执掌天下的皇帝，只让他们当你的从下，凭你手中握着的惩罚的权力，就足以使他们安分守己。我的老师韩非子说：民众之所以服从我，不是因为爱我，而是因为我有威势。严家无悍虏，而慈母有败子，讲的就是这个道理。"

项羽被说得怔了半晌："你把人描绘得太可怕了吧。"

韩生道："上将军大概从小是相信人性本善那种说法的；而我恰恰相反，学的是荀子的性恶论，人性本是恶的。上将军，你应该抛掉道德伦理的温情，这些东西对当王者一点用也没有，应以赤裸裸的功利得失作为权衡事物的标准。"他直视着项羽，"打天下是残酷的，坐天下，可能更残酷！"

"那么在先生眼里，忠厚、诚信、友爱这些东西都一钱不值了，那么人的德行还要不要？"

"靠德行可以交朋友，但靠德行是管不了天下的。强制人们符合德行的最灵验的办法，不是用自己的德行去做榜样，而是威吓他们不敢另做选择！"

项羽说："要让天下人遵守德行，却要我破坏德行，先生这讲的是什么道理？君王不守德行，天下人难道还会守德行吗？不合道德的事，我不想做！"

韩生毫不客气地道："在新安坑杀二十万秦卒，难道是上将军想做的吗？那是情势所致，不得不为的事情。那时候上将军怎么不讲道德？"见项羽哑然，他接着说，"合乎道德的，可能是不得策的蠢招；而得策的可能是不合乎道德的妙手。如果一个君王在一个不善良、不道德的环境中坚持使他的事业必须合乎道德进行，他不但肯定不能成就大业，而且必败无疑。上将军还记得宋襄公吗？他想合乎道德地打仗，结果一败涂地。仁义之师是如此，仁义之人也是如此。"

项羽说："照你这么讲，'仁义'二字毫无用处，应该像丢掉一只破鞋子那样把它扔了？可是没有了仁义之心，大家都无所顾忌地做坏事，那世界还成个什么世界？"

韩生觉得这个人简直油盐不进，碰到这样的为王者，是当说客的最辛苦的事。他说得口已经干了，拿起案几上的一樽酒喝下去润了润嗓子，还得接着说，他的武器，就是语言——

"上将军真是一个仁义之人，一心只想做好事。可是一个人如果想在任何方面都做好事，结果就必定会悲叹在很多方面做了坏事。一个君王要是果真具有人的一切美德并且一丝不苟地遵行，那对他将有十害而无一利。他如果想保持自己的权势，必须学会不做好事，学会毫不手软地采取那些背信的、残忍的、不仁不义的行动！在必要时委罪于人，甚至不惜灭朋杀亲！"

项羽盯着韩生看，心想这个外表奇特的人内心太可怕了。让人觉得他身上没有血在流动，冷酷得像一条鳄鱼，想不到在一副儒生的皮囊里，竟包藏着一颗虎狼之心！

韩生仿佛看出了项羽在想什么："虎狼之心，人皆有之。人，也是一种兽！一个君王更是不能不懂得如何行若野兽。他应该是一只狡狐，以便认识陷阱；同时又必须是一只猛虎，能使豺狼们惊骇！君王，应以夺国和保国为最高目的，并为此不择手段，无所不用其极！"

"又是一个不择手段，我平生最恨的就是不择手段！我项籍是堂堂男子汉大丈夫，不是那种不择手段的小人！"

韩生还在企图说服他："上将军襟怀坦荡，德操高尚，令人钦佩之至，只是不合时宜。时事在变化，一个君王如果不改变他的行为方式，迟早要碰上坏运气。聪明人应该努力使他的个性适应于时势，而任何企图按照他自己的个性来改变时势的努力都将是徒劳。"

项羽冷笑了："你说你要来教给我治天下的绝招，你要教的就是这些吗？"

韩生说："还远不止这些。"

项羽说："那你可真够得上是一位教人以罪恶的老师！"

韩生冷笑了："你以为是罪恶吗？我说的这些，固然会被人认为与美德相反，但它们能带来安全与福祉，我宁愿说它们看起来像罪恶；而你信

167

奉的抱着不肯放的那些虽然看起来很善很好，但却是导致毁灭的品质，我宁愿说它们看起来像美德。"

谈话陷入了僵局。气氛像绷紧的弓弦。

范增连忙打圆场："鲁公，此人的话虽然听起来叫人不太舒服、不太习惯，但却像那和氏璧，看外面是粗糙的劣石，而内里却是稀世的美玉。鲁公如能用他辅国，范某情愿退而居其次。"

项羽摇头："不，他所说的，和我所想的，一个是冰，一个是炭，实在放不到一个盆里去！"

钟离昧问："那么是否封王，鲁公是否再作考虑？"

英布生怕项羽在这件事上改主意，急忙说："上将军，天下是你打出来的，主意应该由你自己来定，别听这个竖儒的胡说八道！"

项羽沉思了片刻，说："我有灭秦的英名足矣，不敢独有天下而使英名受损。我意已决，封侯分地，还天下于六国后人。"

韩生瞪起眼来："上将军不听我的话，将来必死无葬身之地！"

项羽大怒："你说什么？"

韩生反倒平静了下来，一字一字慢慢地重复着："上将军不听我今日之言，将来必死无葬身之地。"

项羽火上前额："我先杀了你，叫你死无葬身之地！"

韩生冷笑道："上将军要杀一个书生，实在是太容易了。"他浩叹一声，"大丈夫不能施展抱负，匡扶天下，死又何惜！我生来就是要靠这张嘴来建立功名的，既然当今世上最该听我话的人听不进我的话，就让这张嘴永远闭上也罢。"

钟离昧忙说："鲁公，韩生不能杀！此人想必是一向狂傲惯了的，不必为言辞生气。他来见你，就是想来帮你，至于能否帮上，则另当别论。"

范增也对项羽道："鲁公息怒，这个奇士是不能杀的！"他转向韩生，"先生不愧为饱学并且有独见之士，听君一席话，以前闻所未闻。不过称帝与封王，上将军仁者见仁，先生智者见智。他本性如此，别人也无可奈何。不知先生除此之外，还有什么其他高见，范某愿意请教。"

韩生道："大计不听而问小计，那就只能死马当作活马医了。退一步说，上将军一时意气用事不肯称帝，既然要当众诸侯的霸主，也绝不可以彭城为都。"

168

"为什么？"

"当霸主，就要便于号令诸侯。关中为华夏之中心，高山险要，河流环绕，土地肥沃。东有函谷关，南有武关，西有乌关，北有黄河，可以居中监视控制各国诸侯，作为都城最为合适。"

"可是咸阳的宫室都焚烧一空，只留下一片废墟，士兵们思念家乡，再说，我毕竟坑杀过二十万秦卒，关中是秦人之地，我不想在此久留。回彭城，是我的愿望。"

韩生看着项羽："彭城虽也是兵家必争之地，但险不如关中，富不如关中，况且地处东隅，不利控制天下。做霸主而都彭城，有数害无一利。"

项羽叹口气道："关中再好，不是我的地方。俗话说，富贵了不还乡，好比穿锦袍走夜路，再漂亮也没有人知道。我是带了江东的八千子弟来的，也要带着他们回去，对江东父老有个交代。"

韩生实在不明白这个扫平了天下的人物对天下大事是怎么想的，他禁不住冷笑一声："韩生确实是投错了门，所有高谈阔论竟都是对牛弹琴。既然上将军这么有主见，将来倒霉，也只好咎由自取了。在下告辞。"

项羽又被激怒了："请便！"

事已至此，范增和钟离昧都无能为力了。

韩生边往帐外走边仰天长叹："唉，楚人楚人，南蛮而已。以前我听人说，楚人不过是戴帽子的猴子，今日一见，果真如此。看来那顶漂亮的帽子，迟早要被猴子弄坏的！"

他已走出帐去了，但他怀才不遇的那种牢骚腔调实在使项羽忍无可忍，当初巨鹿之战后诸侯们见他都膝行而前莫敢仰视，今天一介书生在他诸侯上将军面前胆敢如此放肆，他大吼一声："来人，给我把他推出去杀了！"

英布早已从座席上跳了起来："交给我了！"

帐外，被英布赶上一把抓住的韩生在就要赴刑时还在牢骚满腹："想不到天下景仰的这位大英雄，见识原来如此之短。只可惜韩生生不逢时，空有旷世之才，却不遇相识之明君，白白辜负了这颗上好的头颅啊！"他忽然想到今天不应该来戏下，而应该去霸上，但是已没有选择的机会了。

帐内，钟离昧和范增在劝盛怒未消的项羽。

"鲁公息怒，万万不可这样！"

项羽道："我已不愿再轻易杀人，但这个人太可怕了，刚才和他谈话的感觉就好像是在进行一场激战，不能让他留在世上！"

范增说："话可以不听，人不可以杀。这个韩生确实是天下少有的奇士，秦始皇在世时寻他而不得，今日他主动来说你，你怎么可以杀他？杀了他就是杀了你自己的天下！"

项羽一头恼怒地在帐中来回走动着，待到火气稍平，他从帐外唤进一个军校对他道："那个韩生别杀了，好好款待一番打发他走！"

军校回道："英布将军已经把他给扔进大锅里了。"

项羽怒火又起："混账，还不赶快捞上来！"

军校吓得伏到了地上："上将军，晚了，恐怕已经熟了。"

项羽懊恼又无奈地说："这个英布，手脚也太利索了，杀起人来比他妈的什么都带劲。真要杀他砍了也就算了，却要煮他？看那副相貌，那肉会有什么好味道吗？"

范增和钟离昧都欲言又止，只有叹息而已。

项羽感到郁闷："你们怎么都不说话了？"

范增神色黯淡地说："话都已被韩生说了，老夫已无话可说了。"

项羽一股无名火起："妈的，还是打仗痛快。治理天下还没开始就有这么多乱七八糟的事情，搅得人头昏脑涨！"

25　划分天下

——他发现人在不拿兵器时要复杂得多。

自从杀掉韩生以后，项羽心中始终别别扭扭的不很痛快。虽然进了关中，灭了秦国，烧了咸阳，报了世仇，成了当今天下无可争议的胜利者和征服者，但他的心情远不如在战场上纵兵策马那么舒畅，总有一点憋闷之感。在战场上，他只需面对手执兵器的敌人，双方的关系十分简单明了，不是你死，就是我活。只要一方更强大、更勇敢，能更好地使用自己的力量，就能够取得胜利。而要从一个胜利者变成一个统治者，在面前阻挡你或向你冲杀而来的敌人消失了，战场上的那种简单的人际关系也随之消失了。他发现人在不拿兵器时要复杂得多，他掉入了一种他所不习惯处理的人与人之间关系的网中，这张网千头百绪，搞得他心烦意乱。

首先让他大为恼火的是楚怀王。

项羽派使者送消息给还在彭城的怀王，因为他在名义上是楚国的君主，项羽要安排天下，在名义上必须得到怀王的授权。怀王本是项梁立起的傀儡，项羽认为这不会有什么问题。

但是回音来了，怀王没有对扫灭秦国表示出特别的欣喜，没有对项羽的功劳表示由衷的感谢，也没有对将士们的辛苦表示君主的褒奖，只有两个字："如约。"

如约？如什么约？

先入关中者为王。

怀王完全无视项羽在这场消灭秦国的战争中所起的决定性作用，心中只有一个刘邦。

项羽大大地愤怒了：他怎么敢这样！他难道不知道他自己只是一块招牌、一个傀儡、一个由别人握在手里的印符、一块借来当大旗使用的布吗？一个躲在彭城宫中坐享清福，连一寸功劳也没有的前羊倌，也想把支配天下的权力握在手里。他本来对怀王多少还有一些名分上的尊重，现在全都变成了怨愤。当初是他项羽首先提出要西进攻秦，因为北上救赵的任务更艰巨更危险，他才毅然受命北上，使怀王把西进的美差交给了刘邦。天下主要是他打下来的，连得了利先手进关的刘邦都不敢擅自如约为王，怀王却不问功劳大小，咬定了要"如约"，这不是明显的偏袒又是什么？看来他已不满足于在名义上为楚国之君，而是想在实际上当天下之主了，他凭什么?！

正当他恼怒的时候，军校来报告说吕马童求见。因为那匹乌骓马，项羽对吕马童怀有特殊的情感。他让吕马童进来，心想和故人聊聊天也可排遣一点烦躁的心情。他让摆上酒，对吕马童道："你来得正好，来来，陪我喝酒解解闷。"

吕马童毕恭毕敬地坐下："吕马童没事不敢来打扰。"

项羽一摆手："这是什么话？军帐里我是上将军，酒桌上咱们是朋友，我的乌骓马还多亏是你送的呢！这两年光顾了打仗，进了关中又忙于诸侯们那些乱七八糟的事，没能好好照顾你。来来来，这杯酒请你包涵。"

吕马童说："上将军对我恩重如山，战场上好几次被阎王摸鼻子，都是上将军挥戟策马赶来救了我的命，要不然我脑袋早不在了。"

项羽笑道："喝酒喝酒，我把你从两司马提升为百夫长怎么样？"

"谢上将军，可是我……"

"嫌小？那再大点。"

"不，我是想……"

项羽说："有话尽管说，别吞吞吐吐。"

吕马童低下头："我想请上将军准我离开。"

"哦，你是想家了。等封完了诸侯，我们就可以东归回家乡了。那时候想当官还是种地都随你，对，你还是做养马的生意好了。"

吕马童轻轻摇头："马童是想请上将军准我去沛公营中。"

项羽诧异地问："怎么要到他那里去，是我对你不好吗？"

吕马童忙说："不是。"

"那么你是认为刘邦比我强？"

吕马童伏下身子："沛公怎么能和上将军比呢？"

"那为什么要走？"项羽不解。

"吕马童家里和沛公的妻室吕氏原是一族，马童的父亲和叔叔伯伯还有兄弟们都在沛公营中，他们要我过去，一族人能常在一起。"

项羽"噢"了一声，有些板起的脸松弛了下来。

吕马童看着他的脸色道："上将军要是不高兴，我就不去了。"

项羽沉吟了一下说："既然你要尽家族之道，那就去吧。"他拿出一双玉璧送给他，"我再给沛公写封信，叫他给你当个校尉吧。"

吕马童拜下："谢上将军！"

项羽推过一樽酒："喝了这一杯，算我为你送行。封了诸侯以后，希望能天下太平，不然，说不定我们可要在战场上相见喽。"

吕马童认真地道："上将军开玩笑，我绝不会与上将军为敌的！"

项羽大笑："你放心，就是万一真的在战场上相见，我还会像过去一样照拂你的。"

送走了吕马童，钟离昧来了，一副眉眼不展心中有事的样子。项羽一问，果然有事，他的一个好朋友酒后触犯了军令，被负责治安的龙且将军拿住，依法要将他斩首。

钟离昧说："我代他向上将军求个情，请龙且将军刀下留人！"

项羽问："什么人需要钟离将军来求情？"

钟离昧说："这人其实鲁公也认识，执戟郎中韩信。"

项羽"哦"了一声："就是那个钻过人家裤裆的家伙，不过从军以后表现倒不是那么怯懦，时常还有一点非分之想，一副怀才不遇的样子。既然你出面求情，留着他这颗脑袋就是了。以后叫他别再喝醉胡闹。"

钟离昧顿了一下："我不但要请鲁公免他一死，还希望你能够重用他。"

"我不是已把他从一般卫士提升为执戟郎中了吗。"

钟离昧说："韩信是少有的将才！"

项羽不以为然："没听说过肯钻别人裤裆的人能成为将才。"

钟离昧摇头："上将军总因这一点小看他，也不肯与他交谈。其实韩信熟读兵书，胸有韬略，虽然单独格斗并不强于常人，但用兵的本领远胜于一般将领，只是一直没有得到单独指挥部队的机会。能受胯下之辱，正说明他不逞匹夫之勇，能屈能伸，眼光远大，实在是不可多得的人物。"

项羽说："你把他看得太重了，让这样的人当将军，不怕被人笑掉大牙？"

钟离昧认真地道："韩信可以一时受胯下之辱，却是不甘心长久无所作为的。如果不重用他，他迟早是会离开的。"

"要走就让他走吧，过去我没用他，不也照样灭秦吗？再说，就算他有将才，天下已经平定了，还有什么用呢？"

"万一……他去投奔别人，"钟离昧小心地选择着言辞，"将来很可能对上将军不利。"

"可我生来就不喜欢这种猥猥琐琐的人。"

"上将军，你已经错杀了一个奇才韩生，如果再放走一个韩信，将来定会后悔的！"

项羽愠怒："韩生说的那些就够叫我烦的了，你又来加上一个韩信！这件事你往后别再提它！"

钟离昧默然。

项羽也许觉得语气过重了，缓和了一下情绪："钟离，君王可真他妈的不好当啊，我想尽快分封了诸侯算了，早点了结这桩麻烦事！可怀王又来和我作对，我还得想办法来对付他！"

对于对付楚怀王不识抬举的"如约"二字，项羽改楚怀王尊号为义帝。义帝，既是道义上的皇帝，又是名义上的皇帝，比以前的楚怀王更加成为一种一无所用的摆设。项羽召集众诸侯将相宣布这一决定，道："怀王之所以为怀王，是我叔父项梁所立而已。我们在前线拼杀时，他在彭城享福，所以现在也无权来主持天下大事。天下开始起兵发难时，为了收拾民心，不得不假立楚怀王的后裔，以便讨伐秦国，师出有名。然而身披铠甲，手执矛戈，冲锋陷阵，跋山涉水，纵横原野，苦战三年灭亡了暴秦，安定了天下的，都是各位诸侯将相和我项籍所出的力量，并不是义帝的力量。所以义帝依旧只给他一个名号，天下应该由我们来裂土称王。"

众诸侯将相都说："好！"

公元前206年，项羽以诸侯盟主身份下诏，分封各路诸侯。

第一个受封的是汉王刘邦。因为担心刘邦怀有取天下之心，项羽和范增商议，得一妙策：巴蜀之地，道路险阻。项羽说："巴蜀也属汉中之地，沛公先入关，当为王于关中。"于是立刘邦为汉王，拥巴、蜀、汉中之地，都南郑。

又把实在的关中之地，分而为三，封前秦的降将三人为王，用以阻挡刘邦。

封章邯为雍王，有咸阳以西之地，都废丘。

封长史司马欣为塞王，有咸阳以东至黄河之地，都栎阳。

封董翳为翟王，有上郡之地，都高奴。

封魏王豹为西魏王，迁于河东之地，都平阳。

因申阳曾抢先攻下河南郡，迎接楚军于河上，故封申阳为河南王，都洛阳。

韩王成仍封为韩王，都阳翟。

赵将司马卬因攻取河南屡次立功，封为殷王，都朝歌。

改封赵王歇为代王，迁于代地设都于代。

赵相张耳，素有贤名，又跟随项羽入关，故封为常山王，拥有赵地，都襄国。

当阳君英布，常为楚军先锋，多有战功，封为九江王，都公城。

鄱君吴芮，曾率领百越将士协助攻秦，又随军入关，故封为衡山王，以邾为都。

楚上柱国共敖，领兵攻南郡有功，封为临江王，都江陵。

燕将臧荼，随楚军救赵并入关，封为燕王，都蓟。

而原来的燕王韩广改封为辽东王，迁往辽东之地建都。

迁封齐王田市为胶东王，都即墨。

齐将田都，曾救赵并随楚军入关，封为齐王，都临淄。

旧时被秦所灭的齐王建的孙子田安，曾攻下济北数城、引兵降项羽，故封为济北王，都博阳。

齐国田荣，因为屡次背弃项梁不肯合作，又不肯领兵协同楚军攻秦，因此不封爵。

成安君陈余，在巨鹿被救后赌气抛弃将印而去，没有跟随楚军入关，但因贤名远播，又以书信说降章邯有功，目前正在南皮逍遥，因而特把南皮附近的三县封给他。

番将梅鋗，也因其战功封为十万户侯。

还有一个人因为远在梁地，没有和诸侯军一同入关，被封侯之事所忽略了，这个忽略给项羽日后带来了极大的麻烦，这就是草头王彭越。

诸侯上将军项羽自立为西楚霸王，有九郡之地，以彭城为都。

而义帝必须让出彭城了。项羽说："自古为帝，地方千里之大，必居于上游之地。"派人迁义帝于长江上游的长沙郴州。

天下至此，分配停当。

26 坚硬的盔甲 柔软的心地

——所有人对他的顶礼膜拜，也不如一个人对他的嫣然一笑更能使他愉悦。

现在我们就要看到虞姬了，那个绝代佳人。

在历时三年的秦楚战争终于结束，而历时五年的楚汉战争还没有开始的时候，我们可以有空闲来涉及一下项羽这个军事统帅的私生活，来写一写他和那个著名的美人的关系了。

后来的人也许始终不理解，为什么项羽在拥有了能够最便利地掌握和控制天下的军事政治要地关中以后，却一门心思一意孤行地要回到偏于东边一隅的彭城。

作为一个政治家，毁坏并放弃政治文化和商业中心咸阳的举动是愚蠢的。

作为一个军事统帅，离开关塞环绕地处华夏中心位置的军事要地关中，是不明智的。

但项羽是一个性情中人。在打天下时，他一心想的只有复仇而不是拥有。在拥有了天下之后，他一心想的是怎样做才能使自己心情舒畅而不是如何才能得到最大的利益。

他之所以固执地要回彭城，或许仅仅只是为了一个人，一个为他所深爱的女人。

他说："富贵了不还乡，就像锦衣夜行，谁能看到呢？"他想让谁看到呢？是彭城的百姓吗？他们看到不看到，都会知道他已成了天下的霸主。他已经拥有了天下，还必须满足那么一点虚荣心吗？所以可以有这样一种猜测，他之所以想以一个胜利者的姿态回到彭城，只是为了让一个人看，让一个人高兴，从而也使自己的心愿得到最大的满足。所有人对他的顶礼膜拜，也不如一个人对他的嫣然一笑更能使他愉悦，这个人就是虞姬。

他之所以一定要回彭城，是因为他的心上人在彭城，现在他的使命已经完成，他要像一个忠诚的情人那样赶回去见她，而不是像一个帝王一样把她召到咸阳的宫中来当嫔妃。对于一个好的情郎来说，下一道命令派人把她接来还是满腔热忱地亲自回到她身旁，这在爱情的意义上是大不相同的。他想，三年前在彭城初识虞姬，那时她还是一个半开半合的花蕾，现在，这朵花该全然怒放了吧！

项羽宁愿做一个好的情郎而不愿做一个精明的帝王，为此他将失去他已经拥有的天下，而赢得一个女人至死不渝的爱情。

在太史公的《项羽本纪》中，虞姬很晚才出现，在项羽已经穷途末路时，他们的爱情才放射出了一道感人至深的夺目光彩。史书上所记载的，只是他们爱情的悲壮结局。

但结局必定是有过程的。要描写他们的可以作为男女关系的典范的爱情故事，必须要用最美好的想象来填补这个过程。他们在一起时，必然逃脱不了古往今来男人和女人在一起时必定要说的那些情话和必定要做的那些本质性的动作。但和凡俗的男女不同之处在于，他们是那个时代，或许也是所有时代里最出色的男人和女人！

最勇敢的男人。

最温柔的女人。

最多情的恋人。

在我们的想象中，项羽和虞姬的认识，是在定陶兵败，项梁战死，楚军回防彭城，而他手中的兵符又被楚怀王收去了的那段心情最为压抑的日子里。我们在前边写到过，那时候性格开朗的项羽几乎变成了一块沉默的石头、一块会行走的铁。他的部将们生怕他被悲痛和愤懑憋坏了，便想办法要使他放松一下，换一种心情。

在一个没有军务要处理的傍晚，虞子期邀项羽到一个好地方去喝酒，说他有一个同族的妹妹就住在彭城之中，弹得一手好琴，有一副柔曼的歌喉，尤其以绝妙的舞姿令人倾倒，不可以不去见识一下。项羽本对女色不感兴趣，但不忍拂了子期的一片好意，便随他去了。那是处在彭城繁华地带中的一个清净雅致的小院落。酒清淡、菜精细，完全不同于粗盘大盏的军中宴饮。但确如虞子期所言，不可不领略的是人，这座清雅小舍的主人。一位沦落于红尘之中，却又超凡脱俗的女子。还没有见到她的容貌，项羽就被穿透帘幕而来的她的那股气质神韵给摄住了。

最先接触到的是琴声，是她的手指和瑶琴上的丝弦相触发出的声音。项羽感到那琴声像吴地山间清冽的泉水从他身上流过，他的身躯就是那承受着泉水流过的溪床，而那拨弄着、揉拢着丝弦的手指，就像在泉边洗衣时撩水嬉戏的少女。这是他避难在深山里的儿时常常见到的一种情景。

接着，随琴声一道飘进他耳廓的是那咿咿呀呀的歌吟，那歌吟像一只小船，像小船后面摇动的橹桨，像橹桨下面荡开的波纹，那波纹扩展开去是种桑植麻风光秀丽的河岸……他想起了童年时叔父项梁带着他，乘一叶小舟，漂漂泊泊地摇过许多吴中的河湖港汉。

那琴声和那歌声，都仿佛是源自他生命深处的音乐。从来没听过如此动人的音乐，他被这音乐深深打动了，那双弹琴的抚动的似乎不是琴弦，而是他厚重的盔甲覆盖下，健壮的筋肉包裹下的那一股多情善感的灵魂！在后来他感到烦恼的许多重要时刻，这个操琴吟歌的女子都在他的想象中伏在他肩上贴近耳朵和他悄悄地说过话——

在新安，他不想听从英布的建议坑杀二十万秦卒，却不得不防备他们叛乱，当他最终下令用搜缴兵器来代替屠杀行为时，他听见那温柔的女声在他耳边长舒一口气："子羽，你使无辜生灵免遭一死，虞真不知怎么谢你才好！"

他对她说："虞，如果天下人的心都如你这般善良，那就永远也不会有这些灾难。你在我身边，善就会离我近，恶就会离我远，我应该好好谢谢你！"

她对他说："子羽，在没见到你之前，我不知道我是为你而生的；可见到你之后，我知道，我将来一定会为你而死！子羽，你知道我对你的一腔痴情从何而来吗？"

"因为我是壮士？"

"天下不乏壮士，但壮而敦厚、诚信、善良，才可爱，才值虞倾全部心血相爱！"

他对她说："虞，那么你知道我对你这一片真情从何而来吗？"

"因为我是佳人？"

"世上也并不缺少美女，美而不娇弱，柔媚而又有阳刚之气，才可敬爱，才使项籍不仅把你当作绝代佳人，还把你看成知音良友。天下最知道我的，只有你和我的乌骓马！"

但是她忽然不见了，乌骓马惊恐不安地嘶叫起来，一场想避免的巨大惨剧终究还是没能避免。

在鸿门，当他被韩生的那番为君之道说得如雷击耳，而内心深处却又在强烈地抵触时，他问她："虞，刚才的那个人所说的……"

她又如一阵风一样伏到了他的肩上，在他耳边低语："刚才你们的话，我在屏风后面都听到了。"

"你觉得，他说得那些，是人话吗？"

"是人话，是精明绝顶的人说的话。"

他问她："你也这么认为？"

他感到她的头在他腮边点着："不过，你要是他说的那种君王，我想，我就不会这么爱你了。因为人太精明了，就会让人感到害怕！他的确是个奇士，奇得已经只有理智，没有感情了！"

他对她说："你放心，我宁愿做一个有热烈情感的普通人，也不愿像秦始皇那样做一个冷血皇帝!"

在琴声和歌吟声持续了一阵以后,隔在他和她之间的那道帘帏慢慢地拉开了。在他的想象中这样会操琴会歌吟的女子一定是浓妆艳抹,但眼前的这个如清水芙蓉,淡淡素妆,却比任何浓妆艳抹的女子都更艳丽动人。她的纤足,她的玉指,她的明眸,她的皓齿,她的朱唇,她的粉颈,她的柳眉,她的云鬓……不不不,他无法用形容别的女人的那些俗词来形容她,她的一切一切,都是用清丽的琴音和曼妙的歌声做成的,他不相信天下有父母能生出这样的女儿。项羽从来没有用正眼去瞧过女人,他有改变天下的重任要他去承担,无暇顾及女人。但这次他却不得不定住了他那一双具有双重瞳孔的眼睛,无所旁顾地注视着这个女人,这个从未想过也从未见过,但一见就知道这是无论是前生还是后世与他都有着不解之缘的女人。在见过这个女人之后,他再也不会正眼去看任何别的女人了。

后来虞姬伏在他的胸前娇羞地道:"子羽,那天帘帏一拉开,我一看到你那双重瞳子的眼睛,就知道糟了……"

他不解:"什么糟了?怎么会糟了?!"

"糟的是我的心,从此再也不会属于我了,我的心飞了,我的魂也飞了……"

但在当时,心魂俱飞的却是项羽。他看见那双明眸向他抬起,那片秋水向他流动,那张灿烂无比的脸上摄走他心魂的笑容像最妍美的花朵正在迷人地开放。他什么表示也做不出来,只是呆呆地看着。他看见她的玉手离开了琴弦,他看见她的莲足离开了座席。他看见她的腰肢像傍晚村庄里升起的炊烟一样冉冉扭动;他看见她的裙裾如清晨山野湖边的薄雾一样散开,她翩然起舞了。她的四肢如云如水,她的身体如梦如幻,而她那张含羞含笑含情的脸,则像是云水中、梦幻中的一轮明月。项羽被完全笼罩,沉浸在这一片月光清辉之中,身心俱化。

虞姬舞到了项羽面前,她对项羽说的第一句话是:"将军,请把宝剑借我一用!"

项羽怔了一下,不知道她说的是什么。

虞姬飞红了脸又柔声重复了一遍:"我知道将军不久就要出征,我要吟歌起舞,为将军壮行色!"

项羽缓缓地抽出宝剑,缓缓地递给她。剑落到她手里,便往下一沉,将军的佩剑，对一个歌女来说是太沉重了，项羽担心她舞不动它。但虞姬纤细苗条的身体，在接过剑时也仿佛接过了一种力量，她双手握住剑柄，翻动腰肢，挪开脚步，舞了起来。她的舞姿不再像行云流水，而像是冬天云中落下的雪片，像是初春河面破裂的冰凌。她的歌声也陡然一变，虽然还是清丽婉转的女声，却由柔曼变得激越——

> 振吴钩兮操越戟，
> 虎狼血兮染征衣，
> 暴秦无道兮天诛地灭，
> 将军威勇兮所向无敌……

这歌声和这舞姿，比刚才的轻歌曼舞更令项羽感动。后来在巨鹿之战中楚军在苏角营中彻夜高歌时，项羽也把它唱了出来，从项羽的粗喉咙里唱出，完全是另一番声色了。

虞姬柔中寓刚地唱着、舞着，她一曲舞罢，双手托着宝剑还给项羽时，脉脉含情地凝视着他，目光中似有千言万语。

项羽忍不住问道："姑娘，你是谁家的女子？"

虞姬垂下眉眼："将军，我不是良家女子，因为我没有家。"

项羽四顾道："那么，这里……"他对青楼花院这一套完全不熟悉。

虞姬说："我是一个妓女。乱世中父母离散，我只记得自己姓虞，是一个老鸨看中了我，从小培养我成了能操琴下棋吟歌弄舞的妓女，是专为某一个特别有钱或特别有权势的大人物准备的，像齐国的孟尝君、赵国的平原君、魏国的信陵君和我们楚国的春申君那样的人物。她精心地培养我，是为了有朝一日卖个好价钱。不过四君子那样的人物，过去了就再也不会出现了。鸨母在等，我也在等。她在等买主，而我在等我的归宿。苍天有眼，让我有幸遇到了将军你，我知道我此生就是为将军而来的！女人该懂的一切我都懂，该会的一切我都会，该有的一切我也都有，不会比别人差，只会比别人好。虞还有一样有些女人没有的东西，那就是一颗真正是女人才有的——女儿心！我愿用全部的生命来服侍将军。现在将军的剑就在虞的手里，将军如果嫌弃我的话，生命于我也就无所可惜了！"

她一双泪眼注视着项羽，把宝剑横在美得无与伦比的颈前。

项羽急得叫道："虞姑娘快把剑放下，你的心，我知了！"

虞子期在一旁轻声道："我这同族小妹，可算是天下最美的女子了。将军还没有成家，如果看得上她，何不……"

项羽道："暴秦不灭，何以为家？虞姑娘要是心已属我，我愿先为她赎身，等到灭秦之日，我一定回来接她！"

虞姬把剑还给项羽，剑面上滚动着她晶莹的珠泪："虞将每日每时向苍天为将军祈祷平安，祈祷胜利！"她斟满案上的酒樽，捧给项羽，"这杯酒，我祝将军百战百胜，马到功成！"

项羽微颤的双手接过酒樽："哦，虞，叫我怎样谢你？过去，我只想到为天下除暴；从今以后，我还要为一个人去建立奇功。如果灭不了秦，我就无颜再见她如花的面容！"

他把那樽酒一饮而尽。

当天夜里，项羽破例没有回营，就住在了虞姬这里。

和任何一见钟情深深相爱恨不能彼此融在一起的男女一样，项羽和虞姬关系中很重要的一个内容必然是做爱。我们没见过他们如何做爱，但是我们可以想象。古今中外的男人和女人的做爱方式不会太多地超出我们的想象，但如果是一对杰出的恋人，他们在做爱时所说的情话必然是与众不同的。

项羽是那样一个质朴率真的童男子，而且那个时代的道德还没有像后世那样成为男欢女爱的枷锁。

虞姬虽然还是一个被老鸨待价而沽的处子，但她所受的教育使她足够善解风情。

到了互相宽衣解带的时候了，项羽从未对付过女人的罗裙，虞姬也从未解开过男人的衣甲，他们不得不帮对方的忙。

尘世的装饰从身上滑落，两个完美的生命像太阳和月亮一样赤裸裸地相对，阴和阳互相吸引着紧贴在一起。健壮拥抱着柔媚，项羽的骨骼肌肉像光滑起伏的山岩，虞姬的胴体和皮肤是漫流在山岩间的曲折泉水。

他抑制不住生命冲动的激情，她感受到了他的不安和激动。

"你的他就要有了家了。"她说。

"他从不知道家在哪里。"他说。

她分开双腿，展示出生命最隐秘也最炫目的部分，让他认识家门。

他无比惊讶，不敢触碰她："呀，你的那儿多像一个伤口！我不知道伤口竟会这么漂亮！"

她娇羞地在他臂弯里喘息："讨厌，这种时候也忘不了打仗的事。不过她真像是一个伤口，一个天生的伤口，所以女人不受伤也要流血。而你，你的那个他多像是一件兵器！多么威风凛凛。多么漂亮的兵器，最漂亮的伤口是为最漂亮的兵器准备的！"

美丽的伤口！温柔的兵器！

他叹道："这个'伤口'太美丽了，我不忍用'兵器'去碰她！"

她羞他："傻家伙，你以为你的他真是兵器吗？他雄壮，他有力，他坚挺，但他又多么细腻，比最好的丝绸还要润泽、柔滑……呀，你看，他居然还会流泪呢！"

"你那儿也在流泪。"

"傻家伙，那不是泪，那是爱之泉呀！她在渴望你！"

"世界上会有渴望兵器的伤口吗？"

"再也没有比她更渴望兵器的伤口了！你进去，试试看，进去好吗？"

"她会流血吗？"他小心翼翼地问。

"将军还怕流血吗？"她闭着眼睛笑话他。

"军人注定是要流血的！"

"女人也注定是要流血的！"

"军人的血为国家而流！"

"女人的血为她所深爱的男人而流！"她开始呻吟了。

"军人的血也许会为国家而流尽的！"他粗重地喘息。

"女人的血也会为她的男人而流完！"

她的呻吟似乎痛苦至极又幸福至极。

他们互相融合在一起很久很久。

分开以后，她充满愉悦地问："现在你看，她还像伤口吗？"

"现在她像一朵花，一朵怒放的鲜花！"

她把脸温柔无比地伏向他："现在他像一个孩子，一个无忧无虑地睡熟了的孩子！"

关于项羽和虞姬这样一对可以作为古今情人典范的男人和女人，他们的做爱和情话我们怎样想象都不会过分。

即便知道为了虞姬会失去天下，有着真性情的项羽也会在所不惜的。

27 得计与失策

——崖壁上，一节又一节栈道燃烧了起来。

公元前206年4月，随楚军入关、受到项羽分封的各路诸侯从戏水边连绵数十里的军营中撤出，各自到其受封之地去赴王位。

受封于巴、蜀、汉中之地的汉王刘邦也带着他的军队向都城南郑进发。项羽毕竟对刘邦不太放心，派了三万使卒随同汉王去南郑。因为咸阳已被大火焚毁，咸阳百姓和其他诸侯所属的士卒中有仰慕汉王而附从的也有好几万人，这几万人中就有从楚军中出走的韩信。

张良送刘邦去封地，一直送到咸阳西南几百里外的古褒国之地。他们开始走在平坦的关中平原之上，进入秦岭山地以后，道路渐渐曲折起来，进入秦岭腹地越深，道路就越艰难。在许多地段地面上已没有了路，路不再贴在地面，而是悬在空中，挂在陡峭的山崖绝壁上。那是由工匠们先在石壁上每隔几尺一丈的距离打上一个洞眼，在石孔中横插上木梁，塞紧，再在木梁与木梁之间铺上木板，行人骡马便在这窄狭的木板上行走，如果迎面相逢，必有一方要把身体紧贴在石壁上才能让对方通过。这样的路已不能叫路，它有一个专门的名字，叫栈道。十数万军民行进在这样的栈道上，其艰难程度可想而知，不时有骡马和人失足落下深深的山涧。而在横着把汉中与咸阳平原截断为两块的秦岭大山地带，人们就是靠这窄而险的栈道在勾连着交通。

送君千里，终有一别，张良也要随韩王成回到河南的封地去。刘邦拉住张良的手，禁不住依依惜别之情，他心里明白，他能够比项羽先进关中，因为身边有张良；在霸上免遭项羽大军的攻击，因为身边有张良；在鸿门宴上幸免一死，在很大程度上还是因为身边有张良。现在张良就要从身边离去，他心中实在有一种落空的感觉。他们站在一块比较平坦宽阔的山坪上，看蜿蜒曲折像一条长蛇般向古木参天的深山中游去的栈道，刘邦叹道："我从萧何所搜罗的典籍上得知，汉中气候温润，农产丰富，民风淳朴，其实是一块好地方，只是交通太不便了。今日我从这栈道上走进去，不知何时才能从这栈道上走出来与子房重新相见。"

张良也在若有所思地看着那细若一线的栈道，他忽然说："为王所计，你待大军过后，便可把栈道烧掉！"

刘邦大惊："烧了栈道，岂不是叫我再也回不了关中了吗？"

张良看着他说："烧了栈道，只是向世人昭示，大王再也不想回关中了。这样，才能使对你放心不下的项王彻底放心！这样，大王也才能放心地在汉中养精蓄锐，等待时机，以图天下。"

刘邦恍然大悟："那么，他日待我蓄足了力量，想夺关中呢？"

张良笑道："天无绝人之路，重回关中之路，也绝不只是这一条栈道。大王当年入关中，不是并没有硬攻函谷关而走的是武关么？"

刘邦长叹："我宁愿断掉一只臂膀，也真希望能把子房留在身边！"

张良也叹道："项王也很在意我和大王的关系，所以不得不随韩王赴国，以释项王之疑。天下事既难以猜度又可以预料，我和大王的重逢之日，或许为期不会太远吧。子房不在之时，望大王多听萧相国的意见，策略之谋，他不如我；治理之道，他却是远胜于我的。"

刘邦听从了张良的计策，待随他入汉中的人马全部通过之后，崖壁上，一节又一节栈道燃烧了起来。刘邦和张良都目中含泪地看着那舔着峭岩的火焰，回头向各自的属地走去。

当诸侯们和刘邦都离开之后，楚霸王项羽也带着他的军队出关赴自己的属地彭城。在他回彭城的路上，义帝不得不离开彭城向长江上游的郴州迁徙。但是项羽最终还是容不得他，因为他曾经夺走过项羽的兵权；因为他让宋义以卿子冠军的头衔凌驾在项羽头上；因为他在进攻秦国任务的分配上把好差使给刘邦而把不好的差使给项羽；因为他在实际上是由项羽灭了秦国之后仍然坚持如约，一心只想让刘邦为王；因为他事实上只是项氏扶植起的傀儡却总不甘心于做一个识相的傀儡，西楚霸王项羽终于还是暗中命令衡山王吴芮、临江王共敖（司马迁在《黥布列传》中又说是密令英布）击杀义帝于江南。当初项梁拥立楚怀王是为了号令天下，统一抗秦的力量；现在秦国已灭，天下已定，义帝这面旗号不但已毫无用处，反而还因他的不识趣而招致麻烦，还不如干脆不要他，这或许是项羽的想法。但当初拥立楚怀王是范增的主意，现在杀了他，如果也是范增的主意，自然无话可说。如果仅仅是项羽一意要杀他，就不知范增心中如何想了。关于非杀义帝不可的具体原因，司马迁没有做更详细的记载，后人也只能去做各种猜想。宋朝苏轼论及此事，认为项羽杀义帝就是对范增不信任的开始，后来陈平的离间计之所以能生效，恐怕就是因为这一对君臣之间也有了相当大的嫌隙。陈平的离间计在现在的人看来幼稚得有点近乎儿戏，而项羽和范增居然也就真的上了当，头脑未免也太简单了。我们会觉得这样的记载很可能不够真实，因为司马迁写《史记》的时代和项羽的那个时代已经相隔好几代人了，他并不是目击者和亲历者，而只是流传故事的搜集者，很多真实的情况在流传中可能会变形和走样。但是秦汉那一段历史的史料，几乎全都出自太史公的记载，他的记载在许多方面并不详细，而且在各个"本记""世家"和"列传"里对事件、人物、地点和时间的记述中也有许多不一致之处，但我们无法抛开他去追寻已经湮没了的历史。只能在他留下的历史骨架上，去加上我们的想象和理解。如果我们想不出什么项羽非杀义帝不可的更充分的理由，就只能认为项羽的这一次杀人是一个很大的失策，虽然义帝在他看来一定是个很讨厌的家伙。

项羽的失策还不仅于此，他虽然封了韩王成，却因为他没有军功，不许他赴国就位，而是把他放在身边带回了彭城，废去他的王爵而改封为侯，过了一段时间，也把他杀了。关于项羽杀韩王成，《史记》上也是只记载了结果而没说清原因。如果我们想不出这其中的原因，也只能认为这是一个很大的失策。

项羽杀掉义帝，给了对他心怀不满的诸侯们起兵反叛的口实。而他似乎没有什么理由又杀了韩王成，则又把刘邦最得力的谋士给他送了回去。张良是一个很讲名分的人，他是韩国的贵族，如果韩王在，他只能恪尽职守地帮助韩王理国，不能无所顾忌地去辅佐汉王。而韩王一死，他便立刻潜逃去投奔刘邦，并从此义无反顾地帮助刘邦打天下了。

项羽实在是一个非常单纯又非常复杂的人物。单纯之处在于他有时可以一目了然，而复杂之处在于他的许多举动我们找不出合理的解释，或许在这些举动之后，还有着太史公没有写出因而我们也无法得知的原因。

项羽是一个非常可爱也十分可恼的人物。可爱之处在于完全不计利害关系，因为对往日战友的脉脉温情，当最具威胁的敌人的头颈就在刀下时，硬是狠不下心，下不了手。而他的可恼之处在于有时候完全不讲道理，对不喜欢的人莫名其妙地说杀就杀了。

项羽是中国历史上历代君王中唯一的一个已经拥有了天下却不想当皇帝的人，他把天下切开分给了别人，其中许多是他潜在的敌人。项羽又是一个几乎完全大权在握却又几乎完全不讲策略的人，他只会使用力量，而不会操纵权柄。

　　项羽是一个彻头彻尾的本色军人，一块上好的将军材器，但作为帝王的坯子却完全不合格。

　　他的使命是复仇而不是安邦。

　　他的目标是摧毁而不是建立。

　　秦朝覆亡，他的历史使命已经完成。他的强大生命力在于战争之中，搞政治完全不是他天性以内的事情。他辉煌胜利的顶点，也就是他滑向失败的开始。不过他的失败甚至比他的胜利更为明亮耀眼！

　　因他的勇武而平定的天下又要因他的失策而陷于战乱了。

第四章

澺　　水

28 韩 信

——"为了几车破东西就要杀掉壮士，汉王还想统一天下吗?"

如今，跪在这行刑的土台子上，韩信只能认为自己是天下最倒霉的人了。

因为在楚军中不可能再有发展，他放下了那支默默无闻地握了好几年的戟，悄悄地离开了西楚霸王项羽，跟随汉王刘邦的队伍向汉中进发。当分封完毕，诸侯们各就其国，那时是一个相当混乱的时候，各支军队中人员的流动也很频繁，执戟郎中韩信虽然常在项羽的左右，但从来没有受到过项羽的重视，所以对于他的离去项羽也没有在意，只不过换一个人去执那支戟就是了。

自从在鸿门宴上抵近观察过了刘邦这个人之后，韩信就认定，如果项羽的天下将来坐不稳的话，真正能撼动他的人物，在众诸侯中只有刘邦。毕竟刘邦是单独率领一支军队打进了关中，而其他诸侯们只是跟在项羽的屁股后面狐假虎威。刘邦之所以在项羽面前装得像个可怜虫，只是因为他明智，懂得鸡蛋碰不过石头的道理；而一旦那只鸡蛋变成了石头，两石相撞必然会撞出精彩纷呈的火花。而懂得如何用一块石头，利用角度、寻找缝隙去把另一块比它更大更坚硬的石头撞碎的人物，则是他韩信。他知道自己有的是智慧，而缺的是本钱和力量，他要想成事的话，只能去依附和依靠一个有本钱有力量的人。这个人，他认准了，只能是汉王刘邦。

但是在诸侯归国之际跟从刘邦去汉中的各色人物很多，在向西行进的人群当中，韩信依然还是一个不起眼的小人物，同样被刘邦和汉军中的将军们漫不经心地对待着。因为他在楚军中当过执戟郎中，汉军中给他的职务是司库郎中。因为军队还在行进中，交给他管的实际上是一支十几个人的骡马车队，车上装载的是要从关中带往汉中的一些财物和粮食。自从栈道在西行队伍的背后一段一段地烧了起来，韩信便在一路上陷入了沉思。他显然知道烧毁栈道是一条绝妙的计策，也能够想象得到这条妙计是出自张良。烧毁了这条在一般世人眼里关中和汉中的唯一通道，既便于保存和积蓄汉军的力量，又极大地麻痹了项羽和秦地三王，他们关注天下的目光再也不会投向汉中这块被大山阻隔的荒僻之地。但汉中这块地方虽然偏僻却并不荒蛮，在这里积蓄力量以待时机是再安全再富足不过了。今日的烧毁栈道向天下人昭示不再有图谋关中之心，正是为了有朝一日出其不意地杀回关中。可是栈道毕竟已被烧毁，重回关中，该走哪一条路呢？这正是他在崎岖的山路上考虑的大问题，虽然他此时的职务只是一个暂管着十几个人、十几匹骡马的司库郎中，他手下的兵卒也是临时从各处来投的人员中拼凑起来押运这批粮食货物的。

因为人员是临时拼凑起来的，互相间就不免有些嫌隙和矛盾，而他们的小头目韩信一路上只顾独自思考他的天下大事，对这些临时人员懒于也疏于管理，于是嫌隙就变成争吵，争吵变成打斗，当韩信不得不从他的思考中抽身出来加以制止时，打斗已惊了骡马，在崎岖狭窄又因下雨而湿滑的山路上，骡一惊就不是小事，他负责押运的那一批货物和粮食竟全被受惊的骡马拖着滑落到了深深的山谷里。汉军对粮食的管理是很严格的，负责押运辎重的人员丢失了所押辎重，按军法当斩。掉到山谷底下的东西是无论如何也弄不上来了，所以韩信和他属下的那十几个士兵全都被五花大绑推得跪倒在临时行刑用的土台子上，执行斩首。斩首用的是大斧，这种大斧因为厚重，不适合用作战场上拼杀的兵器，是专为行刑所用，和它搭配使用的还有一个用千年树桩做成的大圆木砧。行刑时，把木砧推到就刑者面前，使他俯下身去把头贴在木砧上，然后大斧落下，身首分离，干净利落、痛快无比。脖颈是人的身体上防卫最薄弱的环节，又是头颅和躯体间的唯一桥梁，正是它把装在头颅里的智慧和装在躯体里的力量连在一起。这个桥梁一断，再好的脑袋和再强壮的身体就都毫无用处了。韩信想，用劈砍起来最有力的兵器，对准人体上最薄弱的环节下手，这实在和战场上用最强的兵力对准敌人最薄弱的部位实施打击是一个道理。只是，当那锋利的斧刃落到他的颈项上时，他这颗聪明的脑袋就再也没法思想了。而且因为他还从来没有机会把他脑瓜里的那些奇思妙想变为现实，不会有人知道他这颗不同寻常的头颅里装着多少出色的韬略。人们知道的只是他曾经受过胯下之辱，时间长了，人们连这一点也会忘掉。他的头颅将像前面已从木砧上滚落的平凡头颅一样，滚落在汉王向西行进的山路旁，在这里默默地腐烂掉，变成白骨，化成泥土。以后有人翻看记载这一个时代的木简或竹简，谁也不会知道有一个名叫韩信的人曾经存在过。早知如此，当初在淮阴街头还不如挺剑刺死那个敢于叉开腿裆在面前羞辱他的那个屠夫，起码家乡人还会知道韩信是一个不好惹的汉子。

随着斧头重重落下的声音，受刑者的头颅一颗又一颗从木砧上滚落了下来。韩信万念俱灰，闭着双眼木然地听着这离自己越来越近的行刑声。他听见身边那个马上就要轮到行刑的士兵在说："韩郎中，你一路上到底在胡思乱想些什么？我知道你不屑于当这种芝麻小官，可你要是好好用心地管一管我们，弟兄们也不会落到如此地步！"韩信没有睁眼，但他能感受到那个士兵偏过头来射在他脸上的那两道怨尤的目光。他长叹一声，在心里说："我想些什么，让你知道又有什么用，可惜汉王再也听不到我要说的话了！"

又是一声斧头重重砍在砧木上的声音，在斧刃和木砧之间，仿佛并没有一个肉体存在，然而头颅已滚落，生命已断开。他似乎听到了身旁士兵的一声呻吟，那呻吟不是从嘴里发出，而是从被切断的喉管里发出的。有一股血流猛然地喷射到了他的脸上，他从来不知道人的血会有这么热，他感到他的脸被烫伤了！

大圆木砧被辅助行刑的士兵用脚蹬到了他的身前，一只手掌在他背后重重地推了一下，他身体向前倾去，头颈正好倒在淌满了黏糊糊鲜血的木砧上，他听见脑后响起了呼呼的风声，知道是那把已经砍落了十三颗头颅的大斧又被刽子手抡了起来，那由很薄的斧刃和很厚的斧背组成的楔形正划破凝滞涩重的空气向他的后颈上落下来，刽子手因为吃力，从胸腔里挤出了一种难听的嘶叫声。刚刚还万念俱灰的他忽然像被闪电击中，从脊骨里爆发出一股力量，他猛地一拧身，上身和头部从淌满鲜血的木砧上滚了下来，没有碰到脖颈的斧头扑了一个空，深深地楔进了砧木中，刽子手喘息着，竟一时拔不出来。他大为惊讶，这颗头颅怎么会在斧刃就要碰到颈项的一刹那忽然逃脱。

韩信挣扎着挺起颈项抬起头来，他的一只眼睛已经被砍上的鲜血糊住了，另一只眼睛在寻找着监斩官夏侯婴。夏侯婴也正吃惊地望着这个不服死的死刑犯，他那一只眼睛里射出的精光使他心中为之一震。

韩信大叫："为了几车破东西就要杀掉壮士，汉王还想统一天下吗？今天你们要是砍掉我的脑袋，日后汉王的脑袋也必定会被项王砍下来！"

夏侯婴大为惊奇："今天要是留下你这颗头呢？"

韩信道："那么丢掉脑袋的就会是项王！"

"你倒真敢说大话！"

"信不信由你，砍不砍也由你。谋事在人，成事在天，今天你滕公杀我或不杀我，都是天意！"韩信索性把那一只眼也闭上了，但似乎仍有光芒从眼皮里透出。

夏侯婴看着他的相貌身材，心想这家伙的模样还是相当不错的，就算是口出狂言，倒也不是等闲之辈能够说出的话，汉王正在用人之际，留下他或许真会有什么用处。正在这时，刽子手报告，行刑的斧头竟嵌在砧木中怎么也拔不出来了。夏侯婴想，或许这真的是天意，便让手下给韩信松绑，对他说："今天我就留下你这条命，你要好好地报效汉王。但是我要问你，你既然有那么大的口气，却为何连十几个人、十几辆骡马车也管不好呢？"

韩信说："这不是我管不好，属于你们用人不当。我从项王帐下投到汉军中来，难道就是为了管这十几个人、十几匹骡马吗？就像这行刑的大斧，用它来砍头，锋利无比；若用它去割草，能割得好么？"

夏侯婴问："我听在你前面被砍头的那个人说，这次坠车事故主要是因为你一路上胡思乱想疏于管理所致，你究竟在想些什么了不起的问题呢？"

韩信问："你想过汉王为什么要烧掉栈道吗？"

夏侯婴想了想道："是为了安全，防止有人尾随我们打入汉中。"

韩信问："仅仅是为了安全吗？难道汉王会安安稳稳地老死在汉中再也不出去了吗？是其他诸侯想从关中打进汉中来占汉王的地方呢，还是汉王更想从汉中打回关中去，并进而占有天下呢？"

192

夏侯婴答不上来，他确实没有思考过这些问题。

韩信说："烧掉栈道，看起来是不想回关中了，其实恰恰是为了出其不意地打回关中，这就是欲擒故纵、欲夺先予的道理。汉王的脑袋瓜是想不出如此妙计的，但是他能听从采用这条妙计，就说明他有魄力，在赌场上，舍得下注的人才会大赢。但是，栈道毕竟是烧掉了，将来想打回关中，军队还要穿越秦岭，如果不走这条栈道，就必定要走另一条路；如果没有另一条路，就必定还要修复栈道。我在想的是，这么大的一座秦岭，通向关中的第二条路应该是有的，只是，它在哪里？从哪里打回关中，对汉军最为有利？"

听了韩信的一番话，夏侯婴庆幸刚才没有把他杀掉。他去找刘邦，把斧下留人，发现韩信是个人物这件事报告给他。但是刘邦因为道路艰难，天气阴沉，离开关中越来越远，又是去一个从未去过的陌生之地去赴王位，心情正处在一片黯淡之中；再说连都城南郑还没有到达，何时打回关中似乎还是十分遥远的事，对于夏侯婴的报告并没有特别在意，只是淡淡地说："知道了，既然你看是个人物，留着就是了，到用得着他的时候再说吧。"夏侯婴不好再说什么，便又去找萧何举荐韩信。萧何把韩信找来一谈，发现此人的确是个不同寻常的人物，便把他的职务提升了一级，让他当粮饷校尉，留在了自己手下，想等到了南郑一切安定了之后再向汉王举荐。萧何是个好棋的人，在汉营中却一直找不到可以很好地手谈的人，过去张良在时，他时常和张良对弈，二人旗鼓相当，下起来心情很是愉快。现在有了韩信，他很高兴自己又有了下棋的对手，没有公务时，便时常和韩信用黑白子在棋盘上摆布天下。

萧何发现韩信的棋风与张良和自己完全不同。张良走法轻灵，落子精巧，常常下出一些令人拍案叫绝的妙招。自己行棋平和，看似没有惊人之举，却也从没有大的破绽让对方有机可乘，对方由妙招而取得的优势，也会被他在平稳细致的收官中渐渐化解，所以二人的输赢常在一子半子之间。但是和韩信下棋就不同了，韩信的棋风惊险诡诈，奇招怪招迭出，似乎完全不遵照行棋之道，下起来让人摸不着头脑。他从不循规蹈矩地占角沿边去谋取实地，而是常常绝处逢生地在无依无靠的中腹围出大模样来；或者弃一块完全可以救活的棋于不顾，当萧何终于把那块棋的气全部封死时，却发觉自己的一条大龙已逃不出韩信的手心了。和韩信下棋，很少有安安稳稳地下到收官子算输赢的时候，大多在中盘便决定了胜负，不是大赢，就是大输。韩信赢则赢得惊心动魄，让对方觉得回天无力；输则输得水落石出，干干脆脆地投子认负，即便仔细下下去说不定还能赢得一子半子，他也不屑于再下了。仅从棋盘上，萧何就已知道韩信是个怎样的人物了，手中有的只是棋子，就可以使棋盘上波涛汹涌高潮迭起；若是真有数万雄兵供他调遣驱使，真不知会在战场上打出个什么样激动人心的局面来。从棋风而知人，萧何深知自己长于人财事物的管理；张良善于审度天下局势适时谋划重大的策略性问题；而韩信，作为一个领兵征战的三军统帅是再合适不过了。仅从智力上说，刘邦远不如他们这三人中的任何一个，但是在许多重大问题面前表现得混混沌沌、懵里懵懂的刘邦在直接驾驭人方面却有着一种超乎于智慧之上的力量，正是这一点，使许多才干胜于刘邦的人都愿意屈尊于他之下跟着他干，他知道那是一种当领袖的天赋，没有那种天赋的人是强求不来的。有那种天赋的人再有智力超凡的人物相助，必将成就一番大业。如果刘邦能够恰到好处地运用他萧何的管理才能、韩信的军事才能，将来要是还能再得到张良适时指点的话，天下迟早将为汉王刘邦所拥有。目前在崎岖的山路上去南郑就国，虽然看起来和图谋天下完全南辕北辙，但是弓弦往一个方向拉到头，就是箭要向反的方向射出去的时候了。他从在秦宫中搜集到的典籍中得知，南郑虽然交通不便，却是个非常丰饶富庶的地方。项羽不会想到，他有意安排刘邦闭塞于一隅的地方，恰恰可以成为刘邦发展壮大，从而图谋天下的基点。

刘邦带着他的人马终于到达南郑之后，首要的事情是在萧何的帮助下建立一套成为一个国家的体系和制度，并任命相应的官员，这些官员大都由文官来担任。一时无所事事的军官们便不免有些失落之感，再加上人地生疏，起了乡愁，有不少中下级军官宁愿丢了官职，私自向东逃去想返回家乡。有时一个人的逃走，会引起一片人的动摇，不时有一些人员逃亡的消息报告到刘邦那里，刘邦对此很是恼火，决心安排完了文官们的事后就立即来整顿军队。

萧何为设置和安排政府各职能部门和官员们的事忙得不可开交，无形中冷落了韩信。在这期间他也几次向刘邦提过要用韩信的事，刘邦也都漫不经心地没有一个明确的答复，他只能让韩信耐心地等一段，再等一段。等到一整套官职系统终于安排妥当，他回到府中想找韩信下一盘棋、好好放松一下时，却到处找不到韩信。在韩信的住处，他挂在墙上的佩剑和放在床头的兵书也都不见了，他知道韩信一定是耐不住寂寞，也跑了。

他想也来不及想，立刻让随从牵了一匹马来，跨上马便出了城门，向东边一路追去，那时候已是掌灯时分了。

那一晚的月色格外明亮。出南郑城东门不远，道路便进入了一条山谷。在月亮从山头上升起来之前，韩信已经骑着一头黑色的小毛驴在这山谷中走了一段路了。他并不去拍打那头驴，让它自顾自轻松悠闲地沿着曲曲弯弯的山路向前走，不时蹚过一条浅浅的小溪，不时又走过一座不大的石桥，而他自己只是静静地坐在驴背上，身体随着驴的走动轻轻摇晃着，他的脑袋已经想得太多，这时候什么也不愿想了，只是呆呆地仰起脸来，看月亮。在这样的月光下，他想：什么也不想其实是不可能的。什么功名，什么韬略，什么抱负，全都见他妈的鬼去吧，这个世界上根本就没有他韩信的用武之地，没有人知道他的价值、他的本领、他的智谋。项梁不知道，项羽不知道，他千里迢迢跟着到汉中来的刘邦也不知道。滕公夏侯婴好像多少能够知道一点，他的知道只能使他不杀他而不能决定起用他，如果不用他的话那他和那些被砍掉了脑袋的凡夫俗子又有什么区别呢？真正知道他的只有一个萧何，据萧何说他已经几次在汉王面前举荐他了，但是那个稀里糊涂的汉王却毫无反应。萧何要他等一等、再等一等，事情终会有转机的，但是他已经彻底丧失信心了。他空有一个自认为聪明的脑袋，没有高贵的身世，没有起兵的本钱，也没有显赫的战功，没有能够折服人的力量。他必须要有权力才能证明自己的才能，但是谁肯把一支军队交给他呢？他们甚至连坐下来认真仔细地听他谈一谈该怎样用兵打仗的机会也不给他。就连唯一知道他是个人才的萧何，近来似乎也忘却他的存在。他再也忍受不了这种冷落无聊的日子了，在项羽帐下，他虽然也不受重用，但跟着项羽的日子总是有仗可打，他虽然不能指挥军队，但他可以观察项羽是在如何指挥军队的，并且设想那一仗如果由他来指挥的话，他将做出怎样和项羽不同的安排。他之所以离开项羽跟随汉王到汉中来，就是希望能够得到一支军队带领着打回关中和中原去，和那个天下最能征战的将才，和那个一直无视他存在的傲慢的人物一较短长。但是汉王刘邦也和项羽一样，完全无视他的存在，那他还留在汉中这块荒僻之地干什么？他决定走，像离开项羽一样离开刘邦。他相信没有一个出色统帅的汉军将像一段木头一样在气候湿润的汉中被沤烂掉，直至长出木耳来。他们并非不想重返关中，但是关中有章邯、司马欣和董翳镇守，其实只要有一个章邯足矣，刘邦手下的那批将军一个也不是那老家伙的对手。既然刘邦并不像他想象的那样能够识人用人，就让他这个汉王留在汉中吧，反正韩信是要走了。

在月光下，韩信出走的方向很明确，虽然山路有曲折迂回，但是通向东方，就是月亮升起的那个方向。他的目标却很茫然，离开刘邦，再去投奔谁呢？还有谁可以让他依靠，并借助他成就一番事业呢？在这几年的征战中，他已把那些诸侯们看透了，申阳、司马印、韩成、赵歇之流，几乎没有一个是可以成器的东西。张耳倒是有些名气，但是一介腐儒，徒有虚名，成不了大事。英布是个勇猛凶悍的家伙，但是全无谋略，他的勇猛在项羽的驱使下才能发挥最大的用处，离开了项羽，也不过是个有几分蛮力的匹夫而已。彭越，不过是在湖泽地带游来荡去的强盗头子，一身野气，只能为寇，不能成王。想来想去，能够投靠的就只有齐地的田荣和被项羽迁往长江上游的义帝了。田荣一向为项羽所厌恶，这次没有捞到封王，肯定对项羽心怀不满，倒是个可以利用的人物。但是他也同样不喜欢田荣这个齐人，自己毕竟是楚人，去帮助齐人和楚人作对，非他所愿，再说田荣气度狭小，也不是一个能用人的人。而义帝，倒是一个可以辅佐的人，名义上他不但是楚国也是所有诸侯的君王，只是他没有任何实力，是否可以利用他的旗号招兵买马来和项羽对抗呢？一向就是一个傀儡的义帝能有这样的雄心和胆量吗？其实如果能够安安稳稳地甘当一个名义上的君王要比从头开始真刀真枪地去拼抢天下省心省力得多。懦弱无能的义帝不可能有和项羽抗衡的胆量，八成会把煽动他闹事的人捆起来送到项羽那里去表明心迹，以换取更为安全和稳定的生活。想来想去，天下如此之大他却空怀满腹韬略无处可投。不知不觉中，月亮的光在薄云里朦胧了起来，韩信的心情也愈加茫然起来。难道就这样默默无闻地只身逃回故乡去，去当一个日出而作日落而息的农民？或者去当一个贩卖物品的小贩？以他的体力和他的聪明，维持一个普通人的生活是不成问题的，还可以娶妻生子，在经历了战争之后去享受天伦之乐。为什么不能回到故乡的淮河边去，丢掉自命不凡建功立业的念头，去做一个自得其乐的普通老百姓呢？回去，即便是一块和氏璧，如果无人相识的话，又何妨回到当初挖出它来的土坑里呢？但是，他还会在街上和那帮恶少相遇吗？如果遇上了，他将如何面对他们的嘲笑呢？那个挎了剑出去的韩信打完仗又挎了剑回来了，除了那把破剑，依然一无所有。当那个满脸傲慢的屠夫再次无理地叉开腿挡在他面前，他是拔剑杀掉他还是再次从他裆下钻过呢？还有，他还会在淮河边上见到那个好心的漂絮妇人吗？自己曾许愿将来要好好报答她，她虽然不指望报答，但她那怜悯的目光会比屠夫脸上野蛮的横肉更加使他惭愧不堪。想到这里，竟有两行泪慢慢地从他脸上爬过。他就这样茫然地走着，茫然地想着。月光下两边黑魆魆的山影也茫然也从他两肩边滑过，不知不觉间，迎头的那轮明月也滑落到了脑后，天就要亮了。韩信忽然浑身打了一个寒战，他的衣服已全被夜露打湿了。就在这时候，他听到从身后传来了一阵急促的马蹄声。

萧何已经很久没有骑马了，他不是领兵打仗的将军，而是总理内务的文官之首，所以一般行动都是乘车。但是昨天晚上他却来不及叫人套车了，而且他知道他要去追韩信的那条路实在不便马车行走。他跳上马就追出城去，情急之中只有一个念头：绝不能让韩信就这么跑掉！他知道韩信的价值，在汉王手下的所有人中只有他一个人知道韩信对于汉军的价值，他不能让这稀世之珠从他的眼前、从汉王的手边滑掉。他这样做是为了刘邦，也是为了自己。因为他的事业是和刘邦的成功与否紧紧连在一起的，刘邦拥有的，要由他来管理。刘邦拥有汉中，他所管理的就只限于汉中；刘邦拥有天下，他就可以管理天下。拥有者有拥有者的威风，管理者有管理者的乐趣，拥有者常常并不懂管理，而善于管理者也往往不具备拥有者独有的魄力，他们必须尊卑有序地结合在一起，才能取天下而入囊中，治大国若烹小鲜。萧何对自己所能做的事知道得非常清楚，他是一个相才，而不是一个王者，所以他便老老实实地做着辅助工的事情，从来没有僭越的念头。在汉王还是一介平民的时候，他已经是沛县的小官吏了，因为他通晓法令，熟悉案牍，处理一切事务都能得心应手。但就在汉王还是平民时，他就慧眼看出了他非凡的异禀。当这个不安分的百姓遇到麻烦时，他屡次用他手中的权力来袒护他。后来刘邦当了亭长，萧何常常帮助他，给他种种方便。有一次刘邦要去咸阳办事，同僚官吏们都资送自己的俸钱三百供他使用，唯有萧何与众不同，送了五百。正是这种不同一般的投资，使他超出众人，和刘邦建立起了一种特殊的关系。萧何是极具政治眼光的

197

人物，秦朝的一位御史奉命监督郡政，对萧何的文牍水平和治事方略都极为赏识，一心想升迁这位有才干的县衙官吏到郡府去做官，但是萧何已经嗅到了秦王朝从里向外散发出来的腐烂到就要崩溃的气息，对御史的好意提拔坚辞不受。不久汉王起兵于沛，自称沛公，萧何便担任了他的县丞，监督管理一切事务。在他的心里，当县丞，也就是当一国之丞乃至天下丞相的开始。但管理是一方面，获取是另一方面，为王者如果没有能干的将领去为他获取疆土的话，那么对管理者来说也就是无米之炊。萧何对汉军中现有的将军们都有所了解，曹参、周勃、灌婴、樊哙之辈，都是勇猛有余而心智不足，可以在一个出色统帅的指挥下担任某一方向的将军，却无法胜任把汉军的所有兵力当作一盘棋来下，并能下出奇招妙招，克敌制胜的三军统帅。这个统帅的重任，只有韩信可以担当，但是这小子却连一声招呼也不打就跑了。眼下只有追，一定要把他追回来！

今夜的月亮真好！这是萧何在仰头擦汗时才忽然发现的，但是他完全无心赏月，只顾策马奔驰，马蹄叩击在路面的卵石上，不时开出一朵一朵火花。道路起伏不平，马又骑得快，长久不骑马的萧何觉着屁股都要颠裂了，脊椎骨也要散架了，但他还是不停地往马屁股上加着鞭子，气喘吁吁地向前急追。在明澈的月光下，他不时发现一两个、三五个向东开小差的逃兵，逃兵发现骑马追来的竟是丞相时，惊讶得要命也恐慌得要命，但是萧何完全不理会他们，借月光看清了他们的脸不是韩信，又接着策马向前追。在奔驰的马背上，两旁起伏的山影向肩后滑去，那轮照耀着山谷的明月也从前方移到了当顶，又从当顶滑向脑后。萧何胯下的马满身汗水，他自己身上也衣冠湿透。黎明时分，他终于在前方看见了背负兵书，腰系长剑，正牵着一头黑驴站在路边发呆的韩信。他紧打了几下已疲惫不堪的马赶了上去，到了韩信身边，他从马背上滚下来，一把抓住韩信的腰带，大叫道："总算让我追上了！韩信，你为何要走？你怎么能走！"一向平和沉稳的萧何还从没有如此失态过，他不容韩信解释，一只手抓住他的腰带还没有松，另一只手又抓住了他的手，"韩大将军，你什么也不要说，跟我回去，一切回去再说！"

韩信苦笑道："我若真是韩大将军，还会惶惶然如一只丧家犬般月夜出走吗？我不过是一个陪丞相下棋的人，近来丞相连棋也不下了，我留下来又有何用？"

萧何诚恳地道："我绝非有意怠慢阁下，实在是太忙。刚才我在追来的路上想，非授你大将军不可，否则便留不住你这个旷世稀有的将才，所以一见面韩大将军便叫出了口。"

韩信默然道："丞相的心意我领了，只是汉王……"

萧何忙说："汉王那里由我去说，这次就是丢掉了丞相的官帽，也一定要保举你真正当上大将军！你一定要相信我，跟我回去！这不光是为了你，为了汉王，也是为了我自己。"

韩信看着萧何浑身湿透的衣服，不再说话。过了一会儿，这二人便一个牵驴，一个牵马，慢慢地沿着昨夜的来路走了回去。

月亮已落了下去，太阳从山梁上露出脸来，他们在晨风中打着寒战的身体开始渐渐温暖了起来。

一早起来，就有人来报告刘邦丞相萧何连夜逃跑了，害得刘邦早饭也没吃好。他想，这怎么可能呢？萧何昨天还在和我一起安排官员任命的事宜，怎么会莫名其妙地就跑了呢？但是到了萧何的府上一问，萧何确实是骑上一匹马跑了，跑得急急忙忙，连一句话也没留下。对于萧何连夜出逃的原因，他百思不得其解。整整一天，他如失魂落魄一般，坐立不安。没有了萧何，许多事情他完全不知道该如何办理。他愤愤地想，连萧何这样的人也会晾我的台了，如果我不是这汉中王而是关中王的话，他们岂敢！汉中虽然丰饶富庶，但毕竟太闭塞了，难怪有军士们开小差逃亡，就连他自己，不是也思归之情一日浓于一日吗？现在国体已定，是该考虑如何打回关中去的事了。可两个得力的左膀右臂，张良随韩王去辅国，离开了自己；萧何却又忽然不辞而别，他下令派人去追，无论如何要把萧丞相给弄回来。他在这种烦恼状态中过了一个白天又一个夜晚，寝食不宁。第二天一早，派出去追萧何的人正要出发，萧何却自己回来了。他见了萧何的面，高兴得上前一把拉住他，却又气得破口大骂："狗日东西，我已经把丞相给你当了，你还要跑，难道要我把汉王让给你当不成？你到底为什么要跑？"

萧何看他的样子，忍不住笑道："臣岂敢逃跑？臣是急着去追那逃跑的人回来呀！"

刘邦问："你去追谁？"

萧何说："韩信。"

刘邦一甩手："鬼话！从我这里开小差的家伙据报告已经不下百十个了，你从来没去追过，怎么偏偏要去追一个韩信呢？"

萧何反问："要是你的口袋里装了一些石头块和一粒夜明珠，口袋破了，里面的东西全漏了，你可以不在乎那些石头子，可你能不去找回那颗夜明珠吗？"

刘邦说："你的意思是说韩信是一颗夜明珠？我怎么看不到它发光发亮呢？"

萧何说："真正的夜明珠在白天看来并不比彩色石头子儿耀眼，你只有在暗夜里没有光线的环境里去看，才能知道它在发光。你不愿意专门认真地去看，它就会从你手指缝里漏过。开小差逃跑的那百十个军官，不过都是一些石子，而像韩信这样的人，却是找遍天下也难得到的绝无仅有的夜明珠，你要是失掉他，就再也别想得到比他更有用的人物了！"

刘邦摇头不信："他要是真有那么大的本事，怎么在项羽那里只当到一个小小的执戟郎中呢？"

萧何说："如果他在项羽手下混到了范增和钟离昧的位置，还会来投你吗？这是上天特别赐给你的奇才呀！大王如果安于在汉中和巴蜀之地称王，那么韩信确实一无所用；可是大王真想图谋关中并进而夺取天下，除了韩信，再也没有别人可以为你谋划军机大事了！作为管理政务的丞相，我连夜背着月亮去追他回来已经是越俎代庖了，替大王多操了一份心。到底用他还是不用，现在就看大王你的主意了！"

刘邦长出一口气："我当然是要向东再回关中的，怎么能够可怜巴巴地长久困在这里当一个没出息的山沟里的王呢！"

萧何认真地说："大王如果确实想要回到汉中，争取天下的话，那么就请破格任用韩信。你如果真能重用韩信，韩信就会使出浑身本领为你打天下；你如果信不过他，不敢委以重任，他终究还是要跑掉的。"

刘邦说："我一向信任你，既然你如此保荐韩信，我就破格提升他当一个将军吧。"

萧何摇头："大王用人的气魄还是太小了。区区一个将军，我看还是留不住韩信。"

刘邦瞪大了眼睛："什么，区区一个将军！他区区一个韩信，来到汉军中寸功未立，倒把我的车马东西翻到山沟底下去不少，不但没有杀他，还一下子让他当一个将军，和曹参、周勃、灌婴他们一班身经百战、功勋累累的将军们齐平，已经是非常破天荒的事了，你还想要我怎么样？"

萧何说："有的人是因为作战勇敢取得军功而从士兵擢升为将军的，而有的人生来就是用兵打仗的材料，就像大王你生来就有为王者的天赋一样，这种人如果把他从士兵用起，很可能还没当到校尉就已经死于战阵之中了。善为王者就应该先给他指挥作战的机会，他才会回报给你显赫的战果。韩信就是一个难得的天生为将者，他在用兵上的资质远非曹参、周勃、灌婴他们这些将军可比，他们只是勇猛顽强，懂得正常的用兵之法而已。而真正善用兵者，则要知道超乎于用兵常法之上的特异之道。如果不靠凡人所不能为的非常之道，大王想一下，就凭我们目前的实力，有可能像当初秦始皇那样统一天下吗？"

"你的意思是，让这个无名小辈一下子就当大将，把曹参、周勃、灌婴他们一班战将全都交给他统领？"这个建议实在超乎刘邦的想象。

萧何点头："正是这个意思。我记得当初在沛县老家玩赌钱时，大王是很会押宝的，而我不敢，所以总是失去赢大钱的机会。现在赢天下的这个注就在眼前，我萧何一向小心谨慎的人都这样劝你押这个宝，难道大王就不敢玩了吗？"

刘邦狠下决心："那好吧，我就听你的话，派他为大将。你去把他叫来。"

萧何笑道："大王一向对人随便惯了，要派人家当大将，哪能像叫个小孩过来给他东西吃这么随便，这样的大将也不会有什么威信，那一班将军们也会瞧不起他。拜将拜将，大将军上任是要王者恭恭敬敬地去拜的。大王如果用韩信的决心已定，就该晓谕全军，选个吉日良辰，沐浴斋戒，在大校场上筑起专门的土台，准备好拜大将的仪式，这样才可以。一来是把大王的威严授予韩信，让诸将不得不认真听从大将军令，等到取得了战果，自然会心悦诚服；二来也是借拜将的仪式场面，表示大王要出汉中取天下的决心。军心振奋，并且三军立了主脑，就可以图谋回定关中、争取天下的大业了。"

一番话说得刘邦频频点头。当下决定，一切按萧何建议的办。

校场上拜将的土台修筑起来了，汉王要拜大将的消息像一石击水那样在汉军中波动开了。将士们都在猜测登上拜将台受命的大将军会是谁，整个军营中充满了期待与激动。最为激动的，是曹参、周勃、灌婴、樊哙这几位战功卓著的将军，他们每个人都有理由认为那座气势不凡的拜将台是为自己而定的，因为汉军中再也没有比他们功劳更大的人可受此重任、获此殊荣了。他们都知道拜大将是汉王在命运上押的一个大宝，但是当扣住骰子的碗在众目睽睽之下终于揭开时，结果却使他们大为惊讶。

隆重的拜将典仪自然是由萧何安排的。拜将台高逾八尺，台顶见方四丈，台底见方十六丈，从台底伸向台顶的层层台阶上，插遍了仪仗兵器和旌旗；旌旗在风中飘展，兵器在太阳下闪光。土台顶上设有拜坛，坛上备有祭祀天地山川神祇的香烛、三牲。用黄绢包裹的将印、令旗和符节已经置于其上。参加拜将仪典的数万汉军都已明旗亮甲集结在拜将台四周，他们将目睹这一庄严的情景。

时辰已到，一阵振奋人心的鼓乐之后，汉王刘邦在丞相萧何及刑吏诸部官员的随从陪同下登上拜将台，在如潮水般涌起的欢呼声平息之后，众人先看见汉王祭天拜地，祝祷大汉国运昌隆；然后看见汉王向侍立身后的萧何说了几句什么。一因为距离远，只能看见而无法听见——萧何把汉王的旨意传达给恭立台顶四角的宣诏官，台顶四角的宣诏官再把汉王的旨意传给立在台底四角的宣诏官，于是中气充足、嗓音洪亮的宣诏声像平静潭水中的波浪一样一圈一圈扩大着向四面荡开：

“汉王为振军威国势，今拜大将以统辖三军——”

声波层层荡开之后，数万军众一片寂静，他们都在屏住呼吸等待着那个为大将者的名字出现，在这之前，这个名字究竟是谁，始终是一个牵动人心的秘密。

宣诏官们的声音又开始层层荡开了：

“宣——粮饷校尉韩信——上坛受拜！”

一阵出奇的静默之后，是一阵低低的蜂群嗡鸣般的喧哗——韩信？韩信是什么人？韩信是谁？汉军中的大多数士兵完全不知道这个陌生的名字。正因其陌生，也产生了神秘感，如果拜的是曹参、周勃或者灌婴，大家虽会认为理所当然，也绝不会有这样惊人的效果。汉王之所以不拜那些出名的将军而拜这个毫不知名的韩信，必定是因为此人有着还未显露出的超凡的才能。而曹参、周勃、灌婴这一班将领们心中更为震撼，如果大将拜的是他们之中的某一个，没拜上的虽然不会太服气，也不会太意外，只会为汉王对自己的看重不如别人而心中略有醋意而已。谜底揭晓了，大将军竟然是韩信，这太令人惊讶了！韩信，他们多少有一点知道，原先项羽帐下的执戟郎中，投过来以后在萧何手下干了个粮饷校尉，他能当凌驾于他们所有将军之上的大将军吗？他们这些能征惯战的将领今后都要听从这个白面书生的将令了，这不是儿戏吗？但是他们从拜将仪典的庄严隆重气氛排场上可以知道，汉王拜韩信为大将这一手绝非儿戏，他们心中再不服气，也不得不严肃认真地来对待。军令如山，军法无情，大将军既已拜定，就必须唯命是从。只是这位白脸大将只是说把式还是有真本领，需要拭目以待。真正感到高兴的是滕公夏侯婴，因为这个大将军的性命是被他从斧砧之间解救出来的，如果确有雄才伟略，那么他对大汉的贡献是不可磨灭的。

雄壮的军鼓响了起来，韩信骑一匹白马，从排列整齐的军阵之间的通道穿过，在拜将台前跃下马背，一级一级神色庄重地向上登去，到达台顶，由仪仗官先为他换上大将军的金盔铜甲、半袖锦袍，然后向汉王行三拜大礼。

韩信行完臣对君之礼，便是由君王来拜将了。君王拜将，自然不能向臣下跪拜，而是拜向放置于拜坛之上的将印、符节和令旗，以示对三军统帅职位的尊崇和敬重。然后，从拜坛上一一拿起将印、符节等物，由仪礼官交到依然跪拜着的大将军手里。大将军接过将印、符节，就表示已接受了君王把军队交到他手里的重托。由君王赐酒披挂后，再向君王行三拜大礼，这个拜军队指挥权的重大典仪就算完成了。

在响彻云霄的万众欢呼声中，刘邦心想，典仪这个东西真是有趣，不过是堆一个大土台，把军队召集起来，由他装模作样地把几样东西交给韩信，他的王威便一下子感染了整个军队；而在军队的欢呼中，他的为王之威也愈加高涨充盈起来。他看着正朝向拜将台欢呼的军队，觉得拜了大将的军队在精神面貌上立刻就和先前大不相同了。只是韩信，他真的能如萧何所说，担当起为他征服天下的重任吗？士兵们在使劲地打鼓，君王的心中也有点打鼓，这打鼓不同于那打鼓。

拜将大典之后，汉王赐宴，主宾是韩信，文武官员二百余人出席，酒肴之盛，前所未有，这也是萧何的安排，他要借丰盛的酒宴改变将士们的观念：汉中并非偏僻贫瘠之所，而是富庶丰足、可以使大汉立基发祥之地。并且在酒宴上，汉王要和韩信纵论天下，在还没有真刀真枪地杀出汉中之前，给韩信一个可以充分展示才能的席上谈兵的机会，对于树立大将军的威信也是十分重要的。

酒过三巡，刘邦对韩信问道："萧相国多次在我面前称赞将军的才干学识，在这世界上有两个人的话我是非听不可的，一个是张良，一个是萧何，张良现在不在，我就只能听相国的，我相信他认定的事是错不了的。寡人今日拜将，是把军国大事托付给了将军。请问大将军有何定国安邦的良策，可否陈述？"

刘邦发问以后，席间劝酒碰杯的声音立时轻了下来，大家都很关注地在听韩信如何对答。

韩信略一思索，回答道："治理政务，自有相国费心。攻城略地，才是为将者的本分。大王今日拜将，自然是不想久困于汉中，而是想向东方发展，争夺天下。大王认为，对手是谁？"

刘邦说："项王把雍王章邯、塞王司马欣、翟王董翳封于关中，就是为了阻挡我东归之路，要说对手，首先应该是这三人吧。"

韩信不屑地道："这三人只能说是障碍，谈不上是对手。障碍不难排除，而对手则不易战胜。纵观天下，大王真正的对手只有一个，就是西楚霸王项羽。"

刘邦点头："不错，就是他。"

韩信问道："请大王自己估量一下，论兵力的勇敢、凶猛、精良、强盛，汉军和楚军相比，谁高谁下？"

刘邦沉默半天，道："不如项羽，要不然还会被他封到汉中来吗？"

韩信离开座席向刘邦拜了两拜说："我这两拜，第一拜是因为大王有自知之明，承认自己不如项王；第二拜是因为大王有不甘示弱之心，虽然自知不如，却敢于和强过自己许多的对手较量！无论从国力军力而言，韩信也认为楚强汉弱，力量悬殊。但是强和弱从来不是固定的，而是可变的。韩信曾随项王征战三年，项王不知我，所以不用我，而我却深知他的心智为人。项王威武确实天下无匹，一声怒吼，千人胆寒，打起仗来，只要有他督阵，士兵们全都会变得无比勇敢，所以无往而不胜。但是因为他太强了，所以不能信任人，不善于把责任交付给有能力的将领来分担，这就是强极而弱之处。项羽待人，非常恭敬仁爱，平常说话柔和温顺，完全不像在战场上呐喊那样如雷震耳。当部下负伤生病时，他甚至会为同情别人的痛苦而流泪；士兵饥饿时，他会把自己的食物分给他人。但是他只会待人而不会用人，适合当朋友而不适合当君主。当部下有功该封爵重赏时，他把刻好的印信在手中摩弄得方角都磨圆了，还握在手中舍不得授给该封赏的人。他有威慑人的气魄而没有任用人的气度。他是一个有仁有勇的义士，但那仁，是妇人之仁；那勇，是匹夫之勇。他长于德而短于识，对某件事当做与否，则往往看重名誉而舍弃利益。扫灭秦军驻军戏下之时，他已经完全掌握了天下，若像秦始皇那样设郡置县，众诸侯谁也不敢说一个不字。但是他求名舍利，把天下如切一张大饼一般又分了出去，却又不能分得合理而公允。自认为没有攫天下为私有，而许多受封者和没有受到封赏的人都因为他的自私偏向而愤愤不平。而且他所看重的德又敌不过他的心中之怒，对为他所恶的人，他便不讲德了。他把义帝迁徙驱逐到遥远的南方去，诸侯们归国后有实力的人也把没用的国君逐去，然后挑一处好地方自立为王了。他的短识还在于志在当天下的霸主，却不守在可以控制中原的关中，而回到偏东一隅、四野辽阔、易攻难守的彭城去，这就为大王的返回关中造成了有利的形势。项王的怒还常常没有节制，被他攻破的城邑，如果曾经激烈地抵抗过，往往落得一个被蹂躏践踏、残破毁灭的下场，所以许多地方的人都怨恨他，故秦地的百姓们都不愿意归顺拥戴他，只是被他的威势所迫罢了。项王名义上虽然是天下的霸主，实际上已失去大半人心，目前看来很强，但很快就会衰弱的。大王若能反项王之道而行，只要是有才干的，就任用他，天下就没有打不败的强敌；你把天下的大城小镇，分封给为你立功的臣子，那么还有什么人会不服从你呢？你率领公正仁义之师，和那些背离项王来投靠你的将士们向他们盼望返回的东方进军，有什么地方不能被收服呢？以大王和项羽做比较：项羽的特点是因勇而悍；大王的特点是因仁而强。勇悍固然是战而取胜的必要条件，但单凭勇悍并不能必胜。要最终立于胜利之地，还须有广泛的仁德和高度的智慧，以仁德安定已收服之地，以智慧不断削弱敌方的优势。勇悍，只是为将者之风而不是为王者之德。项羽徒是勇悍而已，所以虽能驰骋天下，终不能长久为王。而大王所具备的为王之仁和用人之智，才是真正为王者的风范，可以鼓舞士气，收揽民心，选将用才，终将把今日之弱变为明日之强，以长久观之，项王必败，我王必胜，便是韩信今日之论。"

韩信一席话，满座皆屏息静听。不但刘邦大表赞叹，曹参、周勃等一班很不服气的将军们也不得不为之折服，对这位大将军刮目相看，韩信这一番高论，确实是他们说不出来的。

一番互相敬酒之后，刘邦又问："韩大将军，那么对于挡在我们东进之路上的那三大块障碍，我们该如何搬掉呢？"

韩信道："章邯、司马欣、董翳这三个秦人之王，真正有力量的只是章邯，虽然他叱咤风云的时候已经过去了，即使是强弩之末，也须认真对待。在项羽之前，毕竟他是天下最厉害的将领。但是他当年带着秦国子弟出去打仗，士兵死伤逃走的不计其数，投降项羽后，跟随他投降的二十万人被坑杀在新安，只有他们三个降将苟活了下来。秦国父老兄弟对这三个人的痛恨已是深入骨髓，虽然项羽强封他们为秦地之王，但关中百姓是不会爱戴这三个人的。而大王当初从武关入关中，对秦民秋毫无犯，废除秦国的苛刻刑法，和百姓约法只有最简单明了的三章而已，关中的百姓，几乎没有不希望大王在关中为王的，而且百姓们都知道，在当初楚怀王的约定中，大王本该在关中为王。后来大王失掉应得之地，被排挤到汉中，关中百姓却怨恨项王。大王若起兵向东，对三秦王属地的百姓，只要送一封文告去，就可以收服了。"

刘邦听了大为高兴："不过，问题不在关中百姓，而在章邯，他毕竟在镇守着我们东归之路的出口，而且如大将军所说，除了项羽，他就是天下最厉害的将领了。我们如何才能除掉他这个大障碍呢？"显然，他对如何通过章邯这一关是心中没底的。而韩信对此却早已成竹在胸了：

"在跟随大王从关中入汉中的路上，我已在考虑如何从汉中打回关中了。请大王立即动员人力物力，大张旗鼓地去修复入汉中时被烧毁的那条栈道。"

曹参淡淡一笑，心想，这位大将军确实善于侃侃而谈，但真正落到实处，办法也不过如此。他不以为然地道："要回关中，栈道自然是要修复的，但绝不可大张旗鼓，只能悄悄地进行。否则，被章邯得知，只要在关隘口重兵布防，我们从这一条狭窄的栈道上是打不过去的！"

韩信看了看曹参又看了看刘邦说："曹将军所虑是很有道理的，但只是常理。如何对付章邯，我自有方略，请求大王依照我的想法行事，韩信定不会辜负大王拜将的重托！"

萧何在旁边悄悄拉了一下刘邦的衣角，刘邦站起来道："就按照韩大将军的意思，修复栈道，而且大张旗鼓地修，向天下人表明我刘某人重回关中逐鹿中原的决心！"

汉王争夺天下的战争，从韩信拜将这一天正式开始了。

29　天下乱了

——项羽绝没有想到他好心好意分封诸侯的结果是又一轮天下大乱的开始。

项羽分封天下之后最初的战乱，是由田荣挑起的。楚人项羽和齐人田荣，因为性格和利益的冲突，在共同抗秦时就已结下了很深的怨恨。在公元前209年的反秦起义大潮中，旧齐国王族田儋、田荣、田横三兄弟杀了狄令，召豪吏子弟占领当地，田儋自立为齐王，成为反秦义军中的一支。前208年，田儋在救魏战役中被章邯所杀。田荣收其残部败走东阿，为项梁军所救。在此期间，齐人又立旧齐王建之弟田假为王，田角为相，田角之弟田间为将。田荣率军返齐逐走齐王田假，立田儋之子田市为王，自封为相，田横为将，占取了大部旧齐国土地。田假逃至楚国，田间、田角逃到赵国。田荣要求楚国杀田假，赵国杀田间、田角，楚、赵不肯杀，田荣也以此为借口不肯出兵援楚救赵，怨由此结。前207年田荣部将田都叛齐投楚，后来齐王建之孙田安也投靠在项羽麾下，跟随项羽一同入关，所以都被封为王。项羽不封田荣，但改封田荣拥立的齐王田市为胶东王，认为已经给了田荣很大的面子，但田荣却以此为奇耻大辱，怒而起兵。他不让齐王田市去胶东就国，以齐地之兵迎击受项羽之封前来就国的齐王田都。田都不敌，败走于楚。但齐王田市却怕得罪项羽，从田荣身边逃走去胶东就国，田荣大怒，追杀田市于即墨，随即自立为齐王。为防项羽讨伐急于要有同盟者，听说梁地彭越也没有被封，在巨野拥众万余人无所属，便趁机授彭越以将军印，令其配合他进攻济北王田安并杀了他。

同样对项羽心怀不满伺机起事的还有陈余。见田荣首先反楚，陈余便派人去游说田荣，对田荣道："项羽为天下主宰，而处事不公，把贫瘠之地封给六国后人，而他自己的诸将群臣都封得了肥美的好地方。他驱逐了陈余的旧君主赵王歇，使他北迁而居代地，陈余为此愤愤不平。知道大王已起兵反楚，望大王资助陈余以兵力，陈余愿为大王出击常山王，以恢复赵地，复赵王之位。这样，齐赵两国就可以互相依存互为屏障了。"田荣大喜，派遣军队赴赵。陈余倾三县兵力出击，和齐军合力攻常山，大破常山之兵。常山王张耳败走投奔汉王刘邦。陈余到代地迎旧赵王歇回赵地为赵王，赵王因此立陈余为代王来回报。

公元前 206 年 7 月，田荣已并三齐之地为王，彭越又率兵击楚，大败楚军守将肖公角。刘邦进军关中的时机已经到了。

雍王章邯早已得到了汉王刘邦正在秦岭之中大举修复栈道的消息。他之所以被项羽封为雍王就是为了挡住汉王的东犯之路，他知道自己的责任，对那位以超人的力量战胜了他的西楚霸王，他只有老老实实地效命而已。关中地区沿着秦岭往北的那一带平原是他的封地，也是他的防区。他是深谙兵法的宿将，自然懂得集中兵力来对付敌人的常理。既然刘邦的意图是想通过褒地的栈道重回关中，他便把他的大部分兵力都调集到栈道通向关中的出口蚀中重点布防，他想只要扎住蚀中这个细颈口，汉军就无法越出秦岭一步。而且一旦项羽有令，他还可以沿着汉军修好的栈道打入汉中。章邯调集重兵布防之举恰好中了韩信"明修栈道，暗度陈仓"之计。作为一个老谋深算的将军，他本应对兵书上"声东击西""瞒天过海"这套伎俩有所防范；但是他的军事才华已随着他的惨重失败而衰竭，他作为一个将领的生命活力已随着在新安被坑杀的二十万降卒而埋葬，他的心智已因为遭受命运的重创而麻木僵硬，他过去的辉煌战绩早已黯淡失色，作为统帅他已完全成了一个过气人物，当年所向无敌令各路起义军望风披靡的秦将章邯，已经不再受到胜利之星的照耀了。一个新的杰出统帅已经出现，并将因为他的出现而使天下大势得到根本的改变。

韩信诱使章邯将重兵移至秦岭东端，自己却率奇兵从秦岭西端突入八百里秦川，首先占领了陈仓。陈仓是一座官用谷仓，渭水由陇西东流，经过陈仓流向咸阳，过去咸阳所需的谷物，一向囤积于此，现在雍都废丘所需的粮食，也大部分存在这里。陈仓失守，章邯不得不回兵来夺。一方是奇兵突袭，势如破竹；一方是仓皇回救，方寸已乱，章邯疲兵回奔数百里，在陈仓被以逸待劳的汉军打得大败。退走，停军于好畤，再战又败，退至废丘固守。这时的章邯，已经成为被关在笼中的困兽，奄奄待毙，不再具有任何威胁力量了。韩信只派少量军队对废丘围而不打，派遣部下诸将攻取陇西、北地和上郡，待关中之地尽已收复，才命令士兵挖开渭河的堤防，借渭河之水冲淹了废丘。生俘章邯，斩首示众。

临刑前的章邯那双昏花的眼睛认出了站在面前的这位汉军统帅，原来就是曾执戟站在项羽帐下的那个白面郎中，不禁仰天喟然长叹："将军的命运，实在是系于国家命运之上的，国运既衰，再神勇的为将者也无力回天。章邯为秦国大将之时正如日中天，却被喷薄而出的项羽击败，更何况如今已日薄西山，气息奄奄，自然该是死到临头了。现在正是项羽如日中天之时，韩信却又如朝阳一般从秦岭中升起，不可一世的项羽就要碰上对手了。而面前这个韩信，又能在天空中停留多久呢！为将者杀人如麻，终不会有好下场，悲夫！白起、项燕、蒙恬！悲夫，秦国大将，楚国大将，汉国大将啊！"

他已不仅是在为自己的命运叹息，而是在为为将者的命运叹息了。可惜韩信此时还远不懂得这种叹息。

项羽绝没有想到他好心好意分封诸侯的结果是又一轮天下大乱的开始。他刚刚率部返回彭城，田荣在三齐造反的消息也已到了彭城。正在准备去齐国讨伐田荣之时，得知殷王司马卬有举兵反楚的迹象，便封陈平为信武君，率魏王咎在楚地的部队前往讨伐。陈平刚刚平定了殷地的叛乱，刘邦杀出汉中消灭秦地三王全部占有关中之地的消息也被快马传到了。

现在项羽面临两种选择：或者领兵北上，去平定田荣的叛乱；或者率军西进，去剿灭刘邦的反扑。正在这时候，他收到了张良派人送来的一封书信，信中对他说："汉王之所以出汉中攻取三秦，是对被封于巴蜀之地有所不满，目的只在于为了遵行以往之约在关中为王。既已取得关中，目的已经达到，不敢再东进，希望项王能够宽厚地允许他做关中王，不要派兵前去攻打。目前田荣造反已占有三齐，赵国和代国也已起兵取齐反楚，为王所计，当务之急是尽快平定齐赵之乱。"项羽虽然知道张良此信是为刘邦说情，但也认为信中所言有一定道理。平心而论，封刘邦于巴蜀汉中之地，的确有点亏待他，和刘邦毕竟有过一段并肩作战的日子，如果不为利害所计，刘邦如能老老实实在关中为王，倒也用不着急于去剿灭。项羽更恨的还是田荣。于是他决定：对于西面刘邦可能产生的威胁，封旧吴令郑昌为韩王，领兵前去防范，自己亲率大军北上去打田荣。为有更强大的军队，他向九江王英布征调兵力，要他协同攻齐，没想到这位过去一直为他冲锋陷阵的得力战将竟称病不出，只是象征性地派了五千军队前来助阵。项羽这时候开始有点后悔封王分地了。封了王之后，造反的造反，用不动的用不动，他在痛恨田荣的同时，对英布也有了怨恨。

公元前206年冬，项羽和田荣会战于城阳。田荣大败，退走平原，在混乱中被当地人杀死。项羽对齐人的愤怒已不限于一个田荣，他向北追击齐兵，烧毁齐国各城郭宫室；楚军坑杀敌兵，抢劫百姓，所过之处破坏惨重。齐人对楚人的仇恨越来越深，相聚而反，田荣的弟弟田横收集了齐国的散兵数万之众，据城阳继续与楚军作战。但是田横吸取了田荣惨败的教训！不再和楚军强打硬拼，而是采取了分散游击的战略，使项羽不得脱身，战争呈胶着状态。

而在项羽向东征伐齐国的这段时间，刘邦在关中的基业却趁机得到了迅速的巩固和发展。在许多文臣武将纷纷归附的同时，一个健全的政权机构也在萧何的筹划下组织建立了起来，新收复的地区按郡县制重新划分，汉王的国都，也由南郑迁到了东通三晋、商业发达的栎阳，刘邦的战略目标已不是仅仅为王关中，而是直指关东的广大地区。

定都栎阳之后，刘邦一面缮治黄河上游的大要塞关中，一面发布了一系列瓦解其他王侯封地、巩固关中根据地的政令：宣布率一万人或一郡来降者，封万户侯；开放故秦国的园囿池苑供百姓耕种；对有功于国者赐以民爵和美酒；因蜀汉之民负担军役较重，故免除二年租税；关中从军之士兵，免除其家一年赋税；大赦罪人，恩庇天下；每乡举年逾五十并在民众中有威望之民一人为"三老"，从乡三老中选择一人为县三老，协助县令、县丞、县尉管教全县，并免除其徭役；最为重要的一点，是废除秦国的社稷建立汉朝社稷。

以上种种政令的发布，使汉王朝的最初基础在关中地区奠定了下来。一个完整的政权体制的建成和一个巩固后方的确定，这使得刘邦在以后的战争中虽然屡屡被项羽击败却始终没有失去后援与依据。与此相反的是，项羽的征伐虽然所向必胜，但他始终无暇建立一个稳固的后方政权，或者他根本就无视建立根据地的重要，一旦陷入困境，便再也无法从中解脱出来。汉王百败，一战而胜；项王百胜，一战而败。天下大势的最终逆转，全在于刘邦拥有了关中这一块无忧的后盾。

在建立政权的同时，刘邦继续向东、西、北三个方向扩展。公元前206年10月，刘邦派兵占领陇西，同时进攻北地，俘获在那里镇守的章邯之弟章平。而汉军主力则全力向东推进，刘邦亲自率兵至陕（今河南陕县），镇抚关外百姓。在汉军的威慑下，河南王申阳投降，汉王于其地置河南郡。刘邦又利用韩国旧王族之间的纷争，任命过去韩襄王的孙子信为韩国太尉，使其率兵攻打项羽杀掉韩王成之后所封立的韩王昌，将韩王昌击败于阳城。公元前206年11月封信为韩王，韩军归入汉军之中。

当项羽被田横的游击战牵制于齐国之际，刘邦于公元前205年3月率兵以临晋关渡河，大举东侵。被项羽封在河东的魏王豹抵挡不住，倒旗投降。汉军接着又攻河内，曾有叛楚之意但被楚信武君陈平安定了的殷王司马卬也没能守住自己的封地，投向汉军一方，汉王于其封地置河内郡。汉军一路取胜，又南渡平阴津（今河南孟津东北），到达洛阳。在洛阳新城有一位称为董公的当地三老，当刘邦经过时忽然扑倒在他的马前，说了项羽派人追杀义帝之事，为义帝的被杀而大放悲声，希望刘邦能够名正言顺地去讨伐项羽。董公向刘邦献策道："臣闻顺德者昌，逆德者亡；兵出无名，事故不成；对于想要攻击的人必须首先向天下申明他是贼，才可以最后战胜他。项羽无道，后杀其主，还不是天下之贼吗？仁者不以勇服人，义者不以力服人，今天汉王意在东进，应该为义帝素服，并告之诸侯，以此为东伐之由，四海之内才会仰从其德呀！"

张良立刻抓住了董公的这个重要建议，对刘邦道："大王，你是义帝的臣属，为王关中就是因为义帝的约定，确实应该为他全军举哀！"

刘邦在权谋方面是何等聪明的人，经张良提醒，立刻下马脱下锦袍，当众伏在地上为义帝之死大声哀号。这哀号自然是做给地方父老们看的，但哭着哭着，想到义帝虽然资质平庸，但对他刘邦却一向是恩遇有加，甚至为了他不惜得罪项羽，乃至有了后来的杀身之祸；并由此想到自己在项羽那里所受的委屈，不禁真的眼泪随着假的哭声涌流了出来。一旦假号变成了真哭，便哭得山摇地动昏天黑地，令围观的百姓们大为感动，唏嘘不已。于是汉王的仁名也和他的痛哭之声被百姓们广为传播。

受到董公的启发和张良的提醒，刘邦当即下令公开为义帝发丧，全军缟素，临哀三日。并向天下公布项羽弑义帝的罪状，大张旗鼓地对他进行讨伐。他派出使者向各路诸侯传檄："义帝者，诸侯共立，北面而奉为天下尊主。今项羽放逐义帝，并杀之于江南，实为大逆不道。寡人现在亲自为义帝发丧，诸侯都穿缟素孝服；发全部关内之兵，并收聚河南、河东、河内三地豪杰之士，向南浮江汉水之下。寡人愿从诸侯王，攻击楚杀义帝之人。"

在洛阳新城，刘邦为自己和项羽争夺天下的战争找到了一个冠冕堂皇的理由。这篇檄文写得虽然简单，却还是很有讲究的。首先申明的是要约天下诸侯共讨逆者；同时自认是诸王之一，并不以盟主自居。使看到檄文的各国诸侯有一种受到尊重的欣愉感，情愿背楚依汉。而发出檄文召集众军者，自然就是拥有指挥权的盟主；因为在众诸侯王中，即便有对项羽心怀不满者，也没有谁敢于像刘邦这样公然向他宣战。

楚汉争天下的战幕，全面正式地拉开了。

由于刘邦军事上的胜利和政治上的攻势，由项羽分封的诸侯王们竟一大半倒戈投向了刘邦，计有：塞王司马欣、翟王董翳、常山王张耳、河南王申阳、韩王昌、魏王豹、殷王司马卬。其他济北王田安、辽东王韩广、齐王田都，先后被彭越、臧荼、刘邦所杀。刘邦还派人至赵国，联络陈余共同击楚。陈余对张耳仇恨未消，提出条件要刘邦先杀张耳，才肯发兵。刘邦自然舍不得杀张耳，却找了一个貌似张耳的人，斩其首送给陈余。陈余没看出首级是假的，于是也出兵助汉攻楚。此时在项羽的阵营中，只剩下九江王英布、衡山王吴芮、临江王共敖、燕王臧荼和番君梅铝。最能征善战的英布对项羽的需求袖手旁观，而其他四王在军事上并不能给予项羽多少帮助。

天下大势仿佛一下子就握在了刘邦手里。会集在汉王伐楚大旗下的军队人数迅速地增加到了五十万。公元前205年4月，刘邦和韩信率领着这支巨大而庞杂的军队，居然一举攻陷了楚国的国都彭城。

对于这个轻而易举就取得的胜利，刘邦欣喜若狂。一国都城的陷落，向来意味着这个国家的覆亡。迅速扩张起来的兵力和在极短时间里就取得的如此巨大的胜利，使坐在胜利峰巅上的刘邦不再把项羽放在眼里。他过去在项羽面前所受的种种委屈，在攻下了彭城之后全都变成狂傲怒张了开来。当初在咸阳进了秦国的宫殿，见了令人眼花缭乱的金银财宝不敢随便拿取，看着叫人心醉神迷的美人们不敢尽情享用，不就是因为关外还有着一个实力强大的项羽么？当初在鸿门宴上，项羽以胜利者的姿态高谈豪饮，而同样也是胜利者的他却只能小心翼翼地仰察其脸色，喝进肚里的全是惊恐和屈辱。忍到临了，首先进关的功臣只落得受封于巴蜀偏僻之地，就连汉中还是厚着脸皮凭老交情向项羽要来的。而现在，天下形势大变，自从北出陈仓收复关中，出关一路东进势如破竹所向披靡，前后不过一年时间，居然已经安坐在他西楚霸王的都城里，收其宝货美人，每日置酒高会。当初在咸阳秦宫里不敢染指的宝物，在这里统统拢归己有；当初在秦宫垂涎于美女却不敢风流，在这里左拥右抱每天轮着换着睡个够。在鸿门的酒席上他是一个仰人鼻息的受气包；在这里的盛宴上他是叱咤风云的大霸主。唯一遗憾的是破城之后命人四下搜寻也没找到那个绝代佳人虞姬，大概是彭城失守前就由人保护着逃脱了。他心想，攻占了项羽的都城固然是了不起的大胜利，要是能把项羽极端珍视的那个美人也拥在自己怀里，那才是自己对项羽彻头彻尾的胜利。他一想象项羽闻知虞姬被他占有的那种愤怒心理就愉快至极，可惜此时被他压在身下的美女并不是虞姬。对于刘邦的故态复萌，樊哙、张良和夏侯婴等人都来劝谏过，但这时候的刘邦已不是当初驻军霸上的那个小心翼翼的刘邦了，他完全听不进去，全身心地沉醉在了美酒与女人之中。

而对韩信来说，攻陷彭城的喜悦，完全敌不过由此而带来的忧虑和烦恼。首先是军纪的涣散和败坏。名义上归集在汉王麾下的五十万大军全部由他统辖，但实际上他能够令行禁止的只限于原来的那部分汉军，其他加盟的诸侯军队，他并不能有效地节制。彭城城破之后，战争就变成了屠杀、掳掠和奸淫，他作为汉军的大将军完全无法制止那些混杂军队的暴行，甚至汉军也抵御不了暴行的诱惑，因为汉王自己正在楚王宫中纵情作乐。来自齐国的军队，因为项羽此时正在蹂躏齐地，他们自然要在他的老巢施以报复；汉军从关中募集的旧秦兵卒，痛恨项羽曾在新安坑杀二十万秦人，也要在彭城索取这笔血债。而其他诸侯军的士兵，唯恐抢夺的东西不如别人，在这场大劫掠中吃了亏，一时间使得一座繁华富庶的城市，变成了充满血腥、混乱、屈辱和号哭之地。置身于这片泛滥的狂潮中的韩信，内心感到深深的矛盾。攻陷彭城，虽然意味着重大的胜利，但以五十万大军去席卷一座几乎没有设防的空城，并不需要什么战略战术，他所擅长的、仔细的、运筹精密的计划在这场以多胜寡以实击虚的战斗中完全没有用处，有的只是蜂拥而上和随之而来的混乱。作为汉军的大将，他的军队攻下了敌国的都城；而作为一个楚人，他却只能看着这座楚国的名城被毁，楚国百姓惨遭涂炭。刘邦被胜利冲昏了头脑，整日沉溺宫中，完全不问国事和军机；士兵被暴行熏红了眼睛，也完全不受军官的管束，军队完全处于失控状态。或许，他想，只有项羽迅速回师彭城，把占领并蹂躏这座城市的军队一举击退，才能收拾目前这种残暴和混乱的局面。

韩信知道项羽肯定是要回来的。他对于攻陷彭城的胜利绝不像刘邦那样盲目乐观，巨大的胜利背后藏着巨大的危险。攻下敌国的都城并不意味着最后的胜利，当初巨鹿之战的胜利者如果不是项羽而是章邯，那么即使刘邦攻下了咸阳，最终还会被章邯所剿灭。对项羽来说，彭城不过是一座空城而已，他那支转战四方的精锐军队还没有和汉军正式接战，一旦他率军打回来，这虚肿的五十万大军未必是他的对手。一支庞大军队的进攻是可怕的，一支庞大军队的溃退可能更为可怕。作为楚人韩信，他潜意识中希望项羽能打回彭城结束目前的混乱；而作为汉军统帅的韩信，他必须派出军队去布防，阻止楚军来夺回彭城。既然汉王刘邦沉溺于逸乐不问军事，既然各诸侯的军队忙于抢劫不服从节制，他只能把自己控制下的汉军从彭城调出，北移到薛城和郯城一带作为彭城的外层防卫。彭城的正北方是西北东南走向的，那条呈长条状的微山湖。当年项梁和章邯隔湖相峙，而现在这个从彭城的头顶上向西北延伸开去的湖泊，成了防止楚军从齐地反扑回来的天然屏障。楚军要杀回来，最便捷的途径便是从微山湖东边薛城和郯城之间的地带直扑彭城。韩信把汉军放在这里布防，即便不能完全阻挡住楚军的攻势，也可以为调集军队重新布置彭城的守卫赢得时间。他对在目前的情势下能否打得过反扑回来的项羽完全没有把握，但他在等待项羽回来，无论如何，昔日的执戟郎中韩信，和所向无敌的西楚霸王项羽，总要在战场上正面相遇的。他不知道幸运之星会更多地照耀到他们两人中哪一个的身上，但他知道，在没有和项羽正式较量之前，所有的征伐都形同儿戏，所有的胜利都毫无价值。他深知楚军在项羽的亲自统御之下会有着怎样的战斗力，只有倾全力挥动他的军队去和那位他最敬畏也最怨恨的、了不起的将军交锋，才可以称为真正的战斗！

30 原 野

——他愿像一只猛虎，雄踞在一片平原的中心。

当彭城被汉军攻占的消息传来，项羽的震怒是可以想象的。

那个刘邦，那个靠叔父项梁给了他五千兵马才得以发家的刘邦，那个在鸿门宴上自己不忍杀掉的可怜虫刘邦，那个自己念其旧日情谊封他为汉王的刘邦，不但不安于封地占有了关中，继而贪得无厌地侵向中原，竟然还大模大样地攻占了西楚霸王的都城，是该狠狠地给他一点颜色看看了。震怒之余，项羽想，刘邦这小子也太善于乘虚而入了。当年就是趁他和章邯在赵国激战的时候，他一路拣软柿子捏抢先进了咸阳；现在又趁他讨伐齐国之际，又一举攻下了空虚的彭城。在众诸侯王中，这的确是个不一般的人物。但项羽对在鸿门宴上没有杀他并不后悔，他当时就想过，以后刘邦胆敢兴兵作乱的话，他完全可以在战场上杀了他。刘邦敢于如此放肆，首先是因为田荣作乱。而因为田荣，项羽对齐人深恶痛绝。虽然齐国这块地方过去出过孔丘和孟轲，可现在的齐人却一点也不像孔夫子孟夫子那样讲仁义道德，在他看来，全是一些忘恩负义奸诈险恶之徒，恨不得能够斩尽杀绝。田荣的军队已被他一举击败，并且田荣本人也在逃亡中被杀死了，可是剩下的齐人却不那么好对付。田荣的弟弟田横又立田荣的儿子田广为齐王，据城阳而抗楚。城阳以北是一片山地，沂蒙山和泰山盘桓于此，连绵数百里。田横比他那个狂妄的哥哥要聪明，知道野战绝不是项羽的对手，便把军队全部藏进了山里，用大山来做抵御楚军锐矛利戈的盔甲。他采取的是一种跳蚤战术，你挥拳击去，他躲入缝隙之中，使你的巨拳奈何他不得；而乘你不备，又会跳出来狠咬几口。项羽不甘心就此放过作乱的齐人，但对成群的跳蚤却又一时间捉不光捏不死，他打惯了平原上痛快淋漓的野战，对这种有劲使不上的山地游击战感到十分烦恼。正在这时传来了彭城失陷的消息，他自然异常愤怒，恨刘邦胆大妄为，恨守城的军队防卫不力，但随之竟也感到一种欣喜，他可以先丢下这些讨厌的跳蚤不管，到平原上去痛痛快快地打一仗了。

对于彭城的失陷，项羽完全没有那种都城被占的惊慌，他是一个驰骋天下的将军，而不是一个固守一方的地主，他走到哪里，他的大营就是西楚的都城，彭城的宫室财宝全都是无所谓的东西。他唯一关心的是虞姬的下落，那是他至爱的珍宝，绝不能落入刘邦这个无赖的手中。为此，他要用最快的速度打回彭城，把他的心上人从敌人的手中救出来。

项羽的伐齐大营设在城阳。在秦汉这一段时间的战争历史上，我们会碰到两个叫城阳的地名。第一个是起义初期项羽和刘邦曾经共同攻克过的城阳，在今天山东菏泽东北；第二个是齐国田横据以反楚的城阳，位于沂蒙山下，是现在的莒县。项羽的大军要以最快的速度回救彭城，应该从城阳向南穿过薛城和郯城之间的地带直插彭城，其间的距离是三百多华里，以步兵正常的行军速度要走四天，而且汉军必然会在微山湖之东重兵设防，突破防线也需要时间。心急如焚的项羽觉得那太久了，他把大本营交给范增和钟离眜，自己亲率机动性最强的三万骑兵，准备日夜兼程赶回彭城。正要出发时，一个好消息传到了：使他牵肠挂肚的虞姬并没有落入刘邦之手，而是在城破之前就由项庄保护着逃了出来，正在赶往大营的路上，远离了汉军的控制范围，安全已经无虞了。项羽一直悬着的心终于放了下来，他立即派出一支人马去迎护虞姬，同时命令暂缓行动。既然虞姬已不再使他担心，他就可以从容不迫地设计一个更为漂亮的反击战了。

他决定依然由自己亲率三万精骑，但不从齐地向南直下通过薛城郯城之间攻击彭城，而是向西绕过微山湖西北角上的亢父——那是当年薛城会议之后项梁率领楚军和章邯初次接战的地方，然后沿着长条形的微山湖向下走胡陵，从汉军完全想不到的方向袭取夺回彭城。这样他的行军路线呈一个以亢父为尖端的锐角，行程将近八百华里，超过直行路线的一倍多。以骑兵的正常行军速度，也需要三四天。在他亲率骑兵绕行的同时，他让大将龙且率领一支步兵，走直线向薛城和郯城一线集结。同时命令集中全军所有辅助作战和做军需运输用的战车，并尽可能多地收集其他车辆改装成战车，调集楚军中所有会驭马的战士来驾驭战车，由桓楚统领，跟随龙且的步兵行动。到了汉军的设防位置，先不出战，以步兵掩护车阵，等到薛郯一线的汉军得到彭城告急的消息紧急回撤时，再突如其来地亮出战车掩杀过去，前后夹击，汉军必然大败。按照骑步兵从两线行军的速度计算，会攻彭城的日期定在五月初五。

用战车作战，是春秋时期战争的主要形态。数百年前，自从郑国首先

216

从中原混战中崛起，随后齐国代之而兴，侵蔡伐楚，观兵召陵，成为中原霸主；然后秦国于公元前645年的韩之战中饮马黄河，踊跃东进；楚国也于公元前638年大败宋襄公，挥戈北上；晋国又趁齐国稍衰之际勃起，成为秦、楚的劲敌。于是从公元前632年的城濮之战开始，以秦、晋、楚、齐为中心，接连爆发了秦晋肴之战、秦晋彭衙之战、秦晋令狐之战、宋郑大棘之战、晋楚泌之战、晋齐安鞌之战、晋秦麻隧之战、晋楚鄢陵之战、秦晋栎之战、秦齐平阴之战、楚晋湛阪之战、齐晋朝歌之战等多次大战，大国胜败无常，小国安危不定，所有这些战争的旋涡，都是由战车的车轮搅动的。项羽从小听叔父项梁讲授兵书，对这些有名的大战耳熟能详。在还没有带兵打仗时，他的脑中就常常浮现出那些壮观的战争场面：在中原广阔的原野之上，敌对双方的数百乘甚至上千乘四马战车纵横驰骋；互相冲击、盘旋、挤压、追逐；旌旗、兵器和烟尘卷在一起；战鼓声、呐喊声和马嘶声响成一片；进如飓风，退如潮水，胜如雷击大树，败如山崖崩塌；那是多么壮观多么痛快淋漓的场面。他尤其熟知的是已成为经典的鄢陵之战，在那一战中，晋国将军苗贲首创了翼侧攻击的战术。他先以晋军的两翼同时攻击楚军翼侧，迫使楚军分散中军兵力去加强两翼，然后强大的中军车阵集中突破楚军中央战阵，这种新式攻击方法把威猛善战的楚军打得一败涂地。后来几乎所有的将军，都从这个战例中汲取教训。

到了战国时期，车战已逐渐被步兵作战所代替。因为兵法云："车，贵知地形。"战车的攻击性依赖于机动性，而战车的机动性则取决于战场的地形条件。井田制的破坏，使战车的用武之地越来越小；而战争的发展，又使投入兵力越来越巨大，战场地形也越来越复杂。在井田棋布的春秋时代，周道如砥，其直如矢，交战双方都可以选择良好的作战地形。私田出现以后，大量横七竖八的私田破坏了井田制的道路系统，撕裂了荒草丛生的封疆莽原，使战车的运用受到了严重阻碍。所以虽然行进速度慢，但适应地形和编队列阵的能力更强的步兵便成为战争的主体。于是以战车为主的作战方式便演变成了"步为腹心，车为羽翼，骑为耳目，三者相待，参合乃行"的作战方式。到了陈胜起义以后，因为大量从军的都是不会骑马也没有受过驾车训练的农民，有许多军队完全成了清一色的步兵。但是贵族出身的项羽热爱战马，非常重视骑兵的作用，并且在他心中，始终对春秋时代的车战心驰神往，如果能在步兵时代痛痛快快地打一场像春秋时代那样的车战的话，对于为将者是一种莫大的愉快。只要能找到合适的地形和合适的机会，他不会放过实现这个愿望的可能，毕竟战车在经过精心选择的平原战场上将是所向披靡的。现在，在就要向刘邦发动的惩罚性的反击中，他找到了这个合适的地点和合适的时机，他要像舞剑一样来轻松漂亮地舞动他的战争机器了。

从被讨厌的齐人纠缠住的沂蒙山地向回走，转过身来便是一片大平原。只在微山湖的西南方百多里处有一座不高也不大的砀山，那是定陶兵败楚军退防彭城时，刘邦驻军的地方。定约攻秦以后，项羽军由彭城西面的驻地萧北上救赵，而刘邦则从砀山西向攻秦。在此之前，项羽和刘邦在项梁的统辖下，一直是并肩配合作战的。项羽之所以不像范增那样憎恶刘邦，是因为他们曾经有过共同作战的情谊。他固然看不起刘邦，但他常常记起项梁战死后刘邦曾经给他的沉默的安慰，并且每当走过一片高粱地，他就会想起在向东阿进军的路上，刘邦给他送来的煮嫩高粱，那是他第一次尝到这种生长于中原土地上的粮食，那种有异于大米的香味令他印象深刻。如今他们共同的敌人秦国已经被灭掉，想不到昔日的战友却要在这里开战了。

在数年的征战中，项羽的足迹几乎踏遍了整个华夏平原。他先是跟随叔父项梁，从太湖边的吴地向西南渡过长江，过江以后，大地便平远壮阔了起来，和吴地迥异。吴地虽也平展，但河湖纵横，水网密布，军队行进其间，总有点磕磕绊绊，不太放得开手脚。而过了长江，便是一望无际的大平原，河流少了，气候干了，田畴更平，土质更硬。即使有些起伏的丘陵，那起伏也是浑圆没有棱角的，而且也没有茂密的树木在上面遮人眼目。北方中原地带的河流也和南方不同，南方的河流，像是造物主用力刻出来的刀印，河有多深水就有多深，河水覆满河床，常常丰盈得像要溢出来的样子，南方的大河常常成为天堑；而北方的河则干阔而浅显，像是不经意的擦痕，微微倾斜的河床布着卵石，长着青草，不到汛期，河水只占河床中间一线之地轻松地流着，对于这样的河，大军往往不需要舟楫就可以徒步涉过。项羽是喝南方的河水长大的，他的血管也总是像南方的河水那样涨满着，但是作为一个充满进攻性的将军，他更喜欢遇到的却是中原的土地和北方的河流。他过了长江又过淮河，一路向西北挺进，到了黄河边的东阿，又回头沿黄河折向西南。在定陶项梁战死，从此后他便成为楚军的灵魂，他回防彭城，北救巨鹿，又从赵地北折回到黄河边，顺着黄河强弩西射，过洛阳，过新安，过渑池，破函谷，入潼关，直抵咸阳。从咸阳回军彭城，然后又率领大军讨伐齐国，追击田荣一直到临近赵国的平原。从他渡江西进开始，他的军队扫遍了整个黄河流域，他也对中原大地的形状有了一个清晰的了解。长江和黄河，这两条大河像两条臂膀合力拥抱着华夏的这片大原野，两河中间的地方则由淮河补充滋润着。这片大原野的东面是大海，西面是群山，北面是群山，南面还是群山，还有缀在长江上的两个大湖泊和无数小湖泊。这片大原野没有南方那么多的雨水，在它上面生长的庄稼也是不需要引水灌溉的小麦和高粱，是吃小麦和高粱长大的人在主宰着这片大原野。几乎所有的国家，都想占有这片大原野；几乎所有的国家，都在这片大原野上兴了又亡，盛了又衰；大部分的华夏子民，都在这片大原野上生了又死，死了又生；几乎所有的军队所有的战争，都是在这片大原野上打过来又打过去。

项羽从心里喜欢这片大原野，这片大原野天生是为领兵作战的将军准备的。在这片大原野上他可以无所顾忌地调动、集中、挥动他的军队，大开大合、大进大退、大胜大败、大惊大险、大生大死地上演亘古未有的战争活剧。他喜欢在这片原野上挥霍为将者大气磅礴的生命。他所有的胜利，都是在这块原野上取得的。这片大平原南到淮河，北至赵地，西到函谷关，东到大海边，都是他策马纵横驰骋的场所。在平原上，能够阻碍他凶猛攻击的地方，只有那突兀而出又有着许多褶皱的山地了。田荣叛乱，被一击而败，剩下的齐人躲进了泰山和沂蒙山的褶皱里，他才一时拿他们没办法。刘邦被封在秦岭的那一边，如果能够安于封地，他也绝不会去攻打他。可现在他既然出来了，到了平原上，并且敢于偷袭他的彭城，那么就该让他尝尝厉害了。彭城的四周是一片平原，又是四通八达的交通枢纽，这样的都城易于出击，不利于坚守。他之所以放弃天下人瞩目的咸阳而选彭城做都城，是因为他不喜欢四山环绕的盆地，他喜欢原野。他不愿选择一个如乌龟壳般的都城，把自己安安稳稳地缩在里面；他愿意像一只猛虎，雄踞在一片平原的中心，摇动硕大的脑袋，用如炬的目光保护着他的臣民，震慑着他的敌人，哪里有骚乱，就猛扑过去，用强有力的巨掌扫平它！

公元前205年五月初五这一天的拂晓，驻扎在彭城西面的河南王申阳的军营还在一片睡梦中沉寂着，只有少数值更的士兵在营帐与营帐间巡游。忽然，值更的士兵好像听到远处有隐隐的雷声在滚动，他们感到诧异，近来一直是极爽朗的大晴天，满天明亮的星斗在东方的鱼肚白中才刚刚暗淡下去，丝毫也没有要下雨的迹象，怎么会有雷声呢？而且这雷声是连续不间断的，并有着渐渐加强的趋势，莫非老天是要突如其来地下一场大雨吗？过了一会儿，滚动的雷声越来越响了，也越来越近了，能够听得出来似乎是紧贴着地面从西北向东南滚过来的，越来越响，越来越近了，他们感到连脚下的大地也有点震动了起来，这样惊人地滚动的雷声后面将跟着怎样的一场暴雨呢？他们会在晴天时想到要下暴雨，却没有想到在安睡中会遭到攻击。终于有不太放心的士兵爬到瞭望用的木台上向西北方看去，这才发现从西北方滚动而来的不是乌云，不是雷声，不是挟雷卷雨的狂风，而是马蹄声，是飞奔而至的战马，是战马上的骑士，是在骑士们头上飘扬的旗帜和在他们的手中高举的戈矛，是一支像潮水一样向他们涌来的骑兵。他看不到这股狂潮的两边，也看不透这阵疾风的纵深，唯一知道的，就是这支突然出现的骑兵将使他们陷入灭顶之灾。报急的警号吹响了，但是来不及了，等全营将士从好梦中惊醒再披挂盔甲摸索武器时，楚军的马蹄已经踏破了他们的营寨。除了伏地投降和仓皇奔逃，他们别无选择。

攻占彭城以后汉军及其盟军的分布大致是这样的：刘邦和他的大本营自然进驻了彭城，在城中享受着欢宴、歌舞和女人；韩信看不惯刘邦破城后的作为，又劝谏无用，只能带着汉军主力去彭城以北薛郯一带扎营，防止楚军从齐地反扑；其他诸侯军在彭城里纵情抢劫了一番以后，汉王不允许他们在城中久留，就像当年楚怀王在彭城为君时，吕臣军驻彭城东，项羽军驻彭城西，沛公军驻于砀一样，刘邦把他们都赶到了彭城的四周布防。申阳和魏豹驻军彭城西面的萧县，而司马欣、董翳、张耳和韩王昌依次驻扎在彭城的南面和东面。彭城的四面都有军队拱卫，刘邦自然认为可以在城中高枕无忧了。

魏王豹的军营驻扎在申阳军营的后面，当申阳的军营被项羽的骑兵践踏时，他和他的营寨已经全部惊醒了。士兵们在一片慌乱中披挂列队准备迎战，却搞不清突然袭来的敌人是谁。在他们的脑子里，项王正远在齐地和田横作战，即使回救彭城，首先受到打击的也应该是在彭城北面布防的韩信部队，绝不会想到项羽打回彭城的反击战会从位置最为安全的萧县开始，会猛然从他们身上撕开彭城防御的缺口。作为一个将军的正常反应，魏豹虽然极为吃惊，但还是准备组织抵抗的。他一边扶着歪斜的头盔一边到瞭望台上去观察敌情，这时候从申阳军营中逃出来的溃兵已经涌进了他的营门，紧紧追逐的敌骑兵也尾随到了营门跟前，他看见敌人军旗上大书的"楚"字，并且也看见了那个正在挥军追杀的骑在乌骓马上的白甲将军的身影，他太熟悉那个身影了，当年在巨鹿战场上，他和其他诸侯将领们就是站在各自的壁垒上，看着这个如天神般威风又如魔鬼般骇人的身影指挥着像着了魔发了疯一般的楚军，把气焰嚣张的秦军打得落花流水。他从来没有见过哪一个将军能把自己的灵魂附到每一个士兵身上，也从来没见过一支军队中每一个士兵都像是由他们的将军挥动自如的兵器，每一击打出去都是那么迅猛有力，那么致命夺魄。只有项羽能够，在战场上他是全军的灵魂，而全军都是他这只猛兽的锋牙利爪和尖角。如果是别人突袭，他还会抱有抗拒的企图，但是在项羽面前，他知道企图抗拒就是找死。他下令全军撤退，并且首先夺马奔逃，军队一旦开始溃逃，便比难民更为悲惨。申阳部队的溃退触动了魏豹部队的溃退，像正在坍塌的屋宇，一根房柱砸倒了另一根房柱；像泛滥开来的洪水，一个波浪推动着另一个更大的波浪，而造成这股洪水的飓风，正在后面剧烈地无情地驱赶着。彭城五十万守军的大崩溃，就在这个拂晓从距离彭城约三舍之地的萧县开始了。

在防卫首先从西北开始溃散的时候，早已有快马向城中跑去并且一直闯到汉王刘邦的寝宫前报告了这个惊人的坏消息，可以想象从温柔乡中惊醒的刘邦撩开床帷瞪大眼睛的样子，他的第一个反应就是："韩信呢？我的大将军韩信在哪里？"在旁边的侍卫将军告诉他："韩信正率汉军主力在彭城以北布防。"刘邦破口大骂："狗娘的楚军的脚已经踢到老子的屁股上了，他在脑袋前面布防个鸟，叫他赶快回兵来救我！"于是又一骑快马向北疾去，向韩信传达汉王的命令。

从清晨到正午，仅仅半天时间，项羽的骑兵就追赶着溃军从萧县打到了彭城。站在城头上试图组织守城的刘邦看见的是这样一番景象：原先驻守在萧县的十万军队从西面向彭城溃逃而来，不要说在后面造成这种崩塌之势的力量，仅想堵住溃军几乎都是不可能的事，而且攻下彭城以后军队完全忙于敛财和淫乐，竟连在攻城中被毁掉的城门都没有修复，他立刻就明白要阻止这种溃退和挡住随之而来的进攻已完全不可能。那么能做的就只有一个字：逃！

整个汉军前一段都处在一种胜利的狂欢之中，统帅被轻易的成功冲昏了头脑，士兵们也觉得安全无忧。现在在意想不到的方向和意想不到的情况下遭到敌军猛烈的突袭，巨大的惊恐毫无过渡地就降临到他们头上，混乱立刻就显现了出来。当他们得知汉王已仓促逃出了彭城，整个城防马上就崩溃塌陷了，像坚硬的砖石瓦解成沙土。失去控制的士兵们从大开的四门中向城外蜂拥，心情比前些天他们进入这座城市时更为急迫。而从萧县方向溃退回来的军队却在往城里蜂拥，他们还把彭城当作他们的避难之地。向城里逃和向城外逃的散兵们在城门前相遇了，他们冲击碰撞在一起，他们全都怀着逃命的念头，把阻挡他们逃命的友军当成了敌人，他们自相践踏，混乱是空前的。

在彭城北边薛郯一带的战线上，韩信的大军正倚靠着微山湖的犄角列开战阵，准备迎击回救彭城的楚军。昨天傍晚，他已经得到了楚军逼近的消息，他想战斗应该在今天开始。他知道对楚军的战斗不同于东出函谷以来的任何一次战斗，对于能否胜利他没有把握，但他将全力以赴。天亮以后，楚军的阵脚已经抵近到了他的视野之中，从排列方阵的数量上看，这一支楚军的人数不如他的军队多，他仔细辨认军旗，知道这一支楚军不是由项羽亲率的，领兵的是大将龙且。韩信的心稍稍放了一点下来，他不敢贸然进攻，而是等待着用坚守来挫败楚军的攻势。但是楚军停在了那里，也没有向前进攻的样子，双方军阵就那么旌旗相望鼓角相闻地对峙着。到了中午时分，忽然后方有传令官飞马驰来报告了楚军已从萧地进攻彭城，汉王命他立刻回兵救驾。韩信大顿其足，在心中痛骂自己糊涂，他现在的状况，就像重兵设防蚀中栈道的章邯忽然得到了陈仓失守的消息。他怎么竟没有想到这一点呢？因为在他印象中项羽打仗，向来都是以力战取胜，他没有想到气势如虎的项羽也会来暗度陈仓这一套狐狸的花招。他现在明白从来都是猛打猛冲的大将龙且为什么在见到他的军阵就止步不前了，那是在等待汉军先从后方开始发生混乱。彭城告急，汉王召唤，他自然要引兵回救，但是在龙且的压迫下后退是有着极大危险的。他传令后军变成前军，迅速回救彭城；前军变成后军，在保持住阵形的情况下稳步后撤，以免使后撤变成逃亡。但是在彭城危险、大军后退的情况下，他已经不能十分有效地控制军心了，在这一点上他永远佩服项羽，无论在多么危险的情形之中，项羽都能够像控制自己的手和脚一样控制住每一个士兵。韩信知道自己在机谋上胜过项羽，但在为将的气质上他远远不如项羽。在和项羽打的第一仗上，他将大吃苦头的局面已经不可改变了。

由后军变成前军的部队已向彭城急奔，由前军变成后防线的部队在韩信的指挥下开始还在较为整齐地后退着，但随着后面楚军的渐渐逼近，听着楚军使劲敲响的令人心慌的战鼓，在紧紧跟随着他们的巨大危险的压迫之下，汉军的步伐越退越快，也越来越乱了。混乱得像是雪崩，开始只是出现一道缝隙，但这是一道无法弥合并且扩展极为迅速的缝隙，很快便开裂成可怕的崩塌。汉军因为背后楚军的迫近而心惊胆战，但还勉力保持着阵形，一旦遭到攻击，他们可以反身而战，用战阵来保护自己。但是他们忽然听到背后响起了一种不同寻常的声音，不是步兵的脚步声，不是威慑的战鼓声，也不是风吹旌旗的猎猎声，而像是隆隆闷雷，不是一个两个，而是成百上千个闷雷在紧贴地面滚动着。他们回头望去，看到的景象把他们完全惊呆了：他们看到尾随着他们的楚军步兵风吹草低般迅速向两边闪开。

在步兵军阵让出来的空地上，上千辆战车挟着滚滚烟尘和如潮的呐喊向他们狂风暴雨般地扑来。他们虽然都是久经沙场的士兵，但还是第一次面对如此众多、如此突然出现、如此迅速又如此猛烈的战车的攻击。在看见战车阵出现的那一刹那，韩信在努力维持着的步兵方阵便立刻溃乱了，有条不紊的撤退变成了杂乱惶恐的奔逃，一发而不可收拾。这时候的大将韩信知道所能做的事就是要逃得比这些倒霉士兵更快，万一死在这乱军之中，不但他最终与项羽一比高低的雄心将无从实现，而且将成为世人的笑柄。保住性命，这是最重要的。

从薛城郊城到彭城这一地带是一片广阔的平野，没有河流，没有沟坎，也没有丘陵，所以项羽选择这里作为他神往已久的车战的战场。在没有任何障碍物的大平原上，什么样的步兵能够抵挡成千辆战车疾风暴雨迅雷狂电般的攻击呢？可惜项羽此时正率领着骑兵在另一个方向打击汉军，不能欣赏到他精心设计的这场精彩的车战，代替他享受战争乐趣的是将军桓楚。桓楚指挥的这支临时组成的战车部队一直跟在龙且步兵的身后悄悄地向敌人逼近，每辆战车配有一名会驭马驾车的士兵，每一车上的战士由一伍士兵担任。第一次站在战车上行动的士兵们抑不住新鲜和激动的心情，向敌人接近时，为了不让敌人发现，他们全都平放兵器坐在车上，等到号令下达，他们站了起来，看见前面的步兵像排浪一样向两边闪开为他们让出了进攻的地方，看见敌人的士兵在猛然看到车阵时的惊恐之状，他们的心也像马蹄一样狂跳了起来，马蹄和车轮带着他们用比平常冲锋快得多的速度向敌人杀去，正是这种速度把敌人给震垮了。

楚军战车以双角雁行阵向敌发动猛攻。车战时代最基本的战术编队是双车编组，两辆战车互为犄角之势，这是为了在进攻时便于从左右两个方向同时接近敌车的舆侧，以形成夹击；而在防御中，两车又能互相掩护一个侧面，不致左右受敌。因此编组的两车在作战时应该形影相随，一旦分离，即成"偏师"，很容易遭敌所败。所有复杂的车战战术都是建立在双车编组这个基础上的，就像所有的步兵战术都建立在伍的基础之上。建立在双车编组基础上的战车队也分成左右两编，在过去的楚军中称为两广。在追击时，一个双车编组展开后，从左右两侧接敌；一个战车队也同样要将两列战车成雁翅形展开，这就构成双角的阵形。因为战车接敌，首先是以弓矢来射杀敌人，而在奔行的战车上发射弓矢必须以舆侧向敌，只有以舆侧向敌，车上的战士才能获得最开阔的射界。若从正后方射击，前面有四匹奔驰的战马，难以命中而且容易误伤。在追击战斗中，弓弩是杀敌的主要兵器，为了既保证大量战车的快速运动，又不减弱弓弩的威力，双角雁行阵是最简单实用的车战阵法：向前奔驰的战车在进入了弓弩的最佳射程时，两列战车便同时向左右偏转，在舆侧向敌的同时射手们便获得了最佳的射击机会；而整个车阵也在像雁阵一样的展开中获得了更宽阔的作战锋面。被桓楚配备在每辆战车上的一伍士兵，有一人协助驭手驾车，一人由长兵或短兵手改充弓弩手，另两人专为两名弓弩手输送箭镞，以保证射击的速率。楚军车阵开始还是严格地按照将军教授的车战战法作战，但是他们的对手并不是敌人的车阵，而是溃逃的步兵，而且在溃逃中几乎完全丧失了还击的能力，在战车上的楚军士兵发现他们完全不必遵行将军教授的车战战法也一样可以把敌人打得抱头鼠窜，因为面前的这些敌人已经完全不能称之为对手，只是一群把后脑勺、脊背和屁股对着他们的乌合之众。汉军逃跑的速度远远比不上追杀的楚军战车，等到马蹄踏到了敌人脚后跟上时，他们干脆放弃了那套车战战法，什么偏转，什么回旋，完全不再管那么多，只管驾着战车冲入敌阵，近距离的赶杀已经用不着弓矢了，他们拿起平着放倒在车上的兵器，用矛刺，用戈啄，用戟推，用殳击，用马蹄踏，用车轮碾。虽然有的战车因为不善驾驭而翻了，有的战车因为改装的质量不好给震散了，还有的士兵因为在战车上站不稳给颠了下来，但大部分的战车像凶猛的猎犬在追逐成群的兔子，他们从来没有打过如此轻松如此痛快的仗！

当韩信的大军被楚军战车驱赶着回到彭城时，彭城早已被项羽夺回，楚军的军旗重新插满了城头，而城外汉军的溃乱更为严重，北线败军的汇入更加剧了这种混乱。汉军和盟军的总数虽然有五十万之众，远远超过向他们攻击的楚军兵力，但是在楚军西、北两线的猛击下，整个大军魂飞魄散，颓败的局面已无可挽回。因为楚军从西面和北面袭来，汉军自然只能向东南方奔逃。驻扎在彭城及其四周的数十万军队在一天之内全部向东南方向溃逃，那种惨烈至极而又壮观的景象，任凭人怎样想象也不会过分。

据《史记》载："项王乃西从萧，晨击汉军而东，至彭城，日中，大破汉军。汉军皆走，相随入谷、泗水，杀汉卒十余万人。"

在彭城南面有一条谷水，从砀山的东北坡流来，在彭城东南汇入从沂蒙山南麓流来的泗水。泗水接纳了谷水之后继续南流，在彭城东南的灵璧又汇入西北东南流向的濉水。

从彭城溃逃出来的大量汉军首先遇到的便是这条谷水，他们沿着河流败逃，因为河水的走向总是朝没有障碍的地方流，河水的流向也就是最容易逃离危险的方向，溃兵的流动比河水的流动更急更猛更快。但是他们没有想到，在慌不择路的情况下也不可能想到：大地上的河流，总是小河流进大河，支流汇入干流。在河流的汇合处，就是逃跑的人的绝路；横插过来的另一条河，像一支早就埋伏在那里的军队，无情地截断了他们的退路。汉军沿着谷水逃窜，到谷水和泗水汇合的地方，路断了。如果是冬天枯水季节，他们或许还可以涉水过河，但五月正是河水丰沛的月份，前面的逃兵被河水所阻，后面的逃兵还在不顾一切地拥来，后面的人把前面的人挤进河里，他们自己又被接着拥来的人挤进河里，而楚军还在追杀着最后面的人，楚军凶悍，河水无情，倒在河边和漂入水中的汉军竟有十万之众。侥幸渡过谷水的汉军继续沿着泗水奔逃，楚军依然在他们身后紧追不舍。同样的情景在泗水汇入濉水的地方又重演了一次，濉水是一条比泗水更宽更深水流也更为湍急的大河，因而这种情景的重演便更惨烈、更壮观、更惊心动魄！在楚军的追杀下，更多的汉军被推进、赶进、挤进、压进了濉水之中，一时间尸体堵塞了河床，濉水为之断流。

从彭城败退下来的汉军，几乎全都被楚军包围在泗水和濉水相交的这片楔形地域里，渡河不成，后退无路。汉王刘邦也被挟裹在这片混乱的败兵之中，只要楚军继续收紧包围圈压缩汉军，刘邦的被俘将是不可避免的。但就在这时候，一件小事情的发生使他在绝境里有了转机。项羽从萧县到彭城，从彭城到谷水，从谷水到泗水，又从泗水到濉水，一路追杀汉军而来，倒在他的长戟和马蹄之下的汉军已不计其数，他的长戟专指着汉军中的军官击刺，而把汉军士兵留给他的士兵和乌骓马的马蹄来对付。他的目的是要生擒刘邦，擒到了刘邦之后，他甚至可以依然不杀他，还像在鸿门宴上那样给他一碗酒喝，但他将把他关起来，绝不会再放虎归山。当他的长戟指向下一个在他前面奔逃的汉军校尉的脊背时，乌骓马忽然长嘶一声，立起前蹄，使他的戟刃没有落到那个汉军校尉的背颈上。听到乌骓马的叫声，那个汉军校尉猛然停住了奔逃的脚步，回过头来，竟是吕马童。吕马童在奔逃的人流中站住了，项羽也在追击的潮头前站住了。他们四目相对，良久一动不动。溃逃的汉军依然在向前溃逃，追击的楚军发现他们的统帅忽然停了下来，也都诧异地停止了追击，看着项羽和吕马童在战场上面对面地站着的这一幕。吕马童忽然泪流满面，扑到乌骓马前跪倒，摘下头盔，引颈就戮。而乌骓马的鼻子和嘴，在吕马童的颈项间亲切地拱着。项羽跳下乌骓马，把吕马童扶起来，他哈哈大笑道："亏了乌骓马有灵性，要不然我差一点错杀故人。马尚如此，为人怎么可以不念旧谊。我和刘邦本是兄弟，今天汉军落到如此地步，完全是他咎由自取。这样吧，看在你吕马童的分儿上，我先让楚军暂停追杀，你去汉军中找到刘邦，叫他主动出来投降，我可免他一死，也可以节省许多汉军士兵的性命。"吕马童再次跪下："愿照项王的吩咐去做！"项羽知道吕马童不能骑马，叫人驾了一辆车，送吕马童到堆积在濉水边的汉军中去。

吕马童刚刚离开，天色就骤然起了变化。一股大风忽然从西北方席卷而起，风势狂暴，折树摧屋，飞沙走石，天昏地暗，一时间白天竟变成了黑夜。大风在楚军头上旋转滚动，几乎要把人吹走，楚军士兵为避风势，纷纷伏倒在地面上，包围汉军的阵形也被吹得大乱。这是一股突如其来的龙卷风，大风过去之后，许多楚军士兵发现手中的兵器不见了，在他们用一只手来遮挡扑向面部的尘沙时，另一只手里握着的兵器被一股巨大的力量拔了出去。

在这片大平原的另一个地方，有一个正在田里劳作的老农看见了一个奇异的现象，一股狂风卷着乌云在离他不远处掠过，风云过后，他惊讶地发现一块好几亩大的田地里插满了各种各样的兵器！那片田地顿时成了一片兵器的树林！他庆幸自己和自己的牛刚刚从那块田里走开！他心想，这真是一个战争的年代，连天上都会落下兵器雨来。

在濉水边的溃军中，吕马童没有找到刘邦，刘邦已趁大风席卷楚军的机会，带着数十名骑士，从龙卷风的边缘穿过楚军的包围逃脱了。他无颜去见项羽，踏着汉军士兵的尸体蹚过了濉河。项羽的士兵们经过仔细的查找，确信汉王不在这群被挤在泗水和濉水夹角里的败兵之中时，刘邦已经逃出去很远了。

31 山　　地

——人倒霉的时候，是应该躲到山里去的。

黄昏中，一辆六匹马拉的车子载着汉王刘邦向西偏北方疾逃。带着五十万大军打进彭城的汉王此时只剩下十几个随从还跟在车后。

古代的战车，在两只硕大而坚硬的车轮上面，只有一坪大小的平台，作战时，士兵站在这个平台上射箭或用长兵器和敌人对战；御者也站立在这同一个平台上，并没有特设的御座。王者所乘的车，也大致是这种形式，只是多两个车轮，平台大一倍，驾车的马也比普通战车多一倍，八匹。但是逃离彭城时因为太仓皇，在刘邦的一再催促下，驭者列侯夏侯婴只套上了六匹就开始奔逃了。车子平台左右两边有横挡，前面有一根横木称为"轼"。在车辆快速奔驰的时候，车上的人要用手紧紧抓住那根轼，才能不被剧烈的颠簸摔倒。但轼却不是为赶车的驭者准备的，车行时，驭者左手握缰，右手挥鞭，双手各有所用，在车子的前俯后仰左摇右晃中，只能靠双脚来保持平衡，所以驭车需要有相当的技巧。一旦失去平衡摔落车下，不被碾死也会摔伤；而失去驭者的车辆很容易颠覆失控，人仰马

227

翻。驾驭普通的两轮战车是如此，驾驭王者的四轮马车更是如此；因为四个车轮走在平坦的官道上固然更加平稳，但在有坎坷起伏的原野上行驶，则更难保持平衡。而且同样是一手持鞭一手握缰，驱使的马匹却增加了一倍，在坦途上，动力固然增加了一倍；在坑坑洼洼的路面上，危险也会增加一倍。那时候的车辆既没有弹簧也没有减震装置，所能依靠的，全在于驭者高超的技巧。从彭城出来随着溃军一路奔逃到濉水边，眼看着走投无路却又趁着那阵救命旋风的掩护折回头来逃向楚军的后方，刘邦觉得自己的屁股已经快裂成了两半，腰也颠得散了架，但他的命还在，此时堂堂汉王的性命完全系在夏侯婴手中紧握的缰绳和挥动的鞭梢上。他不停挥动和移动的双手和双脚保持着自己的平衡也保持着车辆在空前的混乱中一次也没有翻倒，只要翻倒一次，大汉国的基业也就彻底地翻倒了。

夏侯婴是沛邑人，在沛县马房当司御时，常常送使者或客人经过沛县的泗上，和亭长刘邦甚为投机，没事时常常谈到日影移动天色已晚才肯离开。不久他试补上了县吏，和刘邦更为亲近。有一次刘邦开玩笑开过了头，一脚踢伤了他的卵子。有人趁机告了刘邦一状，有官职而无故伤人，是要判罪的；一判罪，他的亭长就当不成了。还是夏侯婴出面为刘邦开脱，一口咬定他的卵子不是被刘邦踢伤的而是被马踢伤的，才使刘邦免于倒霉。但他自己却因为有做伪证之嫌，被鞭挞了几百下还坐了一年牢。仅从这一件事，就可见他对刘邦的忠心。当刘邦起事想攻沛县时，夏侯婴以县令的职位入城为刘邦说降，城中父老开城门迎立刘邦为沛公，沛公便赐他为七大夫，并任太仆之职。之后随刘邦攻胡陵，夏侯婴与萧何降服了泗水监司平，使得胡陵归降，刘邦升他为五大夫。之后又随刘邦袭击秦军于砀山之东，攻济阳，打雍丘，因为驾战车助攻有功，赐爵执帛。救东阿攻濮阳时，他以太仆的身份为刘邦驾车，有功，于是赐爵执圭。虽然官职已远远高出一名驭者，刘邦却始终让他为自己驾车，和赵贲战于开封，与杨熊战于曲遇，刘邦指挥打仗的战车都是由他驾驶，打到洛阳以东时被封为滕公。随刘邦攻南阳、战蓝田，是滕公夏侯婴的战车载着刘邦一路到了霸上。项羽封刘邦为汉王，刘邦封他为列侯，仍为太仆，随刘邦西入汉中又东进彭城。夏侯婴对刘邦可谓忠心耿耿，日月可鉴。尤其是在逃跑中，所有那些将军们，周勃、曹参、灌婴、樊哙，包括大将军韩信，全都不如夏侯婴有用。但是刘邦这会儿却恨不得能拔出剑来把他杀掉！

当龙卷风刮乱了楚军的队形时，是夏侯婴选择的突围方向成功地带领着他的君主逃出了死境，汉军全线南逃，楚军也全线向南压来，他们却从被飓风撕开的包围圈缺口中钻出来折向西北，反倒有了一条生路。但危险还在尾随着他们。发现汉王从濉水边逃脱，项羽又派骑兵追了上来，而那六匹拉车的马已经跑得疲惫不堪了。恰在此时，刘邦在前方路边看见了两个不知所措地依偎在一起的孩子，那是他的儿子盈和女儿鲁元。鲁元十三岁，盈刚刚十岁，他们像两只吓傻了的小鹿，在乱兵滚过一片狼藉的原野上，不知道该向哪里逃生。刘邦不禁一阵心酸，打进彭城以后，虽然把老父太公、妻子吕雉和儿女家人都从沛县老家接了出来，但自己成天忙于饮酒作乐，并没有好好关照他们，而在仓皇出逃的时候，也没有想到安排他们，看现在这个情形，一定是和太公吕雉他们走散了。如果没有人搭救的话，不是被乱兵杀死就是被楚军俘获。但是，那六匹马已经跑不动了，车上再加载两个人，他自己还能逃得脱吗？刘邦虽然心酸，还是把心一横闭上了眼睛，就算是亲骨肉，在自己性命难保的时候也就顾不了那么多了。他心里只有一个念头，那就是叫马跑得快点再快点，只要自己这个汉王不被楚军捉住，其他一切都是次要的事情。但是车却停了下来，他睁开眼睛，只见夏侯婴跳下车，一手一个把盈和鲁元抱了上来。两个孩子眼泪汪汪地扑到父亲身边，但刘邦却完全顾不上安慰孩子，他唯一关心的是逃跑的速度，孩子上车以后，车速明显地慢了，而后面追兵卷起的尘土却在逼近。他大为恼火地朝夏侯婴吼道："你快呀！"夏侯婴道："马累坏了，跑不动了！"刘邦大骂："跑不动了你还停车上人！"夏侯婴惊诧道："那是你的儿女呀！"刘邦道："救老子要紧还是救儿女要紧？"夏侯婴道："当然是救汉王要紧！"话音未落，刘邦情急中伸脚就把儿子和女儿从车子平台上踹了下去："那你就快跑！"车子猛然一轻，夏侯婴却一声吆喝勒住了马，跳下车跑到后面又把滚在地上的盈和鲁元抱了上来。一挥鞭，车子才又跑动起来。刘邦大怒："你不是说救老子要紧吗？这样婆婆妈妈不是想叫老子丧命吗！"他一伸腿，又把盈和鲁元蹬下车去。没想到夏侯婴回过头也瞪起眼睛大吼起来："那也不能不要儿女啊！"他又停了车，返回去把两个孩子抱了上来。刘邦怒极了："如果老子的命没有了，留下这两条小命又有什么用？"夏侯婴一边驾车一边道："我不管有用没用，反正我不能丢下他们！要活活在一道，要死死在一起！"夏侯婴的固执使刘邦愤怒至极，他把剑拔出了一半："要是让楚军追上来，我先杀了你！"夏侯婴不再说话，专心致志地赶那六匹几乎筋疲力尽的马，他要用他驭者的技术，把马身上还残存着的那一点力量最大限度地发挥出来。刘邦也不再说话，横下心闭上眼再一次把两个孩子蹬了下去。但是夏侯婴再次停下车把孩子抱了上来。刘邦知道不能再蹬了，他的焦急敌不过夏侯婴的固执，每次停车都要耽搁时间，他明白夏侯婴绝不会放弃孩子，想丢掉孩子减轻车载只能是欲速不达。他的命完全掌握在夏侯婴手上，否则他真忍不住会杀了这个固执的马夫。

好在黑夜终于来临了。夜幕的掩护使他们得以逃脱楚军的追击。

数天以后，刘邦辗转到了下邑。在下邑居然幸运地碰到一小支没有受到楚军打击的汉军，领兵的将军吕泽，是吕雉的堂兄。吕泽因为是刘邦的姻亲，受封为周召侯，原来驻扎在单父。听说刘邦和诸侯军合攻彭城，也赶来参加作战，因为来得迟，行军到达下邑时汉军已经从彭城溃退。他不敢轻举妄动，便留在下邑观望形势，没想到意外地接应了逃亡中的汉王。这时候的刘邦已经成了孤家寡人，手头没有一兵一卒，吕泽如果心怀不良的话，很轻易地就可以杀了他，也可以把他献给项羽以邀重赏。可是让刘邦庆幸的是，虽然他自己常常不讲信义，他的部下却都是一些非常讲信义的人。吕泽的忠诚使刘邦有了东山再起的希望。

不断有将军收拾散兵向下邑聚拢来，也不断有消息传来：一是太公吕后和负责保护他们的审食其一行人已经被楚军俘获，作为汉王的人质被羁压在项王的大营里；一是项羽仍在派出部队到处搜寻汉王的踪迹，要是知道他在哪里，定不会放他跑掉。夏侯婴和吕泽来和刘邦商量，下邑不是久留之地，如果被楚军发现，必然难以逃脱。到哪里去寻找一个安全的藏身之地呢？刘邦忽然眼睛一亮：上山！齐人田横就是依靠沂蒙山做屏障，才躲开了项羽致命的打击。人倒霉的时候，是应该躲到山里去的，到山里去避开危险和休养生息，到山里去卧薪尝胆等待时机，而砀山和芒山，就在距下邑不远的地方盘桓着矗立着。为什么不去那里呢？那是和他有着特殊缘分的山啊！

刘邦一生中的转折，大都与山有关。当泗水亭长的时候，为县令送役徒去骊山，还没有走出泗水郡，人员已逃亡过半。他想，等到了骊山，很可能就逃得差不多了，既然如此，还有必要去自找倒霉吗？走到砀山之下，便索性停下来喝酒。那时候天下人心浮动，乱世的征兆已经显露了出来，他一边喝酒，一边打定了主意。到了夜间，他解开绳索对由他解送的役徒们说："过去到骊山做役徒的人，都是去了不见回来，我不忍让你们也这样。现在我这个亭长已经当不成了，你们愿意逃走的，可以各寻生路；没有生路的，不妨随我到这砀山中去暂避一时，以后时来运转，我们这些人能做成一番大事业也未可知。"于是该走的走掉了一些，剩下的大都是一些不甘平庸的人物，一致拥戴他为首领，到砀山里去找一个落脚的地方。当夜他们走在山间的草泽小径上，刘邦命一个胆大的在前面探路。探路的人忽然跑回来报告说：前面有一条大蛇横在路上过不去，是不是折回头另找一条路？酒醉中的刘邦豪气勃发道："壮士只有向前而已，怕什么大蛇挡道，杀了它就是了！"于是他向前直行，拔剑将蛇斩为两段，带着他的人马走了过去。走了几里之后，他醉得不能支持，便躺下来休息，倒地就睡着了。

第二天一早，在刘邦斩断大蛇的地方，有个路人看见一个老妇人在那里哭泣。路人问她为什么哭，老妇说："我儿子在这儿被人杀掉了。"路人问她儿子为何被杀，老妇道："我儿子是白帝，化为蛇，当道而卧，如今被赤帝主子所杀，所以我才哭！"路人见老妇说得荒唐，认为她是个疯子，走了没几步回头再看时，老妇已经不见了。路人继续前行，到了刘邦醉卧之处，这时候他的酒已经醒了。那位路人将所见老妇的话告诉刘邦，刘邦心中暗喜，自信不是寻常人物。而那些追随他的人，也因此而认定他将来必成气候，对他敬畏有加。关于刘邦斩白蛇的故事，太史公就是这样记载的。那个时代的人们相信能够成就大业的人物都有着某种异兆。

那时候秦始皇还没有死，已经接近死亡但自己还一无所知的始皇帝认为东南有天子之气，所以要出巡东方，意在以皇帝之威镇服东南方向的天子之气。刘邦当亭长时，常常休假回家，他从小就不爱干农活，回家只是看看而已，自家田里的活是吕雉的事情。有一次吕雉带着两个孩子在田中耕作，有一个老人从田边经过，要些水喝，吕雉见老人饿了，又给了他一点吃的，老人便为她相面以做感谢。说："夫人的相貌，是天下的贵人。"吕雉又要老人看两个孩子，老人看看后来成为孝惠帝的那个男孩道："夫人所以能够大贵，就是因为这个男孩的缘故。"老人又相了后来的鲁元公主，也说是大贵之相。老人离开后，刘邦正好悠闲地晃到田头来，吕雉便把老人相面的事告诉给他听。刘邦大感兴趣，问老人在哪里？吕雉说："刚走，不会太远。"于是刘邦便去追，果然追上了，问老人吕雉和孩子何以大贵？老人道："刚才我相过的夫人和小孩，相貌都像你，因此大贵。""那我呢？"刘邦问。老人笑道："贵不可言！"因为有老人的这句话，刘邦怀疑始皇帝东巡所要镇服的东南天子气，就出在自己身上。他怕灾祸临身，便始终藏匿在芒砀二山的沟壑岩洞之中。别人都搞不清他躲在哪里，但吕雉带人为他送吃的东西，却一找一个准，从不落空。刘邦感到奇怪，问吕雉怎么就能够找到。吕雉说："你躲藏的山谷，上面常有云气缭绕，我依着云气去找，总是能够找到。"刘邦听说如此，心中更是喜悦，沛县子弟听说此种事情，到芒砀山中来附从他的人也越来越多了。至于这些带有神话色彩的故事是后人附会的传说还是刘邦刻意的编造，就不得而知了。但可以确定的是，正是在砀山之中，刘邦下了背叛秦朝、自己来干一番大事业的决心。

不久始皇帝死了，陈胜吴广于大泽乡揭竿而起，刘邦和他在山中聚集起的数百人也下山回到沛县，开始了打天下的事业。那时候萧何曹参在县中当文吏，官职比刘邦曾经当过的亭长大，但是他们的胆量却比刘邦小，生怕万一谋事不成，将来会被秦廷族灭其家，于是便让人公推刘邦作为起义的首领。沛中父老早就听说过从砀山中传出的那些关于刘邦的奇闻怪事，一致认为他会大福大贵。又经过卜筮，没有比举刘邦为首更吉利的，于是刘邦当仁不让，立为沛公。祭黄帝于沛令公庭，又行衅鼓之礼。沛公军中的旗帜都用赤色，因为沛公曾斩白蛇，老妇说杀蛇的人是赤帝之子，所以尚赤色。但是起义初期并不顺利，刘邦只能去投靠项梁，取得了项梁给的五千兵马，作为项梁的部将作战于黄淮之间。直到项梁于定陶战死，楚军急速回防彭城，吕臣军驻彭城东，项羽兵驻彭城西，沛公军驻砀——转了一圈又回到最初起事的砀山之下，他才真正开始握有了一支具有实力的军队。正是从砀山开始西进，他才一路顺风地最先进了关中。分封诸侯时项羽没有给他关中平原而是给了他秦岭中的山地，现在想来恰恰是秦岭的山地遮掩了他，也护佑了他，使他能够放心无忧地积蓄力量并出其不意地杀回关中。如今，在一连串的大胜和一场空前的大败之后，在大地上也在人生中转了一个更大的圈子之后，他又想到了砀山。他决定把队伍拉到砀山和芒山里去，到山里去招集旧部重振旗鼓，那一片易守难攻的山地，就是他东山再起的基础。在任何时候任何情况下，只要有山可以依靠，他就不会被彻底击败。他相信山地是他的福祥之地，而砀山的山神会比其他神祇更能够保佑他。

刘邦在砀山中收拾余众，整顿兵马。在彭城一战中被楚军打散的文臣武将们又纷纷回到了他的麾下。但是彭城一战败得实在是太惨了，即便是刘邦这样具有足够坚忍性格的人，有时候也会被悲观情绪所笼罩。一日他和张良登上砀山山顶，望着四周烟雾迷茫的江淮平原，浩叹一声道："一个人如果心不太大的话，拥有关中就已经足够好了。我们浩浩荡荡地出关东伐，没想到被项羽一仗打得一败涂地。如果真能打败项羽出这一口恶气的话，我愿意放弃函谷关以东的土地，谁能和我共图大事，这一大片平原就归谁所有！"

张良道："这不是心大心小的问题，如今的时代不但大不同于春秋，和战国时代也不相同了。一个王者如果不能成功地拥有整个天下的话，是很难在某一块地方长久地立足的，即使是像关中那样四面有关河作为天然屏障的地方，也难保不被侵扰吞并。要么拥有天下，要么丢掉天下，偏安一隅的局面是极难保持的。不过作为一种策略，陛下所说的这一大片土地倒也不妨许诺给人。九江王英布，本是楚国的猛将，但他现在和项羽已经有了很深的嫌隙；和陛下有过旧交的彭越正在梁地造反，在和项羽的对抗中，这两人是可以利用来救急的。而在您这边的将领中，其他的固然可以冲锋陷阵，但可以委任大事独当一面的却只有韩信。陛下如要放弃关东的土地以求得同盟者，不妨就许给这三个人。有了这三个不可等闲视之的人物，我想项羽最终是可以击败的。"

刘邦问："别的将军都带着残部到砀山来会合了，为什么韩信不来？莫非他已对我有了二心？"

张良笑道："那是因为他比别的将军都看得远。砀山之地利于收整军力，却不利于改观天下形势。彭城大败之后，能够保住半壁中原，不至于使东征之举完全劳而无功的战略要点在荥阳。韩信已经抢在楚军前面，把他的军队带到那里去了。我们已在这山里赢得了喘息之机，也应该尽快到荥阳去，在那里设下拒楚的防线。"

刘邦心有余悸地摇头："在山里我有一种安全感，再回到平原上去，我们恐怕不是项羽的对手。"

张良说:"可是要打天下,就不能老是躲在山里,总要出山去和对手一决雌雄。目前在平原地带野战,我们确实不是项羽的对手。但我们可以换一种战法,据城固守,消磨楚军的锋芒。荥阳以及和荥阳在一条线上的成皋和广武,都有着坚固的要塞可以据守。而要塞,不就是人们在平原上造出来的山地吗?荥阳后面是邙山,地当黄河和济水的分流处,过去中原漕粮集中于此,再西运关中,北输边塞,所以秦国最大的谷库敖仓就设在邙山上,占据荥阳,就等于把敖仓抱在了怀里,无须为供不上军粮而担忧了,可以放心地做长期作战的打算。我看项羽,刚猛有余而柔韧不足;而且他是一介武夫,治军有力而治国无方。两国争雄,不仅要靠兵力,还要靠国力,兵力是需要靠国力来支撑的。只要我们能够保存住实力不被他一口吞掉,他的剑锋再利,最终也要被我们磨钝的。萧相国在后方治国大见成效,有消息来报,为了补充彭城一战中损失的兵力,他已经发派关中二十三岁以下、五十六岁以上的老弱兵到荥阳一线去集合了。"

刘邦说:"多一些兵力当然好,只是老的老,小的小,能打仗吗?"

张良说:"野战虽然不行,但配合壮丁守城头,还是能够使防御力量大大增强的。"

刘邦沉吟着:"要塞是人造的山地,子房,此话有理!有了粮食、山和城墙,我就可以放心了。那就如你所说,去荥阳。我们确实是要换一种战法了,就把荥阳当成磨刀石,好好地磨一磨他西楚霸王的那把剑!"

32 英 布

——他是这样一头猛兽,既勇敢,又怯懦。

公元前205年楚汉之间大起大落的战争局面中有一个很有意思的现象。汉王和西楚霸王的大进大退像风行云走,而其他诸侯王们的表现却像是风中的草;风是疾风,草却不是劲草,哪边风强便随风伏倒,完全没有信义和德行可言。在汉王西风东侵时,项羽所封的诸侯王中竟有一半倒向了刘邦;而在项羽的彭城反击战大获全胜,汉军全面溃败之后,他们又纷纷背汉降楚。塞王司马欣和翟王董翳又投到项羽麾下,这是他们第二次投降项羽,加上中间投降刘邦,已经是第三次投降了。项羽居然不计前嫌接纳了他们，可见他对他们这些人的节操并没有太高的要求。既然如此，只投降过一次的河南王申阳和魏王豹等的归附就更没有什么问题，对于投降者来说，打不过就服输成了一件很正常的事情；而对受降者来说，并不去过于计较投降者的品格，只要他投降过来可以壮大自己一方的声势就行。在楚军大胜汉军大败的形势下，齐国和赵国也和楚国重新言和而反汉，刚刚被西风吹倒过的草，又统统被更强劲的东风吹得倒伏在地。汉军的反楚同盟已经土崩瓦解，原来的汉军阵营中拥有实力的将领只剩下了韩信一人，他抢到了先手之利，扼守荥阳，才使得汉军在中原稳住了阵脚，不至于一败而退回关内。

刘邦率军出了砀山开往荥阳，在走到虞城时，他得到了众诸侯王又背汉降楚的消息，不禁长叹一声："像他们这班人，实在不值得与他们共谋天下大事！"

在刘邦的幕僚中有一个一直默默无闻的人叫随何，他像一只机警的猎犬，似乎从主人的叹息中嗅到了某种可以令他发迹的气味。随何凑上前去："陛下所说的意思，莫不是想找一个能够共谋天下大事的人？"

刘邦想起了张良在砀山顶上对他说的那番话，向随何道："你好像是六安人吧？"

随何点头说是。刘邦像是不经意地说："那个英布不也是六安人吗？"

聪明的随何知道汉王心里想的是什么了："大王是想能否和九江王联合抗楚吧？"

刘邦点头："我看英布是个人物，比那些鸟王们都强。目前他虽然仍算是项羽的属下，可是在霸王伐齐和我攻打彭城的战斗中却一直存观望态度。他过去在项羽军中从来都是当先锋的，现在保持中立，其实和项羽之间已经失去信赖和忠诚了。如果有人能够替我出使六安，使他发动军队叛楚联汉，从侧后方打击楚军，让项羽多一个劲敌，天下将来就是我的了。"

如果有一张当时的天下形势图的话，就可以知道九江王英布在楚汉相争的局面中所占的位置是何等的重要。这张图可以以西楚的都城彭城为中心。彭城的西面是被汉军占据并全力设防的中原要冲荥阳。原来受封于中原之地的河南王、韩王和殷王在汉、楚两军的大进大退中已经失掉了自己的封地，无论投靠哪一方，都成了虚有王衔的傀儡。荥阳以西的大片地域完全成了汉军的稳固后方。楚军如果留守彭城，它的北面是齐国，西北是

235

彭越占据的梁地，齐梁之地后面的西北，是地域广大的燕赵之地。在汉军被楚军狠狠地击败了之后，齐国和赵国都转而和楚国言和，取了以汉为敌的立场，依然和楚国为敌的只剩下了梁地的彭越。而彭城南面的淮河流域，是九江王英布的地盘。如果英布在楚汉相争中支持项羽，驻守在荥阳的汉军就会同时面临东面的楚军、东北方向的齐、赵和东南方向淮河一带九江王三面的压力。英布若持中立观望态度，汉军便少一个敌人，楚军也少一个盟友。而如果英布能够倒向刘邦一方，天下的势态就对项羽大为不利了。他守在彭城，就会意识到不仅西面和西北面有敌人，南面也存在着潜在的威胁；而当他领兵向西去进攻荥阳时，不但北面的梁地，而且南面的淮河，全都成了他不安定的后方。在张良的心中，显然是相当清晰地画出了这张天下大势图的，所以他提醒刘邦，如果想争取盟友的话，最有用的就是这个九江王英布。张良对天下形势有着超人的洞察力，正是这种洞察力构成了刘邦的战略方针。但是以张良的身份，不可能去做煽动英布造反的说客。刘邦需要这样一个说客为他去把英布这块巨石从项羽的山体上撬下来，于是六安人随何找到了自己的用武之地。

随何从服饰到谈吐都是一个典型的儒生，因为刘邦讨厌儒生，所以他在刘邦帐下始终处在一个被冷眼相看的地位上。在刘邦的眼中，百无一用是儒生；被他看得起的儒生只有一个，那就是郦食其，而且郦食其还否认自己是儒生，自称为什么高阳酒徒，不过郦食其那张酒气熏天的嘴里说出来的话确实厉害。随何自信自己的口才并不在郦食其之下，但是他没有那么大的酒量，没法用某某酒徒之类的名号来讨同样也是酒徒的汉王的欢心，而且在汉营中也一直没有碰上能让他立功的机会。现在汉王在一声长叹后面吐露了他的心事，他知道他的运气来了，便向汉王毛遂自荐道："我可以为大王出使淮南，去说服英布背楚与汉结盟。"

刘邦似乎高兴又似乎意外地看了他一眼："你去说九江王英布？英布那家伙可是个脸上刺了青花杀人不眨眼的东西，你不怕一言不中听他抬手就杀了你！"

随何对刘邦轻慢儒者心中有气，但他还是以儒生的风范答道："大王难道没有听说过唐雎出使秦国的故事吗？唐雎身为小国使者，在秦王面前尚且能不辱使命；如果大王能够委我以重任的话，我就是堂堂大汉的使者，难道九江王比秦始皇还可怕吗？他脸上的青印，不还是被秦人刺上去的吗？臣虽为一介书生，披坚执锐不如一个士兵，但是唇枪舌剑如果用得是地方，有时候也可以抵得过千军万马。"

"那么说你是执意要去立这个功了？"刘邦又激了他一下，"好吧，我就派你去当大汉使者，到九江王那里去走一趟，你有什么要求，可以说一说。"

随何道："虽然我们在彭城新败，但是国威不可不讲究，我要二百名随从作为仪仗，而且要鲜衣亮甲，让英布不敢小看。"

刘邦道："鲜衣亮甲可以，但是随从不能给你那么多，此行靠的是你的本事，说成了当然好，说不成不是去白白送死吗？给你二十个随从我看也就够了。"

随何不能强求，只能再要求别的："我听说英布是个贪财又贪色的人，我希望能够带上一些珠宝和几名美女去投其所好。"

刘邦有些不悦："他好色我也好色，好的我舍不得，差的送人又丢我的面子，带女人？亏你这个竖儒想得出来，路上带着也不方便是不是？"随何有些脸红了，他只想如何才能达到目的，却没想到这一点有失儒家风范。刘邦说："财宝嘛，倒是可以带上一点，连土地都可以许给他，送点财宝是小意思。不过你要明白，是靠你的嘴去说，不是靠我的钱去买。你还要什么？"

随何想了一下，本想把话咽回去，但还是吐了出来："还要两条上好的黄河鲤鱼。"

刘邦感到奇怪："要两条鱼干什么？带到那里还不早臭了？有你一个腐儒还不够，还要两条腐鱼吗？"这就是刘邦的风格，即使正在用着你时，还在骂着你，对此挨骂的人毫无办法。随何说："我自有用处。在鱼还活着时候用猪油封起来，就可以保鲜很久。其实这事用不着大王吩咐，只要拨给我钱，我自会找人去办理。"

"那么带上我的符节，你就可以动身了。"刘邦说。

随何看着刘邦："我还有一个请求，等到了荥阳我再正式出使淮南。"

刘邦翻一下眼睛："现在从虞城直下淮南，和从虞城到荥阳的距离差不多远，你却要等到了荥阳再折回头，岂不是舍近求远，难道儒生都是一些不识路程的人吗？"

随何正色道："我为大王去游说九江王，是下了不成功便成仁的决心的，但即便是赴死，也必须知道死得要值。我之所以要先到荥阳，是想看一下荥阳的防卫是否能在百日之内抵挡得住项王的攻击，如果抵挡不住，即使我说服了九江王反楚，那又有什么意义呢？那可真叫是去白白送死了。再说，也只有到了荥阳一带，才能弄到真正的黄河鲤鱼。"

刘邦有些不悦了："没有鲤鱼你就说不了英布吗？你不知道英布早反一天我们的日子就早一天好过吗？"

随何不卑不亢地说："大王如果看不上我，认为我不能担此重任，尽可以再另选高人。"

刘邦被他弄得一肚子恼火，真想杀了这个狂妄的竖儒，但是杀了他谁又可以为他去游说英布呢？

张良过来打圆场道："我想随何先生的要求自有他的道理，要说动九江王绝非一件轻而易举的事，没有过人的胆识和勇气，是担当不起这个重任的。作为汉王的使者，我想随何是想亲眼见识一下荥阳的防卫工事和我军的士气，如果坚强得足以抵御楚军的进攻，他出使的信心和对英布说话的底气都会大大增强。再说，他想要两尾黄河鲤鱼，一定有他的妙用，至于如何用法，那就是他的事情了。"

刘邦只好道："那好吧，到荥阳拿到黄河鲤鱼后，你马上就出发。"

公元前205年的春夏之交是九江王英布心理上最为矛盾的日子。他是这样一头猛兽，既勇敢，又怯懦。扑杀猎物的时候他凶猛无比；而权衡利害时却常常犹豫不决。他的勇猛世所公认，他的怯懦之心却深藏在腹中无人知晓。他此时正在为他前一段时间的失策而后悔，后悔在项羽伐齐要他出兵时，他只象征性地派了五千人给项羽，使得项羽对他大为不满。其实即使他不愿亲自出征，他原本也是可以多派一些兵马给项羽来表示他的忠诚的。过去有一种看法：楚军之所以能无往而不胜，不仅因为统帅项羽有着超人的力量，还因为先锋英布有着超常的剽悍。楚军之所以能够大破秦军，收降章邯，四处告捷，功盖诸侯，不仅因为项羽能把楚军握成一个铁拳来击碎别人，还因为英布能屡次以少胜多来镇服别人。英布对于自己的功劳是相当自负的。而现在，项羽在没有他英布的情况下，不但杀掉了敢于首先造反的田荣，把田横的齐国残兵赶进了山里；而且奇兵突袭，以少胜多地一举击溃了刘邦气势汹汹的五十万大军，让天下人看得目瞪口呆。

在这种情形下，他不得不接受项羽对他的责难了。

对于项羽，英布内心的态度始终是矛盾的。一方面他不服气，因为在楚军中，他当官的资历比项羽老，在他追随项梁转战各地已经赫赫有名时，项羽还是一个不为人知的年轻将军，以至于没到巨鹿时章邯完全不知道他的厉害。当项梁自号"武信君"时，英布就是仅次于他的"当阳君"了。项梁战死以后，他本以为自己会以"当阳君"的身份接替楚军的指挥大权，却没料到项羽因为是项梁看重的侄子，受到大多数将领的拥戴，成为楚军的统帅，自己只能屈居在项羽帐下。另一方面他却不得不服气，因为项羽从人格到打仗确实比他更有力量从而能让众人深深折服。英布知道自己和项羽的差距，一个是贵族，一个是强盗。贵族出身的人和强盗出身的人在气质上是明显不同的，在这一点上他永远无法超过项羽。当项羽在项梁的教导下怀着一雪国耻的决心熟读兵书时，他在乡间偷鸡摸狗。对着秦始皇"彼可取而代也"这样的豪言壮语他是说不出的。但是比起脸朝黄土背朝天的芸芸众生来，他英布则可算一个雄心勃勃的非凡人物了。年轻时有人给他看相说："你有大难也有大福，要在受刑之后才会被封王赐爵。"到壮年时果然因为犯了法被施以黥刑，同时受刑的人都在哭号，他却欣然而笑："看相人说我受刑之后才可以称王受爵，如今脸上刺了青，想必为王的日子也不会太远了吧！"受刑以后被送到骊山做苦工，他专跟其中的豪杰来往，终于率领那一伙人逃到江湖上去当了强盗，并以此为起家的资本。在项羽麾下，他既是矛锋又是刀刃，在新安的那二十万秦国降卒是他力主要杀并且用他的手杀掉的；那个摇唇鼓舌想说动项羽不封王侯的韩生是他迫不及待地杀掉的；那个固执己见一心要"如约"，搞得项羽十分恼火的义帝也是他和吴芮共敩派人追到长江上游去杀掉的。他觉得以自己的身份，为项羽所做的事已经够多的了，受封之后，他想西楚霸王是王，九江王也是王，他应该好好地享受一下王者之尊，不愿再像从前作为项羽的部将那样听令被使了。所以当项羽要他领兵随同西楚霸王一同伐齐时，他第一次表示了委婉的拒绝，托病不出，只派了五千人作为象征性的援助。现在项羽派出的使者已经到了他的都城六安，他知道使者负有两重使命，第一是转达项羽对他支持不力的责难；第二是敦促他出兵，协同西楚伐汉。不想与此同时汉王刘邦的使者也来到了六安，意图也很明显，希望能联合他反楚。英布在决定个人进退取舍时，远不如他在战场上那样果决剽悍，他一时不知道应该怎样来对付这两个完全针锋相对的使节团，在他没有想好之前，他只能继续装病：大王有疾在身，未愈之前不便接见任何人。

随何虽然到了九江王的都城，但人到了是一回事，能否见到英布却是另一回事。就连西楚霸王项羽派来的使节，也在城中的馆舍中等待接见；所不同的是西楚的使节在城中的行动是公开的，而汉王使者的到来却被英布手下的人严格地控制在保密状态。随何作为汉王使者和西楚国使节不同，他自然是在为刘邦争取同盟者，但更重要的是要为自己能够在汉王营中出人头地，为儒者争得一席地位。对于项羽的使者来说，只要他面见九江王传达到了霸王的旨意，不管英布态度如何，都可以回国复命；而随何则不然，他如果说不动英布，即便九江王不杀他，他也无颜回去见汉王，或者流落民间当一介草头百姓，或者只是一死而已。所以随何像一把锥子，使足了劲非要深深地扎到英布的肉里去不可。随何是六安人，在城中自然有不少亲戚朋友。他的一个既沾亲又带故的好友如今当了九江王府中的太宰。在战国时代，有的诸侯国的相国就称为太宰，这个官名大概来自于老子"治大国若烹小鲜"的说法；不过随何的这个当太宰的好友却不是九江王的相国，而是王府中的厨师长。因为有这个厨师长，他才刻意要带上两条用猪油封好保持着新鲜的黄河鲤鱼，准备万一英布不肯接见时拿来派用场。

一天进餐时，英布发现放在面前的一道菜是鲤鱼，他不耐烦地挥挥手："端下去端下去，太宰难道不知道我不爱吃鲤鱼吗？一股土腥味！"

太宰似乎在等着他发火，连忙小心翼翼地跑了上来："大王有所不知，人有高低贵贱不同，鲤鱼和鲤鱼也大有不同。淮河里的鲤鱼确实如大王所说，一股土腥味，但黄河里的鲤鱼就不同了，尤其是产自黄河中洛阳到荥阳这一段的鲤鱼，不但在鲤鱼中是极品，就是在所有鱼中也是上好的佳品呢！淮南之地的鳜鱼虽然鲜美，若要论名贵，恐怕还比不过黄河鲤鱼。"

英布将信将疑地尝了一口，味道果然和产自当地的鲤鱼不可同日而语。他诧异地问："黄河远在千里之外，你从哪里弄来如此新鲜的黄河鲤鱼？"

太宰低首回道："这是汉王的使者随何特意从荥阳为大王带来的。"

"随何？"英布立刻警觉起来，"莫不是因为我不肯见他，他才通过你来打通关节?"

太宰跪下回道:"随何与小人是故交,他说他此次出使完全是为大王的利益着想。他说大王不肯见他,必然是因为楚强汉弱的缘故,关于强和弱,他正有一番话要对大王说。他说请我一定要向大王进言见他一次,假如他的议论是对的,那正是大王您想听的;假如他说的大王认为不对,他和他一同来的二十个人甘愿当众受刑于淮南市上,以表明大王背汉向楚之心,还可以把他的头送给项王以取得信任!"

有这样一番话,英布倒觉得这个为汉王出使的随何不可不见了。英布对项羽的感觉是既敬且畏,虽然敬畏中也掺着一些不服气,因为他出身贵族,带兵打仗也确实比他强。平心而论,如果巨鹿战役楚军的统帅不是项羽而是他的话,他恐怕难以使楚军发挥出那样超常的伟力而赢得胜利。但对于刘邦,英布本是看不起的,自己和他相比,一个是强盗一个是无赖,半斤八两。论打仗,刘邦远不如他,不过那小子笼络人的本领倒是他不及的。刘邦被封于汉中,他本以为会被关中三王堵在山里再也出不来了,没想到他一只膀子从陈仓拐出来,不但挟有了关中之地,而且竟敢率领大军打出关来,传檄四方,会同诸侯,一时间兵力猛增到五十万,轻而易举地就攻下了西楚国都彭城。对于刘邦的行动,英布既十分惊讶又感到有一些快意,这下可够一心想当霸王的项羽喝一壶的了。于是英布投机取巧,保持中立,想趁楚汉相争双方都精疲力衰之际,再出来坐收渔翁之利。没想到他的如意算盘没有打成,汉军来得快退得也快,项羽依然是盖世无双的霸王。他在西楚伐齐这件事上的表现已经使霸王大为不满,在楚汉相争中,项羽更不允许他脚踩两只船,像巨鹿之战中的河北之军那样作壁上观。西楚霸王派来的使者就在城里;而汉王使者通过关系已经把黄河鲤鱼送到了他的案前。他决定让太宰把随何请来一同吃鱼,听听这位带来鲤鱼的人有何高论。

随时听候召见的随何很快地就坐在九江王的对面了。

随何看着这个杀人如麻的威猛将军、割据一方的淮南之王,他脸上被刺上的青印很有一些令人恐怖的感觉。他的外形像雄狮猛虎,但他的精神状态却像是一匹贪婪和残忍中夹杂着胆怯的狼,因而显得有些猥琐。他知道自己一言不慎就可能被这匹狼吃掉,也知道面前这个人之所以让人感到像是一只犹豫中的狼,是因为正陷于得与失的计算中而惴惴不安。他知道自己应该怎样说话，能打动他的只是"利害"二字。

他们的话题就从鲤鱼开始。

随何说："我之所以千里迢迢给大王带来两条黄河鲤鱼，不仅是想让大王尝一下美味，还想借此说明一番道理。同是鲤鱼，为何味道有天壤之别呢？这是因为产地不同。南方的橘，种到北方，结出来的果就成了枳。橘是果中上品，枳却是没法吃的东西。黄河之鲤肉味纯厚丰美，因为供它生存的水是华夏的龙脉。黄河之水发于西王母所居的昆仑山上，源远流长，一路有百川汇入，而且汇入黄河的大河小川都是流经丰饶之乡肥腴之地。黄河是河中的帝王，鲤鱼是河中的王族，所以它的肉是为具有帝王之尊的人准备的。而淮河只发源于距此不远的桐柏山中，虽然流域也算广阔，但流经之处不是红土便是黑土，土色不正，水味也不正，并且淮河水系是怪鱼出没、虾蟹丛生之所，河中之鲤与龟鳖鳅鳝类同生，所以才有土腥味，难怪大王不爱吃。"

英布目光阴沉地看着他："你讲了一大通黄河的鱼如何好，淮河的鱼如何不好，莫不是看不起我这个以淮南之地为属国的九江王吧？"

随何淡淡地笑着，背上却流下了两道冷汗："大王曲解我的意思了。我的意思是，以大王之尊，仅仅拥有淮南之地，不觉得气派略小了一点吗？汉王说过，他拥有关中之地已经心满意足，之所以出关伐楚，完全是为义帝复仇，要为天下讨一个公道。他有话要我传给大王，如果大王能够帮助他一同击败项王，他愿意把函谷关以东的土地拱手相让。那正是黄河流过中原的地方，也正是所产的鲤鱼味道最鲜美的所在。"

英布脸上的阴沉之气化开了一些："我知道刘邦派你来自然是为了拉拢我，但汉王应该知道，我一向是北面侍楚，以臣下之礼来对待项王的，你来游说我谋反背叛，就不怕我杀了你？"

随何说："怎么谈得上是背叛和谋反呢？过去你是诸侯上将军的部下，但在戏下封王之后，你也成了与项王身份相当的一方诸侯，并不是项王的家臣呀！"

英布并没有一下子就被随何挑拨动："但项王毕竟是霸王，而且我这九江王也是他封给我的，所以我认为我仍然是项王的臣属。"

随何单刀直入，一语破的："表面上确实如此，只是大王以臣礼侍楚，心未必诚！"

英布悚然一惊："何以见得？"

随何拱手一笑："大王，请恕我直言，先是项王北向伐齐，传檄调大王率部随征，但大王托病不去，只派了五千人应付差使。其后汉王会盟诸侯攻袭彭城，彭城空虚难以坚守，若大王真对项王忠心耿耿，自当领军驰援；然而大王事不关己，袖手旁观，按兵不动，坐看彭城失陷，明眼人还看不出大王已经对项王怀有二心了吗？因此，大王所谓臣属项王，不过是徒托虚名而已。"

随何见英布的隐衷已被说破，脸色又有了变化，继续乘势而入："大王，徒托空名，虚与委蛇，三心二意，患得患失，自古以来，少有善终的先例。"

英布的脸色又沉重起来，不是压向别人的沉重，而是积在自己脸上的沉重。随何知道这块大石头已经有一点被他撬动了："大王难道不以为项王已经对你产生了疑忌之心，认为只要有机会，你就会像田荣和汉王那样造他的反吗？既然心中这么想，只要有机会，他不也会先把你收拾了吗？"

"你说过了吧？我并不想反项王，我想项王也不会对我下手。"英布不愿意让随何在说话中占了上风，但从他说话的语气中可以听出他对自己所言显然信心不足。

随何知道应该抓住时机攻其要害了："大王不妨听我斗胆之论。大王心中并非没有背楚之想，只是不敢付之于行动，原因是项王的力量实在太强大。但强和弱从来都是互相变化此消彼长的。从表面上看，项王一战而击溃五十万汉军，自然是楚强汉弱。可是把目光放远了看，就未必如此了。胜负是兵家常事，而且胜负也是依天下形势而逆转的。现在汉王已集结重兵在荥阳、成皋、广武一线稳固设防，那一条战线已经构成了一座整体要塞，深沟高垒，鹿砦环绕，众志成城，固若金汤。大王知道，野战靠的是勇猛，而要塞战靠的是后援，只要有足够的粮食和军资供给，坚固的要塞就可以长期防守下去。汉军不仅拥有敖仓，而且后方的关中、汉中、巴蜀之地富庶丰足，无论人力物力都可以做长期支持。而楚军的后方则远不如汉军可靠，自彭城往攻荥阳要跋涉近两千里，途中要经过八九百里的敌国梁地，会受到彭越的骚扰，老弱士兵辗转运送军粮也会遭到彭越的抢劫，等到了荥阳城下，强弩之末，已成乏兵。想要前进攻城不下，想要后退又会受到汉军的追击，大王还认为楚军一定占有优势吗？何况，即便楚军能够战胜，汉王也可以退回关中自保，而分布在中原江淮一带的诸侯王们，若不相互救援，就会被恼怒的项王一口口地吃掉。所以楚国一旦强盛，反而要招致天下兵锋乱起，天下大势就是这样。大王皈依于汉可以说是万无一失，而托付于楚则前途岌岌可危，为什么非要把自己和项王绑在一起呢？汉王派我来，并不一定要大王单独兴师击楚，只要大王能够高举反楚的旗帜，则楚军北有彭越之忧，南有九江之虑，无法全力驱兵进袭突破荥阳防线，大王可以不战而具有克敌制胜之功，又何乐而不为呢？将来汉王战胜项王，必将把所许诺的关东大片土地划分给你；而且淮南之地本来就归你所有，不用担心失去。这就是汉王派我来向你献出的计策，请大王认真考虑！"

英布不得不为随何的说辞所折服，性情急躁的他当即表态："先生所言极是，我愿意听从你的意见。"于是便把细节问题交给幕僚们去和随何商量。但是整个事情是在严格的保密状态之下进行的，因为项羽派来的使节还在城中等待着他的接见。

但是送走随何之后，他性格中犹豫的一面又占了上风。黄河鲤鱼固然好吃，可一不小心卡了刺也不是好玩的，他决定等见过了项羽的使者，听听他能说些什么，然后再做最终决定。

从英布的王府中走出来，随何虽觉得大功已告成了一半，但心里依然忐忑不安。像英布这样性情急躁而游移的人，固然会因一席说辞而决定进退行止，也很可能会因为另一番说辞而彻底推翻先前的决定。如果那样的话，他不但此行无功，而且脑袋在肩膀上也留不住了。为了确保英布无法反悔，他想出了一个极其大胆的行动，这个行动绝不亚于在战场上的奇兵突袭。他倾出了送给英布之后还剩下的所有财宝，通过太宰又买通了英布的侍卫长。当两天后英布接见楚国专使时，随何忽然直入堂上昂然走到了英布和楚使的面前，不等惊讶中的英布开口发话，便瞪着眼睛向楚使大声道："贵使莫不是项王派来要九江王出兵伐汉的吗？可是九江王已经与汉王结盟，怎么还可能帮助楚国呢？请使者回去向项王复命吧！"

楚使惊问："你是什么人？竟敢如此大胆！"

随何道："我是汉王使者，已就淮南之地归附汉王的事宜和九江王谈妥了，我想九江王是不会背约的，所以你的使命已经无法完成了！"

楚使从没有经过这样的场面，惊骇之下，所能做出的反应就是怒目而视，拂袖而走。

汉使这一手意外出击，使得英布极其恼火，当即拔出剑来，眉锋竖立："我杀了你！"

随何笑道："大王就是杀了我，也不可能在项王面前洗清自己了。为大王计，还不如一不做二不休，杀了楚使，不要放他回去。同时尽快与汉联合，举旗反楚。"

随何是把自己置之死地而后生，英布却被他弄得没有了退路，只能对不起他的上将军项羽了。楚使被杀掉了，却有漏网的随从逃回彭城把六安的变故报告了霸王。随何的说辞虽然精彩但并不全对，他说只要举旗反楚就可以坐收不战而制敌之功，可英布还没有出兵，怒火冲天的项羽就已经派大将龙且杀到了他的家门口。英布过去自以为是项羽手下最强的将军，并不把龙且放在眼里，没想到离开了项羽之后，他的勇武便不复当年了，一战即被龙且击溃，只能和随何一同逃往荥阳。想想自己的狼狈处境全是被随何一张嘴所误，恨不得杀了他；但他不能杀，他已经得罪了项羽，如果再得罪刘邦，他将投向哪里去呢？英布到达汉军营中入见汉王时，刘邦正坐在床上让侍女给他洗脚。当年他在高阳见郦食其时，就是这副样子，但听了郦食其的责备，还能够连忙起立整装致歉；可现在他和英布说着话时，一双脚依然泡在盆里，怡然自得地搅动着温水。英布心中愤怒酸楚搅成一团，平时只会冒出凶光的眼中几乎要流出泪来，他是为了刘邦才丢失了都城千里来投，想不到刘邦这个流氓竟如此轻慢他，后悔不及，恨不得一死了之。但是当他出来以后，被人领到为他准备的宫舍里时，看见帐幔、器皿、饮食、从官都跟汉王的居所同样豪华，甚至还为他准备好了过夜的美女，他的一腔愤懑便融化、释然了。心想，刘邦这家伙就是那么一种做派，你拿他有什么办法。既已到了汉王麾下，就得为他出力。于是英布便派人回九江去收集散兵败将故旧宠臣来加入汉军营垒。这时候他的妻子儿女都已经被项羽杀掉，他只能和汉王在一起与楚为敌了。英布毕竟是名震一时的大将，刘邦又划拨了一些军队归他指挥，叫他与楚军作战，防守成皋。

许多年之后，当刘邦诛了淮阴侯韩信又杀了梁王彭越，并把彭越剁成肉酱分赐给各诸侯，英布害怕危及自己，终于忍不住造反，却又兵败被追杀时，他想起自己用金戈铁马建立起来的一生伟业，完全是毁在随何的那张嘴上。他帮着项羽打败了秦朝，又帮着刘邦打败了项羽，到头来自己却离成为罐中的肉酱不远了。他咬牙切齿地记起那天接见项王使者时随何突然插到他们之间说那几句话的情景，一个儒生像图穷匕见般的猛然一击，竟彻底改变了他这个杀敌无数功勋累累的战将的命运。

33　荥　阳

——荥阳像当年的巨鹿一样，成了天下两股最大的军事和政治力量的大竞技场。

公元前205年至公元前204年，楚汉战争进入相持阶段，两军相持的地点，在荥阳。

那时候汉国的都城已经从南郑迁到了栎阳，如果在楚国的国都彭城和栎阳之间拉一条直线，荥阳就在这条线的中间点上。黄河从北方直下在潼关拐弯后，自西向东几乎是径直地流到荥阳和与荥阳隔河相对的武涉之间，然后才猛然一昂首转向东北方奔去。荥阳在地理位置上是中原大地的中心，在军事形势上是项羽和刘邦争夺天下的焦点。它的地位决定了它既是楚汉两股势力范围的分界线，又是两军集中兵力互相碰击的锋面。

荥阳像当年的巨鹿一样，成了天下两股最大的军事和政治力量搏斗的大竞技场。荥阳是一架巨型的天平，谁能在这架天平上投下足够的重量以压倒敌人，华夏的版图就将向谁的怀中倾斜。

刘邦不能失去荥阳。荥阳是他在从胜利的峰巅滑向失败的悬崖边时幸运地抓握住的一块凸出的石头，或者是牢牢扎根于石缝中的古树，不仅阻止了他的下滑，而且可以凭借它赢得喘息之机，恢复元气，并以此为基点再次向峰顶攀缘。一旦丢失了荥阳，他将在无依无凭的中原大地上一泻千里地退回关内，在颓败之势下，即便有函谷关之险恐怕也不能抵挡住项羽的乘胜追击。如果势态果真发展成那样的话，那么他出关伐楚之举招来的是自取灭亡。足以让刘邦感到庆幸并可以焕发斗志和楚军一搏的是，荥阳不是一座孤城。荥阳防线是有着纵深广大的后方地域的一系列要塞：荥阳南面是京、索二城；荥阳北面是成皋、广武；黄河之北还有武涉和修武。这些要塞之间不但可以互相支援，而且因为汉军的加紧修筑和严密布防而空前坚固。

项羽也不能绕过荥阳。因为荥阳战线既有着广大的纵深又有着足够的宽面。若想从北面绕到汉军后方，就得渡过黄河，黄河之北是汉军驻守的修武大营，渡河很容易遭到汉军从黄河两面的夹击。修武以北便是赵国地域，虽然赵国已经和汉国反目又靠向了楚国，但实际上还是处在一个自保地盘的中立状态，赵国一向如此，在反秦战争中是如此，在楚汉战争中还是如此。那些缺乏信义的诸侯国即便做了盟国，也是不能完全信赖的，他们随时可能变敌为友，或变友为敌；从北边绕行，很可能受到赵国反水的威胁。向南面多走一些路，倒是可以绕过荥阳的。但是如果不能在荥阳消灭掉汉军的有生力量，即便绕过了荥阳进袭关中，在战略上也没有太大的意义。如果绕过荥阳进军关中，汉军既可以从背后攻击楚军，占有在自己的根据地上与敌作战之利；也可以从荥阳出发再次攻占彭城。就算项羽拿下了关中，刘邦也占有了西楚。楚汉的位置来了一个大对换，这显然是项羽所不乐意的，否则当初封王分地时他就不必煞费苦心地让自己领有西楚九郡了。而且绕道而行，不符合项羽的性格；从齐地反扑彭城是他作战生涯中极少见的一次绕道而行，那是为了取得奇兵突袭和两面夹击的效果，他不会为了避开战斗而绕道。现在，他想把荥阳变成第二个巨鹿，在这里彻底打掉汉军的元气。

但是任何一次著名的战役都是不可重演的。时间变了，地点变了，人物变了，背景也变了。当年围困巨鹿等待决战的章邯是一把利剑，巨鹿之战是剑和剑的碰击，比的是谁的剑更锋利、更坚硬、击刺出去的力量更大。而荥阳却是一面盾牌，厚实而坚韧，它能抵挡打击，承受打击而又能化解打击。凶猛如虎的楚军在荥阳战线上面对的是一只巨龟，城墙和壁垒是汉军的龟壳，他们把软弱的部分全部缩在了壳里，从壳缝中露出来的爪和牙却锐利而坚硬。猛虎对龟壳无可奈何，而从龟壳中突然伸出的锐牙利爪却也能够伤及猛虎的体肤。

一向打惯了野战的项羽，从来都是靠痛快淋漓的野战取胜的项羽，在广阔的无遮无拦的原野上大开大合纵横驰骋的诸侯上将军项羽，锋芒指处所向无敌的西楚霸王项羽，在荥阳第一次遇到了强有力的阻挡。在以往，任何敌人的勇气、体力、兵器和战阵都不足以抵挡他；但这次，刘邦却靠一样东西有效地阻碍了他，这就是要塞。汉军把以荥阳为中心的京、索、成皋、广武，构筑成了一长条坚固的要塞。项羽过去并非没有攻打过要塞，但那都是孤城。四面一围，城中无援而又缺粮，斗志已经不足，只要士兵们攻城勇敢，少则三日五天，多则半月一月，很少有攻不下来的城池。但这回不同，荥阳的城防比以往遇到的所有要塞都更坚固，城墙更高更厚，河池更深更宽，柴藩更多更密，而且要塞与要塞间连成一体。当攻其一座时，其他的要塞可以攻击你；而分散兵力全面攻击，又收不到集中突破的效果。汉军在黄河边拥有敖仓，像当年章邯那样筑起甬道连于河边以运取军粮，不必担心粮食告罄；还有从后方关中源源不断而来的人力物力支援。而楚军的粮食辎重要从千里之外的彭城运来，途中还常常遭到盘踞梁地的彭越的阻击。项羽发现从彭城追击汉军而来的巨大优势，竟在荥阳被刘邦拉平了。他不能前进，也不愿后退，只能摆开架势在这里和刘邦打一场攻守要塞的拉锯战了。

楚汉两军于荥阳一线相持，其中包括荥阳被楚军攻陷后又被汉军重新守住的两度易手，时间长达三年之久。在这场旷日持久的消耗战的战幕拉开之前，我想让本书的读者对古代的要塞战有一个基本的概念。

所谓要塞，是构筑有永备筑城工事的防御地区。塞这个名称来源于春秋，据《左传》记载，晋所设的防御工事有阙塞和桃林之塞。要塞大都为方形，一般是一个有水源有工商业的人群聚集的市镇，四周围以土石结构的坚厚高墙。城墙顶部的宽度以能进行短兵格斗为限，当敌人登城时，守军可以凭墙据守。城上有掩护守军士兵的低矮胸墙，墙上筑有间距为三尺左右的带射孔的砖垛，称为堞。这是守军作战的屏障。堞与胸墙通常合称为"睥睨"，又称为"女垣"。《释名》一书中说："城上垣曰睥睨，言于孔中睥睨一切也。"睥睨一词即来源于此，可见城头上的守军是怎样的有恃无恐。

要塞每边只开一门，城门的空间是一条甬道，四面共有四座城门。门为巨木所制，坚固厚重，一旦关上从外面很难打开。除大门外，为了加固城门的防备，门道中部还设有一重悬门，平时悬挂在门道的顶上，门楼内有专门设置的辘轳控制其升降。万一大门被攻破，摇动辘轳，降下悬门，就可再次关闭门道。

要塞城墙内侧每隔一定距离，便筑有一条形成一定坡度的石阶，石阶直通墙脚，供守军上下。环绕城根的一侧，还筑有宽阔的道路，以便灵活地调动预备兵力加强城头防守告急的地段。这样一道方形的封闭性的城墙，构成了要塞的主体。

要塞的附体也相当重要。在要塞四角筑有四座高于城墙的望楼，也叫敌楼，用以观察敌情。它更重要的作用在于，方形城垣的四个城角都具有相垂直的两个暴露侧面，比其他部位更易遭受敌人攻击，城角上筑有高于城垣的敌楼，便补救了易遭敌人两面夹击的弱点。筑有敌楼的城角称为"城隅"。在四面的主城墙上，每隔一定距离便筑有一座凸出于城墙之外的"行城"，与主城墙垂直，像是从城墙上伸出来的犄角。守军在行城上，可以对进攻两座行城之间墙体的敌军进行交叉侧射，这样既把主城墙的单纯正面防御变成了有翼侧掩护的三面防守，又消灭了城墙脚下的射击死角，大大提高了主城墙的防御能力。行城要高于主城墙。并有陡直横墙同主城墙的顶部隔开，墙顶加堞，成为瞰视城头的制高点。一旦某段城墙被敌攻陷，行城就成为守军进行反击的主要据点。

要塞的外围还有防御设施。在距城墙一定距离的地方挖有壕池，用以阻滞敌军的行动，所以一座要塞也常被称为"城池"。壕沟上架设有可以起落的吊桥，吊桥放下供自己军队通过，吊桥收起便让敌人隔岸观火。在壕池边确实是有火可观的。壕池的外边设有鹿砦，使进攻的敌军难以通过；而在壕池内侧岸边则设置柴藩，以大木连成木栅，栅后堆积柴捆，栅外涂泥防火，构成要塞的外围防线。当敌军渡濠时，守军可以凭藩据守；守军撤离时，便点燃堆积的柴捆，敌军就是渡过了壕池也一时难以接近要塞主体。

因为要塞易守难攻，秦代以前的军事家们一般都不主张攻打要塞。孙武认为攻城是用兵的下策，他在兵书中再三强调："攻城则力屈"，"攻城之法，为不得已"。因为在火炮还没有发明之前，面对深沟高垒的坚城，进攻一方确实没有十分有效的攻坚手段，往往师劳兵疲，久攻不下。在这方面典型的战例有公元前563年的偪阳之战，堂堂晋国大军包围了一个小小的偪阳城，苦战数月方克。还有楚庄王围宋九月，楚康王围宋五月，楚声王围宋十月，都不能克。最后两军主将隔城对话，楚将子反询问城内宋军的情况，宋将军元坦言道："城中粮绝，已经易子而食，析骸而炊了。"子反被守军的顽强而感动，也坦言相告："我军也没有口粮了。"遂引师而去。在要塞面前，攻守双方往往都处在极为尴尬的境地。但是当战争进入相持阶段时，要塞的争夺就成为不可避免的了。

如果把长期围困、让城中之敌因粮绝而不攻自破的办法除外，古代的要塞进攻战大体上有三种方法：一种是"堙"，一种是"门"，一种是"傅"。

"堙"这个字的本意是埋没，也含有堆积和堵塞的意思。用堙的办法来攻城，就是在要塞外围堆起一座与主城墙平行的土山。用土山来抵消城墙在高度上的优势，攻城部队从土山上向要塞发起进攻，防守一方的深堑高垒在被堙之处就夷平了。以堙法攻城一般是从四个城隅处做起，四座土山环城垒起，就可以居高临下攻击守军。公元前567年晏弱围攻莱邑，就是用环城垒起高于主城墙的土山一直贴近了守军的城堞。但是堙法攻城最好能够臂助于要塞之外的地形势态，依坡垒山，才能事半功倍。尉缭子在兵书中说："地狭而人众者，则筑大堙以临之。"在攻城一方运土垒山时，守城一方自然不会袖手旁观，而会想方设法地从城头用箭镞和抛击垒石予以杀伤。为了减少伤亡，攻城部队要在一种上蒙牛皮下有四轮的接近车的掩护下才能进行土工作业，每一辆车可以掩护十余名战士。对于这种攻城战法，古书中有记载云："……如皮洞之类，一望数百，夹道如屏，以覆役者，矢石不能害。"其场面的壮观可见，其工程的艰辛也可知。它需要大量的时间和人力物力。这实在是一种愚公移山式的笨办法，这种旷日持久的攻城战术，对于暴师于千里之外的进攻者并不有利，也很容易在堆土的繁重劳役中遭受守军的突然袭击。擅长于土工作业的章邯很可能乐于采取这种战法，而这种类似于秦始皇驱使大批劳工造阿房宫的行为方式，显然不符合在战争中一贯快刀斩乱麻的项羽的性格。

"门"，是直接进攻要塞城门的战法。攻击的程序大致如此：攻城部队先以大橹为掩护接近城门。这里所说的大橹，不是在河里摇船用的橹，而是一种为攻城特制的大盾牌，比一般的手盾要大得多，手盾只用来防护头部与胸部，而大橹可以立在地上掩护全身。"门"的主要攻击武器是撞击城门的冲车，用巨木固定在车架上，前端用铁包裹，以数十名士兵推动冲车反复冲撞城门，直到撞破。当城门被撞毁，守军会立即降下悬门重新封闭门道，于是再撞。当悬门也岌岌可危时，守军就要用备用的材料迅速堵塞缺口。双方在狭长的门道中反复争夺，战斗的激烈程度可想而知。"门"是最为简单直接的攻城方法，但是因为城门坚固，门道狭窄，兵力难以展开，攻击者在矢石交射之下，往往付出惨重代价仍然不能攻克。

攻城的第三种方法是"傅"，傅在古语中通"附"，指的是士兵们用云梯攀缘登城，像蚂蚁缘附于草茎之上。用冲车撞击城门，攻击只能集中在一个点上；而用云梯攻城，只要有足够的兵力，就可以全线发动进攻。攀梯登城，对于士兵来说是最为险恶的战斗。当数百架云梯被成群的士兵们簇拥着搭上城头，攻城部队以密集队形爬上城堞时，要塞争夺战便进入了白热化的状态。攻城的士兵冒着被射死、砸死、摔死、砍死的危险跃上城头和守军肉搏；守城士兵则用小型冲车来撞击云梯，用刀斧来砍断云梯，一面凭着行城的高度从侧面对云梯上的敌人进行俯射和交叉侧射，并降下悬臂来从中截杀。悬臂是一种悬挂在城堞之上的木箱，用滑车控制其升降，箱中乘有士兵，以刺杀云梯上的进攻之敌。比起"堙"和"门"，"傅"的攻击效果更为猛烈，但伤亡也极为巨大，如果不是狠下决心，攻城者一般不肯轻易使用。

在汉军以要塞为屏障和楚军相持的荥阳战线上，楚军首先采用的是"门"的战法。项羽在汉军要塞的对面排开了自己的大营，每天轮流派出士兵去用巨大的冲车撞击要塞的大门。虽然一时难以撞开，对方也在努力加固和修补被撞损的大门。但每天隆隆的撞击之声，都像一面大鼓一样在振奋着自己的军心也有力地威慑着敌人。与此同时，项羽一面动用大量人力物力在后方督造大量的云梯战车，准备发起总攻时使用；一边不间断地派出小股部队通过要塞与要塞间的缝隙到敌人后方去侵夺袭扰汉军的运粮甬道。

设在黄河南岸邙山上的敖仓，储存着大量的粮食，是汉军荥阳防线的命脉所系。如果没有充足的粮食，汉军就不可能在这里设防。敖仓并不是一座单一的大仓，而是建在邙山上的许多大大小小的仓库群。邙山上的黏土，干燥而坚固，便于挖掘而又不易坍塌，既能有效地防止雨水渗透也不会有地下水涌出，是囤积粮食的天然佳地。秦代人对于储粮已经有了相当丰富的经验，在作为仓库的洞穴中放置上木炭和生石灰之类的防潮物品，可以使谷物长久存放而不霉烂。秦国虽已不存在了，但从秦朝留下来的大量粮食依然存在敖仓里足以供一支大军数年食用。为了确保粮食的运输，汉军学习了章邯的方法筑甬道把敖仓和要塞间连接起来，以保证前线给养不致缺乏。甬道固然是运粮的动脉，却也是防御的弱点，数十里长的甬道上只要有一处被截断，血液便不能及时供应到前线。在防御战中，粮食的接济不上最容易引起军心的动荡。屯驻在要塞中的众多汉军每天都需要大量的粮食供应，虽然楚军并不能完全切断汉军的甬道，袭击甬道的小股楚军也屡有伤亡，但是汉军因甬道频频被袭所感受到的威胁已相当大了。于是在楚军施展硬性武器削弱汉军防御的同时，刘邦也开始使用软性的武器来瓦解楚军的攻势。这个软性武器便是用间谍的渗透来扩散谣言，以离间项羽和他手下重要将领之间的互相信任。为刘邦使用这个软性武器的人，是从楚军营中投奔过去的陈平。

陈平背楚投汉，是因为他在受命平定殷王的叛乱中失信于项羽。陈平并没有真正去征剿殷王，而只是派说客去说服殷王后退，便班师回朝向项羽报捷，项羽拜他为都尉，赏赐黄金二十镒。但过了不久，刘邦便攻下了殷地，被陈平谎报已经战死的殷国将军竟然出现在汉军阵中。项羽为之大怒，要惩罚先前平定殷地的将吏，陈平惧怕，便把项羽所赐的黄金官印封好派人交还给项羽。对待属下一向宽厚的项羽见他既然如此，便也没有认真派人追杀他。陈平从小路逃亡，过黄河时，船夫们见他是一个衣冠楚楚的独行男子，怀疑他身上藏有金玉珠宝。陈平从船夫们的目光中看出了贪婪和杀机，立刻脱光衣服帮助船夫们摇船，并笑指两腿之间道："我的宝物和你们一样，只悬在这里。"于是船夫们也笑了，看到他身上并无值钱之物，便安全地渡他过了黄河。

陈平是通过汉营中魏无知的关系晋见汉王的。汉王赐宴之后说："吃过之后，就到馆舍中去休息吧。"陈平说："我是为天下大计才来投汉王的，要说的话很急，不能超过今天。"汉王和他谈过之后，大为欣赏，问他在楚国做什么官职？陈平回答说当都尉。于是汉王也拜他为都尉，让他当陪乘官，并用他来监护军队。汉军诸将大为不服，连周勃和灌婴都忍不住向刘邦进谗道："陈平虽然相貌魁伟，却像冠上的玉石，只不过是装饰品而已，并不一定有真才实学。听说他在家时曾偷过嫂子，奔魏国不见容，后来又逃到楚国，是因为谎报军情怕受惩罚才来投奔大王。想不到大王竟如此看重他，不但授以高官，还用他来监护军队。听说陈平收受了许多将军的贿赂，送黄金多的人就得到好职位，送得少的人就得到坏职位，如此看来，陈平是一个反复无常的乱臣，希望大王明察。"刘邦听了这两员十分倚重的将军的话也心生疑窦，便召举荐陈平的魏无知前来责问。魏无知名字叫无知，说话却相当有见识："我所举荐的是他的才能，陛下所问的是他的品行。假使一个人具有尾生和孝已那样的品行，对作战胜负的谋略却毫无助益，那么陛下何必用他呢？现在楚汉相争，我推荐的是有奇智的谋士，只看他提出的谋略是否能够帮助国家御敌，至于偷嫂子和收受黄金的事，在大王看来就那么重要吗？"刘邦还不放心，又召陈平来当面责问："你侍奉魏王不合意，于是改而侍奉项王，又离他来投靠我，还有你的那些不检点的行为，难道不会使想信任你的人也多心吗？"陈平坦然答道："我离开魏王是因为魏王不能采用我的建议，所以才离开他去侍奉项王。项王不信任别人，他所任用的不是亲友就是他个人所喜好的人，虽有奇谋之士也不能用，所以我又离他而走。我从楚国是赤身裸体地逃出来的，不接受别人送的金钱，哪里有钱可用呢？希望大王能够信任我。如果我的计策可供采纳，我用汉军将领们送我的钱是用得其所；如果大王认为我在汉军中没有价值，诸将送的黄金都还在，我愿意把它们封好，像还给项王一样还给您，只求大王能够准许我穿着衣裳离去。"陈平一番话打消了刘邦的疑虑，于是向陈平谢罪，并重赏他，加拜官职为中尉，监护所有的将军。诸将于是不服也得服了。

当楚军不断地袭击汉军粮道，荥阳前线吃紧时，刘邦害怕荥阳守不住，向项羽提出愿意割让荥阳以西的土地求和。如果项羽像刘邦后来所做的那样背信弃义的话，他可以先接受刘邦的求和，等汉军撤出要塞时再一举追杀过去。但是做惯了君子的项羽不答应，荥阳防线在他的打击下已经动摇，他宁愿以武力来堂而皇之地攻克它。刘邦这时候求助于陈平，问如何才能解救危局。于是陈平拿出了他的策略："项王为人，恭敬有礼而仁爱，一些廉洁有节操而且谦恭好礼之士大都归顺于他。但是他对论功赏爵、赐官封地却看得太重，往往舍不得痛痛快快地给人，所以有才而又注重实利的才士就不愿归附于他。而大王您傲慢少礼，以致清高之士不愿意来投；但是您却又能够慷慨地把爵位封邑赏给人，使得一些有才而无行、贪利而无节的人也都愿意归顺于您。假如有一个王者能够同时兼有项王和汉王的优点，天下必然是他的。可惜没有这样的圣人，所以天下只在楚汉之间。目前荥阳的防守告急，是因为楚军频频攻袭我军后方的粮道；但是楚军也有可以扰乱的地方，项王倚重的将领主要是范增、钟离昧、龙且、周殷等数人而已。楚军用铁来攻击我们的战线，我们可以用金来扰乱他们的后方。项王为人简单耿直易为谣言谗语所惑，大王如果能拿出黄金数万来对他们进行反间之计，使得楚国君臣之间彼此疑心，造成他们内部的矛盾，必然能够缓解对荥阳的攻击，然后乘其乱而出击，必然能够取得战果。"刘邦认为陈平讲得有理，便拨出黄金四万斤，交给陈平去自由使用，完全不过问他如何用法。于是大量的黄金和大量的间谍从陈平手中撒了出去，各种流言像飞蛾一样在楚军营中飞起。流言的主要内容是：范增和钟离眛等人为项羽带兵设谋，功勋卓著，却没有封地为侯，所以私下和汉军联络，想和汉军配合行动来消灭项家，分割其地而称王。在流言四起的情形下，项羽果然对钟离眛和范增等人有了戒心。范增尤其感到了这种戒心，因为当年拥立楚怀王是他的主意，项羽与怀王之间一直存有嫌隙，后来虚置怀王为义帝迁之于长江上游，终于还是因为不能见容而杀了他。后世苏轼论及此事，认为杀怀王已经是项羽不信任范增的开始，认为范增那时候就应该离开项羽。但范增没有，范对项羽忠心耿耿，忠心耿耿而感觉到了君主对自己的戒心，这确实是一种很大的悲哀。

在太史公的书中，对这一段事情是这样记载的：项王既然猜忌他们，便派使者到汉营中去探察虚实。汉王准备了太牢的馈具，太牢是最高规格宴席，听说楚军使者到了便端送进来，等见到楚者之后，却佯装惊讶道："我还以为是亚父的使者，原来是项王的使者啊！"当即命令撤下太牢之馈，换以粗劣的馈具给使者饮用。楚者回去把这个情况报告给了项工，项王对亚父更加猜疑。亚父想加紧攻下荥阳，项羽因怀疑而不肯听从。于是范增负气，对项羽道："天下事已经大致定了，君王好自为之吧，希望准许我带着这把老骨头回到故里去！"项王应允。范增伤心而去，还未走到彭城，因背部疮毒发作而死。

对于司马迁的这一段叙述，细想一下未免存疑。因为撤换宴席的这种伎俩过于简单，有点近乎于儿戏。早在春秋时期人们的思想就已经达到了相当的高度，秦汉时期的项羽，虽然不是思想家，但凭借实力当上了西楚霸王也绝非仅仅有勇无谋就能做成的事业，做将军的都知道兵不厌诈，如此轻易地上当，似乎不太真实可信。而且即使已经怀疑范增，也并不会因此而改变要攻克荥阳的战略目标，怎么会因为范增建议加紧进攻反而松懈攻势呢？但是无论如何，从陈平手中撒出去的大量黄金和流言显然起到了相当大的离间作用，为汉军赢得了喘息之机。

当项羽从离间计中清醒过来，指挥士兵用已经督造好的数百架云梯开始大规模的登城作战时，荥阳终于守不住了。楚军为登城而造的云梯不仅仅是需要靠人力搭上城头的长梯，而是云梯和车子合为一体，攻城士兵不需要等云梯架上城墙后再向上攀爬，而是事先就已高居于梯上，下面的士兵推动梯车一靠上城墙，梯上的战士就奋勇跃上城堞与守军短兵相接，城下的士兵便随之攀缘而上，加入城墙顶上的肉搏战。在一片战鼓齐鸣之下，数万名士兵簇拥着数百架高耸过城的云梯车同时向城头敌军发动猛攻，那种壮观和激烈的战斗场景，真使城摇地动，风吼云惊。

一番激战，荥阳要塞已经有数处被楚军突破。汉将纪信在危急中向刘邦建议："荥阳城破在即！臣请大王准许以臣为大王的替身来诓骗楚军，大王可以乘机暗中逃出城去。刘邦采用了纪信的舍身救主之计，高张降旗，大开东门，向楚军表示汉军已经投降。项羽下令停止攻击，等待汉王出降。从荥阳东门先是走出来许多华服美貌的妇女，她们的衣裙在战地的风中飘飘荡荡，宛若仙子；她们的脸像阴天里突现的阳光，明媚照人。攻城的楚军士兵被这支奇异的女子队伍所吸引，集中到了城东。在妇女队伍之后是作为仪仗队的两千甲士，投降仪式就要开始了。楚军对荥阳的围攻已完全松懈。然后纪信穿着汉王的冠服，乘黄屋车，由斜举的大旗簇拥而出。由传令官层层传话道："城中粮尽，汉王出降！"楚军见汉王已经出降，都庆祝胜利山呼万岁。乘此时机，刘邦率领数十骑，从荥阳西门脱逃而出，奔向还没有失守的成皋要塞。这已经是刘邦又一次只领极少数人马从项羽的剑下幸运地逃走，第一次是鸿门，第二次是彭城，第三次是荥阳。在以后的战斗中，他还将有数次狼狈而逃，但他总是能够逃出死境，这是任何为王者都不及的本领。兵书上有一句著名的话是：置之死地而后生。用在刘邦身上，却是：逃出死地而后胜。刘邦屡败而能屡振，在生命中确实具有一种超乎常人的坚忍。

第五章

垓　　下

34 河流（一）

——韩信以他超人的悟性领悟到某种人的禀性是和某种自然的禀性相契合的。

在刘邦和项羽各率大军在荥阳战线上正面相持，战争呈胶着状态时，韩信率领另一支汉军在黄河以北开辟了第二战场。和刘邦在项羽面前屡屡陷入困境的情形相反，韩信在侧面战场上却节节胜利，为汉国拓展了大片疆土。他的作战锋芒首先指向的是盘踞在黄河北岸晋地的西魏王豹。

在汉王平定三秦向东兵过临晋时，魏豹已经经历了一次从楚向汉的投降。但是项羽率三万骑兵从萧县发动的奇袭和汉军在彭城的大崩溃深深地刺激了他，使他认为汉军无论如何不是楚军的对手。当汉军退守荥阳时，塞王和翟王已经从汉营中逃出归楚；齐王赵王也都背叛汉王转而与楚国言和。魏豹向刘邦请假，要求回国去探望母亲的病情。渡河回到属国时，立即封锁了黄河由南北走向改为东西走向拐弯处的临晋关（地理位置在现在陕西、山西、河南三省交界处的风陵渡）。过去秦晋之间的战事，常常起于临晋关和与它隔河相对的蒲坂，这里一向为兵家必争之地。魏豹占有了临晋，在某种意义上可以认为是断了汉军的后路，以此作为重新依附于西楚的条件。得到魏豹反叛的消息，刘邦大为不安，因为全力以赴于正面战场上项羽的攻势，无暇顾及背后魏豹的造反，想起郦食其的一张嘴常常可以起到不战而屈人之兵的作用，刘邦便对他说："你去替我劝说魏豹吧，如果能使他归顺，我封你为万户侯。"郦食其奉命去劝说魏豹，但是这次他却碰了钉子。魏豹婉拒道："人生一世是多么短暂，就像日影移过墙壁的空隙。而汉王对人是那样的骄傲侮慢，叱骂诸侯群臣就像骂奴才一样，一点礼节也不讲。我已经脱离了他，何苦再到他面前去受那份罪呢？"郦食其大费唇舌没有结果，刘邦只能派韩信带兵去攻打魏豹。韩信率军到达临晋关与魏军隔河相对时，魏豹已经断绝了黄河津渡，临河扼守。在与秦军作战时，魏豹曾经率军攻下过魏地二十多个城池，也算是一个小有名气的将领，并因此得以受封为王。现在他把重兵布防在临晋关对岸的蒲坂一带，有黄河天堑可据，他认为韩信难以对他造成实际的威胁。

韩信凝神静气地站立在黄河边上，注视着在面前流过的滔滔河水。他背后的士兵们看见大将军这样默默伫立着已经很久了，隔河隐约可以望到西魏王军队的旌旗和战阵。他的披风在河风中抖动着，起伏之状也像河中的波浪。韩信此刻正站立在黄河拐弯的地方，这股巨流从正北方奔腾而来，就在他的脚下猛然折向东方。河流转折之处，河水总是翻滚得格外汹涌。

韩信在想黄河为什么必须在这里拐弯？是因为身后的潼关么？潼关是一些人为了防御另一些人而设立的关口，人为的障碍是无法挡住黄河并使之转向的。真正的障碍是潼关后面的那座巨大的华山，正是华山的存在使得黄河不能向南直下，只能扭头向东奔去，流过中原，流经齐赵，最后进入大海。黄河在大地上左冲右突，它最终的目的是要流入大海。大地上的地形和地势决定了它的流向。但也有例外的时候。当它水源充沛流势凶猛时，也会离开原来的河道另辟通途。有一些障碍是无法逾越的，比如华山；而有一些障碍却是可以绕过的。聪明人面对阻碍时，首先考虑的应该是有没有别的路好走，这是河流给人的一种启示。

面前的黄河使他联想起淮河，淮河不像黄河这样壮阔，这样遒劲。淮水是清的，也不像黄河水这样黏稠凝重，让人感到有一种王者之气。但淮河是他的故乡，淮水边浣纱的漂母曾经在他穷愁潦倒之际赐他以饭食，使一个抱天下于怀中、负理想于背上的壮士不至于因饥饿而死。正是因为如此，韩信对于河流总是怀有一种特殊的感情。他知道孔子站在黄河边曾经说过的那句名言：逝者如斯。这浑黄的水永远川流不息，但在他面前流过的早已不是孔子时代的河水。他还知道古代贤哲的另一句名言：俟河之清，人寿几何！对于万古长流的河水来说，人的生命太容易被时间之流冲走了。重要的是趁活着的时候抓紧时间做成几件不易被时间消磨掉的事。

孔子早已逝去，但是读书人永远会记得那个站在河边说出那句话的孔子。正因为如此，他才不愿意安安生生地当一个农夫或者生意人，而要执着地带着那把长剑，历尽冷漠、黯淡和屈辱。像任何一条河的源头一样，他的生命也像一条小溪一样默默地流过曲折和坎坷。现在，他已经像眼前的这条大河一样，可以在地表突然跌落的地方，发出如万马奔腾巨雷轰鸣般的震天响声了。

对于造物主在大地上作弄成的各种景观，韩信最喜欢的是河流。一望无际的原野固然令人心胸开阔，但是它缺乏起伏。层峦叠嶂的山地虽然参差嵯峨，但是它已凝固不动。只有河流是在不断的流动和变化之中，最充分地体现了大自然的灵气。它既流经山地，也流过原野；它流进湖泊，又流出湖泊；它可以接纳别的河流，又能够汇入别的河流；它可以截断人的道路，又可以变成人们最为便捷的通途。它有时干涸，有时泛滥；有时平阔，有时湍急；水可以变成云，云可以变成水；河可以变成岸，岸可以变成河。在天与地交合而孕育出的各种奇观中，再也没有比河流更富于变化的了。

韩信以他超人的悟性领悟到某种人的禀性是和某种自然形态的禀性相契合的。

项羽的禀性是属于原野的，坦荡磊落，无遮无拦。他的力量可以在原野上得到最充分的施展，在野战中没有任何人可以与他匹敌。

刘邦的禀性是属于山地的，既有峰峦突兀而起，又有沟壑深藏机锋。作为一个二流将军，他攻击敌人的办法有限，却有足够的韧性来承受打击。只要有山地作为抗拒敌人的屏障，他就可以有恃无恐。

彭越那个草头王就像是一条栖身于沼泽中的鳄鱼，从湖沼中出击，又逃回水泽。别人难以涉足的湖沼泽国是他安身立命的领地。

而他自己的灵性则与河流相通。在废丘引渭河之水灌进章邯负隅顽抗的要塞，不费刀兵之力就把曾经令天下豪杰闻风丧胆的头等将才一举擒获，正应了老子的那句话：以柔弱胜刚强。这是他第一次利用河流来作为战胜敌人的武器。他知道他指挥作战的要诀在于运动。只有在运动中，兵力的强与弱、众和寡才能发生变化；势态的有利与不利才能产生转变。固守有时候虽然是必须的，但固守毕竟是一种笨重的战法，只能表现士兵的坚忍，而难以发挥将军的才华。是他帮助刘邦抢先占据了荥阳，但是当刘邦到了荥阳亲统大军时，他就得离开了，他不能把他的能量消耗在一场旷日持久的拉锯战中。刘邦以左丞相之职命他单独率军击魏，这个差遣正中下怀。现在他站立在黄河岸边，考虑着这一仗该如何打才好。他相信河神是他命中的保护神，只要战场依水临河，他总是能想出克敌制胜的奇计妙策。韩信军事生涯中有三个著名的战例都是凭依着河流而获得成功的，像项羽在漳河边创造出的"破釜沉舟"一样，他也为中国的军事史和文学库提供了三个成语："木罂渡军""背水一战"和"半渡潍水"。在这一章中我们将要看到的是前两个。

韩信绝不会在魏豹准备好用重兵迎击他的地方渡河，但他必须让魏豹认为他就要从此处渡河击魏而不是另有他图。为此他大张旗鼓地征集船只排列在临晋关一带的河岸边，显示出做了充分准备将要渡河的样子，使得魏豹军队在蒲坂严阵以待。当魏军百倍警惕地注视着对岸汉军的渡河行动时，韩信却把主力暗中转移到了上游的夏阳（今陕西韩城）。为了避免敌军察觉，不使用任何舟船，而是命令属下大量收集民间日常盛水用的木瓮、木盆、木桶、木罐等中空而质轻的器皿，用木板把它们捆扎固定在一起，做成木筏。以敌人所想不到的渡河工具，在敌人所想不到的渡河地点，悄无声息地渡过了黄河，从背后直插到魏国的都城安邑。完全没有料想到汉军会从背后打来的安邑城一攻即破。魏豹不得不把布防在蒲坂的军队向北调动回救安邑，攻与防、主动与被动、有利与不利的战争态势彻底调了一个个儿，原来的以逸待劳凭河坚守变成了草率回军，仓皇应战，在野战中被汉军一触即溃，魏王豹被韩信生俘。汉王平定了魏地，改为河东郡。

韩信拥有魏地以后，便可以以魏作为根据地进攻在魏地北方、东北方和东方的赵国、燕国和齐国。伐魏之战的胜利，一方面使刘邦感到欣慰，另一方面却又使他担忧。欣慰的是第二战场的开辟能够扩大反楚的阵容，减轻荥阳防线的压力；担忧的是如果韩信率军尽得魏、赵、燕、齐诸地，有可能形成尾大不掉之势，影响到他对汉王的忠诚。为此，他不断从韩信属下调走大量精锐部队去充实荥阳的防卫，并派张耳到韩信营中去做监军。让张耳去辅佐韩信，这是一个非常得体的人事安排。张耳是魏人，对于帮助韩信治理魏地必能有所帮助，而且张耳曾是常山王，在赵国享有很高的声望，对于汉军进一步取得赵地，无疑可以发生很大的影响力。他被陈余从赵国赶走只身来投汉王，这一次命他和韩信一同去收复赵地，也可以算是衣锦荣归了。在汉王的重用下，他同时也是一个制约韩信的力量。韩信是一个纯粹的军人，胸中装满了战争的韬略却一点也没有政治的机谋，他对张耳的到来不但不存戒心反而合作得相当好，用两千年以后的军事术语来说，堪称一对配合默契的司令和政委。他们带兵先去攻打代国，在阏地俘虏了代相夏说。打下代地之后，下一个目标是赵国。现在主理赵国的，是当初起兵赶走常山王张耳把代王歇迎回赵地重新立为赵王的陈余，为赵的相国，号成安君。张耳和陈余，这两个天下闻名的贤人，这一对从刎颈之交到反目成仇的冤家对头，又要在战场上见面了。

韩信进攻赵国的方向，和今日同蒲铁路的走向大致相同。自然形态为黄土高原，几道平行的山脉，呈南北向纵列着。汾河自北向南流，把这座高原一劈为二，因为有汾水的滋润，给两岸带来一长条丰饶的耕地，这是赵、代二地粮食的主要产地。韩信的部队便是依着汾河河谷，沿北岸而行。但是从汾河流淌的台地逐渐降落走向赵国腹地的河北平原的道路，却是一道天险。天险是由太行山脉的南端阻挡在道路的前方而形成。太行山一道道刀锋般的山脊之间是深长的峡谷，狭窄的谷底是进军赵国的必经之路。由于两侧山壁夹峙，道路十分狭隘，有些地方仅可匹马通过，不容双骑并辔。大部队要通过峡谷，必然排成一条长龙，首尾之间拉得很长而难以相顾。这种峡谷状的地貌被称为"陉"。陉，既是攻击一方必须通过的路径，也是防守一方必须堵塞的隘口。韩信的部队将要通过的一条陉叫井陉，这是汉军进入河北平原的走廊，也是赵军不让汉军进入的门户。两军将要交战的地点，是在井陉口。因为关口的形势是天然生成的，一夫当关，万夫莫开，是古今军事家的共同认识。二十万赵国的军队，正严阵以待守在井陉口。只要封住井陉口，汉军就无法侵入广大的河北平原。

但是陈余还有陈余的想法，他所想的，不仅是不让汉军深入赵地，而且还想在井陉口这个地方砍下张耳和韩信的脑袋。因为在兵力上，据关设防的赵军占有绝对的优势。韩信的兵力已被汉王大量地抽调到荥阳一线，他手中的兵力只有三万而已。仅凭区区三万人马，就想通过井陉关攻占幅员广大的赵地，在陈余看来无异于一种自杀行为。如果仅仅堵住隘口不让汉军进来，赵国固然是安全的，但是张耳和韩信的首级他却不可能得到。因为狭窄山谷中无法展开两军的决战。他不想紧紧塞住关口，而是把赵军在井陉关前围成一个扇形，他要让出一小块地方使汉军可以从山谷里出来，然后再以优势兵力围而歼之。

在井陉关下，有一条不宽但水流湍急的泜水流过。赵军如果挟关扼守，汉军便难以从峡谷中探出头来。赵军如果后退一步凭河据守，汉军即使从山中探出头来也难以展开肩膀和胳膊，在遭到迎头痛击的情况下一般会缩回头去。陈余为了能够痛痛快快地把汉军一口吃掉，把赵军的大营设在离泜水半舍之地的井陉镇。在他的作战设想中，二十万赵军是一张厚实而宽大的饺子皮，韩信和张耳的三万汉军不过是就要从山隘里挤出来的一团肉馅而已。老子道："治大国若烹小鲜。"那么在战场上，以多胜少，以众击寡不也如用面皮去包饺子一般吗？

但是有人意识到面皮也许并不十分坚韧，而肉馅中的骨头却可能相当坚硬锋利。这个人就是陈余帐下的广武君李左车。李左车觉得陈余对军阵的布置隐藏着极大的危险，向陈余进言道："韩信渡河击魏伐代，俘虏了魏王豹和代相夏说，气势正盛，但精锐部队却被汉王抽走，因而兵力不足。这是一支乘着战胜的余威离开本国向远地进发的军队，锐气不可当，但是却有关隘可阻。他们要从千里之外运送粮饷来供给军队，最大的困难是运输。粮车跟不上，士兵就要挨饿；如果柴草也跟不上，就得靠就地打些湿柴来烧饭，难以吃饱吃好。现在井陉关的隘道十分狭窄，双车不能并行，双骑不能并辔，行军数百里，从情势上来说只能鱼贯而行，所以粮饷辎重一定都落在最后面。希望您能拨给我三万部队，从小路去拦截汉军的粮草军需，而您只需带领部队据关设防，坚守阵地并不出战。汉军前进无路，后退路断，困在山中无食，只需十天半月，韩信和张耳的头颅大概就可以挂在您军营前的旗杆上了，希望您考虑我的计策。韩信用兵往往出奇制胜，如果大意轻敌，我们倒很有可能成为他的俘虏。"

陈余却笑道："莫非广武君认为我只会治国不懂用兵么？兵法云：有十倍于敌的兵力，那么就包围敌人；有一倍于敌的兵力，就可以和他较量一番。韩信和张耳的兵力号称有三万，其实还远不到这个数，竟然敢跋涉千里来攻打我们，实在是太狂妄，也实在是活得不耐烦了。他们是疲惫之师而且兵力薄弱，我们兵力雄厚而且是以逸待劳，像这样的情势，难道不应该迎头痛击反而要坚守怯战么？果真如此胆小，以后有比韩信更为强大的敌人来了我们该怎么迎敌呢？如果不把他们放进包围圈里来彻底消灭掉，其他诸侯必定认为赵国怯懦可欺，也会接踵而来攻打我们。我们应该凭借优势在这里打出赵军的威风来才是！"

李左车的计策没有被陈余采纳。

与陈余的盲目自信相反，韩信在赵军重兵布防面前不得不小心谨慎，在没有打听到敌情虚实之前他是绝不敢冒险把脑袋伸出井陉口去的。因为张耳曾是领有赵地的常山王，在赵地自然有不少门生故旧。韩信派出侦探利用张耳的旧关系去探察敌情，得知陈余并没有采用李左车之计，这才敢放心大胆地带着军队走向井陉口。在距离关口不到一舍之地处，停军扎营。天黑时分，韩信选出两千精悍的轻骑兵，命令他们每人携带一面汉军的红旗，连夜从小路向前，到关口两侧可以看见赵军动静的山坡上伪装隐蔽起来，等候时机和号令。他告诉指挥官："天亮以后，主力部队和赵军的战斗将在井陉关口外进行。赵军看到我军败逃，一定会全营出击围追包抄我们，那时候你们就快速冲进敌军大营，尽行拔去赵军的旗帜，换上我军的军旗，胜负关键在此一举，不可有失！"

当天半夜，汉军开始向前移动，清晨在关口完成集结。出战之前，韩信不由得想起了在巨鹿之战中，项羽大胆地向士兵们许下到敌人军营里去吃晚饭的诺言。他也下令让副将们分发一些干粮让士兵们先垫一垫肚子，并告诉他们：今天将在攻破敌人之后举行大会餐！将领们虽然以遵命来回答，只认为这不过是用来鼓舞士气的话，心中并不当真相信。

太阳升起的时分，对井陉口呈扇形包围之势的赵军看见汉军从关口里出来了，先头部队不过一万人马。奇怪的是他们并没有努力向前为自己的军队扩展战斗空间。而是紧依着泜河，排开了面向赵军背靠河水的奇怪阵势。赵军将士们看到汉军竟排出这样没有退路的绝阵，大笑不已。陈余也对胜利有了更充分的信心。李左车要求率先出击，陈余按兵不发，他要等韩信和张耳率领的中军全都从关口里出来以后再下令总攻，免得那两颗就要到手的脑袋再缩回关里去。日上二竿的时候，载着韩信和张耳的指挥战车终于从关口里驶了出来，车上插着大将的旗号，韩信亲播战鼓，率中军从井陉口直指向赵地的广阔平畴。于是陈余一声令下，赵军全线出营迎击汉军。两军锋面交接呈相持状态，赵军兵多，从两翼向汉军施加压力，汉军顿时处于劣势，向后撤退，在后退中竟丢掉了指挥车上的帅旗和战鼓。一直退到排列在泜水边的军阵之中。赵军乘胜追击，紧紧尾随汉军到泜水边上。但是退到泜水岸边的汉军忽然不再退了，事实上他们也无路可退了。刚才还率军后撤的大将韩信猛然掉转战车，向士兵们大声吼道："将士们，背后已无路可退，或者投河溺死，或者杀敌向前！当年我曾随项羽在巨鹿破釜沉舟，今天你们就不能随我背水一战，绝路逢生吗！"背靠泜水，汉军士兵们全都意识到了非生即死的危险处境，一时间竟如拼死一搏的困兽，一个个勇敢倍增、胆气勃发、奋力吼叫、冒死向前，战斗力大大加强。一路打顺风仗咬住汉军屁股追击到此的赵军忽然发现面前的不再是奔逃的脚后跟而是猛兽龇开的牙齿，反倒心惊胆战起来。攻守进退之势在泜河边发生了逆转：逃跑的站住了，追击的停止了；后退的反扑了，进攻的后退了。汉军背后弯曲的泜河成了一张弓上的弦，向后拉到极点，就要向前方反弹，把搭在它上面的箭用力射出去。赵军则像撞到了一面坚硬的墙上，不但不能再前进，反而被碰晕了脑袋。但是赵军毕竟数倍于汉军，他们很快就从汉军的顽强反击中清醒了过来，站稳了阵脚，准备使出全力把被压缩在河边的汉军包进自己的饺子皮里去。可是就在此时，阵容强大的赵军忽然从背后乱了阵脚。原来从他们的背后传来了一片欢呼之声，当他们回头张望时，发现自己的大本营里竟然飘满了汉军的旗帜，那旗帜像一片熊熊烈火，一下子便烧毁了他们胜利的信心。大本营已被汉军攻克，原来占尽优势的赵军忽然之间发现自己陷入了腹背受敌的境地，惊慌的情绪开始迅速弥散，溃乱开始了。陈余的指挥不再能控制四面逃散的赵军兵卒，因为士兵们背后有的是退路，他无法收拢这些已经无心恋战的士兵们做拼死一搏。那团被他认为是从井陉口里挤出来的肉馅变成了坚硬而锋利的骨刺；而他用来包肉馅的饺子皮却忽然失去了韧性变成了散落的面粉，他再也无法把他们重新捏拢到一起了。

战斗结束时，陈余和赵王歇被捆绑着押到了韩信和张耳的面前。陈余曾经向刘邦要求张耳的人头作为与汉结盟的条件，刘邦既想拉赵国入盟又不想杀老朋友张耳，找了个替身砍下脑袋，送给他一个假的。后来陈余发现张耳没死，愤而与汉决裂。而现在，在泜水边，张耳却真的要砍下陈余的人头了。陈余咬牙闭嘴，到了如此地步只有引颈就戮而已。张耳含泪掩面，虽然心有不忍但却绝不留情。陈余首级落地以后，张耳才抱头痛哭——抱的是当年最亲密的好朋友的头。刎颈之交变成了非割首不足以平愤之仇，这实在是莫大的讽刺。物换星移，王冠挪位，大势迭变，人心不古，就算是曾为天下称道并立为楷模的贤人，在生死利害面前，友谊这种东西又能保持多久呢？

在这一战中，汉军以不足三万的兵力一举击溃了二十万赵军，堪称以少胜多的杰出战例。韩信向将士们许下的等到攻破敌人后举行大会餐的诺言兑现时，正好是吃午饭的时间。原来为二十万人准备的午饭让三万人来吃，实在是太丰盛了。在开宴之前，诸将纷纷把敌人的首级、俘虏和战利品呈现给韩信，心悦诚服地向韩信道贺。有人问韩信道："兵法上说，列阵应该靠山临水，如果右边依着山陵，则左边就要面对川泽。可是大将军这一次却反其道而行之，故意背水为阵，并且说等破了赵军我们再会餐，臣等当时心想，大将军的大话也说得太大了，只怕今天我们要被赵军包了饺子吃。可是不到半天工夫，我们真的打了一个空前的大胜仗，请问这种非常战术的奥妙何在呢？"

韩信很高兴部下有人愿意和他讨论兵法，道："兵书固然重要，更重要的是读兵书的人。原先赵国的将军赵括可谓是熟读兵书了，可是死抱着兵法不会因势而活用，结果长平一战被秦将白起坑杀了四十万人，自己虽然勇敢战死，却只落得一个纸上谈兵的典故，让后世的将军引以为鉴。今天我的作战安排，其实兵书上是有的，只是诸君没有十分注意罢了。兵法上不是有置之死地而后生，置之亡地而后存这样的话吗？在必要的时候，必须敢于把军队放在危险的困境中，士兵们才能奋勇作战，然后才能绝处逢生，获得胜利。我韩信虽然是汉国的大将军，但是我的精锐部队不断地被汉王抽调到了荥阳战线，现在我指挥的并不是平素受我训练、能够完全听我调度的将士，说得好听一点是刚刚穿上军装的百姓，说得难听一点不过是一群乌合之众，而且面对的赵军又数倍于我们。在如此情势之下，不把部队放置在绝地，使得每个人都为了自己的生死存亡拼出全力，甚至发挥出超常的力量来作战，是无法取胜的。如果把部队按照常规布置在可以逃生的优良地形，他们早就逃走了，怎么还可能依靠他们来克敌制胜呢？大家不妨设想一下，今天我们的背后如果没有一条泜河断绝了退路，我们现在能够坐在赵军的营中安享这顿午餐吗？"

众将听了无不叹服道："大将军讲得好极了，这确实是我们所想不到的！"

汉军的庆功宴上有一个特别的客人，那就是赵国的广武君李左车。在赵军溃败时，韩信就已传下军令："活捉李左车，赏以千金；伤害广武君者，以命相抵。"开宴之时，李左车被捆着送到了韩信的面前。韩信当场赏了生擒李左车的军士，然后亲自上前为他松绑，请他面东而坐，自己竟执弟子之礼，坐东向西来和他说话。刚刚经历了一场惨败的李左车虽然面带悲愁之色，但是从容不迫，让坐便坐，敬酒便喝，完全是一派宠辱不惊的君子风度。韩信和李左车的表现，让全军将士惊讶不已。

酒过三巡，韩信向李左车打拱道："此一战有幸能够平定赵地，往后，在下还要北攻燕国，东伐齐国，特向广武君请教，怎样才能成功？"

李左车长叹一声道："臣闻败军之将，不可以言勇；亡国之大夫，不可以图存。现在我已经是败军之将、亡国之虏，哪里还有资格跟大将军一起来商量大事呢？就是像成安君那样被拖出去斩首，也是无冤可喊的！"

韩信笑道："说起来还得谢谢成安君，要是他真的听从了您的计策，恐怕掉脑袋的就不是他陈余而是我韩信了。正因为成安君自以为稳操胜券不听您的话，我才有机会在这里陪您谈话。在下听说过：百里奚在虞国做官，虞国亡了，后来他做了秦国的相国，却使秦成为天下的霸主。并非他在虞国时愚笨，而到了秦国就聪明；是因为虞君听不进他的意见，而秦君却对他言听计从。在下对广武君的才识仰慕已久，现在是推心置腹地想听您的高见，希望您不要推辞！"

李左车被韩信的诚心所感，便也以诚相报："臣闻智者千虑，必有一失；愚者千虑，必有一得。所以说，狂夫之言，圣人择焉。但又怕我献的计策不一定合您所用，姑妄说之吧。今大将军之势，用木罂渡军之计，俘虏了魏豹；在阏地活捉了夏说；现在又一战便攻破了井陉关，一个上午就击败了二十万赵军。成安君或许真有百战百胜的计谋，可惜一次失算便兵败国亡，身死泜上，使得大将军名闻四海，威震天下，邻国心惊，敌人胆寒。我想燕国和齐国的农夫们都已经因恐惧而放下了耕犁和锄头，只图眼前能吃好一点穿好一点，侧着耳朵在等着大开战端的消息。这些都是您的优势！但实际上，您的军官们已经十分辛苦，士兵也相当疲劳，很难再叫他们继续攻坚克锐了。如果用这样一支疲倦困乏的军队驻扎到燕国的城下去进攻坚固的要塞，很可能会僵持很久。如果您显示不出能够攻下它的力量来，形势就会变得被动。日子拖得长，粮草也经不起消耗。齐国看见较弱的燕国一时都不能被您所降服，更会坚壁清野，固守国境。你在河北之

268

地和燕齐形成相持局面，汉王和项王在荥阳的相持也一时难以见出分晓，胜负的天平究竟倒向谁一边，就是很难说的事了，这些是大将军的短处。臣很愚笨，但以为您想继续征伐燕齐的打算是错的。善于用兵的人，不会以己之短去击人之长，而是要以己之长去克人之短。"

韩信欠身真诚地问道："以广武君所见，我该如何以长克短呢？"

李左车答道："为大将军计，现在不如解下盔甲，放下兵器，留守在赵国，安抚百姓，存恤遗孤。那么百里以内，每天都可以送来牛酒粮食，宴飨您的将士，犒赏您的兵卒。在休整之后再向北移兵到通往燕国的道路上，做出将要进攻之势。接着派一个能言善辩的说客送一封招降信去，恩威并施，燕国不到必须拼死相搏的地步，我想它会采取顺从您而保全国家的策略。用威势降服了燕国之后，再派说客向东去招降齐国，齐国看到燕国归降，我想也不敢单独冒着亡国的危险来做抵抗。这样一来，争取天下的大事，就都可以图谋了。用兵之道，本来就有先声夺人，虚张声势，而后再动刀兵的计策。所以孙子云：百战百胜，非善之善者也；不战而屈人之兵，才是善之善者也啊！"

听了李左车一番高见，韩信大喜，便依计行事，派人去说降燕国。果然不出李左车所料，燕国选择了和平归降。燕国归降后，韩信又想出了一个策略：封张耳为赵王来镇守赵地，自己则带兵离开赵地做下一步军事上的图谋。这是一个对巩固汉军后方相当有利，却对他将来的命运具有相当危险性的动作。因为封授某人为一诸侯国的君王，远在他的权限之外，他却能毫无顾忌地提出来，这连张耳也感到意外。张耳知道刘邦之所以派他到韩信军中来当监军，就是对韩信心存顾忌，利用张耳的身份和名望来作为一种制衡。而韩信对刘邦却心无城府，完全没有想到这种举动可能会给他带来什么不利的后果，这和他在战场上所表现出来的深思熟虑太不一样了。张耳曾经是王，自然也是想做王的，但是他怕因此得罪了刘邦。刘邦就是怕韩信在外面称王才派了他来做监督，能够允许他在赵地称王吗？韩信看出了张耳的犹疑，坦然道："汉王既然命我经略魏、赵、燕、齐诸地，我自然也就拥有处置事情的全权。如今虽已平定了魏、代和赵地，燕国也已归降，但赵国版图辽阔，庶政万端，我要带兵打仗，不可能久留赵地；您曾经在赵地为王，赵国的治理，舍你其谁？"

张耳小心翼翼地道："这种事应该是由汉王考虑的，由你来提出要封我为赵王，恐怕越俎代庖了吧?"

韩信笑道:"大王正在荥阳战线自顾不暇，哪里能够考虑得周到。我自从渡河伐魏以来，就不断将精锐部队调往荥阳供汉王使用，自己指挥的都是次一等的部队。一片诚心可鉴日月，大王他难道心中没有数吗? 现在我提出要您来当这个赵王，并不是为您所计，而是为国所计。将在外，君命有所不受，况且我只是请立您张耳为王，还需要汉王恩准? 我这样做，说到底是为了汉王的天下，我想他没有什么理由不同意。"

在接到韩信的呈报以后，刘邦同意立张耳为赵王。至于刘邦心里怎么想，韩信不得而知，他也丝毫不会去关心。韩信的智慧全部都用在了战场上。

35 广　武

——这盘长棋已兵来将往地下了很久，可一时半会儿还分不出胜负。

韩信在井陉大捷之日，几乎正是刘邦在荥阳大败之时。

韩信平定赵地，收降燕国，留下赵王张耳安定赵地，自己率部南下，向楚汉相持的荥阳战线靠拢，最终驻扎在黄河北岸的修武。他这样做的意图是:留在黄河北岸，可以保持自己在第二战场上独立的统帅地位，在军事指挥上不受刘邦的干扰;而在地理位置上，修武和荥阳仅仅一河之隔，彼此便于互相呼应。他把修武作为一个屯兵整训的基地，既可以对进攻荥阳的楚军造成一种压力，形成一定的牵制，又在造成这种压力形成这种牵制的同时积极准备着向东征伐齐国。修武这个地方的得名，是因为一千多年前周武王曾在这里征集军队训练士卒，后来就靠着这支劲旅会盟天下诸侯击败殷纣王而统一天下的。由于这里是武力夺取天下的策源地，后来便得名修武，寓偃文修武之意。韩信在井陉口一战使他为天下所瞩目，现在又选择了修武作为他的大本营，这在军事上无可责备，却在政治上使他为人所侧目。好在刘邦正处在被项羽追杀的狼狈处境中，顾不上考虑韩信驻军修武是纯属巧合还是有意为之。

刘邦从荥阳西门逃出之后，南走宛城和叶县，在那里和九江王英布会合。收聚残兵，坚守壁垒，拒不出战。恰好此时彭越率军渡过濉水，与楚将项声、薛公战于下邳并大破之，才解救了刘邦的困境。项羽闻报引兵向东去击彭越，刘邦乘机领兵向北回到黄河边上复据成皋。当项羽击破彭越兵，彭越逃走后，得知刘邦又到了成皋，便又回军围攻成皋。成皋危急，刘邦又一次和滕公夏侯婴单车出逃。他在战争中似乎已经养成了逃跑的习惯，在项羽的猛烈攻击下，他只能逃亡。军队打散了还可以重聚，士兵伤亡了还可以重招，而汉王如果丢了性命则一切就都了结了。这一次他没有再向南逃，而是渡过黄河逃向修武。刘邦知道韩信的军队已经从赵地南下集结在了修武，他愤愤地想：韩信完全应该渡过河来为成皋分担楚军的压力，可是他却隔岸观火按兵不动，所以他要以汉王之尊去收回韩信的指挥权。那个大将军的职位是他授予的，他也随时可以把它收回。他只知道韩信在第二战场上连连获胜，却从没有想过韩信的处境。韩信在黄河以北虽然连战连胜，每一战却都是以弱击强，在极为不利的情形下，凭着作战的天才和命运之神的护佑才侥幸获胜。而且在每一次获胜之后，就在他的催促下把大部分部队输送到荥阳战线上来供他消耗。现在韩信虽然已经驻军修武，可以和荥阳成皋一线的汉军互相呼应，但毕竟还有着相当一段距离而且还隔着一条黄河，由传令官互相传递消息尚且需要一两天时间，如果河南城防迅速崩溃，从河北赶来救援无论如何也是来不及的。

汉王本人的奔逃确实比从河南赶来传送消息的驿使更快地到达了韩信的营中，因为为他赶车的是天下最好的驭手夏侯婴。他在半夜逃到修武，第二天清晨自称是汉王使者，由夏侯婴驱车直驰到韩信的军帐门前。这时候韩信还酣睡之中，等他被夏侯婴推醒，惊闻汉王已经来到了军中时，才发现他的大将军印信符节已全部被刘邦收罗在了怀中，这意味着他的领兵统帅之权已经被突如其来的汉王收回了。他从刘邦脸上看出了对他掩饰不住的不满之色。

韩信几乎是从床上跳起来的，他的前额猛地碰到了那把挂在床头的长剑，一下子就起了一个包，很疼。一方面是因为疼痛，另一方面是为了掩饰自己的尴尬，他揉着那个包，他能感觉到在手心里鼓起的是一个念头："管他什么汉王不汉王，只要拔出剑来就可以杀了他自己称王！"但是他没有。这个念头只是从他手心和脑门之间一闪就滑过了，汉王显然没有从他的脸上感觉到这个有如电光一闪的念头，如果他感觉到了，他还能以这种居高临下的神态，这么坦然、这么从容、这么自信地看着他吗？如果他真的感觉到了，他就会冒冷汗，他就会变色，他就会发抖，那样他也就真的活不成了。但是他没有，哪怕他打了败仗狼狈逃窜逃到了这里，在韩信面前依旧理所当然地是他的大王。所以韩信也只能理所当然地是他的臣属。那个大将军印本来是他授予的，他要拿走也只好由他。既然他一点也没有想到自己可能会被韩信杀死，可见他还是信任韩信的。一个受到信任的臣子怎么可以有杀掉君主的念头呢？倒是韩信自己出了一身冷汗！

很多年之后，韩信因为被陷谋反而废去王号改封淮阴侯，并被留居京城不准回封地。一日和已成为皇帝的刘邦饮酒闲谈，刘邦问："像我这样的才能以带多少兵为宜啊？"韩信回道："陛下带兵最多不能超过十万。"刘邦又问："那么你呢？"韩信仍改不了自负地道："臣多多益善耳！"刘邦大笑："既然多多益善，为什么还会被我所擒呢？"问到此处韩信则只能苦笑了："陛下虽不善于带兵，却长于治将，这就是韩信一再被陛下所擒的原因啊！而且陛下的这种本事是天生的，非人力可以做到。"

刘邦这种天生能够折服人的气质，在修武大营中的这个早晨，毫无疑问地在他并不知晓的情况下救了他的命。当然，救他性命的还有韩信知恩图报不忍背义的忠厚本性。韩信顺从地听凭刘邦又从他手中拿走了大部分军队，只留给他一小部分让他去攻打齐国。而刘邦则带着从韩信营里得到的大军，重振声势，南渡黄河，复取成皋。他听取郎中郑中的建议，派卢绾、刘贾领步兵二万、骑兵数百渡白马津深入楚地，配合彭越袭扰楚军后方，焚烧楚军囤积的粮草；自己领军依旧背靠敖仓在荥阳一线抗拒楚军。但是这次刘邦把汉军的大本营设在了广武。

广武的遗址，至今依然还存在着。在荥阳和黄河之间的广武山上，有汉王刘邦和西楚霸王项羽在这里对垒的东西广武城。西城为汉军所筑，东城为楚军所筑。两座壁垒之间是一条南北向的大沟，名广武涧。沟口宽约八百米，深达二百米，沟内有一个名叫鸿沟的小村子，不知是那时候就有的还是后来因楚汉鸿沟为界而得名。广武的北面是滚滚黄河，西南万山丛错，群峰峥嵘，形势极为险要，所以成为古代的交通咽喉和军事要地。广武涧两边的汉楚二城，北部均有一部分坍入水中，残存的汉王城东西长一千二百米，南北残长还剩三百米，墙体塌落处宽约三十米，现存最高处达十米多，高出黄河水面二百余米。残存的霸王城东西长一千米，南北残长四百米，墙身宽二十六米，城角处宽达七十米，城墙以西南角为最高，达十五米。两城城墙均用黄土逐层分段夯实。如今的广武山上，早已兵去城空了，但当地农民耕作时常会拾到铁矛铜镞等古战场的遗物。魏晋时的名士阮籍驱车来到这里登高凭吊古战场，曾经浩叹："世无英雄，遂使竖子成名！"今人面对广武遗址，也可大致想象当年楚汉在这里隔涧对峙的情景。

项羽向东击败卢绾、刘贾，再次回到荥阳前线时，发现刘邦已在广武山上选择有利地形筑起了坚固的壁垒。整个壁垒向东展开，壁垒脚下横着的广武涧正好成了汉军防御阵地的天然屏障。山涧和壁垒之间的斜坡上布满了木栅、鹿砦和各种障碍物，在强弓硬弩之下，短时间内要突破汉军壁垒几乎是不可能的。项羽惊讶于汉军居然能在不长的时间里就在广武山上建筑起一座完整的要塞。他或者退军，或者与之相持，在相持中再寻找克敌制胜的机会。而要相持，为了防止汉军偷袭，他不得不命令自己的士兵也在广武涧东边的山上筑起一座堡垒。于是战场又一次形成了胶着状态，战斗的主要方式变成了两军的土工作业。

在广武山上，楚汉两军士兵的战斗力退到了次要的位置上，在这里两座壁垒的坚固程度成了作战的首要因素，在这种情况下，谁都难以攻破对方的阵地。楚军的战斗优势被削弱了，而汉军的弱点却得到了地形和壁垒的弥补。在筑垒相持的双方中，还有一个极为重要的优劣分野：那就是汉军背后有一座敖仓，仓中存有大量的粮食足够汉军长期固守所用；而楚军的补给线太长，而且常常会被在梁地进行着游击战的彭越所切断。项羽和刘邦对粮食抱有的不同观念，实际上成了影响这场战争胜负的决定因素。刘邦对战争的考虑常常有着许多失误，但有一点他却从来没有失误过，就是在任何情况下都必须抓紧粮食不松手。这是因为农民出身的刘邦曾经历过荒年的饥馑，也曾在隐匿于芒砀山中时经历过数次缺粮的危机。他的基本原则是：首先要用粮养兵，然后才能驱兵去作战。一支再强大的部队也会因为饥饿而溃不成军。所以对于秦帝国留下的遗产，他最为珍视的，不是宫室财宝，而是黄河岸边西北邙山上的那座敖仓。过去有民谣道："天下富，敖仓足。"敖仓几乎拥有大秦天下的一半存粮，只要紧紧把敖仓抱在怀里，就无论如何也不会饿死。正因为如此，他竭尽全力地防守在以荥阳为中心，南有京、索二地，北有成皋、广武的这一条战线上，不断地失守又不断地夺回，哪怕一而再再而三地被项羽打得落荒而逃、遍体鳞伤，也绝不肯松开护住敖仓的双手。而项羽的脑中却似乎从来也没有补给的概念，他认为补给仅仅是军需官的事，统帅的职责就在于如何打仗。在他对战争的考虑中只有兵力、士气、武器、地形、距离等诸种因素，却从未认真考虑过粮食，似乎粮食完全是战争之外的事。贵族出身的他虽然从小就跟叔父项梁开始了流亡生活，但他们所拥有的财产从来也没有使他们有过断粮之虞、饥饿之忧。

但是粮食的问题终于来困扰他了。楚军和汉军在广武相持数月，汉军粮食充足，似乎可以永远这样固守下去；而楚军的粮道屡屡被彭越所断，已经成了项羽严重的后患。而且日复一日的相持也使性情急躁的项羽越来越不能忍耐了。数次从他剑下侥幸逃脱的刘邦就在山涧对面，两军间的距离不到千寻，常常在城头巡视军队时可以互相看见，但是因为有深沟高垒的掩护，这次对他却毫无办法。项羽每天派出楚军士兵对汉军隔涧辱骂，希望激怒汉军出垒搏战；而汉军士兵却听之任之，依旧若无其事地坚守不出。懦夫有护身之壳而英雄无用武之地，楚军完全无可奈何。

一日，项羽忽发奇想，在彭城一战中被俘获的刘邦眷属还在他手里，何不利用一下呢？他命人做了一个高脚的大俎，放在城头可以让汉军清楚看见的高处，又让士兵们把刘邦的父亲太公捆绑了放在大俎之上，向对面呼喊，叫汉王上城头说话。

刘邦登上城头看见这情景，这才想起老父妻子还在项羽手中，如果不是项羽把太公放在城头的大俎上，在紧张激烈的战事中，他几乎已忘记了他们的存在。

项羽隔涧向刘邦呼喊："刘邦听着，或者投降，或者出战。否则，我就把太公像杀一只羊一样杀掉，像炖牛肉一样煮熟！"片刻沉默之后，刘邦的声音从广武涧对面传了过来，在数百寻距离之外，项羽看不真切刘邦的面部，但是从他的声音里，项羽完全能够想象得出刘邦在答话时是一种什么样的表情："项王也请听着，我与你都是楚怀王之臣，曾同在怀王廷前面北受命，有兄弟之约，所以我的父亲就是你的父亲。自打我从彭城败退之后就已经把父亲交给你来照管了，如果你一定要烹杀你的老父的话，千万别独吞了他的肉，应该分给我一杯羹才是！"

项羽听了，铁青着脸半天无话。他本来并没有杀太公之意，如此做法只是为了激刘邦出营搏杀。他一直认为争夺天下是他和刘邦两个人之间的事，对于被俘的太公和吕雉，他一直以十分优厚的条件养着他们，在这一点上，他确实算是尽到了兄弟之谊。但是现在，他恨不能真的杀了太公并且烹熟，派人送去一杯羹，看看刘邦是不是能够吃得下去。项伯生怕项羽一怒之下做出出格的事来，连忙劝说道："眼前胜负难决，天下事还未可料定，做事千万不可太过。像刘邦这样一心争天下的人，是完全可以不顾家的，即使你杀了他父亲也于事无益，只能增加祸患而已！"项羽要过强弓，向汉王所在的城头上连发数箭，惊得刘邦连忙下城躲避，他的心情才慢慢释然开来，亲自把太公从大俎上解下来并好言安慰了一番，依旧优遇有加。事后他自嘲地想：对刘邦这样的人，想出用这种办法来对付他本身就是个错误，不但要挟不了刘邦，而且大失自己的君子风度。这都是急火攻心所致，像这种有失霸王身份的做法，一生中有一次也就够了。

但是，他还在努力想着能够置刘邦于死地的办法。一个在阵前射杀刘邦的方案随着钟离昧负责的对弩机的改造而趋于成熟。弩机一向是楚人长于使用的射击武器，它不像弓那样只有一根弓背和一条弓弦，而是把弓固定在一个铜铸的台座之上，弩台上有槽，用以放置长箭。普通弓箭的缺点在于受到人力的限制，再强硬的弓，也只能由一个人拉开去射，即使是像项羽这样的大力士，把箭射到广武涧对面汉军的城头上，也已成了强弩之末，可以轻易地避开，不再具有很强的杀伤力了。而弩机因为有固定的台座和放置长箭的凹槽，可以把弓的力量设计得比普通弓强出数倍，用好几个人的力量去拉开弓弦，把挂上箭镞的弦搭在弩台的尾钩上，尾钩是一个扳机，扣动扳机，长箭便应声射出，比普通弓箭的力量更足，射程更远。而且它比普通弓箭还有一个明显的优点：普通弓箭拉满了必须马上射出，人的臂力不可能长久地拉住弓弦不松手；而弩机却可以保持在引而不发的状态，这就可以从容不迫地瞄准敌人，到了需要发射时一扣扳机即可。它的作用相当于现代的狙击步枪。

又一日，项羽和刘邦隔着广武涧在城头对话。这种对话在他们之间常有发生，有时候是互相愤而怒骂，恨恨地发誓要把对方碎尸万段；有时候却也像是老朋友之间的叙旧闲谈，谈一些两人共同经历过的故人和往事。每当此时，他们便在恍惚中把严酷的战争当成了一种游戏、一盘棋局。这盘长棋兵来将往地已经下了很久，可是一时半会儿间还是看不出胜负。

项羽对刘邦道:"天下混乱不安,数年不能平静,只因你我两人争雄而已。就像两个棋手下棋,所不同的是棋手摆布的只是棋子,而你我驱动的却是无数生灵。我们为什么不一人对一人单独决斗以定胜负呢?免得仅为了你我两人使天下百姓白白受苦!"

汉王对霸王道:"你说得好,打仗就如同下棋,所以我这个人,宁肯斗智,而不愿斗力。"

项羽笑道:"就算是下棋,也总要交手,没有像乌龟一样缩在壳里不动的道理。你不敢出来与我决斗也就罢了,难道那么大的一座汉营中,就没有敢于出来单独格斗的勇士吗?"项羽令部下壮士出阵,前行到涧底较为平坦的空地上,向汉军挑战。

自从在这里据垒固守,刘邦对于楚军的挑衅谩骂,一向不加理会。但是楚军的叫嚣声势逼人,现在自己以汉王之尊站立在城头上,对于楚军的挑战完全不做反应,未免显得太无血性,而会影响到全军的士气。于是刘邦竟破天荒地亲自击鼓,召选勇士出阵与楚军壮士做生死一搏。战胜了可以大大地鼓舞士气,即便战败,也无碍防御的大局。

汉军中有一位楼烦壮士,自告奋勇愿意出垒应战。楼烦人是居于华夏西北部的游牧民族,孔武有力,长于骑射。山顶汉军壁垒的城门打开,吊桥放下,楼烦壮士单人匹马沿羊肠小径走向涧底的平地。广武涧两边壁垒上的喧嚣声立刻平息了下来。两军将士都在看着自己营中派出的选手如何与对方搏战。

楚军勇士横戈站立严阵以待,楼烦壮士却似乎漫不经心地策马而前。一到了涧边拴马时,以马身为掩护冷不防向楚军勇士射出一箭,楚军勇士应声仆倒。汉军城头顿时爆发出一片欢呼,而楚军城头则腾起一阵怒骂。

现在是楼烦壮士在涧底反客为主向楚军挑战了。楚军阵中又派出了第二位和第三位勇士,但接连两位勇士都在还没有到达涧底的下山路上,未及交手就被楼烦壮士用弓箭射杀了。汉军城头欢声雷动,而楚军垒上怒气冲天。

项羽大怒,不顾部下劝阻,亲自披甲执戟,骑上乌骓马出阵应战。他沿着弯曲的山路向涧底走去,骑在乌骓马背上却如履平地。楼烦壮士故伎重演,不等他接近便开始射箭。第一箭射过去,被项羽用长戟拨开;第二支箭射出,被项羽伸手接住。项羽依旧从容地策马走向涧底。楼烦壮士的心慌了，手脚也乱了，他把第三支箭又搭在弓上，却仿佛已失去了拉开弓的力量。他努力镇定了一下，第三次把弓拉满，项羽怒目圆睁，一声大喝响声如雷，楼烦壮士的箭竟没有射出去，而是落在了自己的脚下。他完全被从项羽目光和声音中传出来的巨大威力震慑住了，一种从来没感受过的恐惧笼罩了他的全身，他已不能战斗，只能跳上马背向山上的寨门奔逃。项羽把手中接住的那支箭搭在弦上，一声弓响，从楼烦壮士箭壶里抽出来的箭又飞回去射中了他的箭壶，并穿透箭壶钉在他的大腿上。楼烦壮士一身冷汗地逃进寨门，他知道这支飞回来的箭是对方对他手下留情，否则是完全可以射穿他的后心的。

这次楚军营中爆发出一片欢呼，而汉军城头也有人禁不住为楚霸王超人的勇武和大度喝彩。项羽站在涧边大声呼喝，要汉军营垒中再派壮士出阵应战。汉军营中一片沉寂。项羽继续大声喊叫："是就此认输，还是改日再战，汉王不敢与我单独决斗，难道连站出来和我打一个照面也不敢吗？"

楚军的士气因为项羽的威风而大受鼓舞，在楚军士兵如潮的呼喊声中，汉军虽然只是楼烦壮士一人受伤，但是在士气上却遭受到了重创。为了挽回一些士气，刘邦不得不亲自来和项羽打一个照面了。当然，他绝不会去和项羽决斗，以兵刃相接，十个刘邦也不是项羽的对手。但是他有另一种武器：语言。用语言来交锋，他认为项羽不是他的对手。汉军城头的吊桥放下，寨门打开了，刘邦高冠华服，出现在门洞口。他举起一只手，示意双方士兵安静，他和项羽之间有话要说。于是依山相峙的两座壁垒之间，人声屏息，只听溪水在涧底流淌，山风在谷中盘旋。

刘邦运足了气，开始说话了："项王，你确实是一个非凡的勇武之士，我不得不佩服你！但你却不是一个仁义之人，请容我历数一下你的罪状：在反秦之时，你我都受怀王之命，约定先入关中者为王。而你背约，把我置于蜀汉之地，这是罪之一；你假传怀王旨意，擅杀卿子冠军宋义，自己取其上将军的尊号，这是罪之二；你救赵之后，应该还报怀王，而你却擅自劫取诸侯之兵入关，这是罪之三；怀王曾经约束，入秦之后不得施暴行虐，而你烧毁宫室，挖掘始皇帝陵墓，私自收取秦的财物，这是罪之四；你杀害秦国的降王子婴，这是罪之五；你以欺诈手段，坑杀秦卒二十万人于新安，而封其将军章邯为王，这是罪之六；你对诸将服从于你的，都封给好地为王，而无理地驱逐齐、赵、韩的故王田市、赵歇、韩广，使他们的臣下争为叛逆，这是罪之七；你把义帝赶出彭城，自己取彭城为都，又夺韩王之地，合并梁楚之地都归于自己，自私贪婪，这是罪之八；你秘密派人暗杀义帝于江南，这是罪之九；你为人臣而杀其主，杀已降之兵，为政而不公，主约而无信，这种行为大逆不道，天所不容，这是罪之十！而我以仁义之师，会同诸侯，诛不义，伐无道。像你项王这样的罪人，我用刑余之人就能够击杀，难道还用亲自来接受你的挑战吗？"

刘邦的一番话，有理无理地全都搅在了一起。十条罪状不管是否能够成立，反正居高临下地一股脑儿全都倾到了项羽头上，竟也说得楚军士兵得费一些心思去想，而汉军士兵气势大振。项羽固然闻言大怒，但是他引诱刘邦出现的目的却已经达到。就在刘邦滔滔不绝地历数项羽罪状之时，在楚军城上的隐蔽之处，由精于射技的弓弩手子张操纵的大型铜弩机早已暗暗地瞄准了刘邦。当他一口气说完，正在因为自己用口才为汉军赢了一阵而得意之时，子张稳稳地扣动了扳机，一支箭迅不及防地飞越山涧射中了他的前胸。刘邦顿时就被巨大的冲击力撞得跌坐在了地上，幸亏他穿的是厚皮革和精铜片双重的护胸铠甲，才没有被箭镞贯穿而丧命。刘邦虽然跌倒在地，疼痛难忍，却没有丧失理智，他听见对面楚营中凌空腾起的一片欢呼和自己营中的一阵慌乱的惊叫，他知道此时此刻自己的形象对于自己士兵的重要。他强忍着爬起来，从铠甲上拔出了那支箭举在手里道："可耻的楚人，暗箭射伤了我的脚！"

刘邦实际上伤得不轻，之所以如此表现，是不想让楚军知道他遭受重创而军心振奋，也不想让汉军知道统帅身负重伤而士气低落。因为汉军还得在广武继续坚守下去，一旦军心动摇，防线就有崩溃的危险。张良也深知这一点的重要，第二天便请刘邦强撑着起床，像每日例行的那样在城头上巡行视察，慰劳军士，以安兵卒。受到刘邦的鼓舞，汉军依旧士气饱满，壁垒固若金汤。如此巡行了两天，伤势严重难以支持，只能驰入成皋休养。伤愈之后，刘邦西行入关，到都城栎阳慰问父老百姓，巩固后方。在栎阳市上斩了被押在监中的翟王董翳的头来解项羽给他的那一箭之恨。在栎阳仅仅停留了四天，便又带着萧何募集的关中之兵，来充实荥阳一线的防御，依旧统兵于广武。

楚汉两军，还是隔着那一条广武涧在互相对峙着。

36 河流（二）

　　当刘邦和项羽又一次在广武形成相持不下的局面时，韩信开始了他向齐国的进军。

　　将军出征的场面应该是威武雄壮的，但是韩信的心里感到的却是悲怆和委屈。他的大将军印被汉王收回了，眼下他的职务是赵王张耳的相国；他的大部分军队也被汉王拿走了，只给他留了不到一万人，却要他用这一万人去攻伐幅员广大的齐国。在修武营中的那个早上，其实只要一狠心拔出剑来，刘邦的性命就完了。然而他没有，他可以在战场上挥军赶杀敌人的虎狼之师，却对一个落荒逃到他营中仍然对他颐指气使的汉王下不了手。这是出于对汉王的忠诚吗？与其说是忠诚，不如说是一种感激，毕竟是刘邦破格起用了他，给了他施展才华所必需的权力和军队。那么仅仅是因为知恩图报？与其说是感恩，不如说是需要。他需要刘邦这个人的存在，正是因为有刘邦的存在，他韩信的存在才有价值。虽然刘邦打起仗来总是一败再败，虽然他性格中有很流氓很无赖的一面，虽然他毫无道理地夺走了他的兵权和军队，并且完全不合情理地要他只带着区区一万人马去攻打有着七十多座城池的齐国。虽然他在军事才能算上个二流将军都勉强，但他却是将军们的领袖、文官们的主脑，那许多英雄豪杰正是以他为核心才紧紧地团聚在一起而成为一个国家。他挥剑砍掉他的脑袋本是轻而易举的事情，但是随着他的人头落地，汉军荥阳防线势必因为群龙无首而全面崩溃。如果项羽失去了这个强有力的敌人，只凭他韩信一个人的力量，就一定能够是项羽的对手吗？而且他知道自己的才能仅仅是在军事上，完全不具备当一个王所必须有的处理繁杂人事关系和慑服各种人心的本领。所以作为一支军队的统帅，他必须依附于刘邦的政治实体；而作为一个国家的首脑，刘邦也必须依重他的军事才能。韩信知道在汉军阵营中只有两个人对形而下的实际利益不感兴趣，感兴趣的仅仅是形而上的艺术本身；一个是张良，还有一个就是他自己。张良热衷于出谋划策，并不是想为自己获取什么，而是把天下事当成一盘棋来下，希望在棋局上取得自已预期的结果。韩信热爱的是战争艺术本身，他是为显露卓越的智慧而战，为印证自己天赋的将才而战，而不是为了战争能给他带来的丰厚报酬。张良精于策划，定夺天下于帷幄之中；韩信长于作战，挥兵决胜于疆场之上。

但是韩信知道仅凭手中的一万人，是无论如何也不可能征服齐国的。既然汉王封他为赵王张耳的相国，他就首先进入赵地去补充实力。好在张耳和他相处得不错，既对他的军事天才佩服备至，又对他的请立赵王心存感激，全力以赴地为他招兵买马，很快韩信麾下又有了数万军队。

韩信领着军队从赵都昌邑出发，向东指向齐国。当时黄河下游的流向和现在不同，现在的黄河从开封走济南到东营入海，其实是侵夺了过去济河的河道。而当时的黄河从开封附近折向东北偏北，整个河道在现今黄河的北面，流过地区在今天山东河北两省之间，经过德州，在现在天津的位置上注入渤海湾。当时的黄河是齐赵两国的天然国界。韩信率军到达面对齐国平原城的黄河边，正打算渡河，却听到了汉王派郦食其出使齐国，并已说服齐国归降于汉的消息，于是按兵不动，停留在赵齐边境的赵国一方。

郦食其出使齐国的行动，比韩信伐齐后发而先至。当韩信在赵国境内由张耳帮助募集军队时，由郦食其率领的汉国使团早已经平原历下到达了齐国的都城临淄。郦食其之所以要主动向汉王请命去游说齐王使之归降，既是为国事所计也是为韩信担忧。为国事所计，如果能和在楚国北面占地广大的齐国结成同盟共同抗楚，会使集结于荥阳一线的楚军腹背受敌，天下形势将朝着有利于汉的方向大大改观；为韩信担忧，是因为汉王只给了他一万兵马，以小股部队孤军深入敌境，无异于自杀行为。汉国的半壁战场完全是由韩信在支撑着的，万一韩信伐齐不利兵败身亡，汉军的荥阳防线最终会坚持不住。所以郦食其向刘邦献策道："齐王田广、齐相田横，都和在下有一面之交。如果大王能委我以专使赴齐，当凭三寸不烂之舌，说服齐国归降于汉。因为齐国虽然国力并不弱，却自知胜不过楚，如果楚胜汉，则齐国危；如果与汉结盟，则可以免于兵燹，致力国家的安泰。"

刘邦知道齐国是放在楚汉相争这架天平旁边的一个极重要的秤砣，加在自己一方和加在项羽一方的结果是大不相同的，无论是以武力去夺还是用文的策略来取都必须拥有广大的齐地。他虽已派了韩信去攻伐，却不能给他更多的军队，以齐国七十余座城池，如果同心协力奋起反抗，韩信有再大的本事，恐怕也难以像取得魏代燕赵那样在短期内拿下来，如果郦生真能像当年的苏秦张仪那样使出合纵连横的手段，使他不战而坐拥齐地七十余城，又何乐而不为呢？于是为郦食其配置了仪容华贵的使团，命他代表汉王出使齐国。

郦食其是以言辞出名的高士，他为国家建功为自己立业全靠一张能言善辩的嘴。这次为汉王游说齐王，他开门见山地道："请问大王知道现在天下人心的归向吗？"齐王田广不说知也不说不知，只说："愿闻高论。"郦食其以高士气派道："我来出使贵国，不仅为汉，也是为齐。如果您知道天下人心的归向，那么齐国还可以保得住；如果您不知也不愿知道的话，那么齐国终究是保不住的。"于是齐王不得不问："先生认为呢？"郦食其一字一顿地说："归向汉！"齐王问："依据何在？"郦食其便侃侃道来，他先说道义："汉王和项王都西向攻秦，于怀王座前约定先入咸阳者为关中王。汉王先入，而项王负约不给他关中，只给汉中。并徙义帝于长沙，后来干脆派人弑杀了他。于是汉王发动蜀汉军队攻打三秦，出关中向项王问罪，并收抚天下军队，替各诸侯立下后嗣。如有人以城而降，便封其为侯。得到馈赠，便拿来与士兵分享，获福得利都与天下人共有。所以英雄豪杰才人贤士都乐于为他效劳尽力。诸侯的军队由四方投来，蜀汉的粮船循江而下。而项王有背盟弃约的恶名，又有弑杀义帝的大罪，对于有功的人老是记不住，对于犯了过的人却不会忘记惩罚。为他打了胜仗得不到应有的赏赐，为他攻下城池也受不到封官赐爵。并且他性情残暴嗜杀，又不善养民理国，使得士人背心，百姓怨尤，已经无人心甘情愿地为他效劳了。所以天下人心归于汉王，就是很自然的事了。而且对于齐国尤其重要的是：齐国与楚国有旧仇，而与汉国无恨。在汉王出兵中原之时，楚军正在齐国境内大肆杀伐，正是汉军袭取彭城，才使得楚军从齐地撤回。如果汉军真的不敌楚军退入关中，齐国的处境难道不需要仔细考虑吗？"

郦食其知道光凭道义还不足以说服齐王，说完了道义又说战略和军事："汉王自从发蜀汉之军，平定三秦，渡过黄河，一方面在荥阳一线凭坚据守，使楚军不能西进；另一方面用极少量的军队攻下井陉，占有魏、代、赵、燕大片土地，这一定是有老天护佑，非人力所能为。现在韩信将军正集结在赵齐边境，如果汉与齐结盟不成，他也会像攻占赵地一样地来攻占齐国。现在汉王占据敖仓的粮粟，把持成皋广武的险要，守住白马津渡，堵塞太行山的道路，天下要地已尽在其手。楚军虽然能征善战，但是中原之地粮食已尽，从彭城运粮又道路漫长，途中又有彭越的侵夺，能送到前线的已远不够用。一旦粮尽，再强的军队也只能成为一群饿殍。汉军已经胜利在望，天下诸侯如果不早臣服于汉，必然最先自取灭亡。所以我才不辞路途辛劳来说大王——尽快臣服于汉，就可以保住国家社稷。如果不然，齐国的覆亡就将是不可避免的事。"

齐王田广和齐相田横经过认真考虑，认为郦食其言之有理。便听从了他的游说，成为臣属于汉的盟国，自然撤除了对汉军的防备。郦食其为完成了汉王的重任而高兴，齐王也为在楚汉之间做出了正确的选择，得以保全齐国而高兴，知道郦食其是著名的酒徒，于是盛情挽留，和他终日饮酒作乐。

因为郦食其成功地游说收服了齐国，把军队驻扎在齐赵边境的韩信已经打算放弃征伐齐国的计划。这时候谋士蒯通来提醒他道："将军是先奉了汉王的诏命前来攻打齐国，郦食其是后从汉王那里得到使命去游说齐国；汉王并没有命令让将军中止伐齐，怎么能够半途而废呢？郦食其只是一介书生，乘一辆车，仅靠着拨弄三寸不烂之舌，竟然一举说降了齐国七十余城；而将军您率领数万大军，耗时一年多才占有赵国五十座城，将来天下安定时计算功劳，金戈铁马反而比不上巧舌如簧，军人喋血沙场反倒不如儒生谈笑于席间，岂不要成为笑谈？而且用嘴说下的地盘和用嘴允诺的投降，毕竟和靠实力去征服的国家，和用军队去占领的地盘是两码事。前者说反水就反水，在战乱不绝的年代，不能够守盟持约的例子是太多了，是绝不可以轻易相信的。一旦在关键时刻发生反复，就会引起极大的麻烦。所以为将军计，应该乘着郦生游说成功、齐人放松警惕的大好时机，就势打过去实打实地占领齐国！"

韩信认为蒯通说法确实有见地，重赏了他。以迅雷不及掩耳之势长驱直入齐境，袭取了历下，并很快地兵临齐都临淄。齐军因为完全放松了对汉军的防备，在韩信突然而猛烈的进攻下兵败如山倒，已经无法组织起有效的抵抗。在这种情势下。田广和田横只能认为郦食其出使齐国的和平游说是一个彻头彻尾的外交骗局，目的就在于麻痹齐国让韩信的突袭能够得手。

在临淄将要失陷之际，齐王宫里正在进行王室撤离前的最后一次酒宴。和前一阵在舞乐歌声中庆祝齐汉两国和平共处的欢宴不同，汉王使者、著名酒徒、当代大儒郦食其已不再坐在贵宾席上，而是被剥光衣服放置在了一口用来烹羊煮牛的大锅之中，锅中的水没到他的颈边，只留一颗脑袋还露在水面之上。大锅下堆积的木柴已经点燃，锅中之水开始温热，漂浮在水面上辛香调料已经散发出微醺之气，被突然之间翻了脸的齐人扔进大锅里的郦生此时已经无话好说。他自告奋勇地要求出使齐国是为了汉王的天下，韩信迅速神勇地进袭齐国也是为了汉王的天下，既然都是为了汉王的天下，他只能尽到职责，死而后已了。作为儒生的一个重要信条就是"不成功，便成仁"。可是，自己对齐国的游说已经完全成功了，怎么还会落得这么一个悲壮成仁的下场呢？他努力想搞懂一个问题：是汉王不认为韩信能拿下齐国，才同意派他出使进行外交游说；还是汉王不放心他能游说成功，所以依然让韩信采取军事行动？或者是汉王认为两者都没有把握，所以才双管齐下，两种办法都要试试？可是锅中的水越来越热，他已经来不及搞懂这个问题了。他想来想去自己是被贪酒所误，如果不接受齐王的盛情挽留，早一点回国复命，此时就会安坐在自家浴盆的热水里，而不是泡在这将要煮沸的大锅中了。

锅里的水已经开始烫人了，郦食其在昏昏然之中闻到了一股酒香，他勉强睁开眼睛，看见齐王田广把一樽好酒端在他面前。齐王说："你的一张嘴实在厉害，舌间搬动言辞就使我们撤除了对韩信的防卫，他眼看就要攻破临淄了。不过你如果能去说服韩信，让他停止攻齐退回赵地，我愿意用一条小肥牛把你这把又老又瘦的骨头从锅里换出来。你还可以坐到贵宾席上去和我一起品尝这锅中的牛肉汤。如果不然，虽然你的肉很难吃，我们也要烹了你，以解心头之恨！"

其实郦食其完全可以借此机会从热汤锅里出来。只要他答应齐王，齐王就会放他到韩信营中去；无论他是否劝说韩信罢兵，也无论韩信是否肯罢兵，只要到了韩信军中，他就可以保全性命。但是身为名儒的他，却执着于一个"义"字。齐人已经认定他的出使说降是一种欺诈行为，他不愿意用欺诈的方式逃生来证实齐人的这种错误认定。

郦食其此时想起了子路临死前不避刀剑也要扶正自己冠帽的故事，虽然已经赤身裸体地被泡在热汤锅中斯文尽扫，但还是保持了高儒名士的气节，从容答道："举大事者不拘小节，持大德者不辞小过。我既为汉王说降齐国，又怎能为齐王去说退韩信呢？我知道我的肉的味道一定不如小肥牛鲜美，不过也只好请你们尝一尝我的骨头汤了！"

于是齐王活烹了郦食其，然后从临淄仓皇逃往高密，同时派人到楚国去向项羽求救。

西楚霸王得到齐王告急求援的文书，他当然知道广大的齐国被汉军占据的严重后果，立刻派龙且为大将，带领号称有二十万的大军火速驰援齐国。龙且不仅是现在他手下最为得力的战将，而且本身是齐国人；在当初项梁率楚军救援被章邯围困在东阿的齐军时，他就是齐国的大司马，因为和项羽性情相投，才背离田荣留在了项羽军中。这次他以齐人和楚将的双重身份担负起救援齐国的任务，实在是再合适不过了。

田广和田横退守高密，在这里等待楚国援军的到来。高密地处胶东半岛起始的地方，胶东半岛像一只巨龟向海里伸出头颈；而发源于沂蒙山区向正北方流入莱州湾的潍水，像一条挂在颈上的项链，划分出半岛的界限。这一条河流纵隔在高密城的西面，是高密的天然屏障。齐军虽然败退，但主力并未被消灭，即便韩信渡过潍水攻下高密，齐军仍有一大块胶东半岛可做回旋。

龙且率军援齐有两种选择：一是从楚地直接北上开赴历下和临淄，到韩信的屁股后面去打击汉军，并把汉军向东赶，压向潍水一线，让田广和田横领齐军依潍水抗拒汉军，形成东西夹击之势；一是向东北先赶到高密与齐军会合，然后再共同攻击汉军。第一种选择在战略上显然要漂亮一些，但是它要求齐军有足够的力量能够守住潍水，东西夹击才能显出效果。如果齐军像前一段那样一触即溃，让韩信挥兵东进占有了整个胶东半岛，不但夹击的设想无法实现，反而会使援齐楚军陷入被赵地和齐地的汉军东西夹击的局面。龙且对齐军的战斗力没有把握，所以不得不放弃第一种战略而采取第二种：先赶到高密与齐军会合，这样不仅能够使一路败退的齐军因为有了强大的援军而士气大振，而且可以把齐国的兵力收拢到他手下统一指挥，以增强攻击汉军的力量。这个方案虽然比较保守，但背靠胶东半岛可以比较好地解决军粮供给问题，面临潍水又可以进退有据。

于是齐楚联军和汉军隔着一条潍水摆开了决战的架势。

284

龙且认为潍水对自己来说，是一条弓弦，可以用力拉开，搭上箭狠狠地射向韩信；而对韩信来说，则是一条刀刃。有强大的楚军作为宽厚的刀背，他将在这条刀刃上碰得皮开肉绽。对于韩信，龙且自认为十分了解，他在楚军中只当到一个小小的执戟郎中，在历次战斗中从来也没有超出常人的表现。当龙且被项羽看重成为勇冠楚军的名将时，韩信连单独带兵的资格都没有得到。龙且认为韩信在楚军中得不到提拔是理所当然的，楚军的将军都是靠打仗打出来的，而不是靠嘴皮子说出来的。至于韩信到汉军中居然成了统辖三军的大将，并且打败章邯拿下三秦，继而又接连取得平魏伐代攻赵收燕直到长驱直入齐国腹地的一系列胜利，龙且认为仅仅是运气使然。韩信之所以能够一路连胜，是因为他锋芒所向之处全都是不堪一击的弱旅，一旦遇到真正的雄师，碰到坚强的盾牌上，韩信那支貌似锐利的矛尖就该折断了。所以当帐下一位谋士向龙且献策道："汉军深入齐境，情况不利，一定会奋力作战以求速胜，所以不宜直接与其决战，而应该避其锋芒，先与之周旋。齐楚之兵，在自家地面作战，因为眷恋家室，有路可逃，一旦决战不利，反而容易兵败溃散；不如筑起壁垒，依河坚守，一面让齐王广派亲信去招抚那些已经丢失的城邑。那些沦陷地区的齐人，听说齐王还在，又有楚军救援，一定会叛汉归齐的。汉军是远到两千里外的异国作战，只要齐国城市骚乱蜂起，后方不稳，韩信无法得到充足的军粮，这样，就可以不战而使汉军败降了。"龙且完全听不进这条以稳求胜的意见，他在楚军中一向以骁勇善战闻名，只知进而不知退，从来习惯于用激烈的主力决战来一举摧毁敌人。自从英布离开以后，他就成了楚军中仅次于项羽的人物。他作战的风格也酷似项羽，在列阵完毕发动攻势以后，总是策马前驱，冲锋陷阵，披坚执锐，激励全军。在用兵能力和他相当而勇敢不如他的敌人面前，他每战必胜，所以完全不把韩信放在眼里。他对那位献策的谋士道："韩信是在楚军里混不下去了才投到汉营中去的，我还不知道他的为人吗？他也许确实比魏豹和陈余要强，但是见了我却会发抖。在彭城我和他不是已经较量过一次了吗？要不是他骑马逃得快，早就被桓楚将军的车阵碾在轮下了。项王派我来救齐国是看重我能打硬仗，如果不用作战就可以使韩信弃戈而降，那我又有什么功绩可言呢？而且项王近来已经察觉到对所倚重的人不能重赏是一种失策。如果我一战击败韩信，说不定能得到齐国一半土地的封赏。要是如你所说，坚守不战，岂不要让天下人笑话!"

于是谋士无言。但他预感到这一战龙且要败,不是败在他缺乏勇武,而是败在他完全不了解韩信,却自以为对韩信了如指掌,并且一点也不愿去深思即将面对的敌手。如今的韩信,难道还是那个在淮阴街头甘受胯下之辱的韩信,难道还是那个在楚军中只能扛一支戟侍立在项羽帐外的韩信吗?

真正对敌人了如指掌的是韩信。他不但了解楚军的一贯战法,了解龙且的性格,甚至了解龙且从骨子里对他的轻蔑。他知道,在英勇善战的大将龙且面前,汉军原来对楚军的优势已不再是优势;他知道自己士兵的战斗力即便能和楚军勉强持平也绝不会超过楚军;他也知道即便他亲挥刀剑身先士卒,激励士兵奋勇向前的效果也远远比不过龙且;他更知道如果他与龙且在乱军之中面对面地相遇,他更可能成为对方的刀下之鬼。在他对敌我双方的了解中他知道的最重要的一点是:他比龙且多的是智慧,少的是力量。他知道在兵力相当的列阵对杀中,他最终会被龙且的勇力所压倒。他必须借助某种力量,才能战胜龙且。

在一场具有决定性的大战之前,韩信又一次站在了一条河流的岸边,这条河的名字叫潍水。像以往每次战前都面对河水沉思默想那样,他相信河流的灵性会给予他启示,使他在复杂纷纭的各种因素中,能够准确地捕捉到决定胜负的最关键的一点,豁然开朗地找到通向胜利的捷径。他曾在渭水边掘开河堤,不是用士兵而是用汹涌的河水冲开并淹没了章邯固守的废丘城,使一代名将成为狼狈不堪的俘虏;他曾在黄河拐弯的地方用渡船迷惑了魏王豹的视线,把自己的主力从黄河上游绕到魏军背后的安邑,让魏豹的重兵布防完全失去了作用;他曾经北靠泜水设下让陈余大笑不已的奇阵,结果笑到最后的不是有二十万之众自认为必胜无疑的赵军,而是置之死地绝境求生的两万多汉军勇士。这一次,河流又将给他以怎样的帮助呢?

扼住胶东半岛咽喉部位的潍水具有显著的北方河流的特征,河床平缓而宽阔,布满每年汛期被冲下来的大大小小的卵石。时令是初冬,已经进入河流的枯水季节,宽大的河床里仅有中间一小部分被河水所覆盖着。水流虽然还算湍急,但深只齐腰。最深处也只及人的胸颈而不能没顶,水面的宽度也只不过数丈而已。对于一支想渡河寻求决战的大军来说,这样的一条河流几乎形不成障碍，最多只是延缓一下进军的速度而已。甚至连渡河的工具都不用准备，军官骑马，士兵挽臂，便可以蹚河而过。而对于防守一方来说，绝不能指望这样的一条河来帮你阻挡敌人的进攻，只能抓住敌军过河时动作迟缓阵形不整的机会予以坚决的打击，使敌人的前锋无法踏上河岸。而在人数众多的敌军宽正面多点强攻之下，要想完全守住沿河一线不让敌军越雷池一步是相当困难的。韩信在想，潍河是南北流向，汉军集结在河西，已经摆开决战架势的齐楚联军集结在河东；主战场的选择，不是在西岸就是在东岸。要想在东岸作战，汉军就得在楚军还没有做好总攻准备时抢先越过潍水发动攻击。如果不能一举击溃楚军，让楚军聚足了力量把汉军压回到潍水之上，败局就难以挽回了。因为潍水不是泜水，布满卵石的河床使得士兵们阵形大乱，而不深的河水又难以阻止他们逃亡，使他们无法像在井陉口那样做拼死一战。要想在西岸作战，虽然可能在楚军蹚河队形不整时乘乱攻击，在战端初开时捡得一些便宜，一旦楚军全军越过潍水，在河西的平原上展开阵形，阵法不如楚军严整的汉军就没有优势可言了。如果没有非常手段挽回颓势的话，就将被楚军一路追击赶出齐国，甚至会有更为糟糕的下场。无论是把主战场放在东岸或者西岸，面对龙且这样一个强大的对手，韩信都没有取胜的把握。

那么，有什么办法可以使置敌军于不利地位使自己始终占有战场上的主动权呢？到哪里去寻找那股能够帮助他克敌制胜的一臂之力呢？河流，只能从河流的身上去找，在河流中，永远都蕴藏有等待着你去发现、打开、并把它释放出来的巨大力量。如果当年项羽没有在漳河边上想出了破釜沉舟的决绝之计，他绝不可能以七万人马击败章邯的三十万大军。在这一点上，他永远佩服项羽。是长于在平原上野战的项羽最初启发了他应该如何来利用河流。当然，对于有着破釜沉舟经验的楚军，再用背水之阵无异于班门弄斧。水淹废丘的故技是无法重演了，因为高密城高于潍水，水淹不进去；木罂渡军的老花招也不能再用了，因为龙且不是魏豹，就算他带领主力从上游渡过潍水，强悍的楚军回转身来一样可以从容地对付他。可是，能不能把三个老办法结合在一起来用它一回呢？面对潍水，进攻一方最为不利的时候就是正在渡河之际，如果能在宽阔的河床上设下陷阱，让敌人一踏上河床就陷在其中拔不出身来，再乘机奋力击之……一道灵感之光从韩信额前电光石火般地闪过。韩信立即捕捉住了它：取木罂渡军之

287

计中的迂回进攻之法，但向河流上游迂回的不是主力，而是一支负有特殊任务的部队，到上游去堵塞水流，使得本来仅及胸腰的河水变得更浅；取井陉口一战中背水列阵之法，但目的不是背水死拼，而是把敌人主力引诱到河床之中；再取水淹废丘之法。当龙且亲率楚军渡河强攻之时，扼制上游的部队放开河水，被积蓄起的河水迅猛冲下，就不会再是仅及胸腰，而是要使敌军陷入灭顶之灾了。实施这一作战方案的要点是：一、迅速。二、机密。三、时机得当。有一项做不到，就将弄巧成拙。

韩信立即命令将军灌婴带一万人马当夜悄然向上游行动，在距高密有二至三舍之地，选择一处两山夹峙能够充分蓄水之处，用沙石灌满麻袋堵塞潍河之水。若麻袋不够，便用裤管；若裤管还不够，便用衣甲，哪怕光了屁股，也要保证在黎明前截住潍河的水流。虽然这种临时用沙包堆积起的堤堰不能完全堵塞水流，也不能长期堵塞水流。只要能维持一个昼夜就足够了。等到白天看到高密这边战场上燃起烽烟信号，再迅速掘开截流的沙袋，让聚升而起的河水奔腾而下，不得有误，有误当斩！

第二天一早饱餐战饭之后，韩信命令全军出营在潍河岸边列阵，召集将领们进行作战部署。韩信胸有成竹地道："征服齐国的决定一战就在今天。我们面对的是强悍的楚军，主战场就在这一片河床之上，这片河床将成为楚军的尸床。以龙且一贯的作战风格，他一定会置身于前锋阵中执戈挥旗引导全军奋勇冲杀。我们此战的首要目标就是集中全力攻杀龙且，只要龙且阵亡或者被我所俘，楚军就将土崩瓦解。这一战成功，我们不但可以彻底平定齐国，而且等于砍掉了项羽的一条手臂！"

有将军问："怎么能够断定龙且一定会在今天率军向我们发动攻击呢？"

韩信道："决战日期已由我先定，他不出击，我先率一半军队过河去向他发起攻击。另一半军队由曹参将军带领，在河边列阵策应。"

有将军道："由大将军首先率军渡河求战，恐怕不利。河水虽然只深及胸腰，毕竟会影响到阵形和速度，而且时入冬季，士兵湿衣作战，战斗力将大减。若楚军趁我军渡河之际击之，情况就会很危险。请大将军三思。"

韩信笑道："我率军渡河攻击，只不过是要把龙且引诱到河里而已。并且，河水与我有约，请将军到河边去看一看，河水是否还像昨天那样深及胸腰?"

那位将军立刻跑到河边去亲自观察,跑回来时惊讶不已:"河水果然已经大低落,现在仅仅没膝了!"

又有一将军说:"既然河水已经低到不足以对大将军率军渡河成为障碍,那么对掩杀过来的楚军也是如此。楚军的攻击力一向比我军强,我们怎么能够保证把楚军压在河床里不让他们上岸呢?一旦龙且率楚军掩杀过河,恐怕有崩溃危险的就不是楚军而是我们了!"

韩信又一次笑道:"我已说过,我与河水有约。当我率军渡河时,河水深仅没膝;而当龙且率军渡河时,水情就不会如此了,他将遇到的是灭顶之灾!"他命令曹参:"你领一半大军,把所有车辆物资推到河边设垒,当我率军从潍河东岸退回,而龙且率军正行进到河流之中时,务必全力守住河边,不让楚军大部队登岸。后退者斩!"他又命令刚才提出疑问的那两位将军,各带五百士兵到沿河一线左右后侧较高的地形上去观察战场势态,并准备引火的柴草,看到他率汉军退回到潍河西岸,而龙且率楚军尾随进入河床时,便立即点燃狼烟。违令者斩!

布置完毕,韩信亲率半数汉军擂鼓摇旗,吹号喊杀,声势夺人地蹚河向东边的齐楚联军发动攻击。数万汉军在飘扬的旌旗下向楚军大营逼来,被簇拥在最中间的是韩信的那面漂亮夺目的大将之旗。

龙且没有料到韩信居然敢于抢在他之前发动攻击,他想,韩信在屡次胜利面前果然变得比过去胆大了。但是韩信渡河求战的举动却正中他下怀。现在他只要直接列阵与汉军对杀,而不必先去渡过那条水深及胸的潍河了。楚军的兵力大大超过渡过潍水的汉军,当正面部队与汉军接战时,龙且挥动他的两翼向汉军的左右翼侧包抄。翼侧进攻刚刚开始,汉军的阵脚就已经乱了。在一片旌旗中,他看见韩信的那面大将之旗开始向后移动,顿时所有刚才耀武扬威地迎风招展的旌旗都跟着向后移动,在移动中一面面仆倒,最后连韩信的那面大旗也狼狈地仆倒在地,无人收拾。在旌旗仆倒的过程中,汉军已经全面败退到了潍河边。

龙且的目标是要生擒韩信,他向士兵们大喊:"捉住韩信者,赏万金!"他自己也举剑策马,在先锋队阵中奋力前驱。重赏之下,必有勇夫;胜势之军中,懦夫也成了勇夫;况且楚军本来就是一支由勇夫们组成的军队,他们人人奋勇,个个当先,把汉军赶回了河边,赶进了河里,看着他们队形散乱地逃回对岸。现在，他们要蹚过河去攻击汉军的大营了。没膝的河水既然阻止不了汉军的逃跑当然更挡不住他们的乘胜追击，布满河滩的大小卵石也只是扰乱了他们的阵形并不能遏止他们的攻势。在长长的一条潍水之上，半数楚军分成数十个方阵，各自选择水浅、坡缓、石头少的地段开始强行过河，横渡的人流覆满了干涸的河床。龙且骑一匹骏马已经站在河水的中流，正向将领和士兵们大声呼喝，要他们注意阵形，整体推进。

但是，退过了潍河的汉军忽然不再后退，他们在原先就列阵于潍水西岸的另一半汉军的支持下，反过头来重新投入了战斗。一半已下到河床里，一半仍留在东边河岸上的楚军遭到了强有力的阻击。进入河床的部队因为河水和石头的干扰一时难以排好阵形强攻上岸，另一部分楚军因为河床里已挤满了部队，一时找不到加入战斗的空间，只能在东岸上等待河里的楚军向前推进。楚军的攻势猛烈而强劲，虽然处在河床里不利的地形上，却有数股部队撕破汉军的防线突到了岸上；每撕破一处，汉军的第二梯队便全力以赴地补上，重新把楚军压回河里。楚汉两军的锋刃在潍河西岸激烈地碰撞，如果没有事先已经被韩信隐藏囤积起来的那股力量投入战斗，楚军全军渡过潍水击破汉军只是一个时间问题。虽然战斗完全是按照韩信的计划在进行发展，但是龙且的强悍和楚军的英勇仍然使他惊心动魄。韩信上岸以后，策马向军阵后面的小高地奔去，现在，上游被灌婴所拦住的河水能否准确及时地投入战斗就成了胜负的关键。

正在这时，两股粗壮的狼烟从战场后面的两座小山上向天空升起了。

当狼烟迅速升到十几丈高时，在两舍距离之外潍水上游的灌婴便看见了它。灌婴一得到信号，立刻命令士兵们打开用沙包临时垒起的堤堰。积蓄了一夜的河水已经像汛期那样涨满了河床，沙堤本不牢固，只要扒开一个缺口，被夺路而出的河水一冲即溃。于是河水像一条翻滚着咆哮着的巨龙，以迅猛之势向下游冲去。有数十名破堤时来不及撤离的士兵，也被卷进了汹涌的水流里。

在潍水西岸与汉军激战的楚军将士，有的并没有注意到从汉军背后腾空而起的那两条狼烟，有的看见了，也无暇思考那两条狼烟意味着什么。他们全力以赴地战斗，稍一分心，敌人的兵器就会刺进自己的身体。作为战场的统帅，龙且当然是看见了，他想那不过是韩信的疑兵之计而已，依旧指挥将士们猛攻。但是半个时辰以后，当他已经率领一小股前锋部队攻上了河岸，河中的楚军在他的激励下眼看也就要全面攻上河岸的时候，他们忽然听见在他们进攻方向的左侧，有一股不祥的隆隆之声顺着潍河的河道向这里滚动而来。隆隆之声越逼越近，越来越响，须臾，便带着突然出现在干涸河床里的汹涌河水出现在他们面前，还没等他们反应过来，猛冲而下的河水就已经盖过了他们的头顶，卷着泥沙石块和他们的兵器身体向下面的楚军冲压过去，已经取得战场优势的楚军在一瞬间便陷入了真正的灭顶之灾。刚才还铺满了士兵几乎看不见水流的干涸河床，一下子就被突如其来的河水覆盖了。河中楚军的混乱和惨状无须言说。这个完全没有料想到的打击是如此猛烈而沉重，一下子就把龙且从就要达到的胜利顶峰狠狠地抛到了失败的谷底。他从面对汉军的方向回头看河水，他的半渡潍水的无敌之师竟被河水冲得溃不成军；他又回头面对汉军，发现刚才接近胜利的大好形势已经完全被一场大水所冲走，只剩自己和一小股部队孤立地站在潍河西岸上，他和大部队之间已被无情的河水所切断，河东楚军已经无法再渡过潍河给他以支援，而他也难以回到河东去重新组织战斗。剩下的，只能和韩信拼死一搏了。他看见韩信正骑马站在不远处看着他，虽然看不清表情，但他能想象出那个懦夫此时脸上是怎样的一种微笑。他愤怒至极地大吼一声，策马挺矛向韩信冲去。韩信立刻就隐在了重重汉军之后，几番冲杀以后，跟着他杀上河岸的士兵已阵亡殆尽。汉军三面围上，大叫着活捉龙且。背后是帮助韩信战胜了他的汹涌的潍水。他长叹一声，策马跃入滚滚的河水之中。

当这股洪流滚过，潍河重新恢复初冬的平静时，河床里积满了楚军的尸体。龙且的尸体也在其中。《史记》载："龙且水东军散走，齐王广亡去。信遂追北至城阳，皆虏楚卒。"这个有名的战例日后也成了一个成语：半渡潍水。

37 说　客

——将军的胜利在于用兵，而纵横家的成功则在于用势。

韩信所取得的巨大胜利，使谋士蒯通激动不已。韩信在击败龙且的楚军之后，继而进军城阳，杀齐王田广，俘王弟田光。又扑杀齐将田汲于千乘，大破田横于赢下。虽然田横乘桴逃往海岛，但齐军已全部覆灭，齐国也已彻底覆亡了。这都是因为韩信采纳了他蒯通的谋略。

蒯通可以算是一个纵横家。将军的胜利在于用兵，而纵横家的成功则在于用势。像他的前辈苏秦和张仪，仅凭三寸不烂之舌游说于列国之间，就可以并六国之力合纵以御秦；又能够离间六国的关系使秦与之连横进而以取中原。在蒯通的心目中，韩信的胜利越多，成就越高，可以被他用来改变天下局面的势力也就越大。现在的韩信，正处在一个十分微妙的位置上。他虽然是汉军第二战场上的全权统帅，但他大将军的兵符印信已经在修武被刘邦拿走；汉王授予他的正式职位是赵国的丞相，但是他却占领了整个齐国。事实上，当过去的齐国彻底覆亡之后，现在拥有齐国的韩信已经成了可以独立存在于楚汉两国之外的第三股力量。这个第三股力量无论在军事实力和地理位置上都和楚汉两国形成了三足鼎立之势。与现在战久兵疲的楚汉两国相比，由韩信来一匡天下的条件甚至更为有利。蒯通的下一步计划，是使韩信称王。先成为一地之王，再成为天下之王。在天下战乱的年代，王和王是大不相同的。没有实力的王，只是虚冠一顶，随时可能被人摘掉扔在地上，比如魏豹、张耳、申阳、韩昌之流，或者听刘邦的呼喝，或者仰项羽的鼻息。韩信目前的实力远远超过了那些诸侯王，如果他称王的话，不仅足以与楚、汉抗衡，其势头甚至有可能凌驾于他们之上。唯一的障碍，在于韩信自己。他似乎当一个大将军足矣，一心只在打仗，从来没有政治上的野心。看来要当一个王的念头，得由他来种植到这位天才大将军的头脑中去。于是他向韩信陈述这方面的理由："齐地既已平定，就应致力于治理。齐国开化很早，齐人也很懂政治之道。如果你一直以汉军占领者的身份统治齐国，将有许多不利。可以征服其国于形，却不能征服其民于心。如果大将军自立为齐王，把齐地视为自己的国度，体恤国情，视民如子，不苛刻，不暴虐，过上一段时间，很重仁义道德的齐人就会诚心接纳你，信服你。百姓最大的希望是有一位宽厚仁慈的国王，至于谁做国王，不是他们能够决定的事；至于国王是本国人还是外来的征服者，也是次要的问题。"

听了蒯通一席话，韩信很有些动心但也很有些顾虑："我真的可以当齐国的国王吗？"

蒯通笑道："在现在的齐国，你不做齐王，难道还有别人能做齐王吗？"

"可是汉王，他会怎么想呢？我若是个无能的人，他不会拜我为大将军；可是我如果拥兵自重，又会引起他的猜忌。他不断从我手中把兵力调走，增强荥阳一线的防御固然是主要原因，恐怕多少也有不太放心我的意思。作为我来说，当一个能够统兵打仗的统帅足矣，是否自立门户当一方之王，我从没认真想过。"

蒯通说："我知道你的抱负只在于当一代名将，并没有政治野心。但是人的上升之势，也如逆水行舟，不进则退。作为一代名将，可以在战场上为君主安邦定国，但在官场上却难以保全自己。秦国的白起、蒙恬，就是前车之鉴。所以当一个将军的事业到达了顶峰，仅仅为保全自己所计，也应该以兵权去谋取政权。以今天之势，你应该当仁不让地做齐王。否则，齐地必将难以安定。齐地平而复乱，对于你是很麻烦的事；对于汉王来说也绝无好处。"

韩信终于下了决心，但这是一个并不坚决的决心："那就表奏汉王，以眼下之势，请由我代为齐王，如何？"

蒯通微微摇头，随之又重重点头。韩信在政治上太没有心眼，这和他在战场上的表现判若两人。但是不管如何，在他的说动下，他已朝称王称霸的路上迈出了第一步。

公元前203年，韩信招降平服了齐国全境，派使者去向刘邦请求封王。奏表上写道："齐人狡诈多变，反复无常，是个屡降屡叛的国家，又南邻楚国，如果不暂立一个王来镇服它，齐国势必难以稳定。所以请汉王立我为假王（代理国王），这会便于安定齐地，也会有利于当前的局势。"

韩信的使者到达汉王大营时，项羽正把刘邦围困在荥阳，攻势十分猛烈，大有岌岌可危之感。刘邦打开奏表一看，顿时勃然大怒，破口大骂道："我被围困在这儿，朝夕盼望你带兵前来救援，击退楚军，盼来的倒是你想自立为王！"骂得韩信的使者不知该如何是好。此时张良和陈平正分坐在汉王的左右，他们立刻互相对视了一下，不约而同地在桌下伸出脚去不轻不重地踩在刘邦的脚上。这两位谋士英雄所见完全相同：韩信虽然名义上还是臣属于刘邦的大将军，但他所掌握的实力和所处的势态都已超过刘邦，他的战绩和威名更非老吃败仗的刘邦所能相比。现在他远在齐地，手握重兵，绝不可以激怒他，使他离心离德。即便他真的想拥兵自立，刘邦也无法制止；万一他投向项羽一方，后果将不堪设想。现在他请立为代理齐王，起码还自认为是汉王的臣属，而且为安定齐地着想也不无道理。虽然韩信没有如刘邦所希望的那样亲率大军赶来救驾，只要韩信能够稳守齐地，就算荥阳失守，至少汉军还有可以回旋之地、可以补充之兵。

张良乘倒酒的机会俯到刘邦耳边轻声提醒道："以大王眼下之势，难道还能阻止韩信称王吗？何不就此立他为齐王，好好地对待他。叫他好好地为大王守住齐国，不如此，恐怕要发生变故。"

刘邦毕竟是刘邦，有着常人不及的王者气象，虽然还是破口大骂，但意思却完全发生了转折，他把奏表扔在地上："韩信怎么像个妇人小儿！大丈夫既然平定了诸侯，要做就做个真王，做什么假王！做假王还要奏请我来封立吗？"

于是汉王派张良作为使者，携印赴齐，立韩信为齐王，并征调他的军队来抵抗楚军。

陈平心里清楚，韩信虽然得意于势，却没有得意于时，他得意于汉王正处在困窘之中的时候。虽然汉王给予他的甚至超过了他原来的期望，但这个"真王"就是真正意义上的王了吗？多少顶王冠在多少人的脑袋上戴上了又被摘下，等到刘邦从困境中摆脱出来，有工夫施展出他对付人的功夫时，韩信的脑袋上还能戴得住这顶硬要来的王冠吗？

在韩信向刘邦请立齐王的使者到达荥阳前不久，援齐楚军全军覆灭的消息也传到了广武的楚军大营之中。项羽对龙且的阵亡极为震惊，更使他难以接受的严酷事实是：击败他最为器重的大将龙且的竟是原先在他帐下极不起眼的那个执戟郎中韩信。一个能够从街头流氓的裤裆底下钻过的懦夫，居然能够成为像他一样在战场上叱咤风云的英雄，这其间的差异实在大得不可思议。汉军的荥阳防线尚未突破，北方的齐国又出了如此之大的乱子，严峻的局势使他无暇感慨，他必须迅速做出决定：从私人感情出发，他应该出征讨伐韩信，为龙且复仇，挽回楚军失去的面子；而从国家形势出发，应该避免两面受敌，最好派使者去与韩信讲和，先集中力量来对付刘邦。如要讨伐韩信，必须由自己亲统大军，除此之外，楚军中现有的将领们恐怕都没有足够的勇气和力量与韩信一战。他知道楚军士兵虽然英勇善战，但只有在自己的亲自统率下才能发挥出最大的威力。可是广武对面有顽敌刘邦，他正和这个硬度不够却韧性有余的老对手处在胶着状态中无法抽身。所以，一向只以战斗来解决问题的他为形势所迫也不得不用软的一手去对付韩信。他向坐拥齐地的韩信派出了说客武涉。

武涉到齐国向韩信游说道："天下苦于秦的暴政已经很久了。群雄纷起，大家一同约好协力消灭秦国。目前秦国已经灭亡，首功自然是属于项王的。诸侯们根据功劳，分割土地，各自为王。士兵们本已应该休战，天下百姓也应该得到安宁。但是汉王兴兵东侵，夺取别人分得的土地，已经吞并了封在秦地的三王，又带兵出关，聚合其他诸侯向东攻击楚国。他的意图绝不会以得到楚国为满足，不吞并整个天下是不肯罢休的！刘邦这个人是如此的不知足，如此的贪心之至，在信义上又是如此的靠不住！大将军一定知道，他的性命数次都落在项王掌中，项王心慈手软放他一条生路，谁知他一得到逃脱的机会就立刻背弃盟约诺言，又来攻击项王。他的不可亲近、不可信赖，难道大将军一无所知吗？现在您虽然自以为他对您有厚恩、讲情谊，尽您的力量为他打仗，但将来呢？就不怕被他算计吗？依我之见，您之所以能够为汉王所重用，完全是因为有项王存在！目前究竟天下大势属于汉王或者楚王，举足轻重的关键，就在于您做何种取舍了。您如果帮西边，天下就将是汉王的；您如果帮东边，天下就是项王的。请您以这两个王的品格设想一下，到底是项王拥有天下对您较为安全，还是汉王统一天下您做一个诸侯王安全呢？如果项王不幸落败的话，那么汉王第二个就会来收拾您了。您本来就是楚军的人，为什么不跟楚国联合起来共同对付汉王呢？在楚汉相持势均力敌之时，如果你助项王一臂之力，项王必定会重重地报答你。即便你不想投靠于楚，也应该脱离汉而自立。这样，就可以三分天下，互相制约，对于您来说是一个最为安全的方案。如果你不把握住这个机会，相信汉王胜过相信您自己，依旧帮着他来攻打项王，我想这不是聪明人应该选择的做法。"

但是韩信回答武涉道："我对项王一向是敬重的，并对他能够完成灭秦大业赞叹不已。但是我在项王帐下效力时，其地位只不过是个扛着一杆戟担任警卫的随从而已，建议不肯听从，计谋不被采用，在他眼中，我韩信永远只是在淮阴街头钻人裤裆的角色，所以我才背楚而投向汉。汉王不拘一格拜我为大将军，给我军队使我得以施展平生抱负，赐我以锦衣，赠我以玉食，对我言听计从，尽我所能地发挥我的作用，才使我能有今天的成就。如果我忘恩负义地背叛他，即便有利可图，我也于心不忍。虽然到死，其心不变，请您替我回去辞谢项王的美意。"

武涉还想再做一番努力，道："大将军现在已经是齐王，作为一国之王，对事情如此考虑未免太感情用事了吧，请您三思而后行！"

韩信道："先生也知道受项王之命不远千里而来，游说的是今日的齐王，而不是当年在楚军中落魄潦倒默默无闻的执戟郎中。项王如果当年就重用我的话，汉王现在恐怕连汉中都出不了，又何劳先生前来游说于我呢？"

话说到这个份上，武涉已无话好说，只能无功而还了。

武涉的游说失败，使蒯通既担心又高兴。担心的是武涉已经指出的，韩信之所以拒绝项羽的媾和意图，不是因为利害关系，而是出于意气用事。对于一个为王者来说，用个人义气来代替利害的考虑，这是大错！项羽能够派武涉来游说韩信，说明他在这件事上为国家的利益的考虑已经胜过了为龙且复仇的私人情感。而韩信那双在错综复杂的战场上能够洞察一切的眼睛，却被刘邦施予的恩惠蒙蔽着。他高兴的是，武涉失望而回，把说通韩信拥兵自立的机会留给了他。他知道目前天下的大势，举足轻重的筹码正是韩信。押在哪一方，哪一方就获胜。如果握在手中不押出去，则可以保持天下的均势，最后的大赢家，很可能就是韩信自己。蒯通知道韩信对于刘邦的感恩心理是很执着的，要想说服他，一般的讲道理还不行，必须采用一种特殊的方法。

于是他找准机会对韩信说："在下曾经学过相人之术，懂得相法。对于大将军之相，我已经留意很久了。"

韩信很感兴趣地问："不知先生相人用何种方法？"

蒯通答道："看人贵贱，在于骨骼；看喜忧，在于气色；看成败，则在于看其性情，看其对事务有无决断力。以此三者综合参照，则百无一失。"

韩信说："我正想知道自己将来的命运，请先生为我一看。"

蒯通道："事关天机，请大王屏退左右，我才敢放胆直言。"

于是韩信让身边侍从全都退下。蒯通先对他凝神注目，然后又围绕着他转了三圈，才开口道："从您的面相来看，将来最高不过封侯，而且还会遭到危险!"

韩信笑道:"先生莫非忘了我现在已经是齐王了么?"

蒯通不动声色:"相有相理,我只能依理道来。大王的面相只够封侯,但脊背之相却贵不可言!"

韩信似乎听出了一点意思:"此话请先生细讲。"

蒯通道:"天下英雄豪杰,刚开始起事抗秦之时,只要有人自立为王,登高一呼,有志之士便聚集到一起,多得像云铺雾涌,鳞次栉比;快得像火势蔓延,风云疾起。在那段时间里,大家所忧虑的,只是如何能够消灭暴秦。而现在的情况是,楚王与汉王在争夺天下,使得天下无辜的百姓死伤遍野,父毙子亡,抛尸荒野,不计其数。楚人从彭城伐秦开始,所战之处,无往不胜。而汉王乘楚国平乱之机,出关席卷中原,使得天下震动。现在楚汉两国军队胶着于荥阳一线,互相无法战胜,已经有三年了。在此之时,您的力量得到了空前的发展壮大。汉王以几十万军队占据敖仓坚守京索,依靠山地与河谷的地形优势来抵抗楚军,虽然屡战屡败,却也使得楚军无法进一步地向西挺进。而楚军虽然在气势上胜过汉军,却也因为后方不稳固而不能置汉军于死地。这就是智的一方无所用其智,勇的一方也无所用其勇的窘境!以至于乘胜攻击的一方,被山地的险阻所挫;而据险坚守的一方,也已经筋疲力尽。百姓们因为连年战争失去正常的生活,已经到了无所归宿的地步,怨声载道,日夜盼望战争早日停止。以我所见,如此情势,非天下最贤圣者,不能平定这场无休止的战祸。而这位贤圣之人还没有意识到自己为天下人所担负的使命!"

蒯通说到这里停了下来,从韩信的酒囊里倒了一碗酒来滋润喉咙,同时也观察着韩信的神色。他稍微歇息了片刻,接着说道:"现在刘项二王的命运,就掌握在您的手上。您如果依旧替汉王出力,汉王就将得胜;您如果改而帮助楚王,楚王就将得胜。臣愿意把内心的真意倾告于大王,这是真正的肝胆之言、赤诚之策,只怕大王不能采纳。臣为大王计,最佳策略,莫如对楚汉双方都若即若离,寻求齐国的中立与独立。不要帮助任何一方去消灭对手,让他们都存在下去,这样首先造成的局面就是与他们三分天下,就像鼎的三足一样互相维持。在这种情形之下,楚汉双方都不能压倒对手。而以大王您的聪明才智,拥有不受损伤的军队,占据着富庶而广大的齐国,君临着燕和赵,再伺机出兵去收复楚汉两方兵力所无法控制之处，牵制他们的后方，顺应百姓们的愿望，出兵向西去为天下人请命，阻止楚汉争斗，那么天下人对于您的反应就会像风一样传播，像回声一样震荡，到了那个时候，您的威信必将超越于楚王和汉王之上，成为天下的霸主。由您出面主持，把大国的地盘缩减，把强国的力量削弱，用来分封已经失去土地的诸侯，您将得到天下人衷心的感恩与拥戴。您用恩德来安抚他们，各国诸侯一定会相继到齐国来向您朝拜。这是一种多么令人向往的前景啊！我听古人说：天所赐给的你不去取，反而会因咎得祸；时机来了你不去把握，灾难就会随之而来。对于我向您提出的谋略，希望大王能够深思熟虑，做出正确的决断！"

韩信听了蒯通的这一大通议论之后，足足怔了半晌，才慢慢说道："先生所言固然有道理、有见地，但是汉王待我十分厚爱，把他的车给我乘，把他的饭给我吃，把他的衣给我穿。我也听古人说过：乘人之车则应载其患难；穿人之衣则应怀其忧虑；吃人之饭就该为其卖命！我之所以有今天完全是因为汉王的栽培，怎么可以唯私利是图而背信弃义呢？"

蒯通道："您以情感为重，想帮助刘邦建立万世基业，我以为是您想错了！君不见当初张耳与陈余是何等的讲义气重情感，以刎颈之交为天下人的楷模。后来只因张厌陈泽之事，两人反目成仇，从朋友而变成的仇人比一开始就是仇人的人结怨更深，恨不得你杀了我的头我杀了你的头。最终是张耳在您的帮助下杀了陈余的头，如此刎颈之交，终被天下人耻笑。他们当初的友谊不可谓不真不诚，究其反目的原因，就在于人心贪婪不足而且变幻莫测。今天的朋友可能成为明天的仇敌，而现在的敌人则可能成为将来的盟友。您一心以忠信之道来和汉王相处，你们之间的友谊，能比当年的张耳、陈余更牢固吗？而你们之间可能发生的利害冲突，则比陈泽和张厌的事件要重大得多。您现在相信刘邦不会加害于您，臣以为大错特错！您对于汉国的功劳再大也不会超过过去的范蠡和文种吧？他们把已经灭亡了的越国复兴起来，使勾践重新称霸于诸侯。可是等到功成名就，一个因为功高遭忌而被杀死，一个避祸逃隐于江湖之上。请大王记住我的话：飞鸟尽，良弓藏；狡兔死，走狗烹。以朋友情谊而言，你与刘邦不如张耳和陈余深厚；拿忠信道德来说，最多也不过范蠡、文种之于勾践。这两类人，还不能使你看清人情世故吗？而且古人说过：勇略震主者会有性命之危，功高天下者则无以封赏。试听我列举一下你为汉国所立下的功劳：虏魏豹、擒夏说、过井陉、杀陈余、取赵国、收燕国、平齐国、杀龙且，如此丰功伟绩再也没有第二个人可以企及能够超过了。您现在已经是齐王了，汉王还能拿什么来封赏你呢？白起不就是因为功劳太高无以封赏才被秦始皇杀掉的吗？您现在已经负有震主之势，又有无法封赏之功；刘邦忌惮你，项羽也害怕你，除了自己成为独立于楚汉之外的第三势力，你还能到哪里去找安身立命之所呢？可你目前毕竟还对汉王处于臣子的地位，如果不下决心脱离汉王，我真替你感到极大的危险！"

韩信再次怔了半晌，对蒯通道："先生替我看相是假，为我谋事是真。先生的好意我领受了，请让我仔细考虑考虑！"

过了几天，蒯通见韩信没有明确的反应，又去劝说他道："善于听取意见的人，定能预先见到征兆；遇到大事反复考虑过了能够决断，才能掌握成败的关键。听取错误意见，或做了错误决定而能安全长久不发生问题的，实在少见。一个人如果听取十个意见连一两次失败也没有，那就真是个智者，旁人的闲言碎语是无法左右迷惑他的。一个人如果考虑问题不会本末倒置而能轻重得宜，一定是个胸有成竹的人。但如果一个人随遇而安，甘心情愿地做别人的奴仆，就会失去掌握君权的机会了！留恋满足于有限的俸禄，就会失掉卿相的地位。聪明人遇事应该当机立断；犹豫不决，一定坏事！对于鸡毛蒜皮计算过精，就会错过做天下大事的机会。如果一个人虽然有智慧，能够预知某种变化，但是决心不够，不敢下注，就可能是最终失败的祸根。俗话说：猛虎犹豫，反不如蜂刺凶狠；千里马不走，反不如劣马安步缓行。贤者不动，倒不如愚者能做成事情；智者不言，还不如聋哑人打手势能表达意思。知了就必须行，凡大功者都是开创不易而毁败不难。天赐良机一个人的一生可能只遇到一次，一旦错就再也不会来了！请大王赶快下决心啊！"

但是韩信仍然犹豫不定。他的性格决定了他只能在战场上看清敌人的兵力和阵形，却看不透人心中所包藏的危险。他的心过于善良和柔软，不忍背叛汉王。再想到自己为汉王所立下的汗马功劳，认为刘邦既已大度地封他为齐王，想必不会把齐国再从他手里夺去的。他忘了他的大将军印就曾被刘邦夺去过。又过了几天，蒯通见韩信仍然没有反应，知道韩信是不会采纳他那了不起的谋划了。既然韩信不肯叛汉，再留在汉军营中，一旦走漏消息招来杀身之祸的就将是他。于是他仰天长叹一声，就此装疯出走，以避祸事。

38 鸿　沟

——对于今天回顾这段历史的人来说，会对这条双方划定的界限存在一些疑问。

从公元前206年开始的楚汉战争，进行了三年，现在已经到了公元前203年的岁末。项羽发现打了三年仍不能越过汉军荥阳防线的主要原因，是自己的后腿始终陷在一片沼泽地里，这片恼人的沼泽地就是横在荥阳前线和后方彭城之间的那块总是不安稳的梁地。强盗王彭越就是一条出没于这片沼泽中的大鳄鱼，像一段腐木般静伏在水草芦苇丛中。你去寻找时不见踪影，当你回过头去他便从泥涂中猛地蹿出来照准你的后腿狠狠咬上一口，并使得从彭城运出的军粮物资数次不能够到达荥阳前线。在这种状况之下，项羽无法运足力量一举摧毁汉军的防线。在这条胶着的战线上，荥阳、成皋都不止一次被楚军攻克过，但只要后方稍有不稳，被楚军的利斧劈开的缺口就立刻又被汉军如树胶一般黏合上了。

当刘邦负伤回关中，广武涧西边的汉军军心浮动之时，彭越那条老鳄鱼又一次从沼泽里出动了。这一次出动和以往不同，不是劫了粮食就跑，而是气势汹汹地夺取了大片梁地，下陈留，据外黄，烧了楚军的粮库，直接威胁到了楚军的侧翼。项羽不得不痛下决心要把这条鳄鱼擒拿到手了，他把前线的指挥权交给大司马曹咎，对他说："你们要谨慎地看守住成皋，如果汉军挑战，坚守不出。总之，不要让汉军有东进的机会。我带兵回去，十五天必定杀掉彭越，平定梁地，再回来和诸位将军们会合攻破汉军防线。"

于是项羽领兵东行，击陈留，攻外黄。彭越见项王亲自率军来战，早已又逃回沼泽，只让部将率众据守。外黄一地居然阻挡了楚军数日，最后守军不支，终于投降。项羽因为外黄抗拒楚军多日，十分愤恨，一怒之下下令将外黄城中十五岁以上帮助守城的男子，全部押到城东准备坑杀掉。将要行刑之前，项羽在那群俘虏中看到了一个明显不足十五岁的男孩正用一双乞怜但绝不低下的目光看着他，那眼神居然有几分像虞姬。项羽心中巨大的愤怒忽然被孩子这双明亮的大眼睛消除了不少。如果日后他和虞姬能够有一个孩子的话，那眼睛大概也会是这样的。他那坚硬的心上有一块东西忽然变得柔软了。他走上前去，俯身问那孩子："你满十五了吗？"

孩子仰面看着他说："十三。"

项羽和颜悦色地说："你可以不死，为什么要站在这些就要死的人中间呢？"

孩子指着他边上站着的一个男子说："我不想死，可是我要陪我的父亲。"

项羽问："你父亲是什么人？"

孩子低下头去："是县令。"

项羽看着那个面如土灰、默默无语、目光黯淡的男人，心想这样的男人怎么会生出这样的孩子！他摸了摸孩子的头顶道："如果你父亲不叫这些人帮着彭越的军队抵抗我的话，他们都不会死。"

孩子抬起头来，丝毫也不胆怯地看着他："可是如果我父亲不让他们帮着彭越的军队守城的话，他们就会被彭越的军队杀死。彭越用强力劫持了外黄，外黄城中的人们都很恐惧，不得不暂时降服于彭越，等待着大王的到来。现在大王来了，又要把外黄的男子都坑杀掉，其他地方的百姓见此情景，怎么还会有归附大王之心呢？如果大王真的把外黄男子都坑杀掉，那么从今以后由此向东，梁地十几个城池，都怕大王坑杀，全都拼命坚守，恐怕大王一处都难以攻下了。我这不光是为了保我们的命，也是为大王着想啊！"

杀人不眨眼的西楚霸王，竟被这个黄口小儿轻易地说服了。他把孩子抱起来道："你说得对，我这就命令放了他们。你比你父亲有出息，将来能当的一定不只是一个县令！"

孩子忽然笑了起来："我看见了，我看见了！"

项羽不解："你看见什么了？"

孩子指着他的眼睛说："我过去听说大王和舜一样，是重瞳子，现在我看见了，果然是的！"

项羽朗声大笑，他很久没有这么开心地大笑了。放下孩子，离开外黄，项羽又挥兵东进，到睢阳。睢阳人听说项王回来了，果然背叛了彭越，争先归于项王。被彭越占据的梁地十余城重新被收复，让项羽感到遗憾的是没有能够抓到彭越。

但是在成皋，形势却发生了逆转。汉军乘项羽不在，果然屡次向楚军挑战，楚军不肯出战，汉军便派人到阵前侮辱叫骂，连续五六天。大司马曹咎终于怒不可遏，出兵渡汜水迎击汉军。当楚军渡到一半时，汉军全线出击，大破楚军，虏获楚军大量装备物资。大司马曹咎和塞王司马欣，全都无颜面对项羽，自杀于汜水之上。曹咎和司马欣过去一个是蕲县的狱掾，一个是栎阳的狱史，曾在项梁落难时救助过他。项羽因为他们对项家有恩，所以一直给他们以优遇和重用，但最终却被他们坏了大事。

项羽在梁地得悉大司马曹咎兵败，立刻火速赶回，其时汉军正把钟离昧的一支楚军围困在荥阳以东。项羽挥兵赶到，汉军害怕了，立即退却，拣险阻的山路后撤，以避免遭到重击。虽然汉军在项羽不在时对楚军袭击得手，但是项羽一旦回来，汉军依然是守弱的一方。现在的局面是：汉军有粮食，但缺乏士气；而楚军有士气，但缺乏粮食。双方仍然相持不下，双方也都已疲惫不堪。

就在这种情况下，汉与楚之间的和谈开始了。

一日，刘邦向张良叹道："这仗打得人太累了，实在太累了！"

张良忽然道："既然太累了，何不派人去和项王讲和，双方休战？"

刘邦瞪大了眼睛："仗是我先出关中来打他的，我又提出来休战，他会肯吗？"

张良很平静地看着他："大王感到累了，项王就不累么？依我所见，项王也想放下战事好好休息一下了，只是他性情刚直，不会主动提出而已。如果由我们先提出，他未必会拒绝。"

刘邦很感兴趣地问："何以见得？"

张良伸出手指："首先，汉与楚于荥阳广武长期对峙，势呈胶着状态。我军粮食充足，项王也知短期内难以全面突破我军防线；其次，楚军虽然军力优于我们，补给却远劣于我们。他必须腾出工夫彻底消灭彭越，才能使今后作战免于后顾之忧，而这一点，若不与我军休战他便难以做到；再者，韩信雄踞于齐地，对楚国威胁极大。楚军已处在三面对敌的不利态势之中，提议停战，可谓正中下怀。况且大王与项王，既有天下利害要争，也有共同破秦的友谊可讲。同是英雄，惺惺惜惺惺，你已经提出休战，他必不会苦苦缠斗下去。"

刘邦对张良一向言听计从，于是派能言善辩的陆贾为使到楚营中去向楚项羽建议停战。但是陆贾铩羽而回，无功而返。刘邦为此十分沮丧。张良细听了陆贾的汇报，微笑着对刘邦道："此番和谈不成不是因为项王不肯言和，而是因为我们用人有误。陆贾之所以谈不成，在于他是用道义去谈。他对项王说：古代圣王都是在不得已的情况下才进行战争，目的在于以战止战，拯救天下生民。如果为个人权势而战，使天下人受累，则非王道。你想，用这套道理能说服项羽吗？世上无人不谈道义，却对道义二字各有不同理解。若说为个人权势而战，大王与项王都是为此而战；若说为拯救天下生民，项王和大王也都认为自己才是天下的救主。所以像陆贾那样去谈，自然是谈不成的。"

"那么该如何才能谈成呢？"

"应该另派一个人，以利益为基础去谈，要谈得使双方都认为休战对自己有好处，才能达成协议。"

"这次派谁去才合适呢？"

"有一个人，与秦始皇所信任的那个方士同名。"

"你是说，侯公？"

张良点头："正是此人。"

于是汉王召见侯公，要他去见项王与谈汉与楚休战之事。侯公是一个看来颇有仙风道骨的老者，在领命之前，他先要汉王做出郑重的许诺，确实是真心诚意地想要休战，而不是想赢得喘息之机的权宜之计，他才肯受命前往。因为这项任务事关重大，虽然是为汉王出使，担负的却是天下黎民的愿望。只要汉王起誓以示诚心，他将倾其全力说服项王停止干戈，为汉王要回太公吕后，并在地界划分上尽可能维护汉王的利益。侯公不是一个方士，也不是一个纵横家，而是一个儒者，他深知一旦达成协议，项羽在守信这一点上会比刘邦靠得住，如果以诈对诚，他将无颜面对天下。

汉王起誓。侯公出使。

侯公到达项羽营中，首先坦率地告诉项羽，自己的身份虽然是汉王的求和使者，但请项王不要仅仅把他看成是汉王的说客，而应把他看成是楚汉双方的调停者、天下百姓的代言人。如果他所说的不利于汉，他将有辱使命；如果他所说的不利于楚，楚王也可不听；如果他所说的对双方都没有害处，则希望西楚霸王能够认真考虑，停止战端。这一番开诚布公的话和他仙风道骨的气度显然赢得了项羽的信任和好感。在项羽面前坐下来后，他没有像陆贾那样大谈道德，而是先讲了一个猛虎与犍牛的寓言：猛虎雄踞于山林，犍牛逍遥于平野；猛虎有利齿，犍牛有坚角；猛虎食肉，犍牛食草；猛虎之力刚勇迅速，犍牛之力深厚持久；二者各居其地，本不相犯。一日猛虎到山边觅食，犍牛到山边觅草，迎面相逢。猛虎想，平生所食不过野猪山鹿之辈，不知犍牛是何味道，便猛扑而上双掌尖爪嵌入牛背。犍牛体大皮厚角硬，见猛虎扑上，只得拼死应战。猛虎轻敌，犍牛搏命，低下头一股蛮力竟顶住猛虎下巴，将猛虎抵于大树上。双方相持，谁也不敢松劲后退。猛虎想，我若松劲放开它，它的坚角必然顶破我的肚子；犍牛想，我若松劲放开它，它的利齿必然咬断我的喉咙。双方一直僵持不下，到最后精疲力竭，双双仆倒，成了豹子不用费力就得到的双倍的战利品。而豹子拖不走的尸体，又被在天上等候着的兀鹰吃掉。

侯公道："现在楚汉僵持之势，就如同猛虎和犍牛，都不能胜，却又都不敢退。而韩信则是在一旁等待的豹子，彭越则是在天上盘旋的兀鹰。楚汉在灭秦时本是一家，只为争夺天下才反目相向。无论哪一方能胜券在握，迅速结束战事统一天下，都是天下百姓的幸事。如果双方僵持难定胜负，到头来两败俱伤，让对于灭秦并无大功的韩信从中取利。又何妨就此停止干戈，撤回军队，平分江山而共有天下呢？"

项羽道："照先生所言，已经把韩信从汉王阵营中划分出去了，可韩信毕竟是在帮助汉王打天下呀。"

侯公道："韩信现在已经是齐王了，他拥有的地盘甚至比汉王还要广大。一个人有了足够的实力，就不会甘居人下。他有什么必要永远臣服于汉王呢？他在黄河以北广大地区的胜利，其实早已还清了汉王对他的恩遇，否则，汉王也许早已被大王击败了。他的脱离汉王自立是迟早的事，而汉王却不会容忍他的这一点，所以，韩信与汉王日后必将反目。到那个时候，坐看猛虎与犍牛争斗的就不是韩信而是大王了，大王何乐而不为呢？当然，对于天下百姓们来说，最好是大王们各领其地不再征战。这正是我来到楚营中的目的。"

项羽说："很好。天下连年征战，不光百姓，连我也感到疲倦了，和汉王的战争毕竟不同于对暴秦的战争。如果先生能保证汉王确有诚意的话，休战和约是可以达成的。关键的问题在于如何划定两国的界限，并保证从此以后互不相犯。"于是拿出地图来，与侯公商量。经过一番讨价还价之后，达成了休战协议中最基本的一条：以鸿沟为界，中分天下。鸿沟以东为楚，鸿沟以西为汉。两国军队同时从荥阳战线撤回，平安相处，永不相犯。

鸿沟，是公元前360年由魏惠王开挖的一条运河。它的走向是：自荥阳北边引黄河水，东流经现在的中牟、开封，折向南经过现在的通许、太康，至淮阳东南入颍河。它连接起济、濮、汴、濉、颍、涡、汝、泗等主要河道，形成当时黄淮平原上的水道交通网。以这条人工运河作为楚汉的边界，使得两国在中原地带分得的地盘大致相等。双方都能接受，战端方能停止。

但是对于今天回顾这段历史的人来说，却会对这条双方划定的界限存有一些疑问。其一是鸿沟向南终结于颍河。对于颍河以南的大片江汉平原和江淮平原，停战协议上没有明确的划定。其二是鸿沟向北只达于黄河，对于黄河以北的魏、赵、燕、齐大片地域，也没有明确划定是归于谁。当时的黄河与今天的走向不同，从现在的郑州附近便开始折向北流，这大致正是鸿沟开始的地方。如果向北是以黄河作为鸿沟的延续成为楚汉两国的界限，那么韩信就应该放弃齐地向西退回黄河西边，这很可能是使得项羽同意停战的关键一点。否则楚国除了承认汉国东侵所占有土地的既成事实，还从荥阳前线向后退让出了一些地方，向主动来求和的一方做出如此让步，在情理上似乎有些说不通。对于刘邦来说，如果真的和项羽长久休战，让韩信脱离他真正地成为齐王，并且有可能反过来威胁到汉，恐怕非他所愿。所以他很可能会同意把韩信从齐地撤回作为与项羽达成和约的重要让步，这样把韩信拉回身边也便于控制，以免拥兵自重，多一个潜在的敌人。但是已经成为齐王的韩信能够为了汉王的利益而放弃齐国，心甘情愿地退回黄河西边，重新去当一个兵符印信随时可能被汉王收回的大将军吗？这其中就很有些意味了。或许刘邦正想乘楚汉言和之机召回韩信；或许刘邦不愿意召回韩信，愿意让他留在齐地继续对楚形成一定的压力，他可以在协议上先答应项羽，而日后以齐王已独立不愿从命为借口爽约；或许项羽并不在意韩信是否真的能退回黄河西边，只要能和刘邦休战，他经过一段时间的休整之后就可以出兵伐齐，为龙且报仇，因为韩信已脱离汉军而成为齐王，攻打齐国并不违反楚汉和约。而汉军之所以能与楚军长期

305

对峙，其关键在于有韩信和彭越。等到楚军消除疲劳，击败韩信和彭越，汉王就无人可以助其力了。

今天我们所能知道的楚汉和约，最主要的就只有这一条：就地罢兵，以鸿沟为界，中分天下。至于鸿沟以南和鸿沟以北在和约中究竟有无议定，如果有的话，又是如何议定的？已经不得而知了。太史公写这段历史的时候时间已经过去了五十年，他的依据主要是人们对那个年代的回忆和传说，那个时候的人们大概不会把和谈的原始资料当作档案来保存，太史公得不到谈判的历史文献，所以也只能知其大概而不知其详。

和约签订，楚汉两军择吉日举行罢兵仪式。项羽亲自送还了太公和吕雉，在曾经伏弩射伤刘邦的广武涧上，楚汉两王握手言和，折箭为信。双方久战之兵为获得和平而衷心喜悦，两山之间欢声雷动。天下百姓闻及此讯也都长长地舒了一口气。

侯公因为出使和谈有功，被汉王封为"平国君"。封赏词曰："此天下辩士，所居倾国，故号平国君。"在秦汉之际，文士儒生之流因为游说有功获得封赏的不少，但是因为达成了和约而受到如此高等级封赏的，只有侯公一人。

但是侯公很快就发现自己无颜再见天下人，辞掉封赏，隐匿起来，从此不知所往。

《史记》载：项王履约，乃引兵东归彭城。汉王也准备西归，张良和陈平说汉王道："如今汉军已摆脱广武的困境，拥有天下大半之地，诸侯也都归附于汉；而楚军已放心东归，兵疲粮绝，无再战之心，此正是天亡楚国的时候！如不乘此机会追上去打击，而让他们回到彭城，就是所谓养虎而遗患了！"

刘邦听从了张良、陈平之说。当他在广武被项羽压迫得喘不过气来的时候，他迫切地希望停战，能安全地回到关中去好好休养。而一旦项羽松开了紧扼在他咽喉上的双手，把背部转向他时，他又渴望冷不防扑上去把这个劲敌击倒！况且现在太公和吕雉已经被送还，连原来还有的那一点亲人在敌人手中的担忧也不存在了。汉王五年（前203年）末，汉王引兵追项王到阳夏南，停止前进，准备在这里约期会合韩信、彭越两军共同击败楚军。项羽得知刘邦背约，大怒，回兵猛击，大破汉军。汉王兵败，退入固陵城中掘壕据壁坚守。这时候项羽不知道这是他最后一次大胜；刘邦也不知道这是他最后一次大败了。刘邦又一次陷入兵败的沮丧之中，对张良说："韩信、彭越不遵守我和他们的约定，该如何是好呢？"张良回答说："楚兵将破，韩信彭越不能从击破楚军中得到好处，他们不肯来，自然是合理的。大王如果能与此二人共分天下，以利益驱使他们来会合，他们立即就会动身。以现在的形势不能得到他们的合力来攻楚，后果是凶是吉就很难预料了。大王如果能够亲自许诺：自陈地以东到海边之地，尽给韩信；从睢阳以北到谷城之地，都归彭越；使他们为了自己的利益而战，我想那样就可以一举击败楚军了！"汉王咬牙道："好！"于是派使者告诉韩信和彭越，以张良所说之地封给韩信和彭越。使者到达以后，韩信和彭越果然都迅速回报：即日发兵攻楚。

于是韩信率大军从齐地南下，彭越领兵从梁地助攻。与此同时，先前进入楚军后方进行游击战的刘贾、卢绾之军从寿春北上攻下楚国重镇城父。这时楚国大司马周殷被九江王英布说动叛楚，以舒城之兵，攻破了六城，带了全部九江之兵，随刘贾、彭越会聚于垓下，合力围攻项羽所率的楚军。

鸿沟为界中分天下的和平协议只存在了极短的时间，就以刘邦毁约项羽受骗而告终。

39 垓　　下

——这个无比动人的倩影，在太史公笔下只是一闪而过，却留下了使后人难以忘怀的惊艳之光。

失败，仿佛是突然降临到项羽头上来的。这块被浓重的乌云所覆盖的废城垒，名叫垓下。

在回身猛击了尾随而至的汉军，把主动毁约的汉王围在固陵城中之后，项羽主动地撤了固陵之围，依然率军东还。撤围东还的原因只有一个：军粮告罄！眼看着刘邦又一次落入了他的包围之中，项羽太想把他抓住好好地问一个背信弃义之罪了，但是他无法用一支饥饿的军队去攻下一座坚城。任何一支军队如果没有粮食的支持，不需要任何敌人攻击也会不战自溃。在数年的征战中，他所关心的主要是兵力、装备和士气，从来没有真正意识到粮食的重要。一旦无粮可食的窘境严酷地摆在面前的时候，再来解决粮食问题就已经晚了。在荥阳前线与汉军对峙的时候，虽然军粮的供应不断受到彭越的骚扰，但后方彭城始终在努力收集粮食向前线输送以免大军断粮之虞。当楚汉终于言和各自罢兵还都的消息传开之后，由彭城向前线的运粮工作便停止了。这是因为后方官员考虑到这条粮食运输线上的老弱兵卒已疲劳不堪，而楚军现有的粮食足够他们吃回彭城。他们和项羽都没有料到刘邦会在立约退兵之后立刻毁约追上来再打，一场大战之后，汉军大败退进固陵，楚军虽然大胜，军粮却已耗尽，在回彭城的路上陷入了断粮的境地。此时离彭城还有八百里地，无论是还军彭城还是回击固陵，都必须先解决十几万大军的吃饭问题。为了觅食，项羽想先到城父（今安徽蒙城），那里是离大军所在最近的一个楚国屯粮之地。但是就在他从固陵向城父行军的路上，汉军刘贾、卢绾的部队已经先行攻下了城父。饥饿不堪的楚军无法空腹攻城，只能转而走向铚（今安徽濉溪临涣）。在那里也没有得到多少粮食的接济，却得到了大司马周殷叛楚降汉与九江王英布一同配合汉军从南向北压来，和韩信率领二十万大军从齐地由北向南压来的消息。刘邦又率军从固陵尾随而来。楚军忽然之间陷入了汉军及其盟军的三面包围之中，形势一下子变得严峻无比。楚军因为粮尽，已有士兵开始逃亡。项羽只能命令士兵们就地从民间筹粮，同时寻找一块合适的战场，与汉军做最后一战。在这种情况下，他来到了垓下。

垓下的位置，在今天安徽灵璧县南，沱河的北岸。这是一座在当初抗秦起义的风卷云翻之中，不知由哪一路义军建筑起来后来又放弃了没有使用的城堡。它不是一座普通意义上的城池，而仅仅是一座空荡荡的壁垒。因为在它的垒墙里没有居民，只在四周的平野和山地间零散地住着一些放羊的牧人。令人惊讶的是，在这座废弃的要塞中居然还保存着一些粮食，所以住在附近的那些牧人们只放羊而不种地，他们吃的粮食就藏在这座壁垒之中。这是一个秘密，他们谨慎地保守着这个秘密，如果秘密不泄露出去，他们可以长久地享用这批存粮直到粮食彻底腐烂。但是外出寻找粮食的楚军士兵发现了这个秘密，他们立刻报告了项羽。虽然存粮的数量对数万军队来说只够维持几日，但也足以让四处觅食皆不得的楚军高兴一阵子了。再加上有现成的壁垒可以据守，在背后的沱河与对面的群山之间，还有较为开阔的平地可供野战，于是项羽决定就把军队扎在这里，等待汉军前来决战，同时也等待有可能从楚国后方赶来的援军。

　　大战之前，项羽在这片就要成为战场的土地上散步，走到一户牧人的屋前。被世人遗忘在山野之间的牧人仿佛并不关心天下归哪一个王所有，只是与世无争地过着逍遥而寂寞的日子。他们的房屋周围种着一些高粱和韭菜，高粱已经被收割砍倒，整齐地码放在一起，大概是留作烧火用的；韭菜却还青绿着，牧人的妻子正拿刀子在割，不知已经割过多少茬了。作为一个从小在南方长大的楚人，项羽不爱吃韭菜，就像他不爱吃大蒜，他不习惯韭菜那股怪味道；但他却十分爱吃嫩高粱，嫩高粱有一股大米所没有的清香。他第一次吃到嫩高粱是在向东阿进军的路上刘邦给他送来的，他忘不了珍珠般的高粱粒在齿间咬碎时的那种美妙的感觉。他曾经笑话过刘邦在行军路上允许士兵们到田地里去砍高粱不像正规军人所为，但他现在终于意识到，刘邦之所以能够坚持到现在，完全是因为他对于粮食有一种本能的重视。他从高粱和韭菜身上看出了他和刘邦的影子，高粱高大伟岸，茎壮如树，叶阔如刀，果实硕大美丽，但它一旦被砍倒，便再也无法立起；韭菜细小委琐，而且有股难闻的怪味，但它割了一茬，又长出一茬，总也割不完。于是他忽然间悟到了：刘邦这棵韭菜只要不连根拔掉，任你怎样割，还会顽强地长出来；而自己一旦轰然倒下，就再也无法站起了。

　　在垒墙上巡视时，项羽望着远处苍茫的山色，对陪同着他的钟离昧感叹道："垓下，垓下，天下苦于我和汉王的征战已经太久，我也实在觉得腻了。这回，就让我和他在垓下，拼个你死我活吧！"

　　钟离昧忽然想起，当年随项梁行军经过此地时，他和韩信曾在对面的山上观看过这一带的地形，当时韩信似梦似幻地说："如果那座要塞中有一支强劲的大军驻扎的话，此地可设十面埋伏。"

　　两天以后，刘邦率领的汉军主力、韩信率领的二十万齐军、英布和周殷带领的九江之兵、刘贾和卢绾的那支汉军和彭越的梁地之兵，从西、北、南三面会集于垓下四周。各路敌军的动向不断由探子们向项羽的大帐中报来：周勃、王陵、灌婴、曹参、彭越、樊哙、刘贾、卢绾、英布、周殷各军已经在垓下周围远近不同处扎营设伏。汉王已把各路军队统一交由韩信指挥，韩信的大营，就设在垓下正南面的九里山上。除此之外，韩信已派陈豨、陆贾两军去袭取彭城了！

钟离昧大惊失色："韩信果然设下了十面埋伏！"在楚军中，钟离昧曾是韩信最好的朋友，他虽然知道韩信有过人之才，却从没想到过七年前韩信一句梦呓般的话，竟如谶语一般在这个叫作垓下的地方实现了。莫非这全是上天安排好了的劫数？

桓楚似乎还不太相信这样的现实："这么说，我军已经陷入了重围？"

项羽沉默了片刻，竟然笑了起来："真想不到，我项籍从来都是在围困别人，今天却被重重大军困在垓下，这简直像是上天在开我的玩笑。还是钟离昧说得对，我不能再小看韩信了，陷入这样的困境，自我起兵以来，还是头一回吧？"

钟离昧叹道："如果当初大王肯重用他，何至于落入现在的境地，也许天下早已平定了！"

项羽略一皱眉："钟离……你追随我多年，还不了解我么？一个背着钻人裤裆名声的家伙，就是真有将帅之才，我也不会用他的，我平生最讨厌的就是不择手段，比如越王勾践。与其苟且偷生，不如舍命一搏，不就是一个国王吗？伯夷叔齐可以弃之如敝屣，像勾践那样为了复国而去尝吴王的大便，我以为代价超过了所得到的。"

钟离昧道："大王，您无往而不胜，所以不知道什么叫忍。再说两个人格斗，那个不择手段的人取胜的可能性要大得多，因为他比对手多一样武器。"

项羽摆摆手："这又是我们之间的老话题了，不谈这个。韩信小子只不过运气好些而已，一直没和我正面交过手，这回我倒想试试，算是用垓下这地方下一个注，看看我和他谁的运气更好。"

钟离昧劝道："大王，于垓下所获粮食也已将罄，一旦粮绝，再神勇之军也无法作战。乘现在韩信的十面埋伏尚未完全收拢，我们不如及早退出这不祥之地，获得充分粮秣之后再图卷土重来。"

"卷土重来？让这场战争无休无止？"项羽重重地摇头，"不，我已经有些厌倦了，也许就是你所说的不能忍吧，我的确不能忍受老是在泥涂中蹒跚而行，无论是胜是负，垓下都将是我的最后一战！"

垓下，看起来是个能战能守之地。以野战求胜负，城外与九里山之间的那一片平地相当开阔，但是，韩信率众部对垓下只是围而不战。以固守待援军，这座壁垒也相当牢固。可是，援军在哪里呢？九江之地本来是他可以依靠的后援，但是镇守九江的大司马周殷已经降汉，加入了对他围攻的行列。他也曾希望能从彭城发来救兵，但是韩信已经派陈豨、陆贾去袭取彭城，这一条后援之路也被切断。他最后剩下的只有长江以东的吴越之地了，但是，家乡父老能够及时地派来援兵吗？他忽然反省到，自从随叔父项梁渡过长江以后，就再也没有回过那片养育了他的故乡土地，也没有想到要派专门的使节回去好好地宣慰一下江东父老。他的心被接连不断的战争装满了，战事繁忙，疏于政务，对自己土地上的国计民生并没有很好地关心过，而只是要求他们倾出全力不断地支持他的战争。一旦他陷入困境最需要支持时，他的后方已经支持不动他了。刚刚把大军扎在垓下时，他的心里还存着等待援军的希望；可现在他明白，没有援军，也不会再有援军了。现在他只剩下了自己，依然强悍，但空前孤独。一无粮草，二无后援，他选定的这个战场是一个绝地。垓下的月亮升起来了，浑圆清冷，悬在城堡与九里山之间的天空上，那么沉重，仿佛就要从天上掉下来；那么近，似乎张满弓搭上一支箭就能射中它。月光如霜如水，从那轮圆盘上洒向远山、原野、河流和城堡。在这满是寒意的月光下，我们将再一次从秦朝崩溃以来一直连绵不绝的战争缝隙中，看到依傍在项羽身边的那个著名美人的身影。这个无比动人的倩影，在太史公的笔下只是一闪而过，却留下了使后人难以忘怀的惊艳之光！

不知道胜利在望的刘邦、韩信是否有赏月的雅兴，面临失败的项羽，却挽着虞姬立于帐外，沐浴于如水的月华之中。项羽仰首向天，不禁浩叹："我坑杀二十万秦兵的那夜没有月亮，却有一颗彗星。现在想来，那也许是我平生第一大错事，上天大概就是因此才惩罚我落入如此绝境吧！"虞姬把头依在他的胸甲上："大王，不要再让这件事来折磨你了。有些事情，当时看来是对的，事后却错了；有些事情，当时看来是错的，事后却对了。功过是非，留给后人去说，现在最要紧的，是什么也不想，好好地睡一觉，明天带领士兵们奋力杀出重围！"

项羽拥着她："是该睡了，有时候，我这个霸王当得真累！"

虞姬侍候项羽进帐睡了，她自己却睡不着。平常的这个时候，是他和她共同上床就寝的时候，在入睡之前，热情如火的他和柔情似水的她总要有一番深情的缱绻。床笫上的项羽和战场上的项羽完全判若两人，他刚强，他健壮，他激情澎湃，他力大无穷，然而他温柔无比，因为他此时面对的不是敌人，而是女人，是他所倾心相爱的女人。项羽初识虞姬之时她还是一个含羞半开的蓓蕾，而在他终于推翻暴秦回到彭城时，这朵倾国倾城天香国色之花已经粲然怒放了。他之所以要回彭城，就是为了要当一个去见心上人的情郎而不是一个到民间去选美的皇帝。如果离开关中是他决策上的重大错误的话，那么也可以说他的天下是因为美人而丢失的。或许在他的心目中，从来也没有认为江山比美人更为重要。江山不属于这个王还可以属于那个王，而虞姬这样的女人，不属于他项羽还能属于哪一个男人呢？在男女之事上，他始终小心翼翼地对待着她，像对待一件极珍贵易碎的玉器，生怕把她弄痛了。在交欢时，项羽从来不把虞姬压在身下，而是盘腿而坐，把她放在怀中，用一双大手拥着、抚着、托着、摇着她那风情万种柔媚万端的躯体，像巍峨的山看着迷人的河水从他的峡谷中委婉地流过。如山的男子在她身上享受到的是一湾清江般的澄澈和宁静，情到浓处，那条安详的河流便到了她潮水猛涨的雨季，也在他怀里涌动起来。但是这样的云雨之欢已经有很多天没有进行了，虞姬由此可以知道她的男人在心灵和肉体上的疲劳。

在这个月光澄净的夜里，她携了一具瑶琴踱上城头，置案焚香，对天祈祷。她仰首对月，心中在默默念着："茫茫上苍，如果有灵当知，如果有眼当见，大王自会稽起兵以来，率领八千江东子弟和数万楚国大军东征西杀，所向无敌，终灭暴秦，还天下于六国。功昭日月，气壮山河，本该有太平盛世。不想诸侯不安于领地，起兵生事；汉王虎视眈眈，意在据天下为己有。大王如今被困垓下，草尽粮绝。虞姬恳求苍天，保佑大王率军冲出十面埋伏，妾粉身碎骨也含笑九泉。上苍，妾为一女子，不敢屠杀牲灵向你献祭，且以琴音楚歌代为祭品吧！"默诵完毕，虞姬抚琴轻吟：

> 素手丝弦兮，伴歌吟；
> 轻抚瑶琴兮，扬清音；
> 楚地歌谣兮，玉人不寐；
> 皎皎心魄兮，可对月魂。

忽然，她的歌声停住了，屏息静听，竟闻远处汉军营中隐隐传来了和她所唱的曲调十分相似的楚歌之声。这歌声先从一面传来，渐渐地此起彼伏从四面次第传来，许多站岗的士兵都听到了从敌人营中传来的家乡的歌声：

> 会稽其广兮，数千里；
> 越溪之水兮，流无极；
> 子弟辛苦兮，戎马间；
> 家乡别易兮，会难得。

这歌声使虞姬呆立在城头上许久，在连绵不绝传来的楚歌声中，她看见城头的士兵们停止了巡逻，三五成群地聚在一起不安地议论：

"你们听，汉营中唱的，怎么会是我们家乡的楚歌呢？"

"莫非汉王占了楚地了，招来的兵都成了楚人？"

"家乡远在千里之外，父母不知是否安康，这几年一直打仗打仗，什么时候才能回去呢？"

"现在咱们陷入重围，粮尽援绝，你们说，还有杀出去的希望吗？"

"难说，我们跟随大王这么多年，从来都是打胜仗，可这一回，说不定真要打一个大败仗了！"

"要是战死在乱军之中，就再也回不了家乡，见不到爹娘啦，我连媳妇还没娶呢，我看，还不如……走？"

"不行，我们不能在这种时候离开大王！"

"跟着大王打秦国的时候我们怕过死吗？可现在本该天下太平了，几个当王的老这么打来打去，最后死的是我们，得天下的是他们，值得吗？"

"真在战场上打死也罢了，可是总不能饿死吧！"

汉营中的歌声不断地向这边飘来，在静静的夜里，这原本十分亲切的楚歌听了让人从骨头里发冷：

> 子弟西征兮，江之彼；
> 父老相送兮，村前溪；
> 帆樯云集兮，如芒柽；
> 子弟子弟兮，今何渠？

313

虞姬沉不住气了，她跑回大帐中推醒项羽："大王大王，四面汉军营都唱起了楚歌！"

项羽说："不可能。刘邦的士兵大都是关中人，韩信的士兵大多是齐、燕、赵地的人，怎么会唱我们的楚歌呢？"

他随虞姬登上城头，半信半疑地去听，可是，从远处汉军营中一阵阵传来的确实是楚地的歌声——

月皎皎兮，何团栾；

夜长长兮，不得眠；

王侯天下兮，征战久；

炊烟村树兮，望家还。

项羽在城头上走了一圈，四面传来的全是乡情浓重的楚歌。他对钟离昧说："你听，这歌声，难道刘邦已经攻下了彭城，尽占了楚地了么？"

钟离昧神色黯然地说："这倒未必，楚歌，是可以教会的。只是四面楚歌这么一起，我们的军心，恐怕就要散了。韩信啊韩信，你这一手，比半渡潍水还要厉害！"

项羽沉默良久："钟离，也许你是对的。当初，你要我杀了刘邦，我没杀；你要我留下韩信，我没留，今天才陷入这样的困境。"

钟离昧长叹一声："事已至此，还提那些有什么用？"

项羽诚心地检讨道："虞姬说得对，有些事情，当时看是对的，事后却错了。"

钟离昧说："原本无所谓对错。我现在已经彻悟了，事情该是什么样子，就会是什么样子。已经成为事实的事，当初再像是偶然，其实都是必然；当时你竭尽全力也不可能改变丝毫，事后再唏嘘感叹也都是枉然。鲁公，就算你当初知道会有今天这个局面，你会在鸿门宴上杀了他吗？其实这个局面，亚父和我已经多次向你说过，若不是真正地到了垓下，又怎能知道四面楚歌究竟是怎样一种情景！亚父早逝，或许是一幸事，他不用为我们今天的情景而伤心了！"

项羽注意到这次钟离昧没有称他为大王，称的是他成为西楚霸王之前的封号鲁公。过去有时候钟离昧也会称他为鲁公，那显示的是兄弟般的情谊和一种平等的亲切；而在这个时候称他为鲁公，恐怕还另有一番意味。他看着钟离昧道："钟离，你是否在想该离我而去了？"

钟离昧默然。他知道在这种情况下的离心离德意味着什么，项羽一怒之下，他的首级就将跌落在城头。

但是项羽却笑了起来："你应该离我而去了。当初我没听你的话，放走了韩信，才落得今天四面楚歌，你和韩信私交甚笃，可以去投奔他。"他看见钟离昧满眼含泪，嘴唇颤抖着想说什么，忙拦住他："你什么也不要说，不是你对不起我项籍，而是我对不起你。你和龙且随我作战多年，劳苦功高，却都没有得到封地的赏赐。我手下的将军中得到封王的只有一个英布，可他还叛变了。我本想在龙且救齐之后以齐地封他，没想到他战死了。我现在想封你，却已无地可封，不如放你一条生路，日后或许还能有所作为。"

钟离昧抬起头来，他的泪已经收了回去，他用尽可能平静的语调对项羽道："大王，垓下大营被攻破，恐怕已成定局。临阵脱逃，本是不义，大王既准许我另谋生路，我也就不拘于常人所言之忠义，领受了！只是……"

项羽说："我很高兴你能领受，因为我已经没有别的东西能够给你了。你还有什么话要对我说吗？那就说吧！"

钟离昧叹道："鲁公，你勇武仁慈有余而谋略机巧不足，有大将之风，无帝王之术。既然天降大任于你，为什么不肯给你一个复杂狡诈一些的头脑？既然你命中注定要当一个杀人无数的大将军，为什么偏偏又有一副婆娘心肠呢？可叹你终究不能成其帝业，而只能成其英名啊！"

项羽坦然道："帝业一定就比英名重要么？秦始皇成了帝业，却遭天下人痛恨。而且一旦身死，又谁知帝业落入何人之手？我视天下本如一盘棋，既然能够赢得来，也要能够输得起。只要痛痛快快地下过了，又何必在乎押在一旁的赌注。你走吧，去帮助韩信，这天下未必就一定是汉王的。不过，韩信既然钻过人家的裤裆，其人必有懦弱之处，能否舍命而救故人，亦未可知，将军好自为之吧！"

在这个四面楚歌的夜里，钟离昧走了。在垓下的楚军粮草耗尽，援军无望，钟离昧的离去似乎是项羽有意发出的一个信号：不想和他一同战死的，都可以走。于是在不停传来的楚歌声中，部下们开始大批逃散。项羽并不去制止这种逃散，没有粮食，留下再多的士兵也无助于局势，数万饿殍不会比一千饱食的士兵更有用处。他只是端坐在大帐之中，极度冷静地听着不断传来的坏消息。在将军们中间，以一诺千金而享有盛名的季布走了，以作战勇猛著称的蒲将军走了，甚至连他的小叔叔，那个从来只给刘邦帮忙而给自己添乱的项伯也悄无声息地走了。项羽心想，让该走的都走吧！使得大军无粮可食，是自己的过错；因饥饿而走，不能算是背叛，鸟兽尚知觅食，何况人乎！而且鸟择良木而栖，兽寻富山而聚，树将倾、山要塌之际，有什么道理不让生灵们各逃生路呢？在长达七年的征战中，为他而死的人已经够多的了，没有必要让他们陪着自己一同赴死。剩下那些不愿走的，才是他可以依靠、可以用来进行下一步战斗的中坚力量。靠着那些敢于同自己一同直面死亡的慷慨之士，他未必不能突出绝地。但是，眼见着跟随他多年的将士们就这样众叛亲离，再坚硬的汉子也禁不住黯然神伤。

桓楚和虞子期却始终默默地站立在他身边。项羽终于站起来，对他们道："想不到无敌于天下的楚军，竟这样不战自溃了！好吧，秦国已经灭了，士兵们已经没有必要再为我项羽战死了。桓楚、子期，你们也可以走了！"

桓楚激愤地说："莫非钟离昧走了我也必定得走吗？大王，我一直对你看重钟离昧胜于看重我而心存嫉妒，他的谋略的确胜过我，但他的义却远逊于我。大王让他临阵逃命，他领恩而去；而大王让我也走，我却认为这是大王在辱我。桓楚不走！自从大王在涂山禹王庙里举起大鼎，桓楚就跟定了大王，生做人中豪杰，死做千秋鬼雄！"

虞子期也被桓楚说得胸胆开放，热泪横流："大王，子期不走！能够在大王的威势下取得胜利，还不是真英雄，能够与大王一同赴死，才是真好汉！"

项羽被他们的赤诚之心深深感动了："我谢谢你们！去点一点，还剩多少人马。"

桓楚道："已经点过了，愿意和大王同生同死的，还有八百余人。我已把马匹集中起来，八百余人可以全部上马作战！"

虞子期道："刘邦屡次被我们打败，好几次都差点丧命，结果还能卷土重来，咱们就不行吗？"

项羽一扫消沉之气，又豪情张拔起来："他刘邦能屡次逃脱，难道我就不能凭勇力带你们杀出重围吗？你们二人去让大家稍事休息，把所剩粮草全部分发，等明日黎明时分，一鼓作气杀出垓下！"

两位将军领命而去。但是项羽忽然感到一种巨大的不安，有什么东西在牵着他的心魂，挂着他的神魄，他转回身去，虞姬正在大帐深处默默望着他。那种柔情万端的眼神令他心碎。虞姬手中正捧着一樽酒，一步一步向他走来。他迎上去一下子拥她在怀里，那樽酒的一半洒在了他的胸甲上，也洒在了她的胸前："虞，我现在大势已去，天亮前就要带仅剩的八百余骑突围出去，可是你，怎么办？"从来不哭的项羽，在这一刻也禁不住他那比珍珠还要贵重的英雄泪了。

虞姬却出奇的平静，柔声道："请大王饮了这一樽酒，妾祝大王平安突出重围，召集旧部，重建霸业。"

"虞，平常，你总是想着我，尽心尽力地服侍我，在这种时候，你想的还是我。"

虞姬莞尔一笑，神色依旧似平日调情："妾心中除了大王还能想些什么？"

"可是你自己，怎么办？"项羽忧虑重重。

"大王，喝了这樽酒吧！"虞姬把酒樽送到他唇边。

项羽把酒樽放到一边："我一生海量，可现在，又怎么能喝得下！想不到我英雄一世，最后竟落到如此地步。我推翻了暴秦，就是马革裹尸，也死得其所。可是如果委屈了你，我将死不瞑目。虞，我不但没能让你享受到荣华富贵，甚至连安宁舒适的日子也没能给你，让你跟着我受这大苦大难，我对不住你！"

虞姬的表情却愈加妩媚起来："大王难道不知虞的心吗？妾能在戎马倥偬中陪伴大王，受到大王的恩爱，天下再没有第二个女子能享受到这种宠幸。所有的荣华富贵、安宁舒适，在我这种快乐面前，又算得了什么呢？大王！"

项羽面有愧色："我身为西楚霸王，如今连心爱的女子都保护不了，还配被人称作大王吗？"

虞姬却深感自豪地说："大王，就算你失败了，当今世上，又有谁的功绩能与你相比呢？也许，世上有人会以成败论英雄，把失败的雄狮当成犬，把成功的老鼠看作象，但虞不会！不论你是成，是败，是生，是死，虞的心，永远是不会变的！我死了以后，身体腐烂成泥，从泥里开出花来，那花也是为大王而开的！"

项羽激动无比地紧紧拥抱着她："虞，我有你这颗心，就是失掉天下，又算得了什么？就是死，也可以含笑于九泉了！虞，七年来，你像阳光给我温暖，像雨露给我润泽，像清风给我愉快，我却难以回报你的深情。如果当初我没有认识你，这些年没有你在我身边，无牵无挂，孑然一身，对今天的失败，也就不会如此难过了！"

忽然，帐外的乌骓马仿佛对他们此时的心情有所感应，竟凄厉地嘶鸣起来。项羽又一次热泪横流，他把虞姬抱得更紧："我们三个——你、我，还有这匹乌骓马，辛苦了这些年，想不到结局竟是如此，乌骓马我还可以骑着它去冲杀，可是你……"

虞姬扬起头来："妾也愿随大王去冲杀！"

项羽叹道："虞啊虞啊，你是一粒稀世的珍珠，无瑕的美玉，我怎么能看着你的花容月貌损毁在乱军之中啊！"

虞姬从容地说："大王不必管我了。"

"可是我又怎么能把你丢下啊！"项羽长叹一声，放开虞姬，竟悲凉地唱了起来——

> 力拔山岳兮，气盖当世；
> 时运不利兮，骏马长嘶；
> 骏马长嘶兮，无可奈何；
> 虞姬啊虞姬，你将如何？

虞姬先是惊讶地听着项羽脱口而出的歌声，而后随之舞动起来，项羽的歌声，悲到极致壮到极致也美到极致，她不能不忘情地为之舞蹈。项羽也为她的舞姿而惊讶，在军旅之中，虞姬尽心尽力地照顾着他的饮食起居，已经很久没有像当年那样翩然起舞了。在这种景况下还能舞得起来的女子，有着和他项羽同样的勇敢和无畏！现在大帐里只有他们两个人，虞姬风情万种地望着他，脸上忽然涌起一阵潮红，她跑过去关上了帐门，把世界上所有的烦恼纷扰都关在了帐外。她向他款款走来，柔声地问他：

"子羽，还记得我们相识时的情景吗？"项羽点头。"还记得我为你而歌，为你而舞吗？"项羽点头。"还记得那一夜吗？"项羽点头。他的心，像春天溪中的桃花水一样涌涨了起来。"子羽，"虞姬动情地唤着他，"你是一个男人，你是世界上最好最有力量也是最温情的男人，你永远也不知道你给了我多大的快乐！我想要你再给我一次那种快乐，你会把我抛到云彩里去的！"因为战况的不顺利，项羽已经很久没有那种冲动了，但是此刻他被虞姬的忘情和冲动激发了起来，像就要脱缰而奔的乌骓马。沉重的盔甲和轻滑的丝绸同时从他们身上滑落。项羽正要全身心地投入，忽然看见了："血！""是伤口总是要流血的，"虞姬闭起眼睛笑话他，"是将军还怕浴血奋战吗？"他们在这一时刻又回到了虞姬初次以身相许的当年。

"军人注定是要流血的！"

"女人也注定是要流血的！"

"军人的血为国家而流！"

"女人的血为她所深爱的男人而流！"

"军人的血也许会为国家而流尽的。"

"女人的血也会为她的男人而流完。"

他们互相融合在一起很久很久。虞姬开始时是一片微风吹拂的河水，最后却成了汹涌的波浪。项羽也在巨大的欢愉中射尽了生命的烦恼，通体透彻澄明。虞姬的血染红了他们身下的虎皮。他们互相帮着对方穿起了衣服和盔甲。虞姬心满意足地说："我真的可以死而无憾了。不过子羽，我还想为你再舞一曲，就舞我当年送你西征、以剑舞来壮行色的那一曲。"项羽如痴如醉地看着她，虞姬执剑在手，柔中寓刚地舞了起来——

> 振吴钩兮操越戟，
> 虎狼血兮染征衣，
> 暴秦无道兮天诛地灭，
> 将军威勇兮所向无敌！

忽然，她把剑在颈前横住，脉脉情深地向项羽凝视着："我去了，大王。珍重！"剑锋在她凝脂般的颈间滑过，热血喷溅而出。项羽把她像鲜花一般凋落的身体搂在怀里，看着她明亮的眸子迅速暗淡下去，虞姬的嘴还在喃喃动着，仿佛在说："我说过，女人的血是会为她的男人流完的。"项羽就那样搂了她很久，随着她的身体渐渐冷却，他感到自己的肉体也已经变成了一块石头。

10 最后的方阵

——这个战争的巨人连最后的倒下也令敌人惊心动魄。

戈手匡、戟手紫陌、殳手鲁直、矛手里角、弓矢手子张，他们五个人又一次拿起了他们原来的兵器站到了一起。他们第一次被项羽从起义军士兵中间挑选出来站成一个伍的行列，是在公元前208年的春天，薛城的大校场上。五年时间从他们的兵器间流过，现在是公元前202年的冬天，是从上一个年末延续下来的冬天，春天还没有开始。他们是战争中的幸运者。在连续不断的作战中，有数不清的战友在他们身边倒下了，他们却依然站着。虽然也曾数次负伤，但是都没有死，这得归功于他们战斗技艺的精湛和超人的勇敢，越是不怕死的战士，死亡反倒会避开与他直面相逢。他们可以说是楚军战斗队形的典范。当年那些只会一拥而上乱打一气的义军士兵们，正是从他们这五个人身上，第一次看到了有秩序地组织在一起的士兵可以发挥出多么强大的战斗力。章邯那支凶狠强悍的大军，在他们的打击下瓦解了；秦国坚固的城垣，在他们的冲撞下崩塌了；田荣造反的齐兵，在他们的赶杀下狼狈溃逃；刘邦占领彭城的五十万人马，在他们的突袭下溃不成军。当然，楚军这把剑，也在不停的征战中折断与磨损，但是哪怕只剩下剑柄之前极短的一小截，也依然锋利无比。他们五个人都不再是普通士兵了，官阶最高的是子张，当到了骑兵校尉，官阶最低的匡也已经是百夫长。但是现在，当楚军一路突围渡过淮河，从垓下杀出来的八百余骑只剩下一百多人时，他们又回到了军阵中最基本的士兵的位置上。在饥饿难耐的时候他们没有像大多数士兵那样逃走，在危险万分的时候他们依然紧紧跟随着他们的统帅，他们信服他，他们崇拜他，他们热爱他。他们已经不再是田野上刨食的农民、作坊里劳作的工匠和水泽边的渔人，他们已经被一个杰出将军的铁锤，在战争的火与砧上锻打成了精湛的兵器，他们已在西楚霸王无往不胜的旗帜下变成了彻底的战士，或者战胜，或者战死。除了战斗，他们别无选择。

项羽率领八百骑兵在黎明时分成功地突出垓下，一路向南奔驰。汉军发现项羽突围便全军压上，灌婴的五千骑兵紧随其后。突围的楚军遭到重大损失的地方是在淮河边上，因为寻找船只耽搁了一些时间，准备渡河时灌婴的大队骑兵已追上，为了掩护项王渡河，楚汉两军骑兵在渡口展开了一场激战，大半楚军战士倒在了淮河边上，和他们倒在一起的还有两倍于他们的汉军骑兵。渡过淮河的一百余骑摆脱了追击继续南下，沿着秦始皇修筑的驰道到了阴陵。到阴陵时，官道失修，天色已晚，辨不清道路，因为一个老农的错误导向，队伍迷途陷入一大片沼泽之中。按太史公的记载是老农有意指错了路；据另一种猜测可能是问路的骑兵操的是江东吴语，与老农语言不通发生了误会。老农说左边，是指自己的左边，而问路的骑兵则认为是队伍前进方向的左边，于是进入沼泽左试右探耽误了许多时间，又一次被尾随而来的汉军骑兵追上。许多士兵因马匹陷入泥沼中而落伍，继续向南奔驰到达东城时，跟在项羽身后的只剩下二十八骑了。他们在东城西郊的四聩山下稍事休息时，汉军的数千骑兵又一次把他们包围了起来。

项羽从垓下突围出来到东城，策马奔驰时一直把虞姬的尸体放在自己的双膝之上。现在他觉得已不能再带着虞姬一同走了，只能含泪把虞姬在这里就地掩埋。后来的人们在虞姬的葬身之处筑了一座坟，叫作嗟虞墩。第二年春天，从虞姬的墓上开出了许多有着细叶长茎的花朵，艳亮似罂粟，但是无毒。每当风过时，花瓣闪动如美人明眸，花茎摇曳如美人腰肢，这种花的芳名，就叫作虞美人。

当汉军骑兵收拢包围圈时，项羽对跟随着他的二十八名将士道："我自起兵以来，至今已经八年，身经七十余战，没打过一次败仗。你们能跟随我杀到现在，都是天下最勇的猛士，我为有你们这样的将士而感到骄傲！鸿门宴上我没杀刘邦，被他获得天赐的机会追杀我到这里，想来也没有什么好后悔的。刘邦他胜不了我，胜我的是天。我可以打翻嬴氏天下，我可以打败各路诸侯，但是我无法与天作对。现在我要和诸位勇士痛痛快快地打好这最后一仗，就在这种逆境里，我还能打三阵，赢三阵，破他的重围，杀他的大将，砍他的军旗！我要让你们知道，这是天要亡我，不是我作战的过错！"

于是项羽把仅剩的二十八骑以七人一组分成四队，当汉军骑兵四面逼近时，项羽一声呼啸，四小队骑兵如四支鸣响的长箭同时向四个方向飞射而出，项羽向旌旗最密处疾驰而去，他马前的汉军在他的长戟横扫和马蹄践踏之下，如风吹草偃般纷纷倒伏。长戟挥处，数十面旌旗杆折旗落；剑光所至，统领骑兵的汉军将军身首分离，一颗头颅已被项羽提在了手里。见此情景，以众围寡的汉军一时间竟被四小队楚军骑兵所赶杀。汉军骑将，后来被封为赤泉侯的杨喜从背后追击项羽，项羽故意放慢马步，等他到了身后数丈时突然回头圆睁怒目大吼一声，杨喜马惊人吓，狂奔而逃到数里之外才停了下来。五千汉军骑兵在分成四队的楚军二十八骑的冲击下四面溃散，这可能就是四聩山得名的来由。

一番冲杀之后，项羽和他的骑兵们分成三处，汉军也分为三大部围住楚军。项羽一人一骑，在三股楚军之间来回冲杀接应，又杀了一名都尉、百十名骑兵之后，分散在三处的楚军骑兵又被项羽收拢到了一个小山坡上。数了一下，仅仅损失了两人，其中有一人是虞子期。项羽没有看到虞子期是如何战死的，据目击他阵亡的子张说，虞将军在跌下马之后接连砍倒了两匹向他扑来的敌人的战马，并杀死了马上的敌兵。当他的剑深陷在第三匹马的胸膛里时，才被背后的两支长矛同时刺中身死。项羽忽然发现桓楚也不在这二十六人之中了，正在慨叹之际，只见一骑火红的战马从汉军丛中冲杀了出来，直奔上小山，就在向山上奔来之际，还回身把一名追到他身后的汉军骑兵砍于马下。那正是桓楚，已经身负数箭。又见项羽，桓楚高声大叫："鲁公，杀得痛快！杀得真他妈痛快！上将军，我桓楚没有辱没你的威名吧？"

项羽上前扶住他："桓楚，你和我是一样的好汉！"

"哈哈哈哈！"桓楚朗声大笑，笑出了满眶热泪，"大王，多少年了，我一直就在等你说这句话！我死也瞑目了。"他把箭一支一支从身上拔出，拔出一支，便喷出一股鲜血；他的精力已经随着箭孔中涌出的鲜血而耗尽了。他用最后的力量把拔出的箭一支支折断，大笑着仰天倒下。

项羽看着他的生命和笑声一同停止，默默脱下赤红如火的披风，覆盖在桓楚身上。他们把桓楚就留在小山岗上，找了四块石头压住了披风的四个角。以免被风吹走，然后继续向南突围。他们又一次甩掉了汉军，一直奔驰到了长江边。他们停在一个可以俯瞰江流的小山岗上，乌骓马忽然昂首长嘶起来，项羽猛然想起，这里正是他当年渡江西进、遇见吕马童和乌骓马的地方。

六年前项羽从渡船上踏上江岸，第一眼就看见了在不远处的小山岗上站着的那匹黑色骏马。它像一个神物般正站在夕阳的光环里仰天长嘶，分明是在呼唤着什么，又是在应和着一种呼唤。如今六年过去了，项羽骑着这匹稀世骏马踏遍了整个中原大地，踏倒了无数虎狼之师，竟又回到了当年出发的地方，这莫非是一种天意、一种宿命、一个运数？他感到这里也就是他和乌骓马应该分手的地方了。

紫陌向他报告，这个地方叫乌江，有一个亭的建制，鲁直和里角已经去找亭长了。项羽命令将士们稍事休息，匡却在孩子气地数着项羽身上所负的创伤："……六十七，六十八，六十九，七十，七十……大王，你真神了，身上挂了这么多彩，还能像老虎赶羊一样把汉军赶得四下逃命！"

项羽问："是七十多处伤吗？你再数数？"

匡说："没错，是七十一处，不过不重，全都是划破一些皮，汉军的兵器好像硬是刺不进大王的身体！"

项羽慨叹道："怪了，我这一生打了七十多仗，从没伤过一根毫毛。今天数一数，竟然伤了七十多处，把平生欠下的债都还清了。这难道不是上苍在有意提醒我，该到此为止了吗？好，再清点一下，还有多少人在？"

紫陌回答："还有二十六人，东城一战，桓楚和虞子期两位将军阵亡，剩下的全都跟着大王到了这里。"

项羽说："可是汉军却死伤了数百，包围圈被我们冲溃了，带队将军被我们杀掉了，军旗也被我们砍翻了！我的话是不是完全得到了应验？"

匡佩服到了极点："大王的神威确实天下无敌！"

项羽不无自嘲地说："可是天下无敌的将军却一战而成败局，退到了这个长江边上的乌江亭！"他举目四顾，北面是起伏的丘陵，西面是一片平野，而东面则是滔滔奔涌的宽阔江流。他心里想道：又看见长江了！这些年总是在那条黄河的上下征战，几乎已经忘了这条长江的存在。但当年八千江东子弟，就是从这里渡江西进，才完成了灭秦的千秋大业。想不到今天，却又败回了这长江边上，八千子弟也只剩下了二十六个，其中有几个还不是从江东过来的。同是一条长江，同是在这江畔，同是残阳似血，但两种情景却是多么的不同！长江里六年前的波涛早已流进了大海，它还能记得当年楚军誓师渡江的情景吗?

匡看项羽不语,安慰他说:"大王,秦国是我们灭了的,我们今天就是战死,也死而无憾!"

紫陌推了他一把:"谁说会战死,大王只要渡过江去,就算彻底摆脱了汉王的追击,将来的中原,是谁家的天下还很难说。这时候有士兵喊道:"大王,船!船来了!"他们看过去,鲁直和里角正沿着江边走来,和他们一同过来的还有一条在江水里划过来的木船。船虽不大,但是渡过项王和一小半士兵马匹还是没有问题的,还剩下一半人马作为掩护或者吸引汉军从这里走开。

他们到了江边,江中的木船也到了他们面前。船上一位年长者上岸走到项羽身前倒身便拜:"大王,小人是乌江亭长。久闻大王英名,一直未能得见,不想见到大王正是在大王危难之时,小人只有舍命相救而已。这段江面只有我这条船,请大王赶快上船渡江!长江自古是天堑,汉军追到这儿,没有船,是过不去的!"

项羽忽然意识到了什么:"过江?"

乌江亭长急切地说:"对,请大王过江!"

项羽陷入一种沉思:"既然天要亡我,你又何苦来救我?"

乌江亭长说:"大王,江东地有千余里,人有百十万,江东父老都爱戴大王,大王还可以在江东做王。"

项羽摇摇头:"不提江东父老还好,当初,我率领八千江东子弟渡江伐秦打天下,是何等的威武雄壮!现在,八千子弟只剩下了二十六人,我无颜去见他们了!纵然江东父老不怪我,难道我自己心中就不惭愧吗?"

里角说:"大王,别想那么多了,快过江吧!"

项羽道:"怎么能不想呢?我一生忙于征战,想的时间实在是太少了,我好像从来没有仔细地想过,现在,我要好好地把我这个人想一想。"

鲁直着急地说:"大王,可现在火烧眉毛,不是想事的时候!"

子张劝道:"大王,胜败乃兵家常事。刘邦屡次被大王所败,又屡次卷土重来;大王就不能回到江东厉兵秣马,再渡过江去和刘邦争他一回天下吗?"

士兵们都围着他道:"大王今天过江去,以后再打回来!"

项羽却仿佛听不见士兵们的催促,依然在沉思着他的问题:"如果刘邦遇到我今天的处境，他自然会迫不及待立刻过江的，但我不是刘邦。他能屈能伸，我宁折不弯；他为了谋取天下不择手段，我做事总想着道义和良心；他只要活着甘受一切耻辱，我与其不伦不类地活还不如堂堂正正地死；他只要有利可图，其他一切都无所谓。我做人却丢不了做人的根本。江山易改，本性难移，这话对极了。"

匡难以理解地看着他："大王，能过江你为什么不过啊！"

项羽抚慰地拍拍他的肩膀："我的本性，是注定了我做不成帝王的，既然如此，何必再回江东呢？"

远处，已经可以看到汉军骑兵追来的烟尘了，士兵们越来越焦急："大王，汉军又追上来了，不能再犹豫了，赶快上船过江！"

紫陌不服气地冲他喊道："大王，秦军主要是你带着我们去灭掉的，这个天下不该姓刘！"

项羽镇定自若地道："我虽然威风英勇，有时却也十分糊涂，人要死了，许多事情才悟出一点道理。我现在明白了，我的才能只是大将的才能。虽然时势把我推到了天下霸主的位置上，但我还只是一个将军，一个超过以往一切将军的将军。天生我，只是为了要我去担当灭秦的大任，这一点我已经做到了。剩下的，就留给刘邦那小子去做吧！我起兵，就是为了做叱咤风云的大英雄大豪杰，而不是费尽心机去得一家之天下。我的使命其实早已完成了，还要天下人为我流血干什么？我心爱的人已经不在了，就是当了帝王我也不会快活了，难道战死在长江边上，像三闾大夫诗中所说'魂魄毅兮为鬼雄'，不比老死在皇帝的龙床痛快得多吗？"

这时候汉军骑兵的马蹄嗒嗒，已经从西北方出现在他们面前，并且沿着江边一线迅速铺开。

乌江亭长情急中在项羽面前跪下，士兵们也相随跪下："大王，求求你，过江吧！"

项羽把乌江亭长扶起："我一生杀了那么多人，始终在杀与不杀之间犹豫不决，有的该杀没杀，有的不该杀却杀了；现在轮到杀不杀自己的时候，我不想再犹豫！"

他让士兵们都站起来："今天刘邦就是拿走我的首级，也拿不走我的声名。你们记住，他可以胜我一时，我却胜他万世。你们跟随我征战六七年，辛苦了！我不想让你们陪我死，上亭长的船，过江回家去吧！"

士兵们热泪涌动："大王不过江，我们也不过，愿随大王一同战死！"

项羽看着他最后的士兵们，热泪盈眶："那我谢谢你们！就不勉强你们苟活了。与我一同战死，你们会感到光荣！与你们一同战死，我也会感到光荣！"他牵过乌骓马，走到乌江亭长面前，"亭长，谢谢你驾船来救我！我已经没有什么东西好谢你。这匹乌骓马，我骑了它六年，所向披靡，一天奔驰过千余里，我舍不得杀它，就送给你吧！"他扭过头去，几乎泪下。乌江亭长知道王意已决，只能从命牵马上船，让船夫摇船离岸。乌骓马见项羽没有上船，举颈长嘶，要跳回岸上，被亭长和船夫们死死拉住。

项羽命令士兵们道："现在我们不再奔逃，也用不着这些战马了。放了马匹，以步阵应战！"

但是战马们依恋主人不肯离去，士兵们含泪挥鞭猛抽，战马们嘶叫着跑开了。一匹马在船上向下游漂移而去，一群马在岸边随之向下游驰去，黄昏中的这样一幅情景，凄厉至极，悲壮至极。忽然乌骓马奋力挣脱了乌江亭长的手，纵身跃入江水之中。群马肃立岸边，发出一片悲鸣。

汉军骑兵层层逼了上来。项羽命令二十六名士兵中的二十五人排成一个最基本的两方阵，背靠江水，以锋面对敌。命令余下的一名战士和自己背靠背相立，掩护自己的侧后。他和这个士兵站在二十五人方阵的右侧，掩护方阵的一面翼侧。

最后的战斗开始了。汉军骑兵先是向方阵的正面轮番冲击，但是战马冲到了由长短兵器配置好的阵锋之前，就无法再前进一步，反而被从方阵中探出的长矛刺中，或者被方阵最前面的戈用戈砍断马腿而翻倒。楚军的方阵像一块坚硬峥嵘的礁石，汉军的冲击波像浪头一样撞上去，又像浪头一样碰碎了跌落下来。汉军改变了战术，加强对楚军方阵翼侧的攻击。当敌人从三面同时压过来时，项羽一声令下，楚军站立的方阵变成了跪姿的圆阵，士兵们降低了高度，拉近了互相间的距离以减少受攻击的面积，这样收缩起来的圆形坐镇不再有锋面和翼侧的区别，像一只团起来的刺猬，每一根兵器都指向敢于扑上前来的敌人。而项羽和那个跟他背靠背的士兵则像是一股旋风，在圆阵的周围滚动着，被旋风扫到之处，汉军便纷纷仆倒。汉军又改变战术，向后退开不用兵器直接与楚军接战，而把楚军围在中心以箭矢齐射。在如雨的飞矢中，方阵中的楚军士兵不断有人中箭。项羽又是一声大喝发出了改变阵形的命令，楚军跪坐着防守的圆阵又一次变成了攻击的方阵，用最后的力量向汉军冲去，来不及退却的汉军弓矢手被纷纷刺倒砍倒。但是楚军不断有士兵阵亡，阵形因人数缺失而不断缩小，因为整体力量的减弱，又有更多的士兵倒在了汉军兵器和箭矢的交攻之下。

戈手匡的那支戈头在剧烈的兵器碰撞中已经断裂脱落，他握在手中的只剩了一根戈柄，他用戈柄挡住敌兵一支戈的迎头猛击，并握住那支戈的柄想把它夺过来，但是他的力气已经耗尽，敌人戈手猛力向后一拉，他的手指在戈刃前断落了下来，他无法再战斗了，扬起已没有手指的双手向敌兵扑过去。他从小就是一个挥镰刈草的孩子，从军后他挥着类似镰刀的戈不知道刈倒过多少敌人，但最终也像一根劲草般，被敌人的戈刃刈倒了。

敌人戈手的戈向匡拦腰扫去时，戟手紫陌的戟刃也重重地落在了那个戈手的肩上，两个英勇的戈手同时仆倒了。当紫陌再一次把戟端起来寻找下一个击刺目标时，敌人的一支长矛刺穿了他的身体。

殳手鲁直因为失去了前面戈手和戟手的掩护，他手中那件专门拣敌人脑袋击打的殳就显得笨重而不够灵活了，他干脆扔掉了它，拔出短剑来与敌人抵近格斗。当短剑被敌人的殳重重击落时，他就没有了可以使用的兵器。当敌人发现他已无法抵抗放心大胆地前来擒拿他时，他忽然想到了那枚一直放在胸前的枣木梭子，他伸手进去把它摸了出来握在手心里，这枚梭子他曾无数次把它在经线和纬线之间投来投去，他一直保留着它，是想着等战争结束之后有朝一日或许会重操旧业，而现在，却成了他最后可以投掷的东西了。当两个汉兵张开双手想一人抓一只手把他给捉住时，他选中了那个脸盘比较大的，在只有两步的距离上把手中那块坚硬的枣木猛投了过去。梭子的尖端正打中眉心，大脸盘的汉兵大叫一声仰面倒下，鲁直看着鲜血像一小股喷泉一样从他的脑门上涌了出来。他已经不在意另一个汉兵在愤怒之下拔出短剑向他当胸刺来，只为用他从军前谋生的东西也能击倒一名敌人而感到高兴。

身前的战友纷纷倒下，矛手里角已经无所依凭，他的长矛太长，一旦失去掩护，在乱军之中便无法灵活地挥动，他索性挥剑把矛柄从中截断，抡起矛左抽右打了一阵之后，端平了它孤注一掷地刺向一个敌人。他刺得太猛，长矛穿透了敌人的胸膛后，又刺中了一匹战马，把那个敌人钉在了

327

马肚子上。那匹受伤的马带着半截长矛和那个被刺穿的敌兵跑开了。他掀掉头盔，迎向已不可避免的死亡，他的头颅在一柄殳的重击下像一个陶罐般破碎了。

弓矢手子张箭壶里的箭早已用完，他先是捡拾散落地上的箭射回敌阵；后来便把敌人射在自己身上的箭拔出来带着自己的鲜血射向敌人；最后他没有箭了，他用牙咬住摘下了拇指上那个项羽送给他的青玉扳指，他现在已经不再需要这个帮助他扣弦发箭的东西了，他用食指和拇指捏住它，把它搭在弓弦上，用最后的力气拉满弓，把它像一粒弹丸一样射了出去，那颗上好的玉石打碎了一个敌人的眼睛，并代替它嵌在了眼眶里。

楚军最后的一个两方阵，那二十五个战士已经全部倒下了，在项羽身后为他掩护着侧背的那个士兵也倒下了。还站立着的只剩下项羽一个人，但他一个人就是一个方阵，他左手挥戟，右手执剑，汉军士兵依然不断地倒在他的戟和剑之下。他少年时向叔父项梁学武时曾说："剑，一人敌，不足学，学万人敌！"他的万人敌的指挥才能彻底摧毁了秦国巨大的战争机器；而在一般人手中只敌一人的剑，握在他手里却也使包围他的汉军成群成片地伏尸脚下。在奋战中，他那双杀红了的重瞳之眼忽然清晰地看见了一个故人的身影："吕马童！"他大叫一声。围住他的汉军士兵们乘机退开了，他和他呼喊的那个人相对而视，时间仿佛在这一刹那间停止了。

吕马童惭愧万分地低下头去："大王！"

项羽感慨地说："想不到，真的在战场上相见了！"

吕马童情不自禁地跪下："马童身在汉王营中，身不由己，绝不愿和大王作对，也绝不是大王的对手。"他放下兵器，"现在冒犯了大王，情愿死在大王剑下！"

项羽仰天大笑："吕马童，你太小看我了，虽然现在我们刀剑相对，但我不会忘了老朋友。你送我的那匹乌骓马，不肯离开我，刚刚跳进江里，被江水卷走了。我怎么会再杀你呢？你已经当上了步军司马，很好，你还可以当上将军的！"

"大王……"吕马童说不出话来。

"记得临别时我说过，万一在战场上相见，我还会像过去一样照拂你。"

"吕马童不是忘恩负义之人，不敢忘记！"

"我项羽也不是忘恩负义之人，听说汉王出黄金千两、封一万户的赏格买我这颗头颅，我别无他物，就把这个人情送给你吧。君赠我以马，我还君以头！"

说完，西楚霸王仰首望天，举剑自刎。血溅如虹，却久立而不倒。一个汉兵小心翼翼地伸出长矛去试探他，他站着不动；第二个汉兵伸出长矛去刺他，他依然站着不动；当三根长矛同时用力向他刺去时，他才如一座山一般轰然倒下。这个战争的巨人连最后的倒下也令敌人心惊魄动。

此时夕阳坠落，涛声阵阵，岸边一片萧索的芦花，正在风中摇着雪白的头。

为争夺项王的尸体邀功封赏，汉兵互相践踏，自相残杀了数十人。最后校尉王翳、郎中骑杨喜、步军司马吕马童、郎中吕胜、百夫长杨武各得一体。刘邦开始不相信项羽会放弃过江而在江边决战后自刎，让他们把五块尸体拼接在一起，确认是项王无疑。于是把原来的封地分为五份：封吕马童为水中侯；王翳为杜衍侯；杨喜为赤泉侯；杨武为吴防侯；吕胜为涅阳侯。

但是帮助刘邦战胜项羽的三个最主要的战将命运都很不好。汉军战胜项羽刚刚回军定陶，刘邦就驰马入齐王营中，夺了韩信的兵权；汉王六年，废掉韩信楚王的封号，改封为淮阴侯；汉王十一年春，淮阴侯韩信被杀于长乐宫，灭三族；同年夏，废彭越梁王封号，迁于蜀，彭越愤而想造反，被杀，夷三族；同年七月，淮南王英布造反，不成被杀。

而留侯张良后来则看破红尘，随道士赤松子仙游，不知所终。